THAT
DEADMAN
DANCE

ほら、死びとが、死びとが踊る

ヌンガルの少年ボビーの物語

キム・スコット
Kim Scott
下楠昌哉・訳

オーストラリア現代文学傑作選
現代企画室

Australian Government
豪日交流基金
Australia-Japan FOUNDATION

Masterpieces of Contemporary Australian Literature project is supported by the Commonwealth through the Australia-Japan Foundation of the Department of Foreign Affairs and Trade.

本書の出版にあたっては、豪日交流基金を通じて、
オーストラリア政府外務貿易省の助成を得ています。

目次

リーニーに、
これまでのすべての年月への感謝をこめて。

プロローグ

カヤ。

こういう言葉を書くと、ボビー・ワバランギンの顔はほころんでしまう。こんなふうにかいたひとは、だれもいない、と彼は思った。ぼくらの「はろー」とか「いえす」をこんなふうに書いた人は、今まで誰もいなかったんだ!

くじらがいたぞ……

ボビー・ワバランギンは、湿ったチョークで書く。もろくなった骨のようにぼろぼろだ。ボビーは、薄い石板《スレート》の上に書く。言葉と言葉のあいだを行き来しながら、ボビーは石の上に書く。

ボビー・ワバランギンなんて名前だったおかげで、彼は綴り字の難しさを知っていた。

ボビワバランギンが書いたのは、くじらがいたぞ。

しかし鯨はいなかった。そこでボビーは鯨を思い出して、心に描いた……

せみくじら

背美鯨に横から近づいてみるとどんなだか、ボビーはすでに知っていた。初めて自分と島々のあいだを鯨が巡っているのを見た時、彼は赤ん坊に毛が生えたようなものだった。すぐそばにある島、ゆうゆうと呼吸をしている鯨の大家族、日の光の下で噴出される潮、日が射す青い海のなかの大きな黒い巨体。ボビーは水に入って、彼らの方に向かって泳ぎたかった。けれども母親の身体に巻きつけられていたから、魂で呼びかけることしかできなかった。聖書に出てくるあの男、ヨナとは違って、ボビーは恐れなかった。なぜって自分の奥深くに、物語を携えていたからだ。メナクがくれたあの物語は、脈動する炎のような、鯨の心臓の記憶でくるまれていた……

ある晴れた日に、穏やかな海のそばで長く腕を伸ばしている岩礁を歩けば、巨大な泡が海面へと浮かびあがってくるや、水面《みなも》がいきなり膨れあがるのを見るだろう。するとなんと！　鯨の巨大な背中が現れて、フジツボがへばりついたその肉の上を水が流れてゆく。おまえは、鯨の湿った息のなかにおさまる。

フジツボは滑らかな暗い色の表皮に鋲のように根をおろしており、蟹はカサカサとそこを横切ってゆく。あの黒い背中は、ツルツルしているに違いない。濡れた岩のように滑りやすいはずだ……　その背中に穴があるのが見える。そこを呼気が出入りしている。この海岸沿いにある全部の潮吹孔に思いを馳せる。賢い男ならどうにかしてあそこに滑りこみ、一瞬にして陸地の奥へと飛んでゆき、次の瞬間には海に戻ってきたりできるだろうに。

いつだって好奇心旺盛で、いつだって勇敢なおまえは、その一歩を踏み出す。鯨は足の下にいる。さらに二歩進むと、おまえは滑ってしまう。鯨の唄と共鳴する、暗い呼吸をする洞窟へと滑り落ちていってしまう。おまえの傍らで鼓動する血に満ちた心臓は、炎同然の熱を持っている。

両手を鯨の心臓に突っこみ、その奥へと身を預け、両手を絞りあげながら鯨の叫びに合わせて声をあげろ。

鯨が下へ下へと深く潜ってゆくあいだに、父親に教えられたあの唄を歌え。

海の底はなんと暗いのか。気泡が後ろへと流れてゆく様子が、鯨の目を通して見える……

でも、そんなものはない。ボビーがただ思い描いて書いているだけ。空に囲まれた岩だらけの岬で、チョークの丸をいくつも、ボビーは石板に描く。気泡を、描く。

あわ。

くじらがいたぞ……

掌《たなごころ》で丸い印を消す。本当じゃない。ただの古い物語だ。ぼくは唄をちゃんと覚えてさえいない。鯨なんていない。それに今日は、天気がよくない。風が帆布と枝でできたボビーの粗末な小屋を引き抜いていこうとし、雨は壁に打ちつける。岬のおかげで風が吹きつけないすぐ下の海面は静かだ。でも陸から少し離れてしまうと——小舟二、三艘分も離れると——海は打ちつけ猛り狂い、泡がある一定の形に零れてきて、走り書きをする。彼はまだ、それが意味するところを学んでいる最中だった。雨は鋭い銀の刺になる。そうなってしまったら、もう海は無く、空は無く、世界は目の前で斜めに走る粒子でできた灰色の空間に、それ自体を圧縮してしまった。

重い足音がして、おじさんのチェーンが小さな小屋に身体を押しこんできた。貧相な壁に三方を囲まれた、屋根の下のこの空間に、二人が入るのは難しい。ボビーは、タバコとラムのにおいを嗅ぎ取った。もしコンク《コンク》が深呼吸をして、真っすぐ立ちあがったりしたら、この小屋は吹っとんじゃうな。雨と体温と輝くばかりの生気に満ちているせいで、チェーンの身体からは湯気が立ち昇っている。帽子の縁から、水が小さな滝のようになって零れ落ち、ごわごわした顎鬚からも奔流のように水が滴っている。

火を焚いてくれ、ボビー。

怒れる海が再び顔を出すと彼は外に目をやり、勢いよく降る雨を見やった。

なんもないのか、あ?

二人はお互いのにおいがするくらいのところに座り、横にある身体は暖かい。でも、ボビーは寒さが骨に沁み入ってくるのを感じていた。チョークは指だ。たるんで皺の寄った皮がついているけれども。彼は濡れた石板に、指で書いた。

いいぞおれたちくじらころした。

チェーンが吠えた。笑っていた。ボビーは、男の腕が自分の背にまわされるのを感じた。硬くなった力強い手のひらに、力をこめて抱きよせられた。

鯨をこの手で殺してやりたいと願ったものさ、小僧。言っとくがな、一頭だけじゃないぞ。もっとだ。だが今はな、日の光と晴れた空がいいな。

ボビーはにっかりと笑い、うなずいた。ドクター・クロスは逝ってしまうかもしれない。でも、ジョーディ・チェーンは生き続けるだろう。新しい年上の人。

だく《ハグ》。

ボビーはクジラたちを一番に見たかったが、アメリカ人たちの方が先だろうとわかっていた。フランス人にだってかなわない。あの人たちは、帆やら何やら何でも持っているから。傾いたマストの先端と帆が、彼がまだ目にできない鯨の潮吹きを指し示す。

鋭い目つきで、ボビーは外を見続けていた。彼はコンク・チェーンに石板に書いたものを見せて読んでもらおうとしていたけれども、天気を眺めていようが、鯨を見つけようとしていようが、何か書いていようが、みなが探しているものを目にしたならば、すぐさま叫び声をあげて駆けだす準備が、ボビー・ワバランギンにはできている。

いいぞ、と彼はその時書いた。心に願いながら、描きながら。

いいぞくじらいないあれたうみ。

いいぞ、という言葉を彼が消すや、はるか上の後方から、水滴の群れが落ちてきた。小さな足音がするように、水滴が堅い葉を叩き、花崗岩の上をゆっくりと横切り、彼らの周囲の布地をやかましく打ち叩いた。ボビーは驚きながらも歓喜して叫び声をあげたが、すぐ横にいるチェーンは一言も発せなかった。彼にボビーの声は聞こえておらず、耳にしているのは水が小さな手足のように打ちつけ、ゴボゴボ、ジャボジャボいっている音だけだった。足の下の花崗岩の上を水の薄い膜が横切って行くうちに、二人はお互いを見ながら何か言葉を口にしたが、どちらの耳にも届かなかった。

彼らは小屋のなかで雨をしのぎ、ひどい風を免れてはいたが、風は指先で彼らに触れ、さらには唾を吐きかけた。カンガルーの毛皮を着こみ、油と軟膏を肌に塗りこんでいたので、ボビーの身体は体温を保っていた。彼の指先では、命がまさにジンジンと脈動していた。

岬の下の風が吹きつけない場所の水面を銀色の刺の軌跡が横切り、ひどく浜に近いところにある島の向こう、風にぶった切られている海へと消えてゆく。南の浜辺沿いにはちょうどああいう岩だらけの岬や島がずっと続いていて、雲が腹を見せながら、その上を引きずられてゆく。

チェーンが身を震わせ、放屁した。彼はぶつぶつ言いながら、浜辺へ続く坂道に向かい、慎重に下っていった。

ボビーは、自分の父親と母親の言葉とチェーンの言葉を真っすぐにつなげて書いた。

コンクいく、くじらきた。

あそこだ。ボビーには、帆が一つ見えた。マストがその傾きの角度を変え、それから、灰色と白の房と大海原の裂け目の合間で吹きあげられた潮が一つ。うわあ。吹きあがるたくさんの潮。風が模様をつけた海の上へ斜めに日が差しこんで、大きな光の幹ができている。そのなかで、銀色の藪の茂みに花が咲く。一瞬、帆船や、水平線から現れる船団のことを彼は考えた。でも、違う。こいつは鯨なんだ。ボビーは腕と足を風車のように動かしながら、砂の道を下った。叫び続けながら。声は、人を行動へと駆り立てる。その時は時間がなかったので、彼は後で書いた。

あっちでしおふいた！

書きさえすれば、来《きた》る季節に、ボビーは何度でも同じことを引き起こせる。それを始めたのは、今ここでだったのだ。

カヤ《やぁ》。

第一部　一八三三年—一八三五年

綱をたぐって戻る

昔むかし、大海に、風が吹きすさぶ荒海に、船長がいた。船長の素敵な帆船は、上へ下へと残酷なくらい弄ばれていた。青かった顔が緑になってしまった乗客たちは口をつぐんで息を呑み、岩のせいでごつごつとして見える長く連なった陸地に、ひたと目を据え続けていた。塩と雨の向こうで陸地は霞んでしまっており、どこにあるかはっきりとわかるのは、陸地に打ちつけた波が泡となり、空中に羽飾りのように舞いあがる時だけだった。船長は——彼の船は打ち据えられ、うめき声をあげ、ピンと張った索具はブンブンと音をたてていたのだったが——退避の可能性を求め、陸地に対して平行に船を走らせていた。吐く寸前の乗客たちは、どのような運命が待ちかまえていようと、すでにあきらめの境地だった。

しぶきでびしょ濡れになりながら、ボビー・ワバランギンは腰に綱を固く縛りつけ、舳先《へさき》に立ちはだかっていた。両膝を曲げ、船の激しい上下動に対して腰でバランスをとろうとしていた。突きあげるような波が甲板を洗い、何もつかまるものが無く、彼には綱だけが頼りだった。恐怖と興奮にかられながらも、彼は笑いながら立っていた。一つかみ、一つかみ、手で綱をたぐって、風雨に逆らって、自分の身体を最初にいた場所へ引き戻す。船のうめき声が、足の裏とあばらの内側に直接伝わってきた。帆の様子が感じ取れる。この世ならぬ風にとらえられ、張り切って破れそうだ。カモメが甲高い鳴き声をあげ、呼びかけてくる。泡の固まりか、雲のような何かが、索具に引っかかってからどこかに飛んでいった。寒くて身体が震え、万が一、船から放り出されたらと思うと怖くて綱から身をはずせないまま、ボビーは甲板の上を前に後ろに滑った。

今にも死びとになりそうだった。意識の箍《たが》ははずれ、どうしたいとか何がやりたいとか頭には浮かばず、あるのはただ不毛な自分だけ。

すると船が反対側へ傾いて、岬と島のあいだを抜け、風が遮られた洞穴のような空間へと入っていった。はるか上までせり出すように、花崗岩がそそり立っている。巨大な岩の質感が、人々を落ち着かせた。それでもまだ、日の光は降り注いでくれていた。ボビーはヒトデのように、甲板で大の字になった。もう暖まっていた。

乗客はみな、その変化を感じ取った。陸地の南側からこちらにやって来て起こった変化。長く連なっている陸地が同じように雨に打たれているのに、こちらに来ただけでこんなに雨風をしのげるとは。高く聳える岬と島に挟まれた立派な入り江に入ってゆくと、手が届くようなところに砂浜があった。

まさにここに、船長あり。もう風は耳のなかで咆えたり自分たちを弄んだりしなかった。乗客たちがその状況に順応しているあいだに、顔の上で塩が乾いてゆくあいだに、船長と船員たちは、もっと緑が茂っていた別の浜辺を思い出していた――気候はずっと温暖で、女たちは胸を出して踊っていた。小さな波が、意地悪く船体を叩いた。

望遠鏡を目にあてて、船長ここにあり。船員たちはうんざりしてため息をつき、海が静かになったので安心した乗客たちは甲板で身体を伸ばして深く息を吐いた。それにしても島のはしを越えるだけで、こんなにすぐに風が弱まるとは。太陽は彼らの上で輝き、すぐ左手にある岩の上にも輝いていた。その岩は、深く青い海の底から真っすぐに、伸びあがるように立っていた。

あっち側の少し先では、大波が島に打ちつけては砕けていた。泡が断続的に舞いあがり、宙に漂っている。

お互いの声に慰撫されていると、岩に打ちあたる海が発する長く規則的なブーン、ブーン、ブーンという音と、鳥が呼び交わす甲高い鳴き声が聞こえてきた。その歓迎の唄は、不規則に変化して無調だった。鳥はしぶきとともに上がったり下がったりし、その唄の音符であるかのようだった。

乗客たちは話し合った。永遠に岬に吹き寄せる風によって石が木のように曲げられてしまっている様子だとか、雨風があたらない方では岩が海からとても荘厳に突き出ているとか、おかしな形をしているものもあれば今にも転がり落ちてきそうな丸いのもある大岩が高いところにかろうじてのっかっているように見えるとか、巨大な岩肌の斜面が水際ぎりぎりまで続いているとか。人々は不安そうにあたりを見回し、陸地の、土の、大地のにおいを嗅ぎ取ろうとした。でも、塩とユーカリ油のにおいしかしなかった。

索具のところにいる少年の暗い影。

眼の前にある土地が掲げた腕の一本。そのそばにある雨風から守られた大きな入り江に、彼らは錨をおろした。その時、彼らはすでにその土地に抱かれていたのだ。

キング・ジョージ・タウン。今では人々は、この場所をそう呼んでいる。

メナク

メナクの焚き火は船からは見えないはずだった。それでも彼の方からは、岬の内側にある湾、大きな入り江、島々、岬を回ってやって来た船、どれもが視界にとらえられていた。その船は、海面すれすれを滑っているように見えた。初めてああいうのを見たわけではないのに、空から舞いおりてきたペリカンが着水する姿を今でも思い起こしてしまう。船が海を切り裂き、押し分けて進んでゆくと、布の翼が風をとらえ、とがった胸のような船体が波を転がして泡立たせ続ける。なんという力と優雅さ。海には、乳のようなあの傷跡が残る。海が再び閉じる時、あの傷は癒えてなくなるのだ。

船が止まり、帆はたたまれた。メナクは子どものころから、船が行き来するのを見てきた。最初にやって来た来訪者たちといっしょに父親が踊るのも見た。もっとも実際に覚えているのは何が起こったかではなく、唄と踊りの方だった。唄と踊りはずっと生き続けているからだ。ああいう来訪者たちは古い物語に見合った生き方をしないくせに、いつまでたってもいなくならない。だから、彼は心配していた。

メナクは大きな丸い花崗岩にもたれかかった。岩は日光のおかげで暖まっており、背中にあたっているところが心地よかった。同時に彼が思ったのは、坂のはるか下にある建物がどんなに閉ざされた空間になっているかだった。さわさわと呟くような音をたてる木々から造った丸太で、どうしてあんな屋根ができるのか。壁は、木の枝と白い粘土を混ぜてできている。あの粘土は、自分たちが化粧に使うのと同じものだ。

メナクは若くなかった。胸板には模様が並行に刻まれており、額はだいぶ後退していた。固く束ねられた髪の毛からは明るい色の羽飾りが飛び出ており、上腕には両腕とも紐飾りが結ばれ、皮膚は油と顔料《オークル》で輝いていた。小さな白い犬を呼び、海辺に鎮座している白い建物の集落に続く狭い道を彼は急いで降りてゆき、きれいなズボンとシャツをとっておいてある小屋へと入っていった。彼は手を洗い、儀式をし続けた――水平線の向こうから来た連中に挨拶するためのあいつらの儀式だ。彼は親族の子どもとドクター・クロスに挨拶するのを楽しみにしていた。そして、クロスが自分に知り合いになってもらいたいと思っている人たちに挨拶するのも。

ブラザーのウニャランが死んでからしばらく、メナクはここから、ホームの中心から離れていた。ペパーミントの木々と花咲くペーパーバークを抜け、波止場の白い浜辺へと向かった。白い犬は、そばをとことこついてきた。そうしながら彼は、ウニャランとドクター・クロスがどんなに近い友だちだったかを思った。

メナクの仲間から、多くの死人が出ている。クロスは友だちではあったが、そのお仲間が今よりここに必要とは思わなかった。それでも、あいつらはここにいる。確かにいろいろと物をくれるし、長くいる者はあまりいない。それに少なくとも、メナクからすると野蛮で面倒な連中と対立した時には、たまにではあるが都合よく味方になってもらえた。

そうさ、メナクはワバランギンにまた会えるのを楽しみにしていた。ボビーにね。クロスとあの他の連中は、あいつをボビー・ワバランギンと名付けた。あいつはこの土地の日が昇る側で生まれ、それ以来ずっと、船がついては出てゆくのを目にしてきた。今では自分でも船に乗って、出かけては帰ってくる。あいつと同じくらい船に乗ったのはウラルとメナクだけだが、ここしばらくはご無沙汰だ。あいつは賢い子だ、ボビー・ワバランギン、それに勇敢だ。

ウラルは今や、水先案内船に乗っている。船が休息し、翼をたたんで、結びつけられているところへ向かうボートの上だ。あれは船だ。鳥じゃない。メナクは自分に思い起こさせた。犬に合図すると腕に飛びこんできて、船の方をじっと見た。まるでそういうふうにしていれば、鼠を追ってあの甲板の下を駆け回ったところが思い出せるみたいに。

メナクは犬を撫でた。アリジャ、ジョック。ヌナク・コルント・マアマン・ンガアンク・ムルト。

見ろよ、ジョック。あれは、おまえの家であり父であり母であり家族だったんだぞ。

チェーン

ジョーディ・チェーンは、塩をふいている木の手すりを握りしめた。神経をロープのように張りつめて、浜辺の向こうにある広大な灰緑色の土地へ、槍のように鋭い注意を向けた。何も無いな、と彼は思った。道が無い。そして、おれを待っている。内陸には、煙の筋が数本立ち昇っているのが見えた。妻が二の腕に触れ、彼の腕のなかにするりと入ってくるあいだも、ジョーディ・チェーンはタモシャンター帽〔スコットランドのウールの帽子〕の下で歯ぎしりしていた。

水先案内船が横付けされた。肌が浅黒く髪がぼうぼうで、衣服は獣皮の腰巻だけの乗組員が、甲板の水夫に綱を投げた。チェーンは妻がうろたえないように、自分の背後に立たせた。息子は父親の手をつかみ、娘は母親に軽く触れつつも、少し離れて立っていた。

シグネット川植民地よりもこっちの土地を取れ、とチェーン氏に忠告した張本人はドクター・クロスで、水先案内人のキラム氏を紹介してくれたのも彼だった。二人の男は、身ぶりも大げさに握手を交わした。

私の妻です。

お目にかかれてうれしゅうございます。キラムはチェーン夫人にそう言い、続いて子どもたちにも挨拶した。

羨ましいですな、と彼は言った。

もっともジョーディ・チェーンは、羨ましいどころか、自分にはもったいないくらいだと自覚していた。

それで、不躾で申し訳ありませんが、何をお持ちになられましたかな、チェーンさん？

ジョーディ・チェーンは、組み立て式の家を二軒持ってきていた。金と株式も、道具と事業も。約束上は、それだけあれば土地を譲渡してもらうには充分なはずだった。ところがシグネット川のあらゆる土地は、いいも悪いも関係なく誰かの所有になってしまっており、そのうえ虱潰しに調べあげられて、分配されてしまっていた。でもここは、故郷の土地よりやせているということもなさそうだ。それに聞いたところによると、シグネット川とは別の場所に、土地は充分あるはずだった。ジョーディ・チェーンは、一発当てようと目論んでいた。階級による偏見は、ここでは邪魔をしないだろう。彼が好んで言うように、誰だって自分の尻の上に座るしか、座る術はないのだ。

アレグザンダー・キラムも同じようにいろいろ考えていたが、まずは仕事だ。兵役を終えてから、南の海岸沿いにある一番穏やかな水域で港の仕切りと水先案内人の両方を任されてはいるが、限られた経験しかしておりませんが誇りを感じております、などと御託を並べている暇はない。港に立ち寄る船などほとんどなかったので、仕事がきついわけではなかった。だが彼は、直に変化が訪れるだろう思っていた。

ジョーディ・チェーンは、アレグザンダー・キラムが吸っている甘い汁のにおいをすぐに嗅ぎつけた。水先案内人はどの船にも最初に乗りこむので、それぞれの船の積荷がどんなで、誰と取引するのか、一番にわかる。陸にいる人々が必要としている物も当然わかっている。ラムが入り用なのは、当たり前だ。

風は強いし、もう暗くなる。船を港の奥に入れるのは明日にする、ということで話はまとまった。明日にはいい風が吹きますように。

ドクター・クロスは、チェーン一家が自分と浜辺に向かう際、キラムにいっしょに来てもらえるように手配していた。

ボビーはすでに鯨捕りのためのボートに乗りこんでおり、ウラルより先に櫂を取ってしまった。クロスはボートに乗りこんで座ってから、ハンカチを両膝の上に広げた。見ている者たちは、何か変なことをしていると思った。そしてボビーに櫂を取られてしまった若者は、頭をクロスのハンカチの上に載せると、櫂受けから響くリズムが一定になるやいなや、眠ってしまった。赤く塗られて脂ぎった若者の顔と、毛皮のヘッドバンドで押さえられて撫でつけられた髪の毛と、油と赤い土でひどく汚れた身体と、髪の毛か毛皮で編まれた貧相なベルトを、チェーン夫人は見つめた。夫がどこか遠くを指さしている。鬱蒼とした低木のどこかしら、それとも花崗岩の大きな岩かしら……

あれが入植地なのかしら？

やがて、彼らは狭い海峡に入っていった。灰色の岩が両岸で斜面をなし、海面から一尋《ひろ》か二尋下で、海藻がリボンのように揺れている。浜辺に人影が。白い砂浜、濃い緑の柳の木々…… 二つの丘のあいだにある峡谷には、灰色の屋根を持つ数軒の白い建物が寄り集まっていた。沈みゆく夕日が最後の瞬間に、そこにある一群の建物を暖かく輝かせた。

ボビー・ワバランギンとウラルは舟から飛び降りるや、舟をしっかり岸につなぎとめた。その間に他の人々は――古き物語においては、それはそれは正確に切れ味鋭いダンスをしていた者たちが――足をひきずり、むっつりとして、よろよろと自分たちの浜辺に姿を現した。

ボビーは、チェーン夫人の荷物を運ぶ手伝いを喜んでするつもりだった。旦那さんが舟の揺れに足を取られて、奥さんを腕に抱いたまま今にも倒れてしまいそうになったりしているんだから、なおさらだ。それとも子どもの方を助けようかな。けれども子どもたちは、船員たちの腕のなかに行ってしまった、まだぼくじゃ、年がいってないもんな。

太陽は、浜辺の向かい側にある背の低い丘の連なりの向こうに沈んでしまっていた。入植地は坂のはるか上にあって、そこからは雲が垂れこめてピンクに色づいた空へ向かって、煙が細い筋となって立ち昇っていた。様々に異なった色合いをした灰色の雲と、煙と、花崗岩と、海が混ざり合ってゆく……砂は白く輝き、弱まってゆく光のなかで、小さく打ち寄せる波が光を放っては砕ける。波が精妙なリズムを刻むので、ボビーはゆるやかに腰と膝を振り、湿った砂に足を深く、さらに深く沈めていった。地に足がついている。戻ってきた。自分が旅立った時のことを思い出す……

身内が別れを叫んでいる。ボビー・ワバランギン少年は花崗岩の狭間を抜け、島々に向けて船出した。太陽が大地に触れ、沈んでゆくのを振りかえって見つめた。浜辺の白い砂はしばらく見えていたが、すぐにそちらもどこにあるのかわからなくなった——彼自身も、空の彼方に消えていった。

星々が、彼の周りで輝いた。水しぶきが一つあがって、空の半分が炸裂した。炸裂したように見えたのはもちろん水に反射していた空であり、本物の空ではないとわかっていた。ボビー自身は、星々や月のようには揺れはしないし震えもしない。水面にある星や月がゆっくりと元の形に戻って鎮まったのは、どこか別のところで今ではすっかり静かになった錨が、彼をしっかりつかまえてつなぎ留めたずっと後だった。

たたまれた帆の下で横たわり、片方の耳を甲板にあてて、船の呼吸とため息に耳をすます。堅固な木の船腹を波が叩いていた。陸からはるかに離れたこの場所でだって、すぐそばに暗闇のなかから何かがぬーっと現れる。ボビーは自分自身を落ち着かせようとし、カンガルーの毛皮をしっかりと身体に巻きつけて寝た。

彼は吐息を一つ漏らし、目を開けた。空の広大な青さのなかで、海は無数の動きを伴って傾き、その海の上で、島が一つ、その密度を濃くしてゆく。それは岸辺から水平線のところに見える、唯一の霊妙なるものだった。ボビーからは、その島はもうかなり近くに見えた。質量を感じられる。あそこは居心地がよさそうだ。若木と低木がねじくれつつお互いにきつくからまり合っているのが見えるようだ。

別の方向にも目をやった。浜辺が遠くにある。もっとずっと遠くには、煙の筋が一本。

帆がおろされて風をとらえ、島の周りをボートは進んだ。向こうにあるのは海だけだ。二番目の島のはしにある吹きっさらしになった岩のところで、海が小さくうねって上がったり下がったりしていたが、波は砕けてはいなかった。

まばらな拍手のように足の下で舳先が泡と水を跳ねあげており、ふくらんだ帆は、まさしく誇りと力そのものだった。それはいい風がたまたま吹き、島が近くにあったおかげに違いない。岬の先にある洞を周りこみ、ボートがうねる大海へと出てゆく前にボビーが感じとったのは——彼はそれをありがたくいただいた——ユーカリの木と葉の最後の吐息、大地と太陽に暖められた花崗岩の最後の吐息だった。まさしく彼のホームである島々が、背後で沈むように見えなくなってゆく。するとあっという間に、海だけ、水平線だけ、ボートだけ、そこに乗っている人々だけになってしまった。

ボビー・ワバランギンは、とても寂しく感じた。

それにしても、僕たちはどこに行くんだろう?

彼は船べりにもたれて、腹の中身を全部出した。全部、海にでちゃった。自分の内と外が、完全にひっくり返ってゆく。ボートは水でできた山々の谷間にあるかと思うと、次の瞬間には水の尾根のてっぺんで、空に向かって掲げられていた。波はうねっていたが、海面は滑らかだった。計り知れないほど巨大な目のようなものに向かって、ボビーは何度も何度もお辞儀をするように船べりから乗り出した。その目は、彼を見つめ続けていた。

＊

　ボビーがようやく船から降りられたのは、何日も経ってからだった。ボビーはうれしかった。口にこそしないがドクター・クロスも同じように感じているのを、ボビーは知っていた。錨をおろしたボートは予想もしないような揺れ方をし、波は彼らの方までその身を伸ばし、索具を抜けて吹く風が悲鳴をあげた。ここは、自分たちの港ではない。ここは、母親の腕のように大地が囲んで守ってくれている自分たちの入り江ではない。ここは、青い空と海の上にある雲のようだ。風が、おまえを引き裂くぞと脅しをかけてくる。

　こいつはシグネット川だ、とドクター・クロスは言った。ここにはクロスの昔のホームから来た友人たちがいる。メナクとウラルもここに来るだろう。私らのホームからね。ボビーはいっしょに微笑んだ。

　落ち着きなく心配げに船が集まっている場所から河口に向かって、彼らはボートを漕いでいった。波が盛りあがって羽根のように伸びたが、決して砕けはしなかった。ところによって川幅がとても広くなりくねっていたので、彼らは時に風のなかに入りこみ、時に風といっしょになった。風は正午ごろに弱まり、ほどなく反対の方向から吹き出した。そこで小さな帆を掲げると、舟は活き活きと躍動した。洋服と日の光のなかでぬくぬくとして、ボビーはドクター・クロスにもたれかかり、眠りに落ちた。そして彼が目を開けた時には、日はかなり低くなっていた。彼は、幅が広くて茶色い水が流れている川越しのある一点に、ひたと目を据えた。水の上にそそり立って風雨を防いでくれる崖からそれほど遠くない場所が、土手になっている。間もなくボートは、葦とペーパーバークに挟まれた砂地へと向かった。そこはまさに、ボビーが見つめていたところだった。

わかるだろ? ボビーには何かを書き留めておく必要なんてなかった。心に思い描き、銛のようにそこに自分の心を突き刺しさえすれば、その通りになったのだ。ボビーは目が回っていたので、一歩一歩、ためらいながら踏み出した。ずいぶん長い時間を甲板の上で過ごしていたから、地面が足の下でずっと動くような気がして仕方がない。しかし、そんなことは起こりはしない。地面を信頼できたわけではなかったけれどね。

ドクター・クロスはそこを知っていた。彼にとってはホームのようなものなのだ。

ボビーは標《しるし》を探した。鳥はたくさんいない。小さな動物もいない。馬が数頭、荷馬車が一台、ずっと奥の方に、彼が今まで見たことがないくらい大きな建物の群。そしてあそこ、土手沿いに生えたペーパーバークの木々のあいだに、カンガルーの毛皮と毛織のズボンを履いた男が一人いる。ウラルだ!

ボビーは駆け出していって、二人で抱き合った。

＊

ボビーとウラルはクロスとその友人たちを追っていった。ボビーは船の上でたくさんの経験を積んでいた。歓びや恐怖が、山が迫って来るように押し寄せてくる。彼にはわかっていた。ドクター・クロスでさえ足を踏み入れることが許されず、船長しか通れない通路が船にあったように、まさしくここはそういうところなのだ。その大きな建物の群れに近づくにつれ、ボビーとウラルは藁と馬に囲まれて休むはめになるのがはっきりしてきた。メナクはそこで彼らを待っていた。彼は、ドクター・クロスとは口をきかなかった。

ドクター・クロスは後で友だちといっしょにやってきて、彼らの居場所が快適かどうか見ていった。彼はラムを持っており、食べ物は届くから、と説明した。明日、ここのヌンガルの何人かに会うのだそうだ。だから、キング・ジョージ・タウンがどんなだか話して欲しいのだと言う。メナクの頼みに応じて、彼はカンガルーの毛皮をホームから持ってきていた。

彼らに伝えてくれないか。キング・ジョージ・タウンで我々がどんな具合に友だちでいるかを、とクロスは言った。

メナクが周囲を見渡して、顔をしかめた。

ウィンジャ・カアルル？　火は？　ウラルは尋ねた。

クロスは言い訳をしようとしたが、藁が置いてある馬小屋ではあるものの暖炉と煙突があるのを目にすると、火を起こして出ていった。ウラルは土の床を掃いて、わずかばかりのスペースをつくった。小さいなりに火はあるし、風はしのげ、雨が降っても屋根がある。食べ物が届けられた。もっとある方がよかったが、みなでいっしょにいられるので満足した。夜の大半をおしゃべりとそこの馬をよく知ることで費やした。ホームができた。

ウラルとメナクがした航海の経験は、ボビーのそれとはかなり異なっていた。彼らの航海はすぐに終わりになったのだが、問題は天気だった。服が濡れてしまうのだ。凍えないように身体に油を塗りたかったが十分にはなかったので、鯨の脂をランプから失敬した。話はほぼ全部をウラルがした。それから自分たちの古い唄を歌い、旅と変身と英雄としてホームに帰って来た人々の話をした。彼は、ここが好きではないと漏らした。

あいつらは、俺たちを遠ざけている。あいつらは冷たくて、離れたところにいる。

ボビーは、こんなに黙りこくってむっつりとしているメナクを知らなかった。

空腹ではあったが、羊の肉から脂をいくらか取って身体に塗りこんだ。というのは、脂無しの状態だと、彼らが貰っている衣服は一回湿ってしまえばもう身体を暖かくし続けてはくれないとわかっていたからだ。太陽が隠れてしまったり、風がすごく強く吹き続けたりしたら、だめなのだ。今だって、煙突の周りで乾いた風がうめいている。彼らは火をかき立てて、火勢を強くした。火がする咳払いのおかげで心が落ち着き、たくさんの火の舌がする柔らかなおしゃべりに癒された。もし明日、ここの見知らぬ連中に会わなくてはならないなら、銃を持ったドクター・クロスとそのお仲間といっしょに行く方がいい。

＊

朝から暑かった。裸でいたかったが初めての人と会う儀礼上しかたなく、風が抜けてゆくように肩にカンガルーの毛皮をかけた。脂とオークルがないので、自分たちの身体が奇妙なくらいか弱く剥き出しになっているように思えた。白い男たちとともに、彼らは土の道をたどっていった。轍《わだち》やら、馬や羊の硬い足がつけた跡が、道を断ち切ったり横切ったりしており、巨大なエミューの糞のような、馬糞やら牛糞やらが散乱していた。人の足跡がたくさんある。裸足で靴は履いていない足跡だ。クロスに教えてもらっていた野営地はこの先にあるに違いなかったが、誰のだかわかる足跡は無い。

こんな場所なのに、鳥やワラビーの気配があまりに少ない。ボビーは面喰らっていた。ヤムイモがこんなにたくさんあるんだから、たくさんの人が食べてゆける。今すぐ掘り起こしてもいいのに。このあたりに火がつけられた様子がないのが不思議だ。人が住んでいる場所を目にして、彼らは立ち止まった。見知らぬ人たちが気づいたら、こちらに歩いて来られるようにするためだ。ところが、クロスとその友人は歩みを止めなかった。

ボビーは取り残された思いを味わい、すごく失礼だと感じた。メナクは地べたに座った。少し地面が盛りあがったところに座ったのは、まだ会ったことのない人たちの野営地から見えるようにするためだ。クロスと友だちを追っていってもよかった。ここでは、彼らが知っている人間は自分たちだけなのだし。けれどもメナクは、待とうと言った。すると、クロスが戻ってきた。彼らの到着を待っている人たちのところに来てくれとのことだった。あちらもまたカンガルーの毛皮を着て、槍を持っていた。見知らぬ人間に挨拶するにあたっての、正式な槍の持ち方だった。

僕たちがホームにいるのと同じやり方だ、とボビーは思った。ワバランギン、と彼は自分に向かって言った。相手にはそっちの名前を教えた。ボビーではなく。

ボビーはクロスと彼の友だちの後ろでもたもたしていたが、メナクとウラルは身体に大きな傷の模様がある長老たちに向かって歩いていった。

メナクは毛皮を脱いで、それを長老たちのうちの一人に差し出した。カヤ。ンガン・ワルダン・ディダラク……ンガン・クエル・ウラル・マアジト・クンヤルト……彼は挨拶をし、どこの出で、自分の親族のなかでは何者であるかを告げた。長老たちのうちの若めの男が、メナクの贈り物を受け取った。二人の男はそれぞれお互いの毛皮を相手の肩にかけ、喉のところで留めた。

他の者たちは、立ち尽くして見守っていた。遠くに離れているので、お互いのにおいに包まれている二人がどんな具合なのかはわからなかった。

ウラルは、別の男と毛皮を取り替えた。それから二人は、あいつは若いんだと説明しながら、ボビーに前に出ろと手招きした。男たちがつながりを求めて、親族や土地の名前を教え合っているあいだ、ボビーは黙っていた。ある程度お互いのことはわかったが、どちらも相手の訛りに慣れていないので、すっかり安心はできなかった。

男たちは彼らをクロスとその友人たちから離れた場所へ連れてゆき、小さな火と火のあいだに座って話をした。その影が動くと、彼らが語っている事柄を演じているかのようだった。

一人の老女が、メナクをかき抱いた。女は笑って、ウラルが子どもであるかのように背中を叩き、鼻をつまんでから、ふざけた調子で彼を抱いた。彼女の微笑みは、寒い時の日の光のように、あるいは暑い時の日陰のように、ボビーを包み洗った。ボビーは、マニト婆さんを思った。メナクが長らく連れ添っている老女だ。今ここに、あの人がいてくれたら。

ニジャ・ワジェラ？　おまえの友だちかい？　と老女が言ったが、愛想がいいわけでもふざけた様子でもなくなっていた。ジャナク！　悪霊じゃないのかい！　こっちに笑いかけはするけれど、こっちが背を向けた途端に敵になるじゃないか。こいつらは、あたしたちを土地から追いたてる。あたしたちの動物を殺す。そのくせ、あたしたちがこいつらの羊を一頭でも食べたら…… あたしたちを撃つ。パアラプ・ンガラク・ワアダム！ こいつらのにおいを嗅いだだけで、あたしらは殺されてしまうんだ。

おれたちといるこいつは、そんなことはしない、ウラルは答えた。こいつはおれたちの友だちだ。おれたちを必要としているんだ。

とはいうものの、メナクは言われたことを注意深く聞いていた。

ウラルと相手側の男たちの一人が、地べたを転がる樹皮の円盤に向かって槍を代わる代わる投げつけた。あちらのグループの他の男たちの槍も使って、円盤がばらばらになり出すまでそれは行われた。ボビーは驚いた。槍が何度も樹皮に命中したからだ。彼らは食事をし、特にメナクには、手に入るなかでも選り抜きの物が与えられた。

午後になると、ドクター・クロスと彼の友人たちは、小屋の一軒に置かれたピアノのところに彼らを連れていった。音楽が頭上から、せりあがっては滝のように降り注いできた。まるで高くせりあがり続けた波が驚くほどやさしく落ちてくるようで、新鮮な感覚を与えてくれた。ピアノ弾きの両手は白と黒の上で踊り、手がダンスして音楽を作り出していた。音をただ追っているわけではないのだ。彼らは小さなカップから茶を呑み、柔らかい椅子に座った。すると、おしゃべりがあたりを包んだ。家具を、スプーンを、カップを。鋭くチリンチリンと音がした。その場にふさわしいようにメナクとウラルが代わりばんこに歌い、踊った。けれども、彼らは死びととの踊り、デッドマン・ダンスはしなかった。あれは、特別な時だけのものなのだ。ホームのためだけにする踊りだ。彼らの踊りが何についてだかボビーは少しだけ説明して、クロスが教えてくれた唄をいくつか歌った。

彼らの唄と踊りを見た者たちは、それがどれほど見ものであるかについては、意見が一致した。それに、あの若い少年の英語の力は目覚ましい——キング・ジョージ・タウンでの良好な関係の証だ。そのうえまったくもって、自信に満ち、魅力的で、おませなもんだ。

ドクター・クロスの言葉が、この土地に集まってきた人々のあいだに伝わっていった。キング・ジョージ・タウンには土地がある。キング・ジョージ・タウンには、良い土地がある。

*

シグネット川植民地には、午前中ずっと陸地の方から強い風が吹いていた。一日の残りは、海の方からさらに強い風が吹いた。メナクとウラルは、錨で係留された船へと漕ぎ出すように言われた。船は、荒れ狂う獣のように飛び跳ねて揺れ動いていた。それでも帆がおろされるや、すぐに風を受けて膨らみ、船は風に乗って出帆した。浜辺もまた風がきつく、歯のあいだは砂でじゃりじゃりとし、岩への照り返しは目を射るようだった。ボビーはドクター・クロスといっしょに留まり、長い茶色の川を内陸に向かっていっしょにたどっていった。しかめ面をつくっているようなゴツゴツとした岸壁のあいだを抜け、建物があり、馬と羊と牛がいる場所へと戻っていった。

ボビーは、シグネット川植民地では子どもでしかも余所者だった。人々が彼のことは遠くから見つめているのに、ドクター・クロスに向かっては微笑むのに気づいた。握手をしたりもしている。ボビーは自分のために熱心に勉強し、ドクター・クロスの家族であるかのように小屋に留まった。そんな具合に閉ざされた生活を送ったせいで、ボビーは病気になった。おかげで長いあいだ、窓や扉越しにしか木や空を見られなかった。息をするのもままならず、風はうめき声をあげ、そのうめき声は彼の調子の悪さそのものなのかもしれず、頭のなかをぐるぐると巡った。彼は、風の音を書き記した。ウィイラ・ウィイラ・ウィイルン……眠っていると、自分の思考や呼吸が壁から跳ね返ってきた。彼が勉強に使った紙は、指の下で古い皮膚のようになっていた。

夜に目を覚ますと、周囲の暗闇全体が不定形の精霊《スピリット》となり、こっちに注意を向けろと迫った。二度と家には帰れないような場所に、手を伸ばして彼をかっさらっていこうと準備していた。時折、ドクター・クロスの優しげな顔が彼の前で漂った。帽子の縁の下に、赤毛の房がぶら下がっていた。目は小さな潮だまりのようで、口にはハンカチがあてられていた。

ボビーは、呼びかけを繰り返し耳にした。音は、二つだけだった。ウーオー。

＊

彼らはやっとの思いで、船でキング・ジョージ・タウンに戻った。ドクター・クロスの咳は、軋む丸太、はためく帆とうなりをあげる索具、海の泡とうねりと同じぐらいなじみのものになっていた。その咳は風に乗り、呼び交わし合う海鳥の鳴き声のように散り散りになっていった。ボビーが船のどんなに奥まった場所に自分の身体を押しこんでみても、その咳は曲がりくねった道をたどり、ボビーを探し出した。

帰りの船旅には、男が一人加わっていた。ミスター・ジョーディ・チェーンだ。背が高くて恰幅のよい男で、胸から腹までボタンをはずし、両頬に髭があった。彼には妻と二人の子どもがいた。男の子と女の子で、母親がしっかりと世話していた。ボビーが一等航海士のように一人で船の上を巡回していると、子どもたちと目が合うこともあった。でも、双子であるその男の子と女の子はお互いが居さえすればよいようで、彼に話しかけはしなかった。

ドクター・クロスは唇を引き結びながらフィドルを演奏し、ジョーディ・チェーンはボビーが巡回していたのと同じ甲板で跳ねまわった。重量のあるチェーン氏が爪先立ちになり、足を蹴りあげ、上下に跳ね、甲板のほんの少し上に留まり続けるのだ。ボビーにとっては初めて目にするダンスだったので、とても踊ってみるなんてできなかった。彼が学んでいる最中なのは、甲板にいるためのリズムとステップなんだから。なんたって船は海の皮の上をビューンと進み、跳ねあがっては落っこち、うねる流れの一つ一つに立ち向かい、風につかまっては放り出されるのだから。何度何度も。

双子はお互いに手をつなぎ、音楽に合わせてぐるぐると回って踊った。でも彼らもうまくはなかった。男の子の方はひどい船酔いに苦しんでいた。

ドクターの咳は続いた。眠っている時、ボビーは身体を緊張させ、ずっと終わらぬうねりに立ち向かう船首像のように胸を張った。しつこく吠えるような呼気に押しあげられる度に、ボビーは起きあがった。その長い呼び声は、探るように泣くフィドルの音色のように、高い音で鳴り響き続けた。雲の合間のどこかで、帆と風と様々な精霊《スピリット》が彼らを前進させた。

ドクター・クロスは咳きこんでいた。ドクター・クロスは唇を拭った。ドクター・クロスは妻と家族をこの海の向こうから連れてくるつもりだった。この広大な海のごく一部に収まった土地に。入用な物はなんだってある場所に。

ドクター・クロスは呟きこんだ。

*

ボビーは甲板にいるのが好きだった。魚で溢れる海のにおい、湿った帆布と綱。船腹を叩く波と、軋む丸太の音。そして、ああ、なんたって、波に弄ばれながら裸足で甲板の上を歩けば、板が歌ってくれる。上を見て、考えた。マストと帆にくっついた雲をぼくたちが引っ張って、空を渡らせているんだ。

船乗りたちは空と海を見て、読む。

ボビーはあらゆる事物を読みたかった。

船乗りたちは裸足で行く。

ボビーは裸足でいるのが好きだった。

だからボビーは、船乗りだ。

海にいる時間が長くなればなるほど、彼の言葉は成長し、思考は変化していった。船べり《ガンネル》と調理室《ガレー》。漕ぎ座と船の中央部。舵の柄と竜骨《キール》。横静索《シュラウド》、マスト、帆。

鯨とイルカが海面の下へと滑りこみ、浮かびあがっては身を翻す。陸地は海のはしに煙のように横たわり、それから消えてゆく。形を成しては消え、また形を成し、浮きあがっては沈む。まるで、視界の向こうにいつもあるわけではないように。

ボビーは揺れるハンモックで寝る術を学び、皿やスプーンがテーブルの上で滑らないように押さえておくことを学んだ……と、気をつけろ！　コップのなかの水は小さな水平線をつくり、船といっしょに傾いた。

それで、寂しかったらどうする？

彼は、ドクター・クロスとの会話や授業に一生懸命耳を傾けた。だが、その年長者は咳のせいで船室にこもりきりになってしまったので、手ほどきをしてくれたり、苦労をねぎらおうとしてくれる人がボビーにはいなくなってしまった。ボビーと話す気がありそうな人はあんまりいなかった。

自分が黒い子どもだからだろうか？

ボビーは服の袖口を引っ張り、チョッキのボタンを直した。脛のところまでズボンを捲りあげたのは、単に甲板の上をああいうふうに歩きたいからだ。

クロス

ドクター・クロスは船室の机に向かい、羽ペンをふわふわと漂わせていた。ペンをインク壺に向かって下げ、宙に浮かし、紙すれすれまでおろし、また上にあげる。簡単に書ける手紙ではない。軍を退役してから何年も会っていない妻に、何から伝えればいいのか。植民地のうちで最も孤立したこの場所に君らのための生活を準備しているんだ、とでも書くというのか。君らが慣れ親しんできたような形で養い続けることは約束できない、とか。子どもたちといっしょに私とここで合流してはどうかな。もう子どもたちは幼くはないのだから、ここで人生を再出発させたっていいじゃないか。ここには、本国では手に入らないようなチャンスが転がっているんだよ。土地はたっぷりとあった。ただそれを開墾して資産を増やすには、自分から活力を持って動かねばならない。それに、勇気だ。手紙のなかでクロスは、自分にはそういう資質があるのだ、とは書かなかった。彼をここに留めおいているのが本当は何なのか、自分でも説明できなかった。

軽快な足音が聞こえてきて、甲板の昇降口から降りてきた。扉が開くと、はじっこのところから黒い顔がひょいと覗いて、引っこんだ。扉がまた閉じられたので、クロスは両の拳で丸太を軽く叩いて微笑んだ。

入りなさい、ボビー。

ボビーが入って来ると、日の光が差しこんできた。うねる波のせいで船が傾いて起こった偶然に違いなかった。甲板の扉が少し開いていて、太陽が空のいい位置にあったのだ。クロスは瞬きして、また微笑んだ。少年の熱心さと明るく元気な心持ちが、彼にそうさせた。ボビーが机の上の様子を伺った。

たぶん、後の方がいいよね。

すまんな、ボビー。その通りさ、私はこいつを完成させなくちゃならんのだ。何気ない素振りを装って、机の上で手を振った。咳が出た。妻と家族に宛てて出す手紙なのさ。

扉が静かに閉められ、足音が軽快に昇っていった。宙を漂うクロスのペン。この手紙は書いてしまわないと。それから、土地の譲渡の確認を求める手紙をもう一通。守備隊がシドニーに戻るように命令を受けたので軍医は辞めたのだと、妻に説明しようと思っていた。植民地に持ってきた資産に見合うだけの土地は――最近あった妻の遺産相続のおかげで――譲渡されていた。そしておそらくは、新しく任命された総督の船医をかつて勤めていたのも助けになっていた。

宙を彷徨うペン……彼には説明できないことがあった。自分自身に対してさえ。人生の真ん中を過ぎ、ナポレオンとの戦争を生き延び、家族から何年も離れて、どうして今、家族にこんな危ない橋を渡らせようとしているのか？　自分の経験、できたばかりの植民地に関する知識、先住民たちとの定評ある良好な関係。どれも自らを貶めているようにしか思えなかった。私は、彼らのあいだに余所者たちを連れてきてしまったのだ。

クロスは船体を洗う波の音に耳をすました。船室の低い天井に感謝しなくては。この場で小さく、丸くなってしまおうか。

船とホーム

ああいうとっても晴れた日に、海に船出すると想像してみろよ。澄んだ空、太陽と明るい空気、舳先と航跡に舞う泡と湧きたつ泡。それにピンと張り切った、膨らんだ帆。風に吹かれて舞いあがり、まるで鳥みたいだ、とボビーは感じた。波の表面を滑るようにやすやすと出ていく様は、まるでイルカみたいだ。

甲板は、大体はどちらかに傾いていた。そして傾いた甲板が刻む定期的なビートは、ボビーの足取りにリズムを与えていた。徒歩で坂道を昇ったり降りたりするようなものだ。たとえ音楽が無くても、誰一人歌っていなくても、彼は踊りたくなった。船が波頭から波の谷間へと落ちてゆく間に、彼は四肢を元気に振り回して、船のリズムとエネルギーを彩った。船が荒波にもまれたり、崩れ落ちる海の尾根の頂点でバランスを取る際には、違ったステップが必要だった。

ドクター・クロスはヴァイオリンを持っていた。呼吸を荒げながら、咳のせいで話せないことすらあるのに、ヴァイオリンの声は空に舞いあがってから急降下し、休みなく螺旋を描くように鳴り響くのだった。新しい男のチェーンは踊り手だった。ジグ、と彼らは言っていた。彼の足は甲板から何度も何度も跳ねあがり、まるでその場に絶対いたくないみたいだった。彼の子どもたちは笑いながら手を叩き、自分たちも上へ下へと跳びはねた。そしてそういう全部の下には、いつだって風と、海と、船の航跡がある。

ボビーはにっかりと笑い、血のなかで沸き立つような泡、肺のなかの塩を含んだ空気、異なった複数のリズム、その全部を楽しみ、声を出して笑った。今はなんと言っても、このジグだ。動く甲板の上では、動かないではいられなかった。甲板のリズムは彼の筋肉を震えさせ、この人々、このおかしな踊る男とその子どもたちに自分を見てもらいたい、というエネルギーを集めてくれた。

ヴァイオリンが止まった。クロスはヴァイオリンと弓を片手に持って、ハンカチを口に当てて咳きこんだ……チェーンは息を切らして、赤い顔をしていた。ボビーは、自分の足に自分を連れていかせた。船とその下にある海に身を任せた。彼の両腕は船の帆であり、鳥の翼だった。下半身を使って、彼は舞いあがった。下に降りては舞いあがり、また下に降りてくる。彼は自分自身の声を、その動きに合わせた。

白い海鳥が一羽、船を追ってきた。ミルクのように泡立つ白い道を、上から追って来たのだ。鯨の一団がそばにやって来た。その一頭一頭が巨大で光り輝く背を持ち、潮吹きのしぶきの下で、海に浮く橋になっていた。わずかな観客たちの注意が自分から鯨たちの方に向かい出した時、ボビーは自分自身の両肩がせりあがって曲がり出すのを感じた。自分自身の形が、鯨の形へと溶けこみ出した。

その巨大な生き物たちが船の両側にいるのを、自分の観客だった人たちの肩越しにボビーは目にした。呼吸している。ドクター・クロスが身体の向きを変えると、ボビーと目が合った。そこでボビーはチェーンのあのジグをちょっと踊ってみたけれども、もはやそのなかには何もなかった。エネルギーはどこにもなかった。ところが鯨たちには、あった。これは、鯨たちがたどっている道なのだ。何年も何年も。たどるのが難しい水の道。それでも、これはあいつらの先祖と彼自身の道なのだ。だって彼は、海と鯨たちのところからやって来たのだから。だから、メナクはあの物語と唄を彼にくれた。東からキング・ジョージ・タウンのあの浜辺へと、あの物語と唄が鯨を連れてきたのだ。鯨たちは、今では近くにいた。そいつらが呼吸するのが聞こえる。あのリズムで。

金髪の女の子、チェーンの娘が、黒い人たちの言葉でダンスを何と言うのか、とボビーに尋ねた。彼は、シドニーからの船乗りたちならみんなが知っている言葉を教えてあげた。コロボリーだよ、笑いながら彼は言った。へえ、彼女はとても真剣な顔をしていた。双子のクリストファーとクリスティーン。あのね、あたしたちの名前はキリスト様にちなんで付けられた名前なの。あたしたちのために亡くなられたのだけれど、死んだ人たちのあいだから生き返っていらしたのよ。

その後に天気が変わり、風が彼らをキング・ジョージにある風雨から守られた場所へと運んでいってくれた。そこでは、自分の爪先が砂のなかに沈みこんでゆくようにボビーには感じられた。

＊

ドクター・クロスは、まだインクが生乾きの手紙を折りたたんだ。キング・ジョージ・タウンの土地を最初に受領した人物である彼は、好奇心と慈悲の心、そして相当な野心――人生もずいぶん後半に入ったまさしく今になって表に出てきているのだが――に恵まれた人物だった。彼は、自分が昔乗っていた船の船長に手紙を書いていた。その人物は、できたばかりのシグネット川植民地の総督に新任されていた。時をおかずにクロスはスティーリング総督の就任と先見の明を祝福し、キング・ジョージ・タウンの公有地の払い下げを申請しようとしていた。申請書には、妻の相続を通じて最近手に入った資産の額が詳細に記され、そのうえで彼は、キング・ジョージ・タウンを完全に放棄するよりはシグネット川植民地の本部を補助させた方がよいと論じつつ、その場所から得られる恩恵の概略を示した。特に、その場所にいる人々と彼との関係を。

彼らは自分たちをヌンガルと呼んでおります。……とても友好的で、よく入植者たちを助け、みすぼらしいカンガルーの毛皮より欧州風の衣服やズボン、寒い辺境《ブッシュ》の地より居心地の良い住居を好む者もおります。……部族の王であると自ら名乗っている者はメナクという名前であり、その兄弟分のウニャランという、不幸にも亡くなる前には特に通訳として活躍した人物とは、たびたび寝食をともにいたしました。

この一番新しい手紙において彼が進言していたのは、軍隊の駐屯地から植民地への移行と、その成功のために鍵となる諸条件だった。まず指摘せねばならず、最優先して考えるべきは、どのような人々がそこにいるかだ。人口は現在のところ三十を少し超えるくらいで、そのうちの十五人は軍人だ。四人には妻と子どもがいる。さらにそのなかの一名は──最近実務から退いたキラム軍曹だ──小さなパブを開いた。利益が見こめそうなビジネスだな。キラムはまた水先案内人で、港の長もしている。仮出獄をしたスケリーは建築関連のすぐれた技術を持っており、仕事の需要にかなり応えてくれそうだ。他にも二人の居住者たちと、数名の不在地主がいる──ほとんどが船乗りではあるが。たまに訪れるアザラシ猟師たちはその昔は悩みの種だったが、アザラシの群生地がいくつかなくなったので、今ではそれほど多くは来ない。しかし南の沿岸には相当数の捕鯨のための船がおり、その一艘一艘の船員の数はできたての植民地の人口より多いので、トラブルの潜在的な要因となっている。

クロスは自分の計画を詳しく述べはしなかったが、農業の発展は必須で避けられない、とは記した。そして、そのためには先住民たちの助けがどうしても必要であろう、と。植民地が抱える真の中心的課題は、それが入植地の特性そのものでもあるのだが、人数が少ないことである。入植地には人が必要なのです、クロスは急に勢いこんで書いた。周辺の土地への調査を喜んでする人々が、怠惰と臆病さを乗り越えられる人々が。そうしなくてはならないのは……

お互いを助け合って支え合えるからです。互恵的な需要を創り出し、内陸に向かって進出できる人々なら、あるいは最初の開発にかかる莫大な費用を賄えるだけの資本を持った人々ならば。欠乏に対する備え、生活維持のための莫大な支出は、労働者たちを引き寄せるに見合うものでなくてはならないでしょう。労働力は、最も重要です。

あのチェーンという男は、クロスは思った。労働者ではないが、まさに植民地が必要としている類の人間だろう。そこでまたしても、あの咳。

＊

ジョーディ・チェーンその人はすでに労働力が足りていないと気づいており、歯ぎしりをしていた。地元の人間も含めて働き手を募るのをクロスが助けてくれてはいたが、それでも少なすぎる。しかもなかには、仕事が始まる前にふらふらどこかにいなくなってしまう者までいた。彼の羊たちのうち、少なくとも岸辺に泳ぎつけたものは安全な場所に誘導されていた。箱や櫃は白い砂浜を越え、ペパーミントの木立のそばへとまだ運び続けられている。

自分の荷物が高く高く積みあげられるのを見つめながら、チェーンは二人の先住民がペパーミントの木々の陰で横になっているのに気づいていた。二人とも、欧州風の服装をしている。彼は、状況を確実に把握できる場所へと移動した。そこからなら、積荷降ろしが続いているあいだ、その男と少年をずっと視界に入れておくことができる。浜辺で壁掛け鏡が日の光を受けてキラキラと光ると、少年が年上の相棒をそのままにして走り出した。鏡を通り過ぎる時にそこに映っている自分に向かって手を振って、鏡より数歩先まで行くと向きを変え、同じパフォーマンスを繰り返しつつ鏡の数歩先までまた走ってから、蹴つまずきつつ笑い声をあげて、木陰の自分の場所へと戻って来た。あの少年は、船の上で踊っていた少年だ。そしてちょうどその時、チェーンの子どものクリスティーンとクリストファーが、もう一人の幼い子どもといっしょに――おそらく入植者のうちの誰かの娘だろう――その先住民たちに向かって走ってゆき、お椀のような形にした手から何かを差し出した。先住民の少年はとても芝居がかった興奮の仕方をし、もらった物がなんであれ、それを放りあげ、見事に口で受けとめた。それから、子どもたちが嬌声をあげて手を叩いて歓ぶほど大げさな身振りをして、それを噛みしめて呑みこんだ。子犬が吠えて噛みつかんばかりだったが、男の方が座れと身振りで命じると、震えながらお座りをした。

一人の女が現れ、自分の子どもの手をつかみ、その子を引っ張って連れ去った。チェーンはちょうどそちらへと歩いているところだったが、船にいた少年は彼の方を向くと両肩をすくめて見せた。驚いた。注意を向けているのに気づかれていたのだ。少年が拳を握りしめたまま、手のひらの側を上にして両手を突き出してきたので、二度驚いた。チェーンは立ち止まった。子どもたちは身体の前で両手を組み合わせて、必死に笑いを堪えている。先住民の少年が、片方の手を開いた。黄金のコガネムシが、手のひらに鎮座していた。チェーンの顔をまともに見てから少年は虫を口に入れて、呑みこんでしまった。クリストファーとクリスティーンが甲高い声をあげた。キャー、パパ！　子どもたちはクスクス笑いをした。すると少年はもう片方の手を広げて、第二の黄金のコガネムシをチェーンに差し出した。

チェーンはほとんど表情を変えずに、それを呑みこんだ。

男と少年はにっこりと笑った。ジョーディ・チェーンは二人にうなずき、息子と娘の手を取って、歩み去った。

＊

一日、二日が過ぎたが、チェーンの家族の積荷降ろしはまだ終わっていなかった。チェーンが港から引きあげようとすると、馬が一頭、パカパカと走り去っていった。チェーンは馬に乗っていた少年に悪態をついた。彼は午前中の大半をあの馬に乗って行ったり来たりしており、運んでいる物といったら、籠を一つか、何かの小さな束を脇に一つ抱えるかしているだけだったのだ。

その馬が尾をあげ、チェーンは進む道筋をほんの少しだけ変えた。

入植地にはほんのわずかしか建物がなく、どれ一つとして実体が伴っているとは言えなかった。特にクロスの小屋といったら、今にも崩壊しそうだった。低木を利用した二本の木材が、ぼろぼろと表面が剥がれ落ちた一枚の壁を支えている。あまりに脆弱そうなのでチェーンは心配になり、まさにノックをしようとしてからためらって、代わりに声をかけることにした。

ドクター・クロス！

その男は裸足だった。別に気にするふうもなく、クロスは小屋がどうやってつくられているのか説明した。低木の乾いた枝を編み細工のようにして、そこに白い粘土を何層にも塗って壁にしているのさ。屋根は現地の木からつくった板でできているよ。始めはペーパーバークを使っていたが、シー＝オーク――モクマオウとも言うが――の方がより恒久的でいい感じだね。素朴な魅力があるのはチェーンも認めた。屋根は外側が風雨に曝されて灰色になっていたが、内側は暖かくて蜂蜜色をしていた。

炉端のところからクロスは言った。この暖炉は、ここでつくられた煉瓦と地元の花崗岩でできている。現地の人間で私の友人である者たちはここで寝るんだ。彼はそう言って両手を広げ、まるで花弁でも撒き散らしているかのように、そこにある炉と床を示して見せた。

時と場合によっちゃ、足の踏み場もなくなってしまうんじゃないんですか、この部屋の大きさじゃ、とチェーンは言った。

クロスは微笑んだ。

彼の微笑みにはどこかあきらめたような陰がある、とジョーディ・チェーンは思った。何か後悔しているような、と言ってもいいだろうか？

ある一人の少年のおかげで、彼らは私を信頼してくれているんだ、とクロスは続けた。もっとも実際は、彼は来たい時に来て、帰りたい時に帰っているだけだがね。あいつは親族《ファミリー》なんだ、とウニャランは私に言った。甥っ子なのか、もっと遠い親戚なのかはわからん。どいつもこいつも見方によっては親戚同士のように見えるからな。鳥や動物、植物や海にいるものとだって、そんなふうに見える。

船に乗っていた少年ですか？　とチェーンは尋ねた。あれからも彼には会っていますよ。積荷降ろしを手伝ってくれているんです。

クロスはうなずいた。年若い少年の教育は、親族のおじたちがするのが彼らの習慣なんだ。おじ《アンクル》、と言っても、私らが使うよりも、彼らはその言葉をはるかに自由に使うがね。ワバランギンという名で彼は知られている。私にはどうも、正確に発音できんがね。

チェーンはその名前を口にしようとはしなかった。その意味は？　と彼は尋ねた。

「みんなでいっしょに遊ぶ」ということに関わる何かだと思うね、私がわかっている限りでは。彼は創造性溢れる少年だよ。その点に関しては疑う余地がない。それに、もっと豊かな幅広い才能を持っているんじゃないかと思っている。

ここで突然話題は、労働力の問題に移った。囚人たちがいなくなってしまった今では、まさしく喫緊の課題だ。一人だけ刑期を満了した者が残っている。彼に働いてもらうには、賃金を払わなくては。しっかりした技術を持った働き手だよ、とクロスは言った。とはいえ、他の可能性もあるかもしれん。先住民だったら、食べ物をもらえれば薪を喜んで運ぶだろうし――船に積んであったビスケットがいいぞ――賃金の代わりになる。米も好きだよ。シロップもね。

労働者として働いてくれますかね？　とチェーンは尋ねた。

そのうちにね。そう信じているよ。

クロスに暇《いとま》を告げていると、先住民が近づいてきて親しげにうなずき、ハローときたのでチェーンは驚いた。裸足ではいるものの、その男はちゃんとした身なりをしていた。その人物とクロスがお互いに挨拶する様子から、長い知り合い同士が持つ温かみが伝わってきた。チェーンは急いでその場を去ったが、その時、その男には前に出会っていたのを思いだし、頭をめぐらしてそちらを見た。すでに二人はどっぷりと話し合いに浸っており、彼の方に注意を払ってはいなかった。

メナクは自分の着てきた服をクロスに渡し、カンガルーの毛皮と毛を編んでつくったベルトをまとい、入植地から出ていく道をたどっていった。すると、二人の男が狭い古い道を広げているのに出くわし、立ち止まった。彼が男たちの仕事を見つめていると、男の一人が指を鳴らして犬の気を惹こうとした。犬はメナクの方を見た。メナクは男たちに一つうなずいて、先に進んだ。

男たちの視線を背中に感じながら、メナクは微笑んだ。彼の思考はある対象から次の対象へとすいすいと移行し、「男コガネムシ食べた」というフレーズが何度も何度も頭のなかでめぐった。彼は、そのフレーズの音と語句の構造で遊んだ。彼はまた、ブラザーのことを考えた。ウニャラン。今は死んでいなくなってしまった。それから、ブラザーの親友であるドクター・クロスのことを考えた。心のなかでは、鎖に繋がれた男たちがいなくなってうれしく思っていた。

元軍曹のキラムは、メナクが立ち止まるのを目にした。見ていると、小さな犬がぐるぐると駆け回り、メナクに向かって駆けていった。犬は尻で滑るように停止すると、メナクからの身ぶりに応えて彼の腕のなかに飛びこんだ。キラムと囚人スケリーは、目を合わせた。スケリーは今でも、新しい入植地の一部であるこの小さな土地で自分という労働力の重要性をアピールしなければならなかったし、そんな彼に命令する習慣がキラムからはまだ抜けきっていなかった。キラムが顎をしゃくると、スケリーはシャベルを持ちあげた。

やらなければならないこと

数か月が過ぎたが、ジョーディ・チェーンのやらなければならないことリストには、ほとんど進展がなかった。

荷物を保管する
借地を見つける（農地？）
放牧する家畜を得る
出資を募る（？）
土地を選ぶ
子どもたちを学校に通わせる（？）
ブツのために島を借りる（？）
最初の組み立て式の家を建てる……

このリストは、どこまでも続いた。いやそれにしても、はてなマークの多いこと。移住するのを前提に、人々はやって来た。そしてそのほとんどが――儲けの可能性にいっしょに賭けてみないかとチェーンがだいたいのところを話した際、よしとばかりにうなずいた連中にもそういうのがいたが――次に出航する船で出ていった。

チェーンはキラムのパブを訪れた。そこは背の低い粗末な泥壁の小屋で、その周囲には布が屋根になるように広げられていたが、日差しや雨をしのぐのがせいぜいだった。客は主に兵士たちだった――キラムの昔の同僚たちだ――それに、寄港してきたいろいろな船の水夫たち。ひいき筋の荒くれども。床は石灰岩だったが、バーの一隅だけは別だった。そこは切り出しただけの丸太を並べた床になっていて、堅牢で安全な貯蔵庫になっていた。キラムは閉店すると、食器などをそこにかたづけた。

そのうえ不定期ではあったが、キラムは船の水先案内人としての旨味にありついていた。それでもキラムが口にするのは、ここに居残り続けるのは言うにおよばず、この暫定的な入植地でビジネスに投資することについての不安だった。一週間あたりに寄港する船は一艘か二艘がせいぜいで、それを越えるなんてまずない。入植地なんて簡単にだめになるもんさ。なんでって、もし万が一、政府が援助をやめたりしたらどうよ……こういう言い方を、兵士は好んでするらしい。けれどもチェーンは気づいていた。悲観的な見方を提示するくせに、キラムはすでに新しい事業を始めている――酒造りのビジネスだ。チャンスはあるともさ、キラムは言った。農場へちゃんとした道を通す依頼の申し出も正式にした。もっと船が来てくれれば……

チェーンは、いっしょに飲まないかとキラムを誘った。まだテントで暮らしている有り様だが、チェーンには助けを得られる当てがあったし、素晴らしい陶器を持ってきてもいる。上等なポートワインにタバコだって。

商人向けにチャンスがあるのはわかっているんだ。おれのようなね、チェーンはキラムに言った。港湾のトップとか水先案内人ってのはな、アレグザンダー・キラムは答えた。船の一艘一艘が何を運んできて、何を入用としているかを最初に知ることができるんだ。だから、おれは港の頭と水先案内人を兼ねているんだよ。

ジョーディ・チェーンは、スクーナー船――少なくとも捕鯨のためのボート――を自分のリストに加えようと心に留めた。それに、キラムともっと親しくならなくては。

ジョーディ・チェーン氏は、水先案内船で働いている先住民たちについて尋ねた。

驚くほど有能だよ、あの野蛮人どもは、とキラムは彼に言った。あいつらは自分の舟は持っちゃいないが、おれたちの舟を喜んで使う。海が好きな連中は、すでにおれたちの泳ぎ方を習得している。あいつらは、新しい技術を吸収するのが早いのさ。その話に耳を傾けながら、ジョーディ・チェーンはうなずいた。

港から冷たい風が吹いてきて、彼らの周囲にあるごわごわの帆布をがたつかせた。チェーンは使用人たちを先に帰らせた。

もし土地が欲しいならな、アレグザンダー・キラムは言った。山の方に向かって川をたどれ。クロスはそうした。このキラムだってそうしたとも、あの資産があればな……　土地を譲渡してもらえるのは、間違いなくクロスが最後だ。実際、シェルフィースト湾から川を溯ったところにある、とてもいい土地を選んだのさ。先住民の友だちに教えてもらったんだよ。

そうだな、一つ遠征を計画してみてもいいんじゃないか。先住民たちのなかには経験豊富なガイドがいるし、そいつらはクロスを助けたこともある。水源がどこにあるか知っているし、食事もなんとかしてくれるだろう。迷ったりはしないさ。あんたが出会う他の現地のやつらと交渉もしてくれるだろうしな。遠征は数日、長くても一週間ぐらいのもんだろう。

ジョーディ・チェーンは、遠征のための準備に時間をかけた。リストを一つ作り、さらにもう一つ作った。ひどい夜露をしのぎ、日中の暑さを防ぎ、どんな雨が降っても大丈夫なように、テントにかけるシートをつめた。入植地の古株たちが、世界のこのあたりは荒れる季節になればいつ雨が降ってもおかしくない、と教えてくれた。小さな斧と鋤も入れた。銃も。三丁しかないがな、と彼は仲間たちに言った。あっちの方にいる野蛮人のうちどのくらいが逆らってくるかなんて、誰がわかる？　油布とブリキのフライパンも料理のために詰めた。タバコにパイプ、ブランデーに小麦粉、ビスケット、豚肉、牛肉、米、砂糖、茶、チーズ、バター、塩……　馬無しじゃどうしようもないな、と彼は思った。

元軍人のキラム（とチェーンはその時にはもう知っていた）が立ち寄って、荷を減らしてくれた。そんなに食料はいらんよ、と彼は助言した。戻って来たら、そういう食べ物は――品質は良くなくてもいいから――先住民の坊主どもにあげればいいんだ。足りなかったら、連中が入植地の外ではなんとかしてくれる。いずれにせよ、装備を運ぶのを手伝ってもらう人間がいるだろうね。あんたの馬は、まだついていないのかい？

＊

翌朝、ジョーディ・チェーンと元軍人アレグザンダー・キラムとウィリアム・スケリー氏はいっしょに出発した。スケリーは粗末な服を着たがっちりとした男で、他のメンバーより大きな荷物を運んだ。そばで見ていれば、彼の口数が多くないのに気づいたかもしれない。

ウラルとボビーが現れた。チェーンは二人の先住民を見た。若者と少年。チェーンが言うところの「動物的な健康」が溢れんばかりで、肌は輝き、眼が眩まんばかりの明るい微笑みを浮かべていた。青年の方が近づきながら、にっこりと笑って手を差し出した。それはそれは自信に満ちているようだ。目立つ傷跡が胸に走っている。それに、小さな骨を鼻に通していた。

こいつがウラルだ、とキラムは言った。気がつけばジョーディ・チェーンは、野蛮人だったに違いないその人物と握手していた。彼は完璧に理解できる英語を話し、目をしっかりと合わせて、力強く手を握った。

年若い方も手を差し出した。

また会えてうれしいです、ミスター・ジョーディ・チェーン、と彼は言った。彼の言葉にはクロスの訛りがあった。クロスはだいたいこんな具合にしゃべっていたのだろう。カヤ、ってぼくたちは挨拶します。少年は、チェーンとの握手をいつまでたっても止めそうもなかった。彼の微笑みは伝染る。コガネムシを食べるのは好きですか？　びっくりするぐらい明晰な発音で彼は尋ねた。

なかなか少年の名前が出てこなかった。

ボビーだよ、スケリーが口を挟んだ。

あ、それでいいのか。チェーンはすぐに覚えた。その名前だったら、彼の舌には全然問題ない。

そうです、ぼくをつなぎ留めてくれる名前です、と少年は言って、にっこりと笑った。そしてまた、チェーンの手を振り回した。

アレグザンダー・キラムは衣類を一組持ってきていたが、少年の分は準備していなかった。とはいえ、思春期前の少年の裸は許容範囲だった。もっともこの先こういう機会があるならば、彼の分の衣服も必要になるかもしれない。キラムが少年の成長の度合いを見誤らなければだが。

ウラルは服のにおいを嗅いでから、上に向かって掲げて検《あらた》めた。ブーツは？　彼は尋ねた。

ウラルがくれたカンガルーの毛皮をチェーンは所在なく手に持ち、肩にかけた際に留め具となる小さな骨片を指でいじった。着古されたうえに油が沁みこんで柔らかくなっており、衣服というより身体の一部のような感じだった。

ウラルは船乗りのように脛までズボンをまくりあげ、カンガルーの毛皮に戸惑っているチェーンを見て、助け船を出そうとした。チェーンは首を振り、毛皮をキラムに渡した。キラムはしばらく奮闘した後、こちらもまた助けようかというウラルの申し出を断った。スケリーが笑っていたので毛皮は返してしまい、もうたくさんだとばかりに手を振った。ウラルはボビーを見やってから、何事もなかったかのように自分の肩に毛皮をかけた。ボビーはシャツを着たがコートにできそうなぐらい大きかったので、袖をぐるぐると巻きあげた。それから頭を傾けて方向を示すと、彼とウラルは歩き出した。

チェーンとキラムとスケリーはお互いを見やってから、重い荷物を担いで後を追った。

ジョーディ・チェーンが知っている限り、入植地の境界は丘のてっぺんにあった。そこにたどりつくと、彼の眼前には遠くの山脈が広がっていた。広大な灰色と緑の平原に、舞台の背景のように山が立ちあがっていた――地平線に対して、青く切り抜かれているようだ。

人がよく通っている小道にみなを導きながら、遠くで寂しく立ち昇っている何本かの細い煙の筋をウラルは指し示した。そして、それぞれに人の名前をつけていった。煙は、靄と広大な空の拡がりのうちにいつしか溶けこんでいっていた。

こっちで大丈夫なのかな？

チェーンはコンパスを持っていたし、キラムはあの山がまさしく確かな証であると言った。おれたちは、こっちに来ようとしていたよ。うまい具合に進めているうちは、ウラルの後についていれば問題ない。

彼らがたどっている道は岩でごつごつとしており、きれいな小石が散らばっていた。ところによってはその道は、背が低く密生して茂っている藪のあいだをうねうねと進んでいた。チェーンからすると、森が節くれだって刺を出しているように見える場所もあったが、大体は大過なく導いてもらえた。葉っぱは針か小さな鋸のようだった。蝋燭のような形をした花が咲いており、さもなければ元気なく枯れていた。小さな花々が細い巻きひげで木にしがみつき、藪のあいだや岩の裂け目に沿って咲いていた。樹木の皮はべろりとめくれて長く垂れ下がっていた。きらめく緑の泉の中心からは、花が槍のように上方に向かって突き出ており、近くによって見てみると、そこには刺が密生しているのがわかった。

時折、ウラルは灌木に話しかけた。まるで、様々に異なった個性を持つ人の集団を歩いて抜けていっているかのようだった。彼の声の調子はいろいろで、ふざけているようであったり、叱っているようであったり、敬意や愛情がこもっていたりした。

何が何だかさっぱりわからん。あいつは、何か他の物でも見ているのか？

軍人のキラムは、チェーンに植物の名前を教えてくれた。ペパーミントだとかタレリーナだとかだけでなく、他にもいろいろと指し示して教えてくれた。ペーパーバークやシー＝オーク、バンクシア……　ブラックボーイだ、とキラムは言った。そしてチェーンは、草地の先にある丘の中腹に、空を背にして立っているあれを見たのだ。オーストラリアのマホガニーと呼ばれるその木に、チェーンは感嘆した。そう呼ばれてはいるが、うねるように、時にしなやかに枝を伸ばしたその木には、小さなお椀のような形をした莢《さや》が葉と葉のあいだに散りばめられていた。

スケリーは道にとどまって前方を見据え、そこでの会話には加わらなかった。おそらく、バンクシアの乾いて刺のある葉が彼を刺激したのかもしれない。さもなければ、密集して咲く花が手の込んだ作り物のように見えたせいかもしれない。その花は、スケリーが生まれた国で知っていた領主様の邸宅の森の柔らかな自然とは似ても似つかなかった。おそらく、ああいうふうに物が集まったり尖ったりしている状態に、彼は慣れているのだろう。

その日の行程においてたどった道は（目指す地点に近づくにつれて、いやおうなしにウラルの唄を聞くはめになった）、泉や水が湧く穴へと続いていた。それらは張り出した岩の下に隠れていたり、岩板に覆われていたりしていた。そのうちの一つなどは、小石でいっぱいになっていた。

こうなっているから蒸発しないってわけだ。それはすばらしい洞察だったが、いっしょにいる人たちはその声にびっくりさせられた。それを口にしたのがスケリーだったので、なおさらだった。

最近の火事でできた空き地の縁を歩きながら、ジョーディ・チェーンは、何が急にここで火を止めたのだろうかといぶかった。風向きが変わったのかな？

彼らが通り過ぎると、木々に咲く花がカサカサと音をたて、乾いた樹皮が枝のはしからはがれ、葉がゆっくりと回った。木からは、赤い樹液が滲み出ている。

森が深くなくなってくると、進むのは物理的に楽になった。木立がまばらで、柔らかくきれいな草が点在する平原に入るころには、森は後退し、道もはっきりしなくなった。平原をうねるように横切る木々のおかげで、ずっと先まで続く谷間に自分たちがいるのがわかった。この風景は、まるで耕された土地のようだな、とチェーンは思った。

ウラルは、ドクター・クロスといっしょに旅した際に寝た場所を彼らに示した。

ジョーディ・チェーンさん、クロスさんの本は見たことありますか？　とボビーは尋ねた。彼の声はまた変化していた。あなたも探検記書きますか？

チェーンがあたりを見回すと、キラムがうなずいた。スケリーは、すでに野営の準備で忙しかった。彼らは自分たちの宿泊用具と食べ物を運んできていた。どこに旅しようが、寝るところにしろ食べ物にしろ、おれらのガイドはこんなのよりもっとましなものを見つけてしまうんじゃないかと思うよ、とキラムは言った。

朝になったら先に進もう、とチェーンは言った。遠くの山並みを見やっていたが、炎が舌をチロチロ出し始めたのを潮に、火のそばに退却した。

ウラルはボビーの視線を受け止めた。今回は、ドクター・クロスがいっしょの時とは違う。

たらふく食べた後、チェーンとキラムとスケリーは初日の成功を祝って乾杯した。放牧に使える良い土地があるのは明らかだ。焚き火の薪の炎が跳ねて爆ぜたが、ほとんど気にも留められなかった。

＊

翌朝、彼らのガイドはいなくなっていた。三人の男たちは、ガイドたちがまだ戻ってこないうちに少なくともあの鮮やかな青い山並みまでは行こうと決めた。食べ物も水も、まだ数日分は充分にあった。あの山々にたどりつくには、一日か二日しかかからないだろう。この次は、馬を準備して来よう。そうすれば、しぶしぶ荷物を運ぶガイドや助手はいらないし、こんなふうにすぐほったらかされたりはしないからな。

問題ないさ。

昨日とは違って、自分たちが来た道を除いては、はっきりそれとわかる道はなかった。それでも、山並みが彼らを差し招いていた。あちらには、峡谷、尾根、山頂が見えていた。低い所にある開けた傾斜地が、彼らを誘っていた。

＊

数時間後、すでに山は見えなかった。

彼らが道だろうと信じるものにぶち当たってはいたが、しばらくするとそれは消えて、目の前の数ヤード先も見えなくなってしまった。すぐに身体を縮こまらせて無理やり押し通るしかなくなり、濃い藪を薙ぎ払いながら進んだ。頭上の空は明るかったが、前も後ろも見通せなかった。迷路に迷いこんだと言ってもよかったかもしれないが、移動することすらままならず、無理やり進もうとしないとほんの数歩だって進めなかった。始めのうちはコンパスを使って前進しようとしていたが、直にこのむかつく、いらいらする藪を抜けるために一番難しくない方法（簡単、と言える方法は存在しなかった）に頼り出した。

薙ぎ払って、押し進む。

下り坂があればしぜんとそちらに足が向いてしまい、背の高いイグサを押しのけて進んでいるうちに、水と泥に膝まで浸かってしまった。引き返して身を寄せ合うしかない。コンパスを見ながら、よりましな地面を探そうとした。見通しはすっかり悪くなっていた。空さえも見えない。

一日中、もじゃもじゃで、捻じれていて、のしかかってくるような藪の牢獄から脱出するべく、彼らは奮闘した。まるで、ものすごい数の手足が彼らを抑えつけようとしているかのようだった。髪の毛や衣服が何千本もの指に引っ張られているようだ。おまけに木々の根っこは根っこで、彼らをつまずかせようとした。

ましな場所にたどりつこうとして木々に登ったが、体重で枝はたわんだ。さもなければ木々は低すぎたし、そうかと思うと枝は幹のはるか上にあり、手が届かなかった。彼らを罠にはめた藪の他には、はっきり見えるものは何もなかった。日が陰るころになって、ようやく彼らは開けた場所に出た。すぐ前に小ぶりの山並みがあった。そのさらに先、右手に見えるのは、より大きく見える山並みだった。その大きい方は、遠くで青いままだった。それでも、木立の集まりがいくつか点在する小さな草原の向こうで、地面が岩とともに瘤をつくり、うねりながら盛りあがっていた。空に向かって、重厚な塊が聳えている。鷲が一羽、旋回していた。

ほとんどコースをはずれてはいなかったってことか!

藪と格闘した一日を経て、自分たちの周りに空間があることに一同は安堵した。野営をする場所はあり、目的地は見えている。平らな砂地に長々と寝そべっている彼らの視線は、沈みゆく太陽と燃えるような空から消えゆく山並みへ、最後に自分たちの焚き火の中心へと移っていった。バンクシアの実は本国の石炭のようによく燃える、という点で一同の意見は一致していた。しかも灰になってさえ、形を保ったままでいる。

スケリーはブーツの先を伸ばして、燃える球果のうちの一つに触れた。それは崩壊して、灰の山になった。

雨と強い風のせいで、彼らは夜更けに目を覚ました。テントの帆布が休む間も無くしなって地面に叩きつけられる度に、寝ているままの状態で上に下にと翻弄された。布地はしまいに気味悪い物体のように震えながら、地面から引っぺがされてしまった。まるで慌てふためいて飛びたった、白い鳥の翼のようだった。みなそれぞれ、すぐに水たまりで寝ている状態になった。なんとか、楽しんでいようとはした。風呂と布団がいっぺんですむな、とか冗談を言ったり、肘と膝をついて四つん這いになって背中を空の方に近づけてみたり。しかしそんなことをしてみても、骨が地面に接しているところはなくなるわけではなく、皮膚に皺がより、圧迫された。雨は頭蓋骨と肩に太鼓を叩くようにあたり、横たわっている水たまりには、鼻から水が滴った。雨の音、木が軋む音、風の咆哮に声はかき消されていた。水が滴り濡れそぼった寝具に身を包んだまま、一本の大きな木に向かって、彼らは這い進んでいった。夜明けが近づくにつれ、風は弱まってきた。震えながら、彼らは再び火を起こそうとした。

色あせてしまったような灰色の光とともに夜が寒々と明け出しても、彼らはまだ火を起こそうとしている最中だった。ぼうぼうと茂った木々と刺々した藪から水滴が大量に固まりのようになって落ち、周囲に小さな足音が押し寄せてきて踊っているような音がした。雲が低くなって弱い小糠雨になり、彼らを待ちうけている山並みが断続的ではあるものの、姿を現し始めた。

甲高い吠え声が、彼らの注意を鋭く引きつけた。メナクのくそったれの犬だ、とキラムは言った。彼らは、犬が人影の一団に向かって素早く駆け戻ってゆくのを見つめた。その集団は、雲から溶け出してきたかのようだった。彼らは水滴の足輪を身につけており、平原を横切ってくると、三人の震えている男たち、びしょ濡れの寝床、煙を挙げている枝の山をぐるりと取り囲んだ。短めの毛皮をまとった肌の黒い人影が複数、三人の男たちの方に移動してきた。毛皮の下からウラルが手を出すと、その手には、暖かく光り輝くバンクシアの球果が握られていた。円になっていた男たちは、毛皮の下から同じように燃えている実を取り出し、チェーンとキラムとスケリーは、自分たちが暖かい熱気に取り巻かれているのを感じた。

ちゃんとした火は、遠くないところにあるよ、とボビーは言った。

熱のおかげでジョーディ・チェーンは甦った。たぶん大いに、それを運んできてくれた仲間たちのおかげでもあっただろう。水が細く流れている場所を何本か苦労して渡り、雲か雨そのもののように濡れそぼりながら、ついに男たちは雨風をしのげる場所にたどりついた。そこは、聳え立つ巨大な花崗岩の狭間にあった。ブーツの下で乾いた粗い砂がジャリジャリと音をたて、頭上からは岸壁が張り出して、自然の囲い地になっている。焚火の炎が二つほど、その場を暖めていた。

おまえは、コガネムシを食ったな。ウラルはジョーディ・チェーンに微笑みながら言った。今度は、バルディはどうだ？　差し出されたペーパーバークの樹皮の上には、焼かれた芋虫が丸まっていた。

ウラルからうなずいてもらって、軍人のキラムは濡れたシャツとジャケットを、前にガイドにくれてやったシャツに着替えた。乾いていて暖かく、甘い焚き火の煙の香りがした。

キラムとスケリーは眠りについた。ジョーディ・チェーンは、自然のシェルターであるその岩場の周囲を歩いてみた。地面を踏みしめる彼のブーツがたてる音を、ボビーが追ってきた。見てください、と彼は言って、古くなった牛の糞を指さした。その糞は乾燥していて、今ではほとんどなくなりかかっていた。水分がほとんど蒸発してしまったからだ。ボビーが示してくれたそばには蹄の跡が一つあった。花崗岩の壁のそばにぴったりくっつくようについていたので、雨風からは守られていたのだ。

小さな犬が牛の糞の臭いを嗅ぎ、ボビーとジョーディ・チェーンを見上げ、切り株のように短い尾を振った。

ボビーは、自分の身内が言っていることが説明できるかどうか考えた。できるかなあ？　落っこちてきたご先祖さまの死体のあいだに虫のようにじっと身を隠し、山のような頭蓋骨の眼窩の内側で身体を丸め、その髑髏の視界の一部に、考えることの一つになっていたんです。そして死体のあいだから出てきて、年長者たちといっしょに旅をして、姿を変えた何かの傷がまだ流している血で喉の渇きを癒すんです。

ボビー・ワバランギンと彼のアンクルのウラルは、蛙や鳥が歌うのに耳をすました。声を聞き、垂れ下がった葉っぱの音を聞く。空が伝えてくれている。雨がやって来る。内陸の方に移動しなければならない。

カンガルーが自分の胸をひっかき、耳を内側に回し、目をそらして槍をくらうのを待ってくれている。そのあいだ、風雨は狩人の姿を隠してくれる。鳥たちは巣づくりをする。縞のあるエミューの雛がのこのこ自分から現れる。高い木々があれば、どこでもポッサムがいる。

平原は、水とともに走る。水の流れは細くとも古い道とつながり、その先の海へと続いてゆく。キング・ジョージ・タウンの方に向かってだけじゃない。あそこには、今ではいつでもああいう連中が野営している。すべてが、誰もが、ああいうふうに動くわけではない。

こうした新しい大地への刻印は、あっちから来た。こうした印は、水平線の向こうからの人々がもたらした。うるさいわりにびくびくしながら歩いている連中によってつけられた。あいつらは何が欲しい？　あいつらは何をくれる？

＊

チェーンの一団は、一本の小川《クリーク》を教えてもらった。それをたどると、キング・ジョージ・タウンのそばの浜辺にたどりつくらしい。彼らは山々を後にした、と言いたいところだが、そうはいかなかった。丘の頂に来るたびに彼らはそちらを振り返り、めったに見る機会の無いその眺めに全員が深く感じいった。平らな風景のなかで、山々は青い島々のように浮かびあがって見えていたからだ。ユーカリが密生する平原と、長い草がさざ波のよう茂る草地を彼らは横切った。川が干あがった場所には木々が瘤のように寄り集まって生えていたり、不規則にではあったが点々と水がたまっていたりしていた。そのうちのいくつかは、それなりに深さを備えていた。

カンガルーにはいい土地だ、とウラルは言っていた。若い牛にも。

明らかに一時的に流れが絶えて干あがった細い川の支流があるかと思えば、最近火事があった気配がある水浸しの場所もたくさんあった。岩場の斜面を流れ落ちてくる川は干あがっていたが、小さく深みのあるくぼみに水は残っていた。水がたまって小さな池の連なりのようになったそのような場所は、下へ下へと段々になって続いていた。そうした水がたまった場所のうちの一つのそばに大きな木があり、鷺が一羽とまっていた。その巣はびっくりするぐらい地面に近い位置にあった。鷺は、彼らを見つめ返してきた。

疲れているせいだろうか。ジョーディ・チェーンが空気をとらえる感覚は、いつもとはどこか違っていた。空気は湿っており、光は蜂蜜色で厚みがあるようで、呼吸は浅くなっていった。空気って、吸いこむんじゃなくて食べるか呑みこむかしなきゃいけないものだったっけ。無数の蛙が様々に鳴き、草木は荒々しくカサカサと音を立て、風は木々のあいだでうめき声をあげた。鳥のさえずりは場違いで突然に響き渡り、ワラビーたちは考えられないくらいの跳躍をした……

牝牛がモーと鳴く声がした。この荒野では、その声がするのはおかしな感じがした。続いて、犬の甲高い鳴き声がした。チェーンは、他の二人の男たちから遠く遅れていた。肉が焼ける芳香に誘われてふらふらと歩いてゆくと、誰かが咳をするのが聞こえてきた。それから、小さな小屋の外で焚かれた火のそばに、ドクター・クロスが座っているのが見えた。ウラルとボビーが彼の横にいる。キラムとスケリーは立ったまま振り返って、肩越しにチェーンの方を見ていた。

チェーンは、空き地の様子をぐるりと見渡した。牝牛が一頭、首にベルをして木に縛りつけられている。羊でいっぱいの貧弱な囲いが一つ。小さな小屋の扉は間に合わせのカンガルーの毛皮だ。菜園があり、強烈な糞の臭いがする。風に吹かれてコツコツと、何かが音をたてていた。

この土地は、私がいただいたんだ、とクロスは言った。私の土地だよ。焚き火のところにいた三人が立ちあがり、チェーンとキラムは全員と握手をした。スケリーは後ろに下がっていたが、ヌンガルの男と少年は彼の方にも手を差し出し、クロスがいっしょに手を出すと、スケリーはみなと握手をした。

ボビーはウラルとクロスと握手をし、ウラルとまた握手をした。

スケリーが、足のそばで地面をひっかいていた雌鶏に蹴りをくれた。

一つの心臓が脈打つ

アレグザンダー・キラムは、スケリーの判断をもっともだと思った——農業に手を染めるのは、割に合わない。あれもこれもしなくちゃならんし、いろいろ手間がかかるだろう。土地は痩せていて、季節はめちゃくちゃだ。ここの連中は家畜を槍で突いていいものだと思っているし、あいつらがつける火も厄介だ。突撃してくる騎兵隊のように、あっという間に大地を渡ってゆくからな。

確かに、水先案内人の仕事は多忙を極めたりはしない。たった今、数日ほど休みをとったって大丈夫だよな？ 湾内の港に入ってくる船は、平均して週にだいたい一隻だ。もっと静かで、海が荒れない海岸沿いの他の港に、多くの船は停泊するからだ。そこのところが大事だ。もうラムは密輸して水揚げしてあるし、新鮮な野菜を売ったり、こいつは価値あるとにらんだ品々と交換したりもできている。

捕鯨に来ている船なら、余るほどいる。たぶんチェーン氏は、その手のビジネスに着目すべきじゃないかな？ アレグザンダー・キラムには、「船乗りの休息亭」がある。ゆっくりくつろげるような場所ではないがね。泥酔して昇り段の片側にある溝のなかで寝てしまったのなら話は別だけど。とはいえ、港に入って来る鯨捕りたちにはそれでも十分なくらいだ。捕鯨船一隻分の乗組員がいればコミュニティの人口をたっぷり二倍にしてくれるし、あいつらは入植地が静かだと勝手に思いこんでいるけれども、海に長いこといた後の気晴らしぐらいは与えてやれる。飲み屋を一軒貸し切りにして、喧嘩だとか女だとか、何か血が騒ぐことはないかと血眼になってさえいられれば、あいつらは喜ぶんだから。

船乗りの休息亭は、身体を屈めなければ入れないような場所だ。入る時はおろか、その後だってさらに身を低くしていることを強いられる。天井が低いからだ。壁は壁で古い粘土と枝の塊なので、酩酊して突っこんでくる身体をしばしば受けとめきれなかった。ラムの強い香りとタバコの煙で空気はいつもムッとしており、日の光が細い線になって差しこんでくると、煙が渦を巻いて凝集していて逃げ場が無いのがわかった。日が落ちれば、灯りは二つのオイル・ランプと暖炉の火だけだった。

客たち――荒くれ者、兵士、水夫が大半――は身内で喧嘩をしがちだった。そんな彼らはどういうわけだか町の境界を越えて、先住民たちの焚き火によく引き寄せられていった。唄でも歌いたかったのか、女がいるとでも思ったか。

どうやってそこにたどりついたか、なかなか思い出せないこともよくあった。キラムとスケリーの二人は知っていたけれどね。

＊

クロスはボビーを使いに出して、ウラルとメナクを呼びにやった。ところが、ウラルだけがやって来た。何がメナクの気に食わなかったのか、ボビーにはわからなかった。クロスと彼の仲間全員に対して、へそを曲げたのかもしれない。最近、船で新しく来たばかりの連中に。クロスは言った。別にいいさ。それでも私たちはダンスを披露しなくては。コロボリーだ。この客人たちは私たちの友人だし、しっかり礼を尽くして歓迎したい。自分のホームにいるみたいに、心許してもらいたいんだ。でもそれをちゃんとできるのは、きみたち、我らがヌンガルの友人たちだけなんだ。

チェーンが笑った。

たくさんのヌンガルの人たちが入植地にいた。というか、小屋が集まっている場所の際のあたりにたむろしていた。そこに一番近いのは、クロスの寝床だった。その場所は、ウラルや他の若者たちがクロスと生活している時に、年寄りと女子どもが野営するところだった。そこには、焚き火と踊りのための空間があった。人々はオークルと油と物語を準備して待っていた。

チェーンとクロスとシグネット川からの友人たちは、日が沈んですぐに到着した。火が焚かれ、男たちは身体をペイントし、集団になって座っている人々は離れたところにいた。でも、メナクとマニトはまだそこにいなかった。ドクター・クロスとチェーン——ウラルとボビーのあの親友たち——は桶に何杯も甘い米を持ってきていた。ウラルが、これはダンスの後だからな、と説明した。それでみなは、メナクとマニトが到着するのをずっと待ちに待っていた。あのマニト婆さんは、みんなのなかでは最高の歌い手だ。メナクは一番のダンス、一番の唄を知っている。あの二人は、礼を尽くしてちゃんとするにはどうしたらいいか知っている。

ボビーとウラルは、焚き火の勢いをさらにさらに強くした。それでも、メナクとマニトは来なかった。クロスと彼の友人たちは、その場に座っていた。ヌンガルの人々からすると彼らはそこにいてくれるだけでよかったのだが、チェーンは爪先で立ったり踵をおろしたりしながら、あたりを見回した。ブーメランを二本打ち鳴らし、大きな笑い声をあげ、みなに宴会を始めさせようとした。

踊り手たちの姿はどこにも見えなかったが、やがて人々が動き出し、姿勢を正し始めた。メナクとマニトが円形に焚かれた炎の火明かりのはしを横切ってクロスとチェーンに向かって歩いて行くと、話し声が止んだ。地面の上に座っているドクター・クロスに、マニトは手を差し出した。立ちあがるのを助けてくれたのだ。彼女は、メナクがチェーンを導いてくるのを待った。チェーンの声は、この静けさのなかで大きく響いていた。二人の老人は、男たちを彼らが座るべき場所へと導いた。両手を振って客人たちを差し招き、人々のあいだにちゃんと座れるようにした。そこは、少し前までいい加減に人が座っているようにしか見えなかったが、見事に年齢、性別、親族関係が組み合わされて、秩序立っていた。注意深く様子をうかがっていたドクター・クロスには、どんなふうにこの集団の一部になったらいいのか見当がついていた。クロスは自分たちをじっと見つめている人々の中心から離れた方に座り、チェーンと新しい入植者たちはまた少し周縁の方に行って、円になっている人々の外側で固まった。メナクとマニトは、踊るには年がいきすぎている者たちといっしょに座りに行った。ただしその場所は、彼らが中心であることを示していた。

するると、背後の藪から若者たちが現れて、あの水平線の向こうからの踊り、あの死びとの踊りをする時のように、一列になって立った。とても静かだった。風と波が、みなを黙らせている。ウラルとボビーは、ダンサーたちの列の真ん中にいた。ボビーが一番若い。

そして、唄が始まった。

エミューの踊りが最初だ。男たちはいっしょにそれをした。下がって様子を見ては、順番に、それぞれ片腕を伸ばし、手首を曲げて、エミューの首のように動かした。特別な踊りではなかった。多くの者が死びとの踊りのことを考え、この大事らしい友人たちがいるおかげで何かそういうものになっていかないかなと思っていたけれども、それは違った。男たちは、自分たちの力を誇示する踊りを始めた。片足で立ち、できる限り動かないようにする。動いているのは、皮膚の下でピクピクと震えている筋肉だけだ。続いて、ボビーが踊り出した。彼は、甲板での踊りをした。上がって、下がって。少年は、何かにとらえられているかのようだった。浮遊物そのもののように、それに寄り添って動く波のように、上下動をする。それから船の甲板上にいるかのように、ボビーは左右に小さくステップを踏んだ。男たちが横たわり、ボビーは動く肉体の上を渡っていった。港のなかで、船から小舟が浜辺に向かってやって来るかのように。波の上を渡るのさ、わかるかい？ それから彼は、右に左によろめきながら、唇に瓶をあてる真似をした。船乗りたちがする踊りだよ。

歌い手たちは、必死に笑うまいとしていた。時折拍子を取ったり他の踊りのための音を出したりして、何かより当たり障りのない踊り、より穏健なレパートリーにみなを引き戻そうとした。何度も何度も、歌い手たちは踊り手たちを力試しに引き戻した。男が一人、筋肉をプルプルさせながら動かずに立ち、他の者たちは地面を踏み鳴らして、全ての力を地面のなかに解放した。

歌い手たちが少しおとなしくなるや、ボビーに新たなひらめきが生まれ、長老たちがのってくるまで一人で歌った。甲板で波に洗われるように、右に左に転がった。それからゆっくりとぼとぼと歩きだし——すべての若者たちが彼の後ろに続いて一本の列になり、クロスが彼らを伴って出かけたいくつもの遠出を再現した。さらに外へ、遠くへ、歩く歩く歩く。好奇心旺盛な精霊のようにボビーが花を摘み、羽根をむしり、本の頁を繰っているあいだに、彼らはボビーの周りに集まった。クロスに顔という顔が向けられ、クロスその人も面喰らっているように見えた。パフォーマンスが即興でなされるたびに、誰もがボビーと彼の厚かましさを笑っていた。歌い手たちが踊り手たちを引っこめさせ、みなが見ているのは再びボビーだけになった。

一本足で立ち、筋肉が皮膚の下で痙攣し、跳ねていた。ボビーはずっとずっとそのままで、歌い手たちがとうとう彼を解放してやるまで、一点で静止して動かなかった。なんて凝縮された力だ。まだ少年なのに。

メナクがボビーにご満悦なのは、誰の目にも明らかだった。

唄と踊りが止まり、集まっていた人々はまた水のようになって移動して、集まった。ドクター・クロスはまるで小さな峡谷をたどって進んでゆくように、一人でどこかに退散していった。

＊

朝になり、日が昇ったが、ヌンガルの人間は一人も目に入らなかった。

彼らは移動する民なのだよ、とドクター・クロスは新しい入植者たちに説明しようとした。あの連中の移動には一つの秩序があるんだ。季節と彼らなりの法に則っているのさ。彼らはまだ、我々を必要としていないんだ。戻ってくるよ、と彼は言った。そして、自分の言葉をもう一度保証するように、それを書き記した。

陸上でも海の上とほとんど変わらず滑らかに移動して、ボビーは乾いた風に乗って戻ってきた。そして、水飲み場がいくつも干あがりかかっているのを見つけた。彼は長老たちといっしょに出かけていって、葦に火をつけた。すると一日か二日後には水がたまっている場所ができて、蛙や亀やアヒルや白鳥を捕るために簡単に水辺にいけるようになった。風が吹き、仲間たちがさらに内陸の奥地からやってくると、彼らに会いに来たかのように、魚たちが岸辺に近づいてきた。波打つ水面には鮭がおり、浜辺のそばの波紋ができているあたりにはカサゴやコチがいた。ポッサムがお互いに気を惹こうとしている。雄と雌。どちらも簡単に捕まえられる。ボビーが火をつけてから最初の雨があり、もう草が生え出していた。その草を求めて、カンガルーとワラビーとクアッカワラビーとダマヤブワラビーが、重たそうに袋に子どもを入れてやって来た。もう容易いものだ。食べ物にも雨風をしのぐ場所にも苦労しない。水夫たちが前より長く上陸しているようになっている今では、さらに楽にいろいろ手に入る。水夫たちが炎の壁のところから退却してゆくのを、ボビーは見ていた。炎が自分から燃える向きを変え、消えてしまったように見えた時、彼らがそれを奇跡のように考えたと聞いていた。船乗りは、風を読めるようになっているべきなんじゃないのかな。

湾の浅瀬を歩きながら、ボビーの目は水の下にある砂の模様を鋭く観察していた。彼が視界にとらえようとしているのは、何もない空間、陰影や相反する動き、パターンを壊す影や尾びれの鋭い動きだった。こんな時だったな、と彼は信じていた。太陽と風の動き、魚、鳥、動物の動き——自分のアンクルが死んでしまった時も同じように、自然のリズムが偶然に一致していた。頭蓋の内側に、その名前が形をつくった。ウニャラン。彼とクロスは兄弟のようだった。ドクター・クロスは? ドクター・クロスは、ウニャランがしていたのと同じような咳をしている。

ボビーはおぼろげに、自分の母親を思い出した。咳をしていた。ドクター・クロスの頬と鼻は赤くなっていた。ボビーはハンカチの上の血と、唇の上でレース編みのように連なるピンクの泡を見たことがあった。ドクター・クロスは波だ。少し砕けてしまって、中と下にあるものが滲み出ている。

赤い樹液が滲み出ているマリの木が、重いぐらいに花をつけていた。

小さな帆を掲げた船が一艘、湾内に入ってきた。ゆっくりと、湾の向こう側の小屋のそば、水深があるところに錨をおろした。水平線の向こうから来た人々が滞在しているところだ。水平線の向こうから来た人々？　あの人たちのなかには、今ではずっとここにいる人たちだっているじゃないか。それにぼくだって、自分で水平線を越えていったことがある。何度も何度も出帆しては、島々のあいだから、日が昇り鯨がやって来るところから、ボビーは戻ってきた。彼とメナクはどっちもそうしてきたのだ。

ドクター・クロスの羊たちは群れて身を寄せ合って、背中で風雨に対抗していた。鶏たちは羽毛を逆立てていた。まだ明るく、やるべきことはいくらでもあったのに、ドクター・クロスは低木でできた自分の小さな小屋の隅で、身を丸めて横になっていた。咳をしながら。これが彼の新しい家、資産としての家だ。ヌンガルたちは、ケパラップとそこを呼んでいた。川を満たす泉があるからだそうだ。その場所は、水が湧き出て流れ出るところなのだ。

クロスは咳をするたびに身体を震わせて、粗い羊毛の毛布を身体の周りに引き寄せた。下に敷いているのはカンガルーの毛皮で、ドアもそうだ。妻と子どもが住むのに充分な広さの小屋を、彼女らがつく前に建てられなかったらどうしよう。あちらに持ってきてくれと頼んだ様々な品物を保管する場所だって、なんとかしなくては。熟練した労働への対価は、べらぼうに高い。それにたぶん、妻と子は入植地からこんなに遠く離れた川沿いにある、この場所には住みたがらないだろう。

住みたがりはしない。

しくじったのだ。家族がいったんこちらに来てしまったら、どうやって養うというのだ。単純に妻の遺産を少しずつ食いつぶすという以外に、何かやりようはあるのか？　そうさ、土地はある——いい土地だ——羊も船で運ばれてくる。地元の人間たちとの友情は、計り知れないほどの助けになるだろう。ただそれは、ギブ・アンド・テイクでなくてはならない。片方だけ得をするようになってはいけないのだ。それなのに、力は衰えていっている。好奇心も、気力も……

何に憑りつかれてしまったのだ？　今や入植者たちは自分たちが占有していいと言われた土地を鼻にかけているが、それが奪い取ったもの、盗んだものだとは考えはしない。先住民たちの生活が永遠に変えられてしまうこと、彼らの寛大さとやさしさが裏切られることが、どうして自分はこんなに気にかかるのか？　そいつは変えられやしない。自分自身が自立した生活を送れそうになくなって、愛する者たちを養えそうもない有様なのに、どうして自分なら何でもできる、何か他の道を示せるなどと思ったりしたんだ？　彼には先住民の友人たちがいた。今、彼は裸足で、埃まみれ垢まみれで、血色は悪く肌はささくれている。ウニャランがしていたように身体に油を塗っているのに、寒い。焚き火は熱より煙を出すだけだ。もし元気だったら、櫃に入れっぱなしのたくさんの物のあいだからヴァイオリンを取り出して、景気づけに一曲演奏をするのに。

万が一私が死んだらウニャランといっしょの場所に埋めてくれ、とチェーンには言ってあった。そして万が一そういうことになったら、チェーンに自分の土地を買ってもらえるように取り決めて——値段の点では、二人は合意できていた——、少なくともクロスの妻と子どもたちに何らかの実入りがあるようにしていた。こうやって土地を奪い取っては売るこの事業から、誰かは利益を得なければならない。

クロスは、新しい種類の社会の一部になろうと思っていた。けれども、彼の妻と子どもたちは、船で国の外に出るなどしない方がいい。もしこっちに来てしまったら、最初の機会で引き返して祖国に帰れ。銀行に金があるところに帰るんだ。ここからは離れろ。

力及ばなかったのだ。

降りしきる小糠雨のなかで、木々は絵画のようだった。幹と枝は暗い陰をつくり、葉が茂り、先が垂れた木の先ははしっこがぼやけていた。雨のなかを浮遊するように、クロスはふらふらと彷徨い出た。重く湿った空気が現実の大海原であるかのように、流れに身を任せた。暗闇がやって来て彼のことを包んだ時には水面よりはるか下にいるようで、上にどうあがったらいいのかわからなかった。自分の咳の音は、とても遠く、かすかに聞こえるだけだった。彼の身体は、ずっしりとやかましいぐらいに響く心臓の鼓動一打ち一打ちに震え続けていたのに。

第二部　一八二六年―一八三〇年

ボビーは知らなかった

笑顔を絶やさず愛されていたボビー・ワバランギンは、恐れを知らなかったんだよ。少なくとも、すっかり成長した男になるまではね。そうさ。死びとの踊りをしながら彼は成長した――あの生硬な動き、あの引きつけを起こしたような四肢。ああいう動きをしていたのだから、恐れというものを学んでいたように見えたかもしれない。でも彼にとって、それは生命の踊りであり、いっしょに踊る人々にとっても活力溢れるダンスだったはずだ。みながそれぞれ、彼のブラザーたちと同じように踊っていた。踊り手を導き一人で踊る人は別だったけれど。昔は一人の長老が、その役割を担っていた。みんなに相対している長老以外は、寄り集まって肩と肩を並べて立つ。けれども、ボビーはそういうのを全部変えてしまった。最初に踊りに加わったまだ幼い子どもにすぎないころ、彼はみんなを笑わせた。その時分だって、彼の踊りには何かがあった。だからみんなは後ろに下がって、彼に踊る場所を与えてくれたんだ。それでボビーは、長老のようにただ一人他の全員の前で、みんなを指揮して踊ったのさ。

その踊りはどんなだったかって？　まず赤いオークルで身体をペイントする。首から腰、手首までだ。両手はそのままにしておく。太股には白いオークル。ただし、ふくらはぎと足には塗らない。ブーツのようにしておくんだよ。わかる？　みんなの胸には大きな十字架が、白いオークルで描かれる。

男はそれぞれ、だいたいエミューの脚ぐらいの長さの棒を手に取り、それを波打つように振り回したり、すごくぎこちなくあちらこちらに歩きながら、その棒を肩の上に載せて運んで見せたりする。時には自分の身体からできるだけ離れるように両腕を伸ばしたりもする。みんながこれをいっしょにやる。正確に同じ拍子に乗って、正確に同じことをする。みんなが列になって動く時は——素早く規則的な拍子でステップを次々に踏みながら、全ての踊り手が同じ動きをしながら——お互いからちょうど腕一本分しか離れない。

時には踊りの最中に、死んだようにじっと立ち尽くすこともある。あちら側で踊っている連中から一人が前に出てきて、指先が顔の横で震えるぐらいまで片腕だけ肘のところで曲げて、手をすごく速く動かす。そして、ピタッと止まる。その人に向かい合っている者たちは、みんな同じようにする。一斉に。何度も何度も大勢で一人の真似をする。そしてみんなで手を叩き——ああ、なんて荒々しく心沸き立つようなリズムだ——口笛を吹く。手にした棒で、みんなで天を指し示す——ライフルみたいにだよ、もちろん——、そしてバンバンバン、雷のゴロゴロゴロ、さもなければ膨れあがった海が岩に出会う時みたいに。でも、もっと鋭いんだ。そして静けさのなか、音の余韻が残り続ける。

バンバンとゴロゴロは、明るい口笛の音楽を終わりにする。小気味良く鋭い動きのダンスが止まる。するとようやくその踊りは、死びとが甦ったかのように見えてくる。いったんすべてを失ってから、死者たちはより真剣に、集中して、完全に一つの意思となる。ゴロゴロ、またゴロゴロと、海からやって来るのだ。

けれどもボビーは、そういうのを全部変えてしまった。彼は、その踊りを自分のものにした。ある日、メナクと妻のマニトが音楽をリードしている時、ボビーは他の者たちのあいだからまろび出て、四肢を硬くし、自分が発する恐ろしげな口笛の音に合わせ、身体を引きつらせながら動いた。よく知られている節なのだけれど、初めて耳にするようだ。みんなの唄が、彼の唄を真似し始めた。他の男たちみながーー長老でさえ——彼の動きを真似し始めた。ところがそうしたら、彼らの心は空っぽになり、みなで共有していたヴィジョンは味気ないものになってしまった。ボビーはみんなのなかに入っていって、ふざけた調子でぞんざいに彼らを叩いた。狂人のように満面の笑みをたたえ、笑い声をあげながら。するとみんなは後ろに下がり、ボビーの前で身体を縮こまらせ、腰をおろしてしまい、不格好に身を退いた。ボビーに触れられるや、一人また一人と倒れ伏した。死んでしまったみたいに。死んだみたいに。

人々は、その経験を愛した。自分自身の意思でなく、ボビーの意思だけがあった。

彼が成長するまでには、あれはそもそも死びとの踊りではなかったのだとみんながわかっていた。あれは、水平線の向こうからやって来た、生きている現実の人間たちの踊りだったのだ。彼らは異なったやり方を持っていた。あちらはあちらでそれぞれ違いがあるのだと成長してからボビーは悟ったが、遅すぎた。人々は議論した。

違っているだって？　そんなことないよ、全然いっしょだよ。

ボビーはあいつらのことを良く知るようになるだろう、知りすぎるくらいに、と多くの人が言った。ドクター・クロス、兵士のキラム、ジャック・タール、おじさん《コンク》のチェーンとかいった連中を彼は知っていたし、友だちでもあった。ブラザー・ジョナサンと四人のスケリーを忘れてはいけない。なかにはあまりに変な名前なので、ボビーがどう言ったらいいのか教えてくれるまでもう一回言えないようなものもあった。

ブーツを履いて銃を携えながら得意げに歩く老人になった時、尋ねられれば誰にでも、ボビーはこの話をしたものだ。死びとの踊りが行われたまさしく最初のあの時に、彼はそこにいたのだと。そうだとも、まだ赤ん坊でもなかった。鯨が浜辺にやって来た時、あいつの母親が身ごもっていたのはみなが知っていた。まだ生きている鯨の周囲の水のなかに入って行った人々はみな、その小さい影を見ていた。鯨の目の光が失われていく際に、水のなかで煌めいたもの。あの年寄り――ボビーの父親――が、石のナイフを手に取って、鯨を切り裂いた。あの時だって、水平線の上にはもういくつも帆があった。

ボビーが言うには、死びとの踊りを最初に見たのは、浜辺からではなく海からだった。ほんとにあそこからだったんじゃよ。指さしたのは、浜辺に近いけれども水深があるあたりで、鯨たちがそこに来るのはみんなが見たことがあった。(でも今はあのころほどではなくなり、そんなにたくさんは来なくなっちまった)

ボビーは、抱っこ紐代わりのポッサムの毛皮で母親の肩から吊るされたほんの赤ん坊で、母親が歩くリズムに従って、右に左に頭を揺らしていた。メナクとマニトがいっしょにいたとわかるには、たぶんまだ小さすぎた。それどころか、自分の母親以外は、誰が誰だかさっぱり区別がつかなかったろう。それでも赤ん坊のボビーは帆を張った船を感じ取り、他の赤ん坊だったら母親の胸の向こうの世界が見えないも同然のうちに、拳をぎゅうと握りしめ直して、他の何かをとらえようとしていたのだ。

ともかく、ボビーはそう話してくれた。

彼のお仲間の小さな集団は、大地に軽く触れながら、背に風を受けて旅をした。彼らの前にも古《いにしえ》の人々が何度も何度も旅を繰り返していたので、彼らは勇気づけられていた。その場所は熱のなかで凋《しぼ》み始めており、はしっこのほうは揺らめいて、自らの内に引きこもろうとしていた。川は流れを止めて、水たまりや淀みの連なりを残すだけに縮みあがり、蛙は地面に深い穴を掘り、そこに潜りこんで鳴りを潜め、根や茎が育つ一方で、花や葉は萎んだ。

煙が示しているのは、彼の親族集団、ファミリーが移動した道筋であり、一番小さな子どもを創造する場所、海の傍らにあるホームの中心に彼らが戻ったことだった。まず煙が昇り、それからだいぶ経ってから、彼らの姿が丘の上を覆い、まるで足が無いかのように、熱波の上を滑るかのように、地面の上を水辺に向かって移動してきた。

かつて暮らしていた土地に向かって彼らが歩いていると、風が舞い、西の空には雲が集まっていった。海と雨のにおいに元気づけられ、出迎えられて抱擁されるように彼らは到着した。南に向かって広がる海から彼らを守るように尾根が伸び、白い砂が海を丸く囲って縁取っていた。湧き出る泉があり、川は砂丘でいったん堰き止められ、ペーパーバークの木々が待ち受けてくれている様子といったら、この前のシーズンに建てた住居の修復を助けようと準備を整えてくれている旧友たちのようだった。

よく知っている。

でも、何かが変わっている。

自分たちの焚き火の跡の横に物が集められ、積みあげられていた。灰を被っていたにもかかわらず、それでもそこにある物の滑らかな表面が、やたらと目を惹いた。こんなに硬くて光っているなんて――ボビーはそれらを表す言葉を知るようになり、後にはみなも知ることになる。ビーズ、鏡、釘、ナイフ――ファミリーの残りが到着すると、みながその品々を手に取って検《あらた》めた。見て、感じて、においを嗅いだ。べえ、鉄の味は刺激がある。こういうのを覚えたのは、あのダンスの時からだ、という者もいた。それに、足の指が無い足跡。

あいつらが来る時には、いつも固有のリズムがある。その新しい拍子は最初は弱々しかったが、今や伴奏すら付きだしていた。船の帆がさらに目立つようになると、より多くの物が発見された。例えば、やつらが残した石の塚だ。そしてその内側には――いったん、石が取り崩されればだが――ガラスの容器のなかに薄いペーパーバークの樹皮のようなものがあり、その上に何か印がつけられていた。島々で煙があがった。まるで誰かが合図を発していて、それが近づいてきているかのように。

何年か経つと、残されているのは蹄鉄になるだろう。壊れた鞍やリヴォルヴァー、埋められた食べ物や死体……　でも、そういうのは全部、未来に起こる話だ。ボビーのファミリーは、この場所にまつわる物語を一つ知っていた。そして物語はとても深いゆえに、その深みと同じくらいの度合いで様々な異なった形があってもいいことに、みなのあいだではなっていた。贈り物なのかしら？　彼らには何だかわからなかった。それでこの来訪者たちは？　どこから来たんだ？　そしてどこへ行く？

風が水平線に向けて吹いては、また戻ってきた。

あいつらは死びとのように踊る。残酷で野蛮な男たち。

しかしあいつらは、死んじゃいない。

ボビー・ワバランギンは、自分はその時に赤ん坊であったと信じていた。もう一艘の船が近づいてきて、人を浜辺に撒き散らしたころも、まだとても幼かった。ボビーは、頭に浮かんだことをそのまま口にしているように話した。それが記憶の先っぽにあるかのように、今にも砕けようとしている回想の波に直面しているかのように。

あれは本当に、ボビーだったのだろうか？　誰であろうとそいつはとても幼くて、ほとんど意識は形作られていなかった。どこか安全なところから、他のどこかを見つめていた。

その男たちもまた、おかしな別の言葉を持っていた。ウイ。ボビー・ワバランギンは、彼にとっての特別なアンクルであるウニャランと、そいつらの船の上に訪れたに違いない――さもなくば、それはウラルかメナク、あるいはあの長老たちのうちの誰かだったのかもしれない。というのは、足の下で甲板が動いた時の最初の衝撃を、彼は覚えているからだ。うねりで横揺れしていた。そしてボビーは、それを踊りにしたのだ。小さく摺り足で一方にステップし、それから反対方向に、前に後ろに。完全に余所者たちのダンスというわけではなく、この土地の踊りというわけでもない。ボビーがおかしな唄に合わせてぎこちなくふらつくと、人々は顔をほころばすのだった。

彼の遠い親族のなかには、別の船で船酔いを知った者たちがいた。その船の速度はたいしたものだった。あっと言う間に住んでいた場所が遠くに行ってしまったと思ったら、またものすごい勢いで戻って来るのだから。

メナクとウラルとワバクリトとウニャラン、みんな船の上に行ったのさ、と年をとってからボビーは言ったものだった。たくさんいる聴衆たちにとっては聞きなれない名前を、彼は誇らしげに口にした。他の誰も覚えてはいられなかった名前。白い連中が、わしらに船に乗ってくれと頼んだんだ、とボビーは強調した。そして、ウニャランが最初に船員の服を着た。あの人は、湾の入口のところに錨をおろした船の甲板に行ったんだ。岸辺の両岸に立っていた人たちが彼に呼びかけ、船員たちにも呼びかけた。ところがあいつらときたら耳が聞こえず、こっちが言ったことが何一つわからなかったんで、わしらはカモメがガーガー鳴いているのといっしょだった。

とんでもない代物が取引された——なまくらの斧は鏡と、決して真っすぐ飛びはしない槍が帽子と。どちらの側も、その目新しさに喜んだ。それに、口に入れるにはあまりに奇妙な食べ物もあった。

ボビー・ワバランギンには、何度も聞いたおかげで活き活きと記憶しているいくつかの物語があった。そして今では、自分がまるでそうした話の中心人物であるかのように話すのだった。贈り物、帆、死びとの踊り、鯨、自分の母親、動く甲板は囲いこまれた風の下にあり、その風はわしらをあっという間に島々を越えて水平線のところまで連れていき、そしてまた連れて戻ってきてくれたんじゃ。

最も名高いのは、メナクが成し遂げた旅じゃ、すごく賢い男でな、と年をとったボビーは言った。若い時分に自分が持っていた考えはとっくに忘れてしまい、メナクの欺瞞と裏切りと復讐の物語を彼はよく演じた。メナクの敵となる者たちの特徴は、ごく簡単に示された。彼は、そいつらがアザラシを殺す様子を演じた。（そして死体を並べるまさにその行為が、ボビー・ワバランギン版死びとの踊り《デッドマン・ダンス》に最初の霊感を与えたのだ）彼の聴衆たちは、湾の内側にある砂浜で話を聞いていた。そこは彼らが下船したところから遠くなく、水平線の上でひどい日々を過ごした後にメナクが帰還した、まさにその場所だった。彼らはそこから、湾の入口のずっと先にある、青く遠い島々の一つを見ることができた。

ボビー・ワバランギン爺さんは、語り部のメナクを覚えていた――老人の身体には尾根のように無数の傷が走り、高い額が炎の光をとらえ、聞き手のなかで最も熱心に話を聞こうとしていたワバランギンと若いころの自分を重ね合わせていた。

ボビー・ワバランギンは、身震いした。なぜなら、今では自分自身が老人であるからだ。そして若者たちが昔の自分のようには聞いてはくれないので、時折、自分自身に向かって話をしてみた。しかしそんな時であっても、自分を冒険を物語るメナクであるかのように心に描いた。それはボビーの物語となり、今や聴衆に向かって語られようとしている。

焚き火の明かりのなかにいくつもの顔が滑るように舞い戻ってきて、暗い眼窩の奥で光る年老いたボビーの目を覗きこんだ。そこでボビーはもう一度、自分がそこにいたのだ、あの島々にいたのだ、と話し出した。海の向こうにある島々には、今では毛布のように夜の帳が降りていた——話を聞いている者たちは、見ることができない。

もしわしがあの島々についてあんたらに話すとしてだ、とボビーは言った。あそこがいつもここから見えるわけではないのは、知っておいてもらわんといかん。葉っぱや木や岩が、わしらとあそこのあいだにはあるからのう。あの時のメナクと同じくらい、あんたらはあの島々のことを知っている。なぜかと言えば、あの時より前には、水平線のそのさらに向こうから日が昇るのを見るためにあそこに行ったりはしなかったからじゃよ。わしらがこうして今座っている、メナクが生まれたこの浜辺とメナクのあいだには海があり、海はさらにメナクの周りをぐるりと取り囲んでいたんじゃ。

そしてボビー爺さんは、火の粉を宙に舞わせるために、大きな重いブーツで焚き火を蹴り飛ばす。役立たずの古い槍で焚き火をつつく。気難しいメナク爺さんは正しかった。それをもう一度自分自身に認めさせることは、ボビーを傷つけた。自分が老人ボビー・ワバランギンであると思い出すたびに、傷つく。けれども、子どものボビー、若者のボビー、まだ生まれてすらいないボビー・ワバランギンであれば、傷つかない。

メナクはいつも、自分が帰還する場面から始めた。だから、ボビーもそうした。自分が赤ん坊にすぎず、黒い者たちと白い者たちが、まさにここ、この場所でいっしょに暮らし始めた時のことを、なぜ彼が恐れを知らないままでいられて、あんなに信じきっていられたかを、彼は話す。

＊

メナクは小舟から水のなかに飛びこむと、あたあたと浅瀬を進み、全速力で転がるように砂浜を越え、ペパーミントの木立へ飛びこんだ。というのは、あの島から自分を連れ戻してくれた連中は、見知らぬ者たちだったからだ。何よりこいつらは、自分をあそこに置き去りにした連中と同じ人間に見えた。彼はとまどっていた。そうとも、怖かったさ。

自分と余所者たちとのあいだにある程度距離ができてから、メナクはお気に入りの木の洞に崩れ落ちた。その洞は枯れ木の根元のところにあり、内側は火で焼かれていた。炭化した滑らかな木肌、涼しい陰、敷き詰められてよい香りがする乾いた葉が、彼を癒してくれた。こちらの身を隠してくれている葉っぱや枝のあいだから、浜辺で忙しくしている余所者たちを、やっとこさ振り返って見てみたんだ。

そうさな……

ボビー爺さんはそうやって話しながら、手を伸ばしてペパーミントの木から葉っぱを摘み取り、手のひらのなかで握りつぶして、立ちのぼるにおいを吸いこんでから、聞き手の鼻の下に自分の手を通過させ、みんながその香りを分かち合えるようにした。

そいつを吸いこんでみい。

そうさ、メナクはたいへんだったのさ。塩でざらついたような日の光のなかで一瞬ぼうっとして、火花が散るような青い空と海に目が眩み、そうしてからようやく、あの人の足の裏はまた浜辺の砂を感じられるようになったんだ。この葉っぱのにおいを嗅いだからだよ、とボビーは聴衆に言った。そうすると、脈がしっかり落ち着いてくるんだ。

彼を助けたのは余所者だった。けれども、彼をあの青い島に置き去りにしたのも余所者だった。目が覚めると水と空の真ん中にいて、そばには固い岩があった。あざらし猟師たちが彼をそこに連れていき、置き去りにしたんだ。そいつらはいとこであるブラザーを殺して、女たちを連れ去った。

メナクは前に船に乗ったことはあったが、あれほど小さいのではなかった。しかも今回は、何かの魔術にやられて弱っていた。あいつらがくれたあの飲み物を口いっぱい、無理やり飲んじまったからな。あいつらの食べ物は喉が渇くし。

メナクはその余所者たちを信用していた。飲んで食べ、柔らかなあざらしの毛皮のあいだに倒れこんだ。あいつらの唄を歌い、兄弟みたいに抱き合ったりした。相手の青い目に自分の姿が映っているのが見えるくらい、お互いの顔が近くにあった。

船が浜辺を離れてゆくのを見ながら、メナクは笑っていた。座っているのにふらふらして、海の皮の上に鳥みたいにとまったりしたらこんな具合なんだろうな、などと感じたりしていた。オールの動きに合わせて舟がうねると落ち着かなくなったが、そのうちそのリズムにも慣れてきた。連中が帆を掲げ、風の力が彼らをグイとばかりに引いて海の表面を切り裂いた時には、様々な大きさの泡が血管のなかの血と同じように笑っていた。彼の血は、島に近づくにつれてどろどろになっていった。けれどもメナクはボートから飛び降りて、それまで水平線の上の青い形としてしか知らなかったものの浜辺に降り立ったんだ。本当は怖かったんじゃないかのう?

実のところ、正確に思い出すのは難しいんだな。

連中からほうほうの体で離れると、彼はひざまずき、吐いた。そしてそれから、女たちの叫び声がしたので、慌ててまろびながらボートの方に戻ろうとした。ボートがあったはずのところに。

ブラザーの身体が、浜辺からはとても届かないような遠い水面に浮かんでいた。余所者たちと、あいつらのボートは浜辺から離れてしまっていた。女たちはあいつらといっしょだった。メナクの女が。

メナクがいくら叫んでも、何も変わりはしなかった。船は、どんどん小さくなってしまった。

ブラザーの身体の周りの水は、黒くて油っぽかった。身体が一つ、ぽつんと浜辺から遠くに離れて浮かんでいた。あたり一面海で、遠く水平線の上にあるようだった。メナク自身もそんなだった。自分の住んでいるところが見えているのに、どうやっても届かない場所に置いていかれるというのは、星が散りばめられた空に追放されているみたいだった。

喉が渇いたが良い水が見つけられず、彼はまた吐いた。頭が痛み、口には舌ごけができ、身体は弱って重かった。

彼は火を起こした。あっちに住んでいる仲間たちが、彼が生きているとわかってくれるかもしれない。島の周りを漂う死体を目で追っている間に、煙と風を含んだ空気のにおいが彼を包みこんだ。突然ブラザーの身体に命が吹きこまれ、水から狂ったように飛び出した。それから、鮫の姿が見えた。ブラザーの身体は水の上に立ちあがり、一瞬だが、メナクの目は焦点の合ってないブラザーの眼をとらえた。それから死体はバラバラになり、消えていった。

帆が一つ増えた。船が一艘、通り過ぎて行く。それはまるで、海が、水平線が、船をぞくぞくと生み出し続けているようだった。その船は、あちらの島のずいぶん奥深くに停泊した。海に放りこまれて水しぶきをあげたロープにつながれていて、次に日の朝には、陸地に切れこんだ底浅の水域にまで入っていった。あそこは丘に囲まれていて、入り江では女たちが笑っているはずだった。あの場所は彼が住んでいたところ、ホームだった。小さな人影が複数、斜面の一つをよたよたと登ってゆくのをメナクは見つめていた。

二日後に、第二の船がこちらの島の浜辺に鼻先を突っこんできた時、自分が元々住んでいたところに戻るには、この船に乗るのが唯一の手段かもしれない、と彼は悟った。自分をここに置き去りにした連中を別にすれば、水平線からやって来た色あせた連中は友好的だった。けれどもちろん、メナクは用心深かった。そいつらが浜辺に立っているのを見つめながら周囲を見回した。

そいつらの方に行くしか、選択肢はなかった。

帆が張られ、風をはらんで勢いよく膨らんだ。

不安な船出だったが、浜辺が大きくなるにつれ、彼もまた大きくなっていった。ブラザーたちが、彼を浜辺で待っていた。小舟が彼をそこに陸揚げし、母船が待っている湾へと戻っていった。彼を島に置き去りにしたボートは、影も形もなかった。

ところでウニャランはどこだ？　メナクは自分の仲間に尋ねた。

＊

どこにいたボビー、どうしてた？　と旅行者たちは尋ねた。時折、彼は警官の上着を脱ぎ捨て、重い靴を蹴り捨て、肩にカンガルーの毛皮をかけ——昔の本物のアボリジニを見たがるからじゃよ、完全ってわけじゃないがな——、そして赤い下着を穿いた。夜には自分のブーメランの一つ一つに火をつけて、空へと放った。集まった人々の頭上をブーメランは回転しながら飛び、炎で唸りをあげながら戻ってくる。女たちは悲鳴をあげて、自分たちのパートナーの腕のなかに逃げこもうとした。そっちはそっちでひるんでしまい、男たちはその場を一歩も動けないでいたが、ボビーがウィンクをしてやると、感謝してニヤリと笑った。

いつかウニャランの銅像が、この町の目抜き通りに建つだろうさ、とボビーは聴衆に語った。たぶん、わしが生きているうちには無理だが。言っちゃうとだな、キング・ジョージ・タウンの恥だと思うんじゃよ。今この時に、ウニャランの銅像がここに無いというのは。なんでって、ウニャランこそが、ここにたどりついた最初の白人たちを歓迎した人物なんだから。ちょうど、わしがあんたらを迎えているようにな。

するとみんながボビーといっしょに微笑んでくれた。

それから聴衆をぐるりと見渡して、彼らのなかに自分の仲間か警官か店の親父が混ざっていないかを確認してから、背中を丸めて、みんなをそばに招き寄せて言うのだ。ここはな、わしの国なんだ、本当はな。わしの棲み処、ホームなんだよ。背筋をしゃきっと伸ばすと、大きな声で彼は言う。ようこそこの地へ。そうとも、ウニャランは、年寄りになるまで生きられはしなかった。兵隊たちが、彼の黒いブラザーのメナクが頼んだ通りに埋めてくれた。ドクター・クロスが死んだ時は(遡《さかのぼ》って言うと、ドクター・クロスはキング・ジョージ・タウンのボスみたいなものだったんじゃがな)、彼の古い親友であるウニャランと同じ墓に埋葬された。ここでは、たくさんの悪事がなされてきた——今は、それについて話すのはやめておくよ、我が友人たちよ。けれども、始めのうちは良かったんだ。

老人は、坂の先を指さした。長くて細い腕の先で、指が震えていた。あの町の公会堂は、二人の素晴らしい男たちの心臓の上に鎮座しているんだ。ウニャランとドクター・クロスの心臓の。

彼はブーメランを何かの液体——鯨の油だろうか？——に漬けてから火に触らせて、聴衆からそんなに遠くない空間をめがけて放り投げた。それは唸りをあげて飛び、宙で炎が弧を描き、回転しながら戻ってきた。炎は叫び声をあげているようだった。男たちでさえ、今度は身をかがめて数歩後ずさった。

ウニャランは、みんなの友だちだったんだ！　年老いたボビー・ワバランギンは叫んだ。彼は、恐れてはいなかった。

＊

ウニャランにある種の魅力があったのは確かだった。心地よく柔らかい笑いは、それを目にする者をやさしく引き寄せる腕のようだった。

人々は、あざらし猟師たちが小さな舟で浜から島へと船出していくのを目にしていた。彼らはメナクの合図の焚き火を見て、返答の狼煙をあげた。けれども、どうやって彼のところにたどりついたらいいのか誰もわからなかった。それからその船が——あざらし猟師たちの舟のようにマストが一本だけある捕鯨のためのボートではなく、二本マストのブリッグが——港に錨をおろした。

人々が見つめていた。

ウニャランは魔法をかけに行った。何を見い出すのか、見に行ったのだ。あいつらは敵だろうか？　こちらを助けてくれるのだろうか？

そのころのウニャランは若くて、鼻に通してある骨はそんなに長くなかった。（そしてボビーは頭をあげて鼻孔を膨らませ、自分の鼻にもすてきな骨が収まっているのを来訪者たちに見せるのだ）もちろん一人では行かなかった。自分だけでは。メナクの仲間たちにあんなことがあった後では、一人でなんてとても行けない。彼は浜辺をたどって、白い男たちが野営しているところに向かった。老人が一人と赤ん坊が一人、彼といっしょに行った。彼らは槍を携えていかず、老人が赤ん坊を抱いていった。

その赤ん坊も、もちろん今じゃすっかり成長してしまったがね、とボビー爺さんは言った。

いくつになったんだい？

彼は話すのをやめ、すべての目が彼に注がれて、その全部と目を合わせられるまで待つ。なんとな、わしとおない年だよ。正確に、まったく同じ年さ。いいかい、ウニャランはわしのとても特別なおじさん、アンクルだったんだ。それをわしらはコンクと呼ぶ。しかしさらに特別なおじうえなら、ババンだ。わしの特別な友だちでもあった。あのころはもうすでに、わしはファミリーといっしょに旅をして、友だちのところから友だちのところへと移動していた。おおそうさ、その赤ん坊はわしじゃった、とボビーは語り、聴衆たちにどれほど昔の話であるか、それでいてどれほど最近の話であるのかを考えさせた。過ぎ去る時のはっきりとしたイメージとして、彼は自分自身を提示したのだ。

それでな、彼は言った。二人の男と赤ん坊は脅威になるはずがなかった。小さなボビーを恐れる必要なんぞないからの、間違いなく。そりゃあそうだろう、絶対間違いなく確実だ、ボビー爺さんはそう言って、聴衆の一人か二人にウィンクした。ウニャランは船の上に招かれると、船の者たちに魔法をかけ、喜ばせ、それでもあの島に連れていかれた自分のブラザーについては何も言わなかった。あのころは、わしらの仲間の男たちがたくさん、喜んで船に乗りこんでいた。だけどな、ほら見たことか！　小舟が一艘――船じゃない。

もっと小さい、捕鯨用のボートだ――女を一人連れ去って、遠くの島に男たちを取り残したんだ。それでウニャランはどうしたかって？　すぐ次に到着した船に乗りこんだのさ。

その時はまだ、相手に言葉を返したりするのは簡単じゃなかった。握手して、にっこりし、踊って、物真似をして、笑っているのだけれども、その余所者が何を考えているかは決してわからない。本当にはわかりゃしないんだ。（どうだい、わかったことなんてあるかい、ご友人？）ウニャランは、より大きな船に乗っている人々（あんたらのような人たちだよ）はより上位の階級に属しているのだと、ようやくわかりかかってきたところだった。捕鯨用の舟を一艘だけしか持っていない連中とは、まったく違う人々なのだと。

ウニャランは船に留まった。この連中といっしょにいることが、おれの仕事だ。自分に何ができるのか見い出すことが、おれの仕事なんだ。彼は、自分がなんとか役に立つようにと心を砕いた。船を修理する男といっしょに浜辺に行き、タールを熱して塗り広げる手伝いだってした。どうやっているのか、じっと見た。ウニャランの興味はあらゆることでかき立てられたし、そもそも彼はそういう男だった。そして、いつも用心深くし続けていた。

そうしているうちにだな、メナクが浜辺にやって来ていた。

メナクと彼のブラザーたちの小さな一団は、自らをペイントしていた。みんなが大事な機会にするように。彼らはかかりがない槍をつかんで、入り江の遠い方を目指した。そこにはより小さな舟がやって来ていて、男たちが木を切り倒し、水を汲んでいた。朝のあいだ、ついたばかりの連中の動きをずっと追ってくれている人々がいて、いろいろ報告してくれていた。

メナクの一団は、入り江の反対側にいる集団とだいたい同じ規模だった。彼らはその場を小走りに離れ、ボートの修理を手伝っているウニャランのところを通り過ぎる時、藪から呼びかけた。

ウニャランはいっしょに働いている相棒に向かって微笑み、彼はここから出ていかなくてはならないのだと説明しようとした。しかしその時は、彼はほとんど言葉を持っていなかった。だから、すべては身ぶり手ぶりだった。両手をいっしょにして片方の頬に当てた――おれは疲れた。空中で指をくねくね動かした――じゃあな。

慌てずに、だ。緊張や恐れている気配を出さず、復讐が起ころうとしていると気取らせなかった。それでも、彼は素早く店じまいした。

入り江の反対側にいた男は、メナクがそいつの太股に槍を突き刺すまで、彼らがそこにいるとはぜんぜんわかっていなかった。その男は叫び声をあげて地面に倒れ、槍をつかんでうめいた。彼は身を引きずりながら逃げようとし、恐怖に満ちたまなざしをメナクに注ぎ続け、土に爪をたてた。メナクはそいつのことを理解しようと努めながら、男をじっと見た。この男は怖がっている。それはいい。それにしても、なんでこんなに痛がるんだ？

男の仲間たちが恐る恐る藪を抜けてやって来て、メナクと他の者たちを見るや、すぐに立ち止まった。二つの集団がにらみ合った。そうしている間に、男はゆっくりと自分の傷ついた身体を引きずって、両者のあいだを移動していった。

メナクは顎をあげて、軽蔑も露わに鼻を鳴らした。そしてくるりと向きを変えて、歩み去った。余所者たちは仲間のところに駆け寄り、追ってはこなかった。

けっこう。

メナクとブラザーたちは、入り江の周囲を進んでいった。彼らは二人の余所者が、水際を歩いているのを見た。他にも一人、浜辺でひっくり返したボートを修理していた。槍で刺された男の仲間の一人が、入り江の岸辺を狂ったように走って、停泊している船に向かって行った。

メナクは、泉の上にある岩場に続く斜面を登っていった。太陽はほぼ沈み、彼が立っている場所から、入り江の水が潮だまりのように静まり返っているのが見えた。彼の目は、細く続く砂地を追っていった。その砂地は、港と大きな開けた水域へと湾を分けていた。砂地の向こう側は内側にある入り江より、風と波が荒れていた。砂地は南に向かって伸びる隆起した岩につながり、その岩場は東にある島々に向かって続き、草木の生えていない花崗岩のドームのところで終わって岬になっていた。この岬からあの島々に到達するのに、巨人なら一跳びか二跳びで十分かもしれない。けれども、湾の反対側の陸地にたどりつくには、泳がなくてはならないだろう。青がありすぎる。水も空も多すぎる。自分が死にかけの鯨のように置き去りにされた島は、海の下で休む巨人の膝か心臓なのだ。

メナクが野営地にそれほど遅れず戻ってくると、ウニャランが彼の腰に手をまわし、地面から持ちあげて、彼の身体をぐるりと円を描くように回した。

彼らは夜が更けるまで話し、歌った。光が小さな焚き火から水を跳ね散らかすように彼らを照らし、銀色の月光のなかにある影は水たまりのようだった。彼らの言葉は何度も何度も波立つ海を越え、月光の道を通って、メナクが立ち尽くしていたまさにその島へと導かれていった。

*

数日後、メナクを置き去りにしたボートが戻ってきて、浜辺から槍を投げてもわずかに届かないところに停泊している船へと真っすぐに向かった。

それは、戦いだったのかもしれない。ウニャランが引き受けることになる長い旅の始まりだったのかもしれない。あの時の話し合いと心構えは、あの朝にウニャランがまさしく引き受けた困難と儀式は、そういうものだった。人々は彼とともに歌った。香りのついた煙が彼らを巻きこむように包み、まるで山の頂上にいるようだった。それから、男たちの小さな集団は斜面を降りていった。そのなかから船の近くの浜辺で野営している余所者のもとに行ったのは、ウニャランだけだった。彼は槍を持たず、細身の体は丸腰だった。カンガルーの毛皮だけを肩にかけ、髪の毛のベルトを腰に巻いていた。

ブラザーたちは、ウニャランが近づいて行くのを隠れて見守っていた。

ハロー、ハロー、と彼は呼びかけ、余所者たちに向かってゆっくりと歩きながら、片手を挙げた。微笑んで、リラックスし、相手を信じて。ブラザーたちは、安堵の息を漏らした。余所者たちが銃を下ろして、連中がするようにウニャランと握手するのが見えたからだ。それから余所者たちは浜辺から引っこんだ場所につくられた、帆布でできた小屋へとウニャランを導いていった。二人の男が出てきて、彼らもまたウニャランと握手をした。ウニャランは小さなボートに彼らといっしょに乗りこみ、小舟が母船に向かって漕がれてゆくあいだ、シャンと背を伸ばして舳先に座っていた。

＊

ボビー・ワバランギン爺さんは、自分が生まれる前の、自分に生を与えてくれた、真実の物語を語った。物語の聞き手たちの大半がもううんざりしてきていたとしても、彼のアンクルであるウニャランがそれを初めて経験した時にはどれほどたいへんであったのか、ボビー爺さんは聴衆にちゃんとわかってもらいたいと思った。海の皮の上に鎮座する小舟、その上を歩くように動く櫂、ごわごわの綱梯子、船体を叩く波、自分と陸地との間隔がどんどん広がってゆくあいだ、水の上高くに留まっていなくちゃならんのだぞ……紙だってな、と彼は言った。年をとった者たちからすると、何だかわからなかったんだぞ。

たまにだが、聞き手のなかに町の住人がいる場合があった。そういう機会を得た人物は、噂は本当だったんだ、と驚くことになった。ボビー爺さんは、古くてボロボロではあるけれども、油で防水された文書のコレクションを本当に持っていたんだ。

ウニャランは友好的だったんじゃ、と聞き手が誰であろうとボビーは言った。あの人はみんなに魔法をかけた。あの人はわしらの族長《マバルン・マン》だったんだ。みんなが彼を愛した――わしが若いころ、ほんのちょっとはみんながそうしてくれたみたいにな。

町の連中はニヤリと笑って首を振ったものだ。まさか、あんたがかい、ボビー爺さん。いつもそうやって、ふざけるんだから。

ウニャランは、自分の身体を船の上にぐいと引きあげた。メナクを置き去りにした連中が、彼の前に連れてこられた。縄で縛られていて歩くのに不自由していた。そいつらは、ウニャランのファミリーの若い女も盗んだのだ。彼女は普通なら馴れ馴れしくしていいような女ではなかったが、こんな状況なのでそちらに向かってうなずき、次に何が起こるか考えをめぐらしながら、船の上では落ち着いて見えるように努めた。指揮官を見ながら、自分の胸を軽く叩いて彼女が自分たちの一員だと示しつつ、女を指さした。女はこちらを見ている男たち全員を不安げに見渡して、ほんの一瞬だけためらってから、ウニャランのところにやって来てその横に立った。二人は抱擁し合ったりせず、どんな形であれ感情を表現し合いはしなかった。それでも、船員たちにも女が安堵しているのはわかった。

縛られた男たちは周囲の人々を睨みつけ、ふてくされ、唇を歪めていた。ロープがなかったとしても、この男たちと船の男たちが友だちでないのは明らかだった。

女は浜辺に目をやって、小さな声で話しかけた。ウニャランは捕縄されている男たちに背を向けて船べりに向かい、自分をここに運んできた小さなボートを見下ろした。

間もなく女は浜辺にたどりつき、木々の合間に消えた。

そんなことがあってから数日経って、ウニャランは戻ってきた。彼は、メナクが槍で刺した男と自分がどうやって出会ったか話し、今ではその男とは友だちのようなものだと言った。食べ物について説明するのは難しい。前に船の上で食べたことがある物もありはしたが……　しかし他の物も食べたぞ……　どれもとても変なんだ。やたらたくさんあって……　中を覗くだけで自分を遠くに近づけてくれる筒を説明しようとしてみた。男たちのうちの一人は、葉っぱのような何かにひっかくような印をつけていた。ぶっく、だとか、じゃーなる、だとか、あいつらは言っていた。

あいつらはいいコィジュをくれたぞ、と彼は言い、仲間に滑らかな斧を見せた。浜辺からここまで、彼はほぼずっと木々を切り払いながら歩いてきた。その刃は、それはそれは深く食いついてくれたからだ。

ひっかいて印をつけている男はな、とウニャランは彼らに言った、炎のような髪の毛をしていて、それを隠し続けているんだ。クロスとかいったな。発音をするのが難しい言葉だ。ウニャランは忍耐強く説明した。そうそう、ドクター・クロス、とあいつらはその男を呼んでいた。おれはそいつのところで眠った。そして、そいつの仲間たちから褒められた。いつも自分のぶっくをひっかいているのは、あの男だった。

ボビー・ワバランギンがその話をする時、たぶん彼が生きたよりも長い時間が経ってからもずっと、聞き手はみんなわかってはいただろう。本だとか、そこに書かれている言語とかが何なのかは。でもそいつは、わしらが知っているのとはちょっと違うだろうよ。だってな、本のなかへはな、飛びこめるんだぜ。で、こっちの世界に戻って喘ぐまで、どれだけ深いかはわからない。戻ってきたら自分自身に、新しいとても敏感になった自分の皮膚にびっくりするだろうよ。まったく別の誰かみたいになるんだよ。新しい自分が、その言葉を身にまとうんだ。

最高の知的好奇心

「ウニャランは最高の知的好奇心を持っている」とドクター・クロスは書いた。それは、彼と私が分かち合っている特性だ。

植民のための居留地では、戦略的に様々な関係を構築する必要ありという点で、クロスと彼の上官の意見は一致していた。我々は、数で圧倒されている。あそこは彼らの地元だ。それに、我々自身が自分たちのためにどんな計画が策定されているのかわかっていないし、植民地を統括する当局が、どのくらいの期間、我々にここに留まってほしいかもわかっていない。

ドクター・クロスの結論としては、あざらし猟をしている連中が人を置き去りにした件に関しては、こちらに非があった――だから、槍の件は仕方がない。日課の散歩の際に若者と少年の一団と出会い、そこは相手側と確認していた。こちらから、彼らの領域は侵犯できない。そんなことをしようとしたら、背中に槍をくらうかもしれない。

ウニャラン、と彼は口にした。彼らの言葉で知っているのは、それだけだった。

相手側は微笑んでくれて、彼の肩に手を置いてくれた。彼らは島に置き去りにされた仲間のことでまだ怒っているかもしれない、とクロスは思っていた。あざらし猟師たちに受けた扱いについても。けれども、そうではなかった。大工職人を槍で突いて、彼らの怒りはおさまっていた。クロスに関しても、浜辺の野営地に関しても、気にしている様子はなく――ぜんぜん恐れてはいないようだ――、それどころか友好的で、興味津々のようだった。衣服の物珍しさと同じように、彼の髪の毛の色があちらの興味を惹いた。

おまえは女か？　と彼らは尋ねた。

自分は女ではなくて、身にまとっているのは単なる衣服であると示した。それから、相手が自分の髪の毛に触れ、ボタンをいじっているあいだ、じっとたたずんで微笑み、両腕を広げていた。彼らの焚き火のところに座り、帽子とブーツを脱いだ。それから立ちあがるともう一度身づくろいし、自分がやって来た道を引き返していった。


英語とフランス語をいくらか知っているのは、ウニャランだけではなかった。船に乗ったことがあるのも、彼一人ではなかった。けれども、ドクター・クロスのもとを訪れるようになって、いつもの散歩につきあうようになったのは、まさしくウニャランその人だった。彼の英語は、驚くべき速さで上達した。ドクター・クロスは熱心な教師で、ウニャランは有能なガイドだった。

南半球に船出した他の教養ある男たちのように、クロスは、フリンダーズ卿やヴァンクーヴァーの執筆した日記に目を通しており、この地で起こった友好的な出会いに関する言及も目にしていた。おそらく、貿易に類する取引だってありはしたのだろう。この場所から得られる利益については、あざらし漁師たちも明らかによくわかっていた。時にあざらしは、岩場に敷かれた一枚の毛皮に波紋ができているように見えるぐらいたくさんいたし、きれいな水と風雨から守られた投錨地もあった。それにしても、彼らが到着する前のいつぞやに男を島に置き去りにして、そのうえ女まで盗んだりしたのはやりすぎだった。身内の男が槍で刺された時、クロスと指揮官は報復するかどうか議論し、あざらし猟師たちと自分たちの違いを示し続けねばならない、という見解で一致した。

　クロスは、ウニャランが二十代前半だろうと目星をつけていた。鼻に美しい骨を通し、カンガルーの毛皮を肩にかけ、腰には女の髪の毛でできたベルトを巻き、普段はそこに小さな斧か棍棒を下げていた。時折、髪の毛に羽根をつけたり、上腕の片方にバンドを巻いたりしていた。グリースか油を、常に身体中に塗っていた。クロスが推測するところでは、あれが虫や寒い天候から彼を守っているに違いなかった。

　クロスはウニャランに、彼の本と日記、動植物の標本、外科手術の道具を見せた。ウニャランと他の若い男たちのうちの何人かは、囚人たちの助けを得て建てられたクロスの掘っ立て小屋で寝るようになった。クロスは彼らとのつっかえつっかえの会話を楽しみ、ウニャランが遊び心に満ちた陽気さを持っていてくれたおかげで、気取ったポーズをとらないですんだ。

「自らをヌンガルと名付けている先住民たちは、とりわけ音楽を喜んだ」と彼は日記に書いた。ヴァイオリンは長らくご無沙汰していたが、驚いたことに最近は、演奏の頻度が前よりずっと増していた。

　クロスは、野営地の上にある丘の頂上まで歩くのを朝の日課とした。そこから周囲の景色を眺め渡すのだ。湾の向こうの南の方角に目をやり、ゆっくりと左手へ、東の方角を見ながら湾を視界に入れる。その湾は彼の方に向かって走る地峡で囲まれており、その地峡は峻厳な尾根に続いていた。尾根から東に延びた地峡は外洋へ続いており、目が届く限りでは、ドーム状になった花崗岩の岬で終わっていた。視線を左手に動かし続けると、大きな湾の広く開いた入口の先にある二つの島が見え、それから再び、ごつごつとした岩の海岸線が続く。その海岸線を引き返すように西側にたどるともう一つ入り江があり、湾と同じように入口は狭くなっていた。今立っている地点から三、四時間ほど歩けば、あそこにつける――あの入り江は、シェルフィースト湾と、基本的な海図では記されている。二本の川がそこに流れこんでいるのが見え、真ん中あたりにはとても小さな島が一つあった。その先には陰鬱で灰色がかった緑の雑木林が広がっており、さらに向こうには目を瞠るほどの対照を見せて、山が連なってそそり立っていた。たぶん、二列になっている。あの後ろに、もう一つ山並みがあるのだろう。

ドクター・クロスは、自分たちの軍事的な前哨基地を地図上の点として想像していた。実のところ、世界のこのあたりを描いた地図はどれも、まだすこぶる曖昧なものだった。彼らの入植地――人口はわずかで、小屋が数軒、兵舎は泥と枝でできていて、足枷をされた囚人のためには帆布で雨風をしのげる場所があるだけ――は、二つの丘の間に収まって、船の停泊地のそばにあり、自然の地形によってうまく守られている。一年のこの時期には、太陽が二つの島のあいだから、金貨のように昇る。

周囲には……どのくらいの先住民がいる？　クロスは自らの問いに答えられなかった。そして私たち自身は、いったい何なのだ？　ほんの五十人程度の変なやつら。そのうちの約半分が兵士で、ほぼ同じ数の囚人がいる。三人の囚人は妻を連れてきており、わずかだが子どもたちがいる。

ウニャランは、ドクター・クロスの小屋でよく寝た。二人はともに食い、ともに散歩をしたが、それでも二人のあいだのコミュニケーションは初歩的な段階にとどまっていた。ただそれも、二度目にメナクに会うまでだった。ウニャランは数日をかけてこの会合を準備していたのだな、とクロスは察した。おそらく、何か外交めいた行動をしていたのだろう。

ウニャランがクロスの腕に手を置いて彼を引っ張っていったのは、二人がいっしょに散歩をしている時だった。メナクは、二十歩ぐらい離れた小さな空き地に立っていた。

印象的な身体標本になりそうだな、とクロスは思った。中年で、おそらく自分と同じくらいの年齢だ。髪の毛は後頭部で瘤のようにまとめられており、頭蓋の周りには固く紐帯が結びつけられ、白い羽根が一房つけられていた。左右両方の上腕に巻かれた紐帯にも同じように羽根がつけられ、胸の傷跡は模様になって盛りあがっていた。

ドクター・クロスはお互いの距離が相当に縮まるまで、自分がメナクの方に誘われているのかどうかわからなかった。ウニャランは、楽しげにクロスを押したり引いたりした。伝染るくらい上機嫌だった。その一方で、二人が近づいてくるまでメナクはそっぽを向いており、無関心を絵に描いたようだった。

広い湾の周囲に点在する小屋とテントの集まりに目をやっていたメナクは、そこから目線を移して、クロスと相対した。二人のあいだの距離は縮まっており、メナクが手を差し出してくると、胸にある深い傷もこちらに伸びてくるようで、鳥の羽根の冠は二人をすっぽりと覆うようだった。クロスがその手をつかむと、メナクは急にその手を引いて、抱擁した。それから彼は、両腕をクロスの腰にまわして相手を地面から持ちあげ、ぐるりと円を描いて回転した。二人は眼《まなこ》と眼《まなこ》をしっかりと合わせた。一人は毛皮をまとい髪の毛のベルトをし皮膚に泥や油を塗りたくり、もう一人は顔と手のひらしか露わにしていなかった。

メナクは相手を解放して、引きさがった。歓びに溢れたウニャランは、クロスにジャケットを脱げと身振りをした。それからメナクの身体から毛皮をはずして、クロスの肩にかけた。ウニャランはそれぞれの男に、相手の衣服を与えた。

ウニャランとメナクが服の袖と格闘しているあいだに、クロスはカンガルーの皮を肩にかけた。問題は、メナクの腕の紐帯にはさんである羽根の束だった。彼らはバンドをはずして、ウニャランがそれをクロスの腕にシャツの上から巻いて、急いで羽根を挟みこんだ。メナクは古い上着を着たせいで、おそらくはいくぶん威厳がなくなっていた。しかしそれなら、クロスはいったいどうなのだ?

驚くほどしなやかなカンガルーの毛皮がクロスの肩に心地よくかかり、彼をもう一人の男のにおいで包んだ。もちろんこの人物は自分とはとても異なっているけれども、まぎれもなく人なのだ。ヌンガル、と彼は覚えていた。そのにおいは単なる体臭ではなく、樹液と大地、油とオークルのにおいであり、この土地のあらゆるにおいが沁みこんでいた。

彼らはいっしょに歩いた。奇妙な眺めだった。軍服の外套を着た黒人と、カンガルーの毛皮をまとって腕に羽根をつけた白人。

その男——スケリー——は、その眺めから目をそらした。メナクがあの事件を起こした際に槍で刺されたのは、彼だったのだ。スケリーはそれまで作業していた裏返しのボートに向かって身体を屈めると、仕事を再開した。

流刑囚人ウィリアム・スケリー

ウィリアム・スケリーは、捕鯨用のボートのキールに、赤い樹脂からつくったゴムを塗り広げようとしていた。普通はピッチを使っていたが、今はなかった。樹脂はそんなによくない。最初に煮詰めた分には気泡が出てしまい、全然長持ちしなかった。こいつを使ってみたら、というのはドクター・クロスのアイディアだった。

インディアンたちは使っているよ、と彼は言った。

みんながそのことをまだ知らないみたいに。食べ物と交換で先住民の斧を手に入れて、誰もが石がどうやって木の柄にくっついているか知っているのはわかっているのに。ナイフも同じようになっていた。槍投げ器《スピア・スローワー》の槍のはしを支える部分には、赤い木の樹脂で歯がつけられている、と思っている者たちもいた。人間の歯だ、とスケリーは聞いていた。他の者たちは、カンガルーの歯だと考えていた。

スケリーは槍投げ器を間近で見たことはなかったが、彼らの槍が、このくらいだったらいいなと自分が思うよりもいい物だとはわかっていた。

仕事の手を休めて、太股の傷跡に触れた。あの槍も人間の歯から発射されたのか？　まだ心底頭に来る。おれ様が――黒人に対して何も罪を犯していない人間が――槍で刺されたんだぞ。おれの国の兵隊どもは、なんで何もしてくれないんだ。けれどもスケリーも、あのぐらいで済んでよかった、という雰囲気になっているのを認めずにはいられなかった。あれ以来、あいつらは何の問題も起こしていない。連中がいなかったら、この場所はもっとひどいところだったろう。でもあいつらは、オウム返しにしゃべったかと思うと、わけのわからない言葉を口にしたりする。おまけに裸だし。

それにしても、あいつらの若い女どもはどこにいるんだ？

ウィリアム・スケリーの犠牲のおかげで、痛みをこらえて過去をすすんで水に流したおかげで、ここでは白人と黒人の友情が築かれていた。駐屯兵たちの隊長でさえ、彼の辛抱に感謝していた。そんな振る舞いは、囚人に期待したりはできないからな。もっとも彼は、もうここには長居する必要の無い人間だった。というのは、刑期が終わりかかっていたからだ。

ドクター・クロスのやり方は変だったが、それゆえにかえってスケリーには、公正な人間だと信じられた。クロスが黒人たちのために弁明しようとしているのを聞いたことがあった。あの黒人は誘拐されたのであり、友人たちは殺され、女たちは犯された。そのうえ、あの島に置き去りにされた。もちろん、復讐したがっている。我々はみな、彼らにとっては同じに見えているに違いない。だからこそ平和をもたらしたのは、ウィリアム・スケリーの寛容さなのである。頬を張られた一人の囚人が、反対側の頬も差し出したのだ。

あの野蛮人どもにとってだけでなく、このコミュニティ全体にとっても、彼はキリストのような存在だった。気をつけな、槍で刺しやがったやつの太股に、まだ槍を刺し返してやりたいと思っているかもしれないぜ。善人の医者とは、ここのところは最高の関係を築いていた。スケリーが自分の目と耳を信じられるなら。

だってさ、イエス・キリストも大工だったじゃないか。もっともウィリアム・スケリーが思うに、賭けてもいいが、キリストはカンガルーの糞で作業しちゃいなかっただろうよ。どうしてそんなもんを使わなくちゃならないかというと、赤い樹脂を扱いやすくして乾いた時に気泡が出にくくするには、その糞を使わにゃならんのだよ。いつもうろうろしているインディアンの若造が、どうやってその二つを混ぜ合わせるのかを見せてくれた。そいつは、人が働いているのを見るのが好きだった。働くことも好きだったうえに、いつもいいアイディアを携えてきてくれた。ただ見ているだけではなかった。最初のうちはスケリーがピッチを広げるのを助け、それからボートの底に広げる樹脂のゴムを作るのを助けてくれた。スケリーは、その若者からまだ学んでいる最中だった。ゴムはまだ、ピッチほどではなかった。カンガルーの糞を一つまみ、混合物のなかに投げ入れてもまだまだだ。

昨日、兵士たちがボートを持って戻ってきた際、予想以上に水が入ってきていたのにスケリーは気づいていた。もっともボートが間切った際に大きく傾いたのだとしたら、ピッチを使っていたとしてももっとましだったかどうかは疑わしかった。スケリーはいい仕事をしていた。それを知っているのは自分だけだったとしても。

ウィリアム・スケリーは、ここで自らの有用性を証明した男なのだ。船を難破させるのは誰だってできるが、直せるのは誰だ？　ここで家を建てられるのは誰だ？　蹄鉄は？　ビル・スケリーは、生まれ育った世界から遠く離れた土地にいる。だが直に、自由の身だ。そうしたら……何だっていいだろ？　たぶんこのあたりに留まるだろう。こいつらインディアンたちの上にふんぞり返ってよ。ハーレムとか何でもかんでも手に入れて。

湾の水へと踏みこんだら、魚が浮きあがってきて挨拶をする。誰だろうと食べきれないぐらい引き網で捕まえられるから、そうしたらみんなで分ければいい。兵士たちに囚人たちに、黒い連中にもたっぷりだ。入植地に持って帰る分は、確保しておかないと。ウニャランと他の連中のうちの何人かが、囚人たちが網を引き揚げる手助けをした——ウニャランたちがいっしょに持ちこんだ歓びとエネルギーにあてられて、兵士たちの何人かが手を貸してくれさえした——うえに、彼らは舟の漕ぎ方も学んだ。あいつらはそっちもうまかった。なんたって若いからな。生命の力が吹き出ている。

隊長は、先住民の連中だけでボートを使わせさえした。こういうのを全部考え合わせれば、もっと修理やら手入れやらが必要になるのは明白だ。長い目で見れば、ミスター・スケリーのような人々のためにもっと仕事があるということだ。ミスター・スケリーだぞ。囚人でいるのは、もうそんなに長くない。

あいつらは、前よりいい生活を手に入れたと思っている。黒い連中は。おれたちが与えた物のありがた味を、ちゃんとわかっているんだよ。

河川探検

最初の司令官が変わった。その後任も。彼らはこんな場所に興味はなかった。自らの野心、ペーパーワークに行政の細かな事柄――こんな辺鄙な場所にある小さな居留地なのに――に没頭し、他はほったらかしだった。クロスの仕事の荷は軽かった。男たちの健康状態は良く、気になるのはラムに過剰に頼り過ぎな点だけだった。囚人はほとんどいなかったので、監視の必要もなかった。それに逃げたって、どこへ行くというのだ？　兵士たちの退屈は、強い酒への嗜好を醸成するのに一役買っていた。

この間この地で、クロスはそれなりの地位を手に入れていた。ウニャランとブラザーたちがボートを使えるように段取りをつけてやるだけでなく、他の先住民の男たちを連れていけるようにもしてやった。ウニャランとブラザーたちはすごく快活に順番に櫓を漕ぎ、帆の扱いを習得しさえした。座っている方が好きなのはメナクだけで、彼は望遠鏡が使える状況であればいつでもそれで目的地を見つめており、停船のための細々とした作業は他の者たちに監督させていた。

ボートは港を離れ、花崗岩の岩肌が剥き出しになった岬の先にある巨大な岩のドームに向かって進んだ。彼らの狩り場から立ち昇る煙が島々に向かって流れてゆき、日の光の色が青い空と海と溶け合い、塩を含んだ靄の一部となっていくのが、じっと見つめているメナクの目には映っていた……

その日の終わりにウニャランは、クロスのために新鮮な肉を携えて帰ってきた。兵士たちや囚人たちにも。良い食べ物がふんだんにある土地にいるのに、ラムを飲んで塩漬けの肉と船のビスケットを食べてばかりいるせいで、彼らの目は赤くなり、肌は壊血病で荒れていた。彼らの食事を心配する一方でクロスが気づいたのは、ウニャランたちの肉体はよく鍛えられていて、柔軟で、頑健であることだった。そのうえ、彼らの道具はあまり発達していないけれども、彼ら自身は新しい物に対して高い順応性を持っているのは明らかだった。

ボートを貸したお礼に、クロスは新鮮な肉と数人のヌンガルとの固い友情を手に入れた。彼らの土地に守備隊が居座ってしまってはいるものの、クロスからすると、当局の体制は国レベルの交渉を可能にするにはほど遠かった。彼が指示したわけではない――それは彼の仕事ではない――し、この駐屯地はフランス人たちに対する保険でしかなく、そのうち放棄されるだろうと彼は信じていた。

ドクター・クロスは、川のうちの一本を遡る探検を計画した。駐屯地に陰を落としている丘のうちの一つの向こうにかろうじて山々が見えており、その川は、あちらに見える山並みに続いているのはほぼ間違いなかった。海岸沿いに捕鯨用のボートをまわし、陸地に囲まれて川が流れこんでいる第二の港になりそうな入り江に遠征してはどうだろうか、とウニャランは提案した。クロスはここからそこまで陸地を眺め渡してはいたが、実のところ、実際に歩いてみてはいなかった。

第一の港となっている湾の細い入口を抜け出て、うまい具合の南風に乗り、すぐに同じくらい狭い入り江の入口についた。そこは一面、白い砂浜だった。クロスは過去数十年のあいだに出版された航海日誌を熟読していたし、船上でウニャランがいろいろと詳しく話をしてくれた。そうしながらウニャランは、船乗りたちの大好物である潤沢な牡蠣を指し示し、人がそんなものを食べるという考えをいつものように笑った。

わかっているよ、船に乗る人たちは木を切り倒してこの船《シップ》をつくったんだよな、とウニャランは言って、相手の言葉を引き取った。彼は得意げに英語でその文章を口にした。シップの〝sh〟が、彼にはまだ発音しづらかったからだ。〝s〟の音にもよくつっかえた。

その入り江、シェルフィースト湾は広くて遠浅で、二本の川が物思いを誘うかのようにゆったりと流れこんでいた。入り江の入口の比較的水深のあるところから河口に向かって、責め苦のように細い水路が捻じれて続いており、時折、船が浮いているのがほぼ不可能な水深になった。そんな具合にとても浅い水域だったが、彼らは楽々と舟を漕いでいった。毒の刺を持つエイが、彼らが近づくと滑るように逃げてゆき、波紋の下にある他の暗い形の一部に混ざりこんだ。黄色と青色をした水が広く穏やかに湛えられている場所の向こう、はるか遠くに男が一人、身じろぎもせずに立っていた。槍を構えている。ボートの上で、それについて何か言う者は誰もいなかった。

潮が満ちてきているにもかかわらず、水路の幅は狭くなっていった。彼らの右手には、複雑に組み合わされた石の列が砂浜から伸びていた――航海日誌で報告されていた梁《やな》だ。石で作られた模様のなかに踏み入ってきた数人の黒い人影が、ボートにいる仲間が手を振るのに応えて手を挙げた。クロスはウニャランに彼らについて尋ねたが、答えは素っ気なく聞こえた――質問を拒否したのか、罠を見にきていた人々が気に食わないのか、クロスには、どちらだかわからなかった。

夜になると、魚はたくさん。

川に漕ぎ入ってすぐは、川幅はそれなりに広かった。日が高かろうが低かろうが、木々が川幅全体を陰にはできないほどだった。ところがすぐに川幅は狭くなって、木々は密集し、水面は暗くなっていった。川が石で堰き止められている場所までやって来た。そこを越えて進み続けるには、ボートでは無理だった。クロスは、そこを注意深く検分した。人がつくったのだろうか？　土手の両岸のどちらにも、並んだ石のところからそれぞれに小道が続いていた。クロスは決断した。ボートは駐屯地に引き返させよう。自分とウニャランは徒歩で進み続けて、川かこの小道かどちらかをたどり、数日をかけて陸路で帰還しよう。

兵士たちは、舟を漕いで去っていった。そのうちの一人が、ウニャランとクロスが少し前までいた場所をじっと見つめていた。

兵士アーサー・キラム

アーサー・キラムの意識のなかでラムが燃え上がり、そこにわずかだが空間をつくった。彼は塩漬け肉と豆をたっぷりと食べており、シェルフィーストの入り江からはるばる舟を漕いだおかげで筋肉はだるかった。牡蠣は、オェップ。鼻くそを食うみたいなもんだ。おれには食えん。黒人たちも食べられない。あいつらの真っ当な感覚は褒めてやらないと。あのお医者さんにも希望は持てるってことかな。あいつらを文明化しようっていう、やっこさんの考えはさ。

徒歩での帰り道は見つかるさ、とドクター・クロスが自信満々だったのは、キラムからすると驚きだった。ウニャランに寄せる信頼にもびっくりだった。もっとも黒いやつは足を引っ張るだろうよ。というのも先住民のやつらは、食べ物や休息無しだとあまり遠くには歩いて行きたがらないからだ。何よりもウニャランは、丘への競争のせいでまだ疲れているだろう。キラムもまだくたびれていた。でも、その記憶は彼をニヤリとさせた。勝ったのは彼だった。思うに、たぶんウニャランはそんなに疲れていないのかもしれない。力を節約するために歩いて丘を登り、下りだけ駆けてきたのだから。その一方でキラムは登りにすごく力を使い、走って下り出した時にはほとんど余裕はなかった。ゴールラインで彼は疲れ切っていた。誰もが黒いやつが勝つと予想していたが、ほぼ一分差で勝ったのはキラムだった。彼は、少しだけだが自分に賭けていた。そして、彼の勝利は士気高揚につながった。駐屯兵の隊長でさえ、彼の奮闘を褒め称えた。もっとも、自分の最も大事な兵士の一人が足を折りかねない競争に、彼はご不興だったのだが。しぶしぶだが、そいつは頭になかったとアーサー・キラムは認めざるを得なかった。でもそれを言うなら、誰も、彼が勝つだなんて思ってはいなかったのだ。

ウニャランは自信過剰ないやなやつだった。時間の感覚もなければ、勝つための計画もなかった。ただ、勝つのは自分だと思っていただけだった。兎と亀みたいなもんだ。ただここには兎はいないし、見つかったが最後、すぐに亀は取って食われてしまう。(他の動物も全部いっしょだが)

新鮮な肉について考えると、アーサー・キラムの胃はむかついた。亀は食べたことがなかった。魚は時には食べた。けれどクセの強いカンガルーの肉は、彼からすると、食べなくても全然かまわないものだった。

船長たちは、乗組員が新鮮な食べ物を摂るのを好んだ。特に野菜を。その点では、この場所は大した助けにはならなかった。果樹園や菜園といったものはほとんどなかったからだ。まだ、ね。けれどそれについては、アーサー・キラムにも責任がある。重労働のほとんどは囚人たちにやらせていたが、自分でも多くの仕事をやっていた。特に収穫を仕切るのは好きだった。馬鈴薯は充分なくらい育った。豆もだ。肥料としては、魚の腸《はらわた》が役立った。

それは兵士の仕事ではなかったが、何かに自分をかかずらわせておく必要があった。ここでの生活は退屈になりがちだ。戦闘はないし、先住民たちは屁みたいなもんだと請け合えた。とはいえ、あちらの方が相当に数が多いのもまた事実だった。あいつらが今いる小屋からいったん移動してしまったら、状況は全く異なるかもしれない。なかには、あっちにその気がなければ姿を見ることができない連中がいた。あいつらの狩猟のやり方を見るに、技術においてはまったく遜色ない――獲物の追跡の仕方や、槍や棍棒の扱いだけでなく、チームワークや火の使い方においても申し分ない。キラムは、彼らが造作も無くカンガルーやワラビーを棍棒で屠っているのを見たことがある。その動物たちは炎に怯えて、闇雲に混乱して飛び出してきていた。彼らが手にした炎は騎兵隊よりも素早く動き、より破壊的でさえあるように見えた。彼の心の目には、炎の猛攻撃を前にした兵士たちが波打ち際を背にするまで後退するや、武装した先住民たちが隠れていた浅瀬から立ちあがってくる様子が映っていた。

幸運なことに、風が吹いてくるのは圧倒的に南からが多い。

少なくとも、先住民の連中は銃を持っていない。ただし、あいつらがそれを気にいるのも、キラムには請け合えた。

別れの挨拶もそこそこに、ドクター・クロスは身を翻してウニャランの後を追い、川沿いにある土の道をたどっていった。ところがほどなく、彼の足は止まった。川が合流した地点から続いていた道が、二手に分かれていたからだ――片方はごく最近焼き払われた地面を横切り、森のなかに消えていた。もう片方は川の土手沿いを内陸に向かっていた。ウニャランがクロスの手を取って、一人でくすくす笑いながら（私が迷っているからかな？）岩で囲まれて水浸しになっている川岸の一画を迂回するように導いてくれた。川が石で区切られている場所に水を注ぎこんでいる泉からは、離れるように連れていかれた。そこの石は運河の水深を調節する閘門《こうもん》のように並べられており、川端に住む人の存在をはっきりと示していた。おそらく、前に見た梁のような魚を獲る仕掛けなのだろう。

川はすぐに細くなり、一、二時間も歩くと、岩が目立つ場所にやって来た。大きな丸い岩が両岸の土手に並んでおり、水は細い流れとなって、水がたまっている場所から場所へときつい傾斜を下りながら流れていた。一番下の水たまりが一番大きくて、そのそばには一本の木があった。その木には、鷲が一つ巣をつくっていた。高さがある木なのに、鷲はびっくりするぐらいの低さに巣をかけていた。そこを越えた少し先から、川の支流が東へと細く伸びていた。

午後遅く、二人は日蔭に斜めに差しこむ日の光を抜けて、空き地に出た。クロスが目にしたのは、土手からなだらかに続く斜面にいる、一人のヌンガルだった。その斜面は火で焼かれて黒くなっており、黒くなった土地は顔を出したばかりの小さく新鮮な緑の新芽で囲まれていた。

二人の男は抱き合い、お互いが両腕を相手の腰のまわりにやって、はっきりわかるくらい地面から持ちあげた。しっかりとお互いに抱き合って小さな円を描きながら、二人の声は善意のメロディーを響かせた。

ウニャランより若い新参者は、おそらく思春期を過ぎたばかりだった。彼はクロスを興味深そうに見た。彼らの話し声は、この旅の始まりのころに耳にした川のせせらぎの音を思い起こさせた。

ウラル、とウニャランは人を紹介する言い方で告げた。

新しく加わった仲間がクロスから離れると、女が一人、木々と藪のなかから現れた。

ビルタン、とウニャランは付け加えた。

ウラル夫人――そうクロスは彼女を自分の日記で名付けた――は夫より年上だった。尋常ではない長さの毛皮を肩からかけていたので、人間の頭と手足をつけた、ごちゃごちゃした動物の毛皮のように見えた。母親から少し離れたところに、二人の幼い子どもが立っていた。男の子と女の子だ。二人は好奇心を隠そうとせず、クロスをじっと観察していた。

＊

わし！　ここでまたわしの登場だよ！　とボビー・ワバランギン爺さんは聴衆に告げた。わしと姉ちゃんなんだ、その子どもは。でもな、ウラルはわしの親父じゃない。ちがうんだな。わしの哀れな母親は、あのころのわしらの仲間の多くがそうだったように、いろいろと病気をしてそのすぐ後に亡くなっちまったんだ。そうとも、ウラルはとても若くて、わしの母ちゃんのような女を手に入れるくらい、ついていた。けどな、歴史を読んでみろや。ドクター・クロスが残した文書があんたらのお国で出版されたけれども、そこに記されたヌンガルで今も生き残っているのはわしだけだ。記録が出版されたのは、あんたらのお国だよ、わしの国じゃない、と彼は旅行客たちに言った。なぜってわしの国は、ここだからだ。わしの父親、父親の父親、その父親の父親の国なんだよ。でも、今のわしを見たら、そうは思ってもらえんかもしれんな。あんたらは素敵な家に住んで、鼻先をラムに突っこんで、わしに感謝したりはしないし、自分が持っている物を分かち合ったりする時間がないような連中といっしょじゃからな……　あいつらは、わしのことをわかっちゃいない。わかってる、わかっているぞと思っているんだろうが、ちゃんちゃらおかしい話さ。わしは、あいつらのことはちゃんと知っているよ。あいつらが愛して感謝したあの入植者たちだって、知っているともさ。そりゃわかってるさ。わしの友だちだったんだから。

わしと仲間たちに……　仲間たちとわしは（ここでウィンクして見せた）自分たちで思っていたほど、商売がうまくなかった。わしらは友だちをつくるのが一番だと思っていたんだが、あんたらの小麦と砂糖と茶と毛布を受け取ってしまったら、自分たちがすべての物を失うことになるとはわからなかったんだ。わしらはあんたらの言葉と唄と物語を学んだが、あんたらがわしらのを聞きたくないとは思わなかったんだよ……

だがそうさ、その通りだよ。あんたらは正しい、正しいとも。わしの人生はいい人生だし、みんなにこうして話ができて幸せさ。あんたらをこうやって友だちとして歓迎できるんだからな。同じ神様、王様が、わしらみんなに目配りしてくださっている。そうなんだろう、同じ王をいただく臣民たちよ？

＊

ボビー・ワバランギンの姉のビニャンは彼より少しだけ年上で、すでにある年寄りのところに嫁ぐのが決まっていた。

クロスはボビーとビニャンの母親に会わせてもらえて、もったいない気分だった。すごく年老いた女たちを除いて、こんなに女性に近寄るのを許してもらったことはなかったからだ。ウラル夫人は旦那より年上だったが、年寄りではなかった。

それで、あの女性が持っているもう一つの袋には何が入っているんだい？　ウニャランはクロスの質問を、女ではなくてウラルに尋ねた。彼らは立ち止まると、彼女の毛皮か袋のどこかから、バンクシアの球果を引っ張り出した。

クロスが見るに、身体にかけている柔らかい毛皮の下は、まったくの裸だった。クロスが確信したところでは、彼女は年の盛りを過ぎてから、そんなに経ってはいなかった。

バンクシアの実は、彼女が息を吹きかけると赤く燃えあがった。わずかに煙が出て、火がチロチロと舌を出した。あっという間に、彼らのあいだに小さな焚き火が現れた。

他にはいったい、何が彼女の袋に入っているのだろうな？

＊

ボビー老人は袋の中身に関する質問を繰り返してから、ポッサムの毛皮の袋を持ちあげた。彼女は他に、何を運んでいたんだろうな。もちろん愛する男の赤ん坊は運んでいたろうがな? しかしだな、彼は言った。いったん歩くのを覚えたら、わしは全然運んでもらう必要なんざなかったんだけどな! ボビー爺さんはそっくり返り、ふんぞり返って歩いた。子どもの無垢な虚栄心を表現しながら老人がのし歩いて見せるので、旅行者たちは笑った。

わしはな、それはそれは小さい子どもの時だって、ちゃんと自分で歩いたもんさ。でもな、真面目な話だな、ヌンガルの女が運んでいたのは何だったと思う? おおそうとも、ワァンナは持っていたろうな——土を掘る棒だよ、ふらふらしている男をひっぱたくのにも使えるがな。さもなかったら、自分の美しい幼子を盗みたがっている女どもを追い散らすのにな。と言うや、歯と歯のあいだから舌先を押し出しながらボビー爺さんが自分の杖を振りまわしたので、旅行者たちはひるんで身をひいた。

ユー・ワアーナ、あんた知りたーいだろ。(彼は言葉を引きのばして、アメリカ人の訛りに、棒を意味するヌンガルの言葉をかけて言った) 彼女の袋のなかに何が入っていたのか、知りたいだろ《ユー・ウォントゥー》?

ボビー老人は物語を続けながら、袋の中身を出していった。ドクター・クロスの未亡人が出版した夫の日記を思い出しながら。チェーンがその抜粋が載っている新聞を見せてくれた。二人で声に出してそれを読んだおかげで、ボビーはその目で見ることができたのだ。袋の中身は……

*

バンクシアの球果がもう一つと、紙のような樹皮が一枚あった。彼女はドクター・クロスの前の地面に、貝殻を一つていねいに置いた。それから、かつてはクジラヒゲであったに違いない見事な品を。他の者たちは、クロスがそれに手を伸ばすのを見つめていた……親指にあたる貝殻のへりは、カミソリのように鋭かった。彼は微笑み、眉をひそめ、クジラヒゲの針をつまみあげた。彼女の袋から現れた物体をそれぞれ手に取り、彼らのあいだで控えめに展示されている状態に戻した。

ウニャランが身ぶりをすると、ウラル夫人はさらにもっと袋の中身を見せてくれた。きつく束ねられた紐——ポッサムの毛皮で編まれている——に、乾いた泥の欠片。オークルだ。

他の三人は、じっとクロスに視線を注いだ。目が言っている。あんたは何か待っているのか？　クロスは思い切って、ポケットに手を突っこんだ。自分のノートを引っ張り出すと、ウラル夫人がつくった物の堆積の横に置いた。

彼女は、食べ物に違いない物を取りだした。見た目は、何かの塊茎のようだった。それに、木の実に果物。ただし、彼が何だかわかるような類の物ではなかった。それに蛙が数匹と、蜥蜴が一匹。蛙はまだ生きていて、足が細い紐で結ばれていた。

クロスは立ちあがった。ウラル夫人はクロスのノートを地面に残して、品物を自分の袋に戻し、火を起こした。それから、彼女と夫は坂になった場所を越えて、離れたところにある小さな空き地へと移動していった。ウニャランはクロスに、背嚢をおろして火の横に置くように勧めた。ウラル夫人が、二つ目の火をつけていた。小さな炎の光、そばにある木への照り返し、彼女の驚くほどの優雅さ——クロスがその眺めから目をそらすと、ウニャランはいなくなっていた。

ウニャランが、木の根に斧で足場を刻んでいる音が聞こえてきた。ポッサムの巣に忍び寄ろうとしているのだ。クロスは、ロープと帆布で風除けを作った。

ウニャランが戻って来た。クマル、火のそばにポッサムを一匹放りながら彼は言い、ニッコリと笑った。いやー、この人の手みたいな足がな、とクロスは言って、無意識のうちに自分の手を収縮させた。ポッサムの頭の横には、血の塊がついていた。

ウニャランは火を大きくした。彼がその上にポッサムを投げると、火の粉が跳ねた。炎がゴホンと咳払いをした。ウニャランは、毛皮の表面を焼くためにその死体を回転させた。続いて型崩れした死体を、炎からぐいと引っ張り出した。両手は固く握りしめられ、目玉は焼け焦げていた。飢えた炎は、広がりつつある影をいっそう深くしていった。唯一の例外はもう一つ焚かれている火の輝きで、その前を人影が一つ、時折チラチラと通り過ぎていた。

クロスは自分のタンブラーにブランデーを注ぎ、ウニャランにもいくらか分け与えようとしたが、断られた。火が整えられ、ポッサムが灰の奥深くに収められると、ウニャランは満足した様子でブツブツと声を出し、再び暗闇のなかへ消えていった。彼のシルエットは夫婦の焚き火に近づき、三人の姿は炎の輝きで明滅するように照らされていた。

月が昇ってひさしく、その光は川の大きな淀みを輝かせていた。川の水とクロスのあいだで木々の陰影がくっきりと浮かびあがり、ススキノキは美しいインクの線で描かれたかのようだった。クロスは自分のグラスにもう一杯ブランデーを注ぎ、喉がひりつく感覚を味わった。月光が水に反射していた。水上を飛ぶ鴨や他の大きな鳥が水のなかへと突っこんで、銀色の水面を砕き、粉々になった光と影を衝突させて震わせた。

立ちあがると、クロスはふらっと来た。何杯ブランデーを飲んだっけな？

ウニャランがススキノキの藪から現れると、油を塗った肌が焚き火の光をとらえて輝いた。彼は、火で炙った根っこと焼いたパンのような物を持ってきてくれていた。ほとんど手間がかかっていないように見えたが、うまかった。クロスは船に積んであったビスケットをお返しに差し出したが、ウニャランは調理したポッサムの死体を火から取り出していた。身ぶりに応えて、クロスはウニャランにナイフを渡した。ウニャランは動物の胃袋に臓物を詰めこんで、四肢を折りとった。その後で、さばかれた腹のなかにたまった肉汁に肉をつけながら、ポッサムを食べた。

なぜ、船のビスケットなんぞを食べなきゃならない？

再びウニャランがブランデーを断ったので、クロスは衝動的に立ちあがり、そばにある二本のススキノキに火をつけた。

背の低い木はすぐに燃えあがり、宴をしている二人の男たちが赤くちらつく光に照らされた。シャンデリアみたいだ、とクロスは思った。私たちのために灯されたシャンデリア。大きなダイニング・ルームのようだ。彼はふらふらしていた、ダンスではなかった。

ウニャランは後ずさった。

あちらの焚き火の方から怒りの声があがるのが聞こえた。

ウニャランは姿を消した。

ちらつく炎の光のなかで木々が動いている。木々は移動する小さな集団となり、クロスの周りでグルグルと回っている。近づいたかと思ったら、離れていってしまった。

翌日、彼らは川の土手から続く小道をたどり始めた。三人の男たちは横に並んで歩き、ウニャランが真ん中で少なくとも彼なりにちゃんと理解できた話は通訳し続けてくれた。ウラル夫人は数歩後ろを歩き、クロスからは常に数歩分の距離を取っていた。

ウラル一家がいなくなるのを、クロスは目にしなかった。

正午ごろ、水がたっぷりと淀んでたまっているまた別の場所にやって来た。水面は鴨や白鳥でぎっしりで羽でできたキルトのように見え、水はほとんど見えなかった。クロスはショットガンの長い銃身を木の股のところに預けて、安全装置をはずした。樹皮がはがれたばかりのところがあったがその下にはまた新しい樹皮があり、すごく生々しいピンク色をしていた。藪のなかに何時間もいるあいだ、多種多様なたくさんの音やお互いの声を耳にしてはいたが、銃声は、突然の殴打のようだった。鳥は大きな音の波に乗って飛びたち、狂ったように翼をはばたかせ、羽根や鉤爪で水面を打ち、武器の爆発音の残響を静めていった。鳥の呼び声と翼の生えた脈打つ心臓が不協和音を奏で、空気はかき乱された。クロスは尻込みした。池のように水がたまった場所の真ん中に鳥が一羽だけ残り、円を描きながら水を跳ね散らかしていた。もう一羽が足と翼で水を掻くことで推進力を得て、川が曲がった先へと逃げ去った。

クロスは服を脱ぎ捨てて水辺の葦を押しのけて進み、水しぶきをあげた。鳥が一羽呼び声をあげ、遠くでそれに応える声が大きくなっていた。鳥に近づくと、クロスは水面の下にその身を滑りこませた。小麦色の水に日の光が細く差しこみ、泡が上がっていた。鳥の足が水を掻き、自分自身の脈動がそれに唱和した。頭と両腕を水の上に出して呼吸を再開し、鳥の首の骨を折った。

ウニャランがペーパーバークの木陰の奥深くで、他の人間たちと話しているのが見えた。あいつらはどこから来たんだ？　けれどもクロスが水から歩み出た時には、ウニャラン一人しかいなかった。

クロスが服を着ていると、ウニャランがライフルを指さして自分の胸を叩いた。わたし銃撃つ？　彼のお願いの表現の仕方は、らしくないほどぎこちなかった。ウニャランの背後で、光を反射しながら川の淀みが待ち受けていた。山々は地平線の上に青く聳え、遠方にあるにもかかわらず、ぐねってうねるその輪郭がはっきりと見えた。空高く鷲が一羽、円を描いて飛んでいる。クロスには――死んだ鳥を手にし、ウニャランの寛大な世界に裸でいるクロスには――拒否することなどできはしなかった。

ヨコフリオウギヒタキが跳ね出てきてダンスをし、ウニャランを遠ざけようとしていた。彼は、銃の重みを両手で感じていた。クロスが使い方を説明しに行くと、ウニャランはニヤリと笑って、もう知っていると示した。なぜなら、彼はじっと観察していたからだ。

ドクター・クロスは歩いているうちに疲れを感じたが、あやしてもらってもいるようだった。それは、まるで夢のようだった。夜の帳が降りる少し前、毛並みにツヤのある良く育った雄牛が反芻していたのでその姿に目をやると、牛は対岸の草に覆われた土手から真っすぐにこちらを見返した。川は今では、水たまりが不規則に数珠つなぎになっているようなあんばいだった。牛はモォーと一声やると（やかましいな、茶色の牛め）身を翻して、藪を踏みつぶして抜けていった。獣はすごく元気そうだ。どこぞの船から逃げ出してきたに違いない。さもなければ、山が連なる地帯を川をたどりながら行き来しているのかもしれない。これだけ踏みならされた道があれば牛を導いていけるし、なだらかな牧草地が一定の間隔を空けながらあるわけだから、牧畜にはもってこいだろう。

彼らが戻って来てから一日後だったか三日後だったか、いつもと違った道筋で農場《ザ・ファーム》への朝の散歩をしていたクロスは、ウニャランが仲間たちといっしょにいるのを見た。大人と子どもが入り混じった聴衆を、何かのパフォーマンスで楽しませているところだった。クロスは丸太の上に座って見物することにし、あちらからはあまり見えないようにした。なぜそうしたのか、自分でもわからなかった。

ウニャランは櫓を漕いでいた。彼の物真似から、それがはっきりわかった。いったん停止。また物真似が始まった……距離もあったし絶対とは言えなかったが、誰かがものを書いているのを真似しているようだ。羽根ペンを尖らせ、インクに浸し、重いページを繰る。狩りのように見える身ぶりをしている。それは、音の無いマイムではない――明らかに、クロスが何かしゃべっている場面を演じているのだ。けれどもクロスにその言葉は聞こえず、たとえ聞こえたところで、まだなんだかわかりはしなかっただろう。

ウニャランは片手を顎にやり、空を見つめ、再びページの上にペンを走らせた。今では、歩いている誰かだった。疲れている。足が覚束ない誰かだ。うわ、なんて気味の悪い芸を持っているんだ。今度は何かに火をつけている。自分の周囲にある顔の高さあたりにある物に、だ。炎が燃えあがる様子をその両手が表現した。彼はまた書いている。銃を撃っている。服を脱いで水に分け入って……

クロスは立ちあがり、足もとも覚束ないまま藪のなかへと逃げこんだ。その集団から、大きく遠回りをするように。

あの旅路についてのウニャランのパフォーマンスは、探検日誌のように構成されていた。あるいは、クロスがそう思いこんだだけなのか？　クロスは自分のことをよくわかっていた。世界に対する自分の認識は、時折すごく不安定になってしまうのだ。

＊

クロスは固い布の下で目覚めた。彼のテントはうねって鋭い音を立て、張り綱は緊張し切っていた。テントはとても小さく、そこから這い出てから、そうだった、自分はユーカリの茂る広大な草原にいるんだった、とクロスはやっと思い出した。彼はひざまずいたまま、風に飛ばされないようにペグをつかんでいなければならなかった。目が届く限り一番背の高い物体はこのテントで、そのせいで、雲がちぎれるように飛んでいる空へと、風にさらわれて吸いあげられてしまうのではないかと思えるくらいだった。風で震えあがっている彼の小さなテントは、内側からの明かりで光っていた。自分の丸い顔が、月のように照らされて輝いているのを感じた。細切れにされた雲が、光り輝くテントに引き寄せられてきた。その下で彼は漂い、視界は蜘蛛の巣がかかったように朦朧となった。いつしか、風は弱まっていた。

足元でバンクシアの球果が一つ、石炭の欠片のように輝いていた。苺ジャムのようなにおいが焚きつけの積み重なりからほのかに香ってきて、近くに人が住んでいるのを示していた。ところが煙には、ビャクダンが発する極東の香りも紛れていた。火の周囲の影に、誰かいるのかもしれない……

テントの入口のところで、自分が行きつ戻りつしているのに気づいた。シルエットが、ランプで浮かびあがった昆虫のようだ。彼のいた場所では身体が一つ、毛布の下で深く呼吸している。静かに眠っているのだ。

柔らかな明かりのなかでべったりと髪に油を塗りつけた黒い頭を、ウニャランがクロスの枕に載せていた。

クロスはその次の目覚めを、粒子が粗い朝の光のなかで、自分の小さな小屋で無事に迎えた。アカシアの大枝小枝でできた薄い壁を覆う白い粘土が輝いている。粘土とペーパーバークの樹皮と屋根の草のにおいがする。するとその時、オンボロの扉が開いて、早朝の空を背にしたウニャランのシルエットが見えた。

入りなさい。そう言って、彼は粗末なベッドで起きあがった。この土地で元々暮らしていた人間に会うのがこんなにもうれしいのか、と彼はあらためて自覚した。ヌンガル。自分はどこにいる？　そして一体、誰なのか？

入植地にいる人々の健康に責を負ったのを受けてドクター・クロスは、できる限り早く菜園をつくるべしと主張した。農業が持つ可能性に興味もあった。たとえ今いる人々が果物や野菜無しの塩肉の食事を好んでいるとしても、だ。

彼は農場《ザ・ファーム》に、少なくとも週に二度訪れた。早朝、海から真っすぐに丘を歩いて登り、頂上で一度立ち止まると、呼吸を整えてあたりをしっかりと見渡した。風雨に曝されて白くなった建物の群。皿のような形をした湾。細い地峡が湾を分けて東側に入り江をつくり、水平線のそばには島が二つぽっかりと浮かんでいた。右側にある島のはじっこでは、白い泡が脈動しているように見えた。彼は頭蓋骨のような形をした花崗岩を越え、岩と野草のあいだを縫うように進んでいった。

男たちは土地をさらに開墾していた。けれどもそこを監督しているのは、ただ一人だった。キラム軍曹。クロスは彼のことを、礼儀正しいが小うるさい男だな、と思っていた。この男は植物の栽培に情熱を傾けており、新鮮な野菜の供給を助けるように期待されて他の職務からは解放されていた。

雄牛を手に入れましたよ、とキラムは言った。

さかのぼること数晩、ミノタウロスの鳴き声で眠りを妨げられるや、クロスはあたふたと自分の貧弱な小屋の入口から外を見やった。がっちりとした影が、暗闇へと素早く消えて行くところだった。その獣の温かな息と、自分の足の下で振動する地面を、彼は覚えていた。数人の兵士が、幽霊のようにそいつを追って通り過ぎていった。青白く、実体が無いみたいで、足音は微かにしか聞こえなかった。

キラムは彼に、その動物を飼うためにしつらえた囲い地を見せた。それがあまりに早く完成し、かつ頑丈に見えたのに、クロスは驚いた。スケリーの仕事なのだそうだ。クロスは再び、どんな運命であれ、囚人たちのうちに職人が一人いたという僥倖に感謝した。それが自分たちの上官たちの計画か先見の明であるとは思えなかったが。それに、こちらを現地の人々に受け入れてもらう過程で彼が槍を喰らって死ななかったことにも神に感謝した。あの男は良い働き手だし、従順だ。彼の刑期は、どのくらい残っているのだろうか。

それで先生、あいつらまた芋畑に入りやがったんですよ、とキラムは足跡を指し示した。

でもそのなかには、我々の仲間もいるじゃないか、とクロスは指摘した。身内の盗みの証拠を、彼は喜々としながらキラムに示した。ウニャランが教えてくれていたのだ。ブーツを履きなれた大きな足の爪先がどんな具合に内側に向いているか、このような足跡は、この土地で暮らしてきた人間の足跡とどれほど違うのか。

おそらく、石膏で足形を取るべきじゃないかね、と彼は言った。みなの足と照合してみればいいんじゃないかな。キラムの顔色が一瞬変わった。クロスは男のブーツをちらりと見た。甲高い興奮した吠え声に、彼らの注意は逸らされた。キラムのテリアが脚を突っ張ってくんくんにおいを嗅ぎ、材木の山の周りを回っていた。

あのメス犬は、鼠を取るのがうまいんですよ、先生。船の犬のうちの一頭と、盛りがついている時につがわせましてね。子犬を一匹差しあげますよ。よかったら、ですが。

数週間後、またしても野菜泥棒が出たので、犯人が残した証拠をクロスは調査した。小さく一か所だけを掘り返している。足跡は二組あるようだ。

ウラルだな、と楽しげに鼻を鳴らしながらウニャランは言った。ウラルはちょうど昨日、入植地にいたよ、と彼は説明した。少し東にある自分の土地から来ていたんだ。

そばでキラム軍曹が、ひどくすり減ったブーツの爪先で散らばった土を押しやっていた。彼は新しいブーツが欲しかった――いや、必要だった。でも、次の補給船がいつ来るかなんて、誰にわかるってんだ？　まるでこの入植地は長らく忘れられているみたいじゃないか。今じゃ、先住民のやつらにもなめられている。こちらを挑発して困らせようとしているんだろう。毎回ちょっとずつ馬鈴薯を盗んだりするなんて。小さなことが積もり積もって、彼のいらだちをつのらせていった。キラムは軍人であり、クロスがこのお遊びを止めさせてくれるのを期待していた。さもなければ、なんとかせよ、とクロスに命じなくては。

さらにいっそういらいらするはめになったのは、毎回の収穫からわずかな分だけ取り置いて、風雨から守られた入り江に停泊している船――主に捕鯨船――と商売をしていたからだった。船はプリンセス湾より、こちらに停泊することを選んだ。水先案内の料金を避け、船員たちの脱走を防ぐためだ。クロスが必要性を説き続けていた指導力を、キラムはまさに発揮していた。こんな具合に小さく孤立した入植地の成長と維持には、指導者的な存在が必要なのだ。アメリカ人が一人、数年のうちにどのくらいの捕鯨船がやって来るかで、キラムと賭けをしたがった。キラムは賭けに負けた方がうれしかったろう。何百、あるいはもっとたくさんの捕鯨船がアメリカから南岸沿いにやって来てくれれば、間違いなくいい儲けになるからだ。彼は仲間の兵士たちに、入植地の他の場所よりも安い値段でラムを売った。酒《グロッグ》、良い菜園、新鮮な肉の安定供給（カンガルーはフランス人たちに人気がある、と彼は信じていた）は軍人の給与を鑑みれば、いい副収入になった。彼は、自分はもっとうまくやれると信じていた。

他の連中は賭けトランプとラムにかまけていればいいのだ。こんなふうにキラムはやる気満々だったが、みなが退屈しているのも十分にわかっていた。おそらく、だから先住民の連中は親族集団のあいだでいつも諍《いさか》いをしているのだ。一回に数個ずつしか馬鈴薯を盗んでゆかないのも、それが理由なんだろうか？　気晴らしのため？　盗みを楽しんでいるのか？

キラムはイモ泥棒を追跡する兵士たちの一員に司令官から任命されても、全然おもしろくなかった。特に、ライフルに弾を装填するなと命じられた時には。全然おもしろくないどころか、頭に来ていた。確かにクロスはウニャランにライフルをくれてやってはいないが、やつがクロスからライフルを借りて入植地から出ていくのを目にするのが、キラムには気に食わなかった。たとえウニャランが、兵士たちの単調な食事に歓迎すべき彩りを与えてくれる獲物を必ず持って帰ってくるとわかっていても、である。

シェルフィースト湾の河口に真っすぐボートで向かってウラルに追いつこう、とウニャランは提案した。あの道、使われた、覚えてるか？　その道は少し上流に行ったところで川を横切っており、ウラルは東に向かってその道を行ったに違いなかった。良い提案だった。長い距離を歩かないで済む。それだけではなく、都合よく風が吹いてくれているので、舟を漕ぐ必要すらない。

魚を捕らえるために迷路のように配置された岩を少し過ぎた先で、彼らが漕ぐ大型のボートは川岸に鼻先を突っこんだ。それからほどなくして急に風がやんで、奇妙なくらい静かになった。たぶん、水辺と石のそばに木々が密生していることで、特別な防音効果がその空間に与えられているのだろう。クロスにくれてやった子犬が吠えたてるのが聞こえてきた。犬は成長していたが、まだ若い。甲高い鳴き声はすぐそばで聞こえ、親愛の情が伝わってきた。

クロスがメナクにその子犬をあげてしまったのが、キラムには気に食わなかった。先住民どもが欲しがるような犬じゃないんだよ、あれは。食べるんでもなかったらよ！　彼が思うに、巨大な狼かライオン、熊なんぞがやつらにはお似合いだった。そしてこのあたりの犬はと言えば、こっちに来て吠えたり唸ったりするどころか、音もたてずに後ろからこっそり忍び寄ってくるのだ。一方この子犬、船で鼠を獲っていた小さな犬同士のあいだに生まれた子犬のくせにキャンキャンとうるさく堂々としており、その鳴き声の大きさから考えるに、最大限の注意を自分に向けるように要求していた。その鳴き声は、入植地が横たわる谷を越えてこだましながら響いてきた。慣れ親しんだ声だが、この風景のなかでは異質だった。

メナクはたいてい、その犬を腕に抱えて運んでいた。その場を支配するみたいに頭をあげて、宙を漂うにおいを嗅いでいるのを見たこともあった。キラムは、犬があまりに落ち着いて見えるのに驚いた。ふつう、すごく神経質な動物だからだ。

今ここで、またあの犬の鳴き声がする。

ウニャランは集団の後方に移動し、ウラルはもうそんなに先行していないよ、とみんなに請け合った。（みんなわかっているんだろうが、間違いなくメナクもあの犬ころといっしょにいるな、とキラムは思った）

頭を下げて低い枝を避けながら、キラムがペパーミントとレッドゴムの木立を抜け出ると、小さな空き地の真ん中にウラルがいた。ウラルが身を翻して走り出すや、キラムは銃をそちらに向けたが、がっかりするようなカチリという音しかしなかった。バン、じゃねえのかよ。あの先住民の裸の背中に傷口が広がっていくのをキラムは想像していたのに、男は行ってしまった。キラムは唾を吐き、呪いの言葉を吐き、藪に逃げこんだ他の人影を追おうと走りかけたが、そこでクロスの声が響いた。止まれ！

兵士たちはお互いに視線を交わした。クロスとウニャランが話しているのを聞いていると、キラムの動悸は激しくなった。あいつら二人でいっしょになって、まぜこぜの混血児のような言葉でしゃべってやがる。それからウニャランが黒いやつの言葉で呼びかけると、五、六人ほどがニコニコしながら木の幹の後ろから現れ、低木の藪のなかで立ちあがった。射程内だ、とキラムは思った。兵士たちと隊長は、ウニャランと他の連中——ウラルもその一人だ——が、距離を空けたままお互いに声をかけ合うのを、何を言っているのかわからないまま聞いていた。風が彼らの声をさらい、追う者たちと追われる者たちのあいだを薙ぎ、藪を揺らし、小さな木々の頭を垂れさせた。

ウラルと他の連中が、キラムの一団に向かって歩き始めた。半分ぐらいまで来たところでウラルが声をかけ、ウニャランが反応した。彼らが立ち止まったのが、答えに違いなかった。ウニャランがクロスを見て、クロスが叫んだ。捕まえろ！

けれども兵士たちの獲物は、銃が振り回されているうちはそれに禍《わざわい》がこめられてはいないのを知っていた。楽々ライフルの射程距離内に入ってくるくせに、がつんと手やブーツでやられそうな間合いには絶対入ってこなかった。一瞬で兵士たちの周りで円になるとカンガルーの糞を投げつけてきて、続いて一つの集団になって手を振って、兵士たちを笑いながら挑発した。風が木々と藪を揺らし、ヌンガルは消えたり現れたりを繰り返し、足取りがあまりに軽やかなので、まるで滑るようだった。キラムは、海で泳ぐ男たちを思った。潜るのであって、落ちるのではない。波に乗るのであって、溺れない。あいつらを順々に支えたり隠したりしている同じ枝が、こちらの上着にひっかかる。木々の根は、おれをつまずかせる。

ウニャランは、追う者から追われる者に移行していた。猟犬から野兎へ。キラムには、子犬が興奮して吠えているのが聞こえた。メナクもあいつらといっしょにいるに違いない。これはゲームなのだ。あいつらは、これがおもしろいと思っている。

キラムは、銃に弾をこめようと立ち止まった。

彼らの獲物は、すっかり見えなくなっていた。

芋が一個、芋が二個、芋が三個に四個。バイバイ、軍人《レッドコート》さん。バイバイ、船員《ジャック・タール》さん、じゃあね。

声が遠ざかってゆき、あの忌々しい犬の鳴き声も聞こえなくなっていった。

この地で生まれ育った人々がまた旅に出ていってくれたので、クロスはほっとした。彼らが定期的に行う移住だ。このまま食べ物をやり続けていれば、備蓄分を食いつぶされてしまうのは目に見えていた。ウニャランと仲間たちのおかげで、ほぼ丸々一日つぶれてしまうことがよくあった。やろうかな、と思っていたことから気を逸らされてしまうのだ。標本を集めたり、記録をつけたり、食事の大切さを男たちに教えこんだり。やることはいくらでもあった。それに——クロスは正直な男だった——先住民の人々がいなければ、自分はなんでここにいるんだという厄介な問題に、常に良心を苛まれないですむ……

彼らがいなくなって、クロスを除く入植地の人々は間違いなく喜んでいた。そりゃとても友好的ではあるさ、先住民の連中は。でも、ほんのちょっとしたことで急に態度を変えやがるのがどうにもな。彼らは揉めごとがあった時のことを、一つ一つ思い出した。あの槍のこと、盗みに嘘、様々な悩みの種…… 囚人たちは、自分より下だと思っている連中が幸せを自由に享受しているのを見ては、自らの隷属状態を毎日思い出すはめになっていたので、そうした境遇から解放されて喜んでいた。家族といっしょにいる兵士たちは、お互いの家を訪れあって食事をした。他の者たちはトランプをし、ラムを飲み続け、農場《ザ・ファーム》の監督だとか、家を修繕したり建てたりだとか、釣りや道路整備の合間に居眠りしていたら一日が終わってしまったとかならぬようにがんばった。囚人たちは監視下にあるままだったが、足枷はつけられていなかった。

クロスは手紙を書いたり計画を立てたりするのにいそしみ、隊長とは士気の高揚と維持について議論した。

彼は、海岸線をたどる長い徒歩旅行に出た。

女の子が一人、母親のもとに駆け寄って、黒人に追いかけられたと泣いて訴えた。湾を囲む丘から銃声が一発響き、入植地は凍りついた。進行方向の道の両側に数人の黒い人々が隠れるのを見て、兵士が一人、発砲したのだ。見知らぬ木々のあいだを彼らがチラチラと見え隠れしている様子を見ていると、自分が安全なのかどうか、自信がなくなってしまうのは仕方がない。

少なくとも、メナクとその仲間たちといっしょなら、自分の立ち位置がどこかはわかった。彼らは友好的だったし、こちらを笑わしてくれさえした。おれらの先住民たちはどこにいるんだ？　リーダーはメナクで、彼は他の者たちを離れたところに居させていた。ウニャランもいいね。それは気持ちのいい若者だよ。去年の冬は、あいつらはこんなに長くこの場所を離れていたかな？　そうは思わない者たちもいた。それならなんで今回はこんなに長いんだ？　どうもあいつら、他の黒人たちと戦っていたらしいぜ。でも誰もが、争っていない時は先住民たちがみんなで協力し合っているのを知っていた。あいつらがおれたちに向かって力を合わせたら、どうなるんだ？　おれらに勝ち目はあるのか？

強い雨が湾を渡ってゆき、二つの丘の狭間で水の流れとなって、海に戻っていった。鯨が浜辺のそばにやって来て、数隻の捕鯨船が湾内に入ってきた。寄港した船乗りの何人かは、黒人たちを見たと言った。そいつらの焚き火も間違いなく見た、と。ここの東の浜辺に鯨が打ちあげられて、その周囲に大きな人だかりができていたんだ。数百人はいたな。

兵士に見張りの任務が増やされた。

ボビー爺さんは、自分でもよく認めた。そうともよ、わしはほんとに大事な人間なのさ。みんなが――黒いのにとっても、白いのにとっても――ここでうまくやっていくためには、大事な人間なんだよ。何て人は呼んでたっけ？　この森が小さくなったところ、この孤立した海の港、この寂れ果てた場所を？　そうさ、彼は本当に中心だった。物事が悪くなったのは、彼のせいじゃない。

ユーカリ、すなわちムルトみたいに、彼は根を伸ばした。枝もファミリーのように広がり、人々はその下の土の上で雨風をしのいだ。ムルトには、ファミリーという意味もあるのだ。

ドクター・クロスもみんなも、その特別な出来事を覚えていた。けれども彼らは、ボビーがそのど真ん中にいたとは知らなかった。ボビーがまだ小さな子どもで自分の足で立ってからあまり間がないころ、風が吹きすさぶ浜辺があり、ヌンガルがしばらくやって来ないうちにそこに入植地ができ、ボビーはそこの兵舎に入りこんで暖炉の前で横たわり、その後にベッドに潜りこんで、死んだようになってしまったのだ。クロスはそのころのボビーを覚えてはいなかった。でも、あの揉めごとを引き起こしたのはボビーその人だったのだ。そしてその騒ぎを治めたのもボビーだった。

病気は、頭のなかをぐるぐる回る物語の一部だった。それは、彼の父親と母親がちゃんとした息の仕方を忘れてしまったところから始まった。息を吐くことと咳しかできなくなってしまって、いつも身体を折り、屈み、地面に足がつくと痛いような素ぶりをしながら歩いた。蝿がたかってきて目とか口とか鼻の穴とかに入ってくるまで、彼らは静かに横たわっていた。鳥が固い鉤爪のある足で舞い降りてきて、肉の一番柔らかいところを嘴で引き裂くまで、横たわったままだった。ボビーは、蝿を追い払い続けていられなくなった。鳥もまた。

母親と父親を埋葬できるほど力がある者はいなかった。彼らをしかるべき方法で送り出せる者がいなかった、ということだ。そこでボビーは彼らから離れて彷徨い、兵士が駐屯する宿舎に侵入し、ススキノキで屋根が葺かれた白い粘土の壁のなかへと入りこんだ。内側の空間は広かった。土と乾いた植物のにおいがきつくした。彼はその時、言葉はしゃべれず、「ヘロー、ヘロー」としか言えなかった。いずれにせよ、あたりに人はいなかった。大きな小屋の床は、兵士たちが掃いて掃いて掃きまくるので、磨耗してガランとしていた。彼は掃きためられた埃や圧し固められた灰のようなものに、足を踏みこんでしまった。それはまるで、気持ちのよい化粧用のパウダーのようだった。涼しいそよ風が港から吹いてきて、兵舎の開口部から反対側に抜けてゆき、熱くなった頬に心地よかった。そこに兵士はいなかったが、寝台が右に左にずらりと並んでいた。彼はそのうちのど真ん中の一つを選び、そこに座った。

横になった。

彼は、ベッドに沈みこんだ。兵士のにおいがする。ごわごわして鼻にチクチクする毛布をくんくん嗅いだ。すでに知っている兵士のにおいだ。彼はとても静かになり、自分自身の洞のなかに、深く沈潜していった。兵士が入ってきて目にしたのは、幼い子どもが居心地良さそうにすっぽんぽんでベッドに寝ており、お漏らしをしていた姿だった。

叫び声があがった。

幼い現地の子ども（それは昔の自分であるとボビーにはわかっており、まだその時の自分を感じることもできた）が死んでいる、と口々に叫ぶ声が響き渡った。けれどもボビーは、自分のなかに深く入りこんでしまっていた。カンガルーネズミのように小さくなって、周囲に注意を払い、耳をすましていた。声が、騒動の中心である兵舎から遠くに離れていった。ファミリーが怒っていた。そりゃそうだろう。なぜって、いったいどうやったら幼い男の子があんなふうに死ぬんだ？　誰かのせいに違いない。兵隊たちに決まってる。

男たちが怒りに震え、槍を振りながら、入植地にやって来た。

ドクター・クロスは彼らのところに向かい、槍は無視して真っすぐウニャランのところに行った。彼はただ話し合いをしようとし、他の男たちは後ろに下がってウニャランを先頭にした。数人の兵士たちが、静かに歩いてきてクロスの後ろに立った。というわけで、二人の男――クロスとウニャランが、それぞれ後ろに人を従える形になった。二つの集団が、離れて相対峙した。

ウニャランは猛っていた。兵士たちも、囚人たちも、ドクター・クロスも、兵士たちの妻も子どもも、様子を眺めている人々みなにとって、ウニャランは笑ってばかりの楽しい男だった。彼らは、ウニャランを野蛮人などとはつゆとも思っていなかった。ところがこの時この場では、彼は仲間たちといっしょに叫び、相手を睨みつけ、他の誰よりも槍を振り回していた。

ドクター・クロスの仲間のうちの何人かが、さらに後ろに下がった。彼らは固まって立ち、お互いの腕が届く距離にいた。女と子どもは、一家の主の男にしがみついていた。

ウニャランは大股で歩き回って、宙に跳び上がり、叫んだ。彼の顔は見るも恐ろしく、ワジェラのシャツを自分の身体から引き剥がすと、歯でそれを引き裂いた。彼はボロボロになった物を地面に投げつけて、それを踏みつけた。

男たちのあいだから、ウラルが槍を投げた。ほんのわずかなところでドクター・クロスには当たらず、兵舎の壁を真っ向から突き抜けた。兵士たちが銃を構えたが、クロスが大きな声で止めた。だめだ、撃っちゃだめだ。槍を持っている人間の数の方が、銃を持っている男の数より多かった。ドクター・クロスはウニャランに話しかけ続け、兵士たちに銃を撃たせなかった。クロスは兵士の一人に少年を運んで来させた。ぐったりとした男の子が、腕に抱かれて連れて来られた。頬に涙が伝っており、ウニャランの頬にも涙が伝った。

ワバランギン、ボビー・ワバランギンだ。死んでる。でも、ボビー・ワバランギンは全部覚えていた。もっと年をとったら、このことについて話すだろう。他の人々はそれを聞いて、その話をまた伝えるだろう。その時、彼は小さな子どもにすぎなかった。ドクター・クロスの腕のなかで、彼は死んでいた。クロスは哀れな小さな身体を、友人のウニャランの腕のなかに移そうとした。

すると、その死体が、ボビー・ワバランギンが、交錯した二人の男の腕の上にまだ乗っかっているうちに、しゃきっと起きあがった。二人分の四本の腕のなかで起きあがり、それから、まだ小さな子どもだったので、ドクター・クロスの肩の上によじ登った。そしてウニャランが親友の横に移動すると、少年のボビー・ワバランギンは、それぞれの男の肩に片足ずつ置いて、両人の髪の毛をつかんだ。ドクター・クロスの帽子は地面に落ちた。

二人の男は小さな男の子を肩に乗せて、兵士と馬と子どもたちと囚人たちを一方に引き連れ、反対側にはヌンガルたちを引き連れ、兵舎の敷地から出ていった。少年と二人の男を見ようとする人々が、道の両側に列になって伸びていた。クロスとウニャランが、ボビーとして知られることになる少年を二人のあいだに乗せて運んでくると、槍と銃が空に向けられた。みなが驚いたことに、ボビーは空高く立ちはだかっていた。

男たちの肩の上に、彼は立っていた。

みながみな、この話をボビー・ワバランギンのように覚えていたわけではない。彼は、恐れを知らなかった。いいかい、それにわかっていたんだ。兵舎のベッドから浮かびあがったのは自分だと、長い銃や撃鉄や雷管、自分の愛するファミリーの槍のずっと上に浮かびあがっていたのは自分だと。もっと言おうか、あの日はな、あれからずっと空高くまで昇っていったんだ。わしは小さな子どもだった。そして、未来の墓を見ていたんだ。ドクター・クロスとウニャランがいっしょに丸まっている。他人同士のはずの二人がぴったりとくっついて丸まっている。男と女が丸まっていて、一人はここの土地の出で、もう一人は水平線の向こうからやって来た。はるか先の話だが、その時が始まりだった。ボビーは未来の墓を覗きこんだ。何人かの心と精神を、彼らのなかにある虚ろを覗きこみ、彼らがたてる音を聞いた。すべての友だちとみんなの善意が、彼を生かしてくれた。だから、恐れなど学ぶはずはなかったのだ。なぜなら、彼は一人だけで、自分だけでいるわけじゃない。個より、大きいのだ。彼は、みんな全員でもあるのだ。

というわけで、小さな子どもは兵舎では死ななかった。絶対に。というより、みなが彼に息を吹きこんでくれたのだ。兵士たちと船乗りたちとヌンガルがいっしょにいる限り、小さな子どもは死なない。絶対に。死んだりしないんだ。ないないないない、そんなこと。

＊

さて、我がご友人のみなさん、火がついたブーメランを投げたり、チップをいただこうと手を差し出したりしながら、ボビー・ワバランギン爺さんが旅行者たちに言う。あんたらがね、わしの友だちがね、わしを生かしてくれているんだよ。

すべての友だちとファミリーが、少年ボビー・ワバランギンを生かした。ただ彼を愛することによって。そして、彼がその時いたところに、ずっといて欲しかったのだ。この場所に、いろ。

*

メナクは再び入植地を訪れ始めた。ウニャランも。彼らが以前やらかしたおふざけについて、クロスは何も言わなかった。野菜泥棒の件に関しては不問に付すことになっていたからだ。実際、メナクはとても人気があった。妻帯している兵士たちは、次々に彼を食事に招いた。メナクの社交的なスタミナはどこから出てくるのだろう、とクロスは思った。

食事を分け合って満腹になってから、焚き火と蝋燭の炎の光が届く範囲に、クロスとウニャランは座っていた。頭を近づけ、お互いにうなずき合った。手首と指で身ぶりをし、穏やかにゆっくりと話した。あたり一面、闇だった。ウニャランは暗闇が怖いようで、クロスにしてみてもそちらは未知の領域だった。その暗闇から誰かが覗いていたのなら、彼らは黄色い光の嚢《ふくろ》のなかにとらえられているように見えただろう。クロスはブランデーを飲んでいた。ウニャランがたしなむことを学ばなかった飲み物だったが、今夜ばかりは少しだけ啜って、体調の悪さを和らげていた。回復してきてはいたが、まだひどくむくんでいた。

我々二人の生い立ちは、ずいぶん異なっているよな、とクロスは思った。我々はお互いのあいだにある溝を埋める努力をしながら、新世界誕生の準備をしているんだ。

女無しで？　彼はよく寝がえりをうった。落ち着きなく。

二人は、唄を歌い合った。ウニャランが始めて、クロスが受けた。それはコミュニケーションの一方法だった。お互いで共有している語彙が限られていたので、ただ自分について話そうとするよりも、そうした方が多くを伝え合えた。クロスは、子どものころに覚えた曲を歌った。賛美歌にバラッド、オールド・ラング・ザイン〔この旋律が利用されたのが「蛍の光」〕に下品な舟唄。にもかかわらず、レパートリーはすぐに尽きてしまった。それでもウニャランは、何度も何度もそうした曲を熱心に聞こうとし、すぐにいっしょに歌うようになった。

午後遅く、クロス、ウニャラン、メナク、キラム、兵士たちの何人かが、いっしょに一軒の小屋のなかにいた。ウラルは戸口を通って入ってきたが、部屋のはじっこのところでもじもじしていた。

ウニャランは顔をあげると、歌った。「一日中どこをほっつき歩いていたんだい、お稚児《ビリー・》ちゃん《ボーイ》、お稚児《ビリー・》ちゃん《ボーイ》」

一瞬ギョッとしたような静寂が訪れ、それから、兵士たちのあいだから気まずげな笑いが起こった。

その部屋は、時に暖かすぎて狭すぎた。呼吸する空気がないみたいに。そうかと思うと、天候次第で床代わりの地面に雨が水たまりをつくり、どんなに火を焚いても凍えるような空気に襲われた。だからムッとするようなある夕べに、二人の男は夜空の下に出ていった――それほど遠くにではなかった。というのは、ウニャランは炎か光のすぐそばにずっといるのが好きだったからだ。煌めく空にあるものについて語るウニャランの言葉に、クロスは懸命についていこうとした。異なる星々の起源、星と星のあいだにある黒い空間の物語、空とそこをゆっくりと移動する星座は降雨や鯨の出現、あるいはエミューの内陸での営巣をどのように先触れるのか…… 事物が今ある真実にいかにしてなったかについての空にまつわるいくつかの物語を、彼は語った。

小屋の入口の両側に、二人の男は座っていた。小屋のなかにある蝋燭がチラチラと光を発し、黒い形――小屋、積んである薪、テント、藪、木々――が二人の周囲に集まった。それと対照が際立つ夜空は、星の網をおろして彼らを捕まえ、歓迎したいようだった。

おまえらのイングランドにいる人たちも、死ぬのか？

二人のあいだに沈黙がおりた後に、その質問が来た。陰鬱な調子でありながらも雄々しい声音でウニャランは話し、仲間たちがすごい数で死んでいるのだと続けるので、クロスは、ああ死ぬよ、とはなかなか答えられなかった。いつもの症状が出たふりをして、彼は咳をしてゼイゼイ喘いだ。ふりをしたのだが、彼の症状がどんなだかは、ばればれだった。彼はぽりぽりと自分の身体を掻いた。

そうしたらどうなるんだ？ クロスは尋ねてみようとした。天国と地獄はどうだ？ 天使は？ 神は？

ドクター、日曜日する、紙の本？

ウニャランは何回か、教会の礼拝にお行儀よく座っていたことがあった。今、彼は、ブロークンな英語に自分たちの言語と、またしても唄を散りばめて、彼より年上のブラザーやカンガルーに関する何かについて表現しようとした。木々や鯨、あるいは魚もまたファミリーなのかもしれない。そうクロスは理解した。太陽はおれたちの母親だ…… クロスの顔が、わからないと言っていた。

ドクター、日曜日する、紙の本、だってよ、自分のしゃべる言葉がさっぱり要領を得ないので、ウニャランは笑いながら言った。それは、彼らが進化させつつある新しい言語のような何かだった。ウニャランの人たち、ドゥオンカベト。

あ、そうか、クロスは理解した。ウニャランの人々は、教会には耳を貸さないんだよ。すなわち、彼らはわからない。

今、ウニャランしゃべる、ドクター・ドゥオンカベト。

クロスはうなずき、さらにまたうなずいた。そして急に、熱を帯びて話し始めた。まるでまた若者になったかのように、自分の思い、自分の内にある銀河のように体系づけられている事柄、自身のキリスト教の信仰をウニャランにどうしても知ってもらいたいかのように。ウニャランは、人が死んでから空のどこかにどうやって行くかということは理解した。けれどもドクター・クロスが、天国、存在の連鎖、巨大な精霊の男《スピリット・マン》が悪い人間を送りこむ地獄にある、永遠に続く苦しみの場所などなど…… について話すと、ウニャランはクロスの肩にやさしく手を置いた。

あんたは今、間違った港にいるよ、ドクター。

舌と紙

ウニャランは、湾の南側にある浅瀬の温かい水のなかを苦労して進んでいた。こうしている時の彼の脛は、それぞれ前方の小さな波を押しのけてゆく舟の舳先だ。さもなければ、槍の先端だ。足に体重をかけるや、水が渦《うずま》いて、すぐに波が、舳先が、槍の先が消えた。彼は立ち止り、爪先を両方とも、砂のなかに深く沈めた。両方のふくらはぎ、両足首、両足が、いつもよりわずかに傾ぐ。海の皮の上と下が、ぴったり合っていない。人が二人いるかのようだ。同じ人間ではない。一方は水面下にしか見えなくて、もう一方は水上にしか見えない。脚は黒くて細いので、槍のようで櫂のよう、銃身のようでもあった。

　ウニャランは、手にした槍の重さを感じてみた。海の水のなかを苦労して進んでいるところだったが、周りは陸地にとり囲まれていて、ただ太陽が昇ってくる方向に、わずかなすき間が開いていた。舟が数艘、迷った鯨のように、白い砂浜に向かって滑るように進んでいる。ああいうボートが行ったり来たりしている。櫂やら銃やら、あいつらが運んでくるいろんな物といっしょに行ったり来たり。

　丘の上からだと、陸地に囲まれたこの海は湖のように見えた。ガラスの平原というか巨大なガラスの平面というか、鏡のようにも見える。ウニャランは水面にぐっと顔を近づけ、動かずに我慢した。水の動きがおさまるのを待っていると、水に反射した自分の姿が一部だけ見えた。反射した先にある砂は白くなく、ペーパーバークの樹皮かオークルのように色づいていた。なぜだろう？　それは、水が暗いからだ。なぜだ？　内陸から流れこんだ土がこのあたりの浅瀬も色づけているのかな？　さもなかったら、煙が光に色をつけて、そのせいで水にも色がついているのかな？　質問をする、というのは、習い覚えた新しい話し方だった。思考を発展させてゆく方法だ。

彼は、葉や羽根、骨を収集し始めていた。そのなかからいくつか選んで紙のあいだに挟み、一日一日に印をつけるのだ。なんでこんなことをするのかな？


あっちの方で煙が昇っている。目の前に開けた南大洋と自分のあいだにある尾根に沿って、誰かが狩りをしているのだ。あそこには、もっと風が吹いている。煙がつくる巻きひげや太い輪っかのはじっこに、ブラザーたちはいるのだろう。炎が藪で唸りをあげてパチパチと爆ぜ、動物の身体がぶつかり合いながら飛び出して、槍を喰らう。

それで、なんで自分はブラザーたちといっしょにいないんだろう？

熱く焼けた大地を、彼はブーツを履いて踏破していた。オークルと油と自分の肌から滴る汗がくっついたシャツとズボンを着て。でも、今は裸だ。裸足で、日の光と塩水のなかをのろのろと進んでいる。手に槍を持って。

彼は、波紋ができた水を眺めた。アマモがわずかに足元で揺れ、海底の砂には時折模様ができている。目線をあげて、上方の高いところを見た。煙った光のなかで、足の下の砂と同じ模様のパターンの雲が天球いっぱいに広がっていた。けれども、雲は血で縁どられていた。集めて標本にできないいろんな物、紙と紙のあいだに滑りこませられない物。今日は、光が煙っている。水もまたそうだ。この浅瀬の砂地は水の動きを形としてとらえ、ジッと見て観察できるくらいの固さを持っている。でも、水や空気や雲と同様にその砂は、自分が通り過ぎた跡を残しておいてくれるわけではない。

足跡が、消えた。

そしてこうした言葉は、ウニャランの声の痕跡をほとんど残しはしない。それなのに、余所者としてやってきた連中のあんなに多くが、一度ならず印を発見し、そこから何かを見出して驚いて見せるのだ。通り過ぎた跡が水には残らないのとまったく同じように、空中に放たれた声にだって、ほとんど痕跡は残らない。周囲のこうした丘だって、雲だって……それでも確かに、ちょっと口をつぐんで、じっと耳をすましていると……

ウニャランと彼のブラザーたち、父親たち、アンクルたちは、ここを夜に通り過ぎ、暗闇に分け隔てられながら、松明の光をチラチラと水の上で踊らせた。笑い声が泡のように湧き、魚が一匹跳ねた。小さな声が、音の源から解き放たれた。目に見えない犬が吠えている――音がさらに、遠くの浜辺から、散在するテントから、木材と白い粘土でできた小屋から、綱で係留されたボートから、水面を滑るようにやって来た。その時、ウニャランと彼のファミリーは、炎がブンブンいうなか、炎の唾と咳と小さな声が聞こえる場所にいた。ピシャピシャパシャパシャいう海に、波紋が広がる。

今日は日が照っており、空は高く晴れ渡り、ウニャランの周囲の空間は広々としていて――まるで海の真ん中でボートに乗っていて、自分のステップと呼吸のリズムしかない時のようだ。陸地はすぐ後ろにあり、背の高い木々と岩でごつごつとした尾根が、頭上高くに風を吹かせ続けていた。けれども、風はたまに上から吹きおろしてきて、囁き声をたてながら水の表面を波立たせた。

あいつらは、この場所を湾《ハーバー》と呼んでいる。丘に囲まれ、墓穴のように大地に収まっている水の集まりを。

その墓穴に、あいつらの船が入ってくる。あいつらは反対側の浜辺に集まっている。風が、そこに吹き寄せるからだ。

ボート、衣服、犬、銃…… あいつらが食べる物だっておもしろい。その時、ウニャランの唇と舌が彼らの言葉を形づくった。そして彼らの唄、「一日中どこをほっつき歩いていたんだい」を……

そんなふうに彼が歌うと、何人かが急に顔をあげる。驚いて、そして傷ついた様子で。おれたちがあいつらみたいに歩いたり、腕を組んだり、足を組んだりすると、みんなああいう表情になる。あいつらみたいに話してやると、おれたちが鏡みたいにあいつらがやっていることをやり返してやると、ああなる。

打ち寄せる海の向こう、湾の入口に、ウニャランは美しい霧が出ているのを目にした。鯨が一頭潮吹きをして、日の光のなかで銀色に輝いているのだ。

足のところの模様がついた砂の上を、何かが横切った。

キジェル・ドン。

槍を投げたが、当たらなかった。

死と精霊

ヌンガルは、一つところに留まらない。何週間も続けてずっと誰もいないかと思うと、クロスの小屋はいきなりウニャランと彼のブラザーたちでいっぱいになった。今回は、ウニャランが姿を現すかなり前から、クロスの耳にはウニャランのする咳の音が届いた。一晩過ごしてから出かけていって、数日後に帰ってきたものの、メナクとあの幼い少年に抱きかかえられるようにして戻ってきた。数日間、暖炉の前に横たわり、身震いしているにもかかわらず、触ってみるとえらく熱かった。時折、猛烈なスピードでしゃべったり歌ったりしたが、いっしょに部屋にいる誰かに向かって話したり歌ったりしているわけではなかった。もっとも日によっては、聞き手が数人いることもあった。彼自身のファミリーや、兵士たちのうちの何人かも、彼の様子を見にやって来ては見舞っていったからだ。

メナクがじっと見守っているなか、クロスはできる限りの看病をした。メナクは、ウニャランを仲間たちのところに連れて帰りたがった。おそらくは、自分たちの賢人による治療を当てにしていたのだろうが、まだ旅をさせるわけにはいかなかった。

ある午後の早めの時間にウニャランは頭をめぐらして、メナクとクロスの方を見ようとした。そして、何か言った。ワバランギン、かな、たぶん？　それから頭が枕からほんの少しだけ持ちあげられて、両目が瞼の下にくるりと返った。クロスとメナクに焦点が合って命が宿っていた目が、次の瞬間にはガラス玉のようだった。あれは、別れの挨拶だったのだろうか？

ドクター・クロスがじっと見ていると、メナクは深く息をついて、片方の手のひらをブラザーの頬にあてた。彼は、死体の体勢を整えた。両腕をあげ、手を首のそばで交差させ、頭を前方に傾けさせ、両膝を胸に引き寄せた。最後に、膝から下と足先を太股に近づけ、右側が下になるように身体を転がし、毛布で完全に包みこんだ。

メナクは彼の方に向いて請うた。やり、やり。

クロスは、すぐには理解できなかった。メナクは、自分の兄弟の死を償ってもらうために、誰かを槍で襲いたがっていたのだ。

もちろん、クロスはそんなことを許すわけにはいかなかった。そもそも、誰を槍で攻撃しようというのだ？

メナクは空を行く太陽の軌道を示して、次の日のベナンまでに戻ると伝えた。彼は、死体をそのままにして欲しがった。埋葬までは。そして、彼は出発していった。

クロスは友人のそばに残り、この魂はあれほどまでに洗練されていたのだから、天国の門をくぐることを慈悲深い神が許してくださいますように、と祈った。多くが——ウニャランを知らぬ者たちの多くが——異教徒であるとか、文明化されていない単なる野蛮人であるとか言いたてるだろうが。友だちすら助けられないで、おれたちの科学なんぞなんぼのもんか？　文明化されていたって、この哀れな男のブラザーと大して違うことなぞできはしない。いったいどこにましなところがあるというのか？　ウニャランはここに、死ぬために戻ってきた。癒されるためではなく。

神はこうした全てを見守りたもうたのか？

クロスはその死体の横に、何時間もじっとしていた。彼は祈り、聖書を読んだ。ラムをちびりとやり、また祈った。立ちあがるとふらついた。この死体の横で、じっとしてはいられなかった。ウニャランであった男が残したものはこれが全てであり、そのそばにいて、じっとしてなどいられなかったのだ。

枝を編んで泥を塗りつけたクロスの小屋の隅から、小さな男の子がなかを覗きこんだ。着ているのは大人が放って捨てたシャツだけで、聞いたばかりの祈りをブツブツと唱えていた。クロスが戸口のところによたよたと出ていく前に、男の子はそこからするりと逃げてしまった。もう暗くなっているのでボビーのファミリーの多くも焚き火から彼が離れてゆくのを心配したろうに、彼はクロスの助手の後を小屋までつけてきて、そして見たのだ――恐怖と驚きで、思わず口を開いた――、その男が、死体の四肢を伸ばして真っすぐに横たえてしまっているのを。ヨーロッパ式のやり方で。

朝になるとボビーは再びやって来て、悪態の付き方を学んだ。クロスが友人の亡きがらを元の体勢に戻そうと苦心しながら、つい口を滑らしていたからだ。四肢はもはや、前のようには動かなかった。身体はそうあるべき形になりはしなかった。クロスは泣いた。クロスは誓い、罵り、啜り泣き、おかげで彼の身体は震えた。彼が発する音は、身体の奥底からやって来ていた。その様子をじっと見つめながら、少年は死びとのように四肢を動かした。その姿を真似ようとして。彼の死びとの踊りの技能は、そうやって上達し始めたのだった。

いい人だ、ドクター・クロスは。でもあれじゃ、ウニャランの魂がちゃんと身体から離れていけなくなっていても仕方がない。

朝になった。兵士たちがウニャランを担いで坂を登り、丘が陰を落とし、昇りゆく太陽の光がまだ届いていない場所へと運んでいった。彼らは毛布に包まれた死体を、そっと地面に置いた。メナクの指示に従って兵士たちのシャベルが大地を切り、いにしえのヌンガルの墓のサイズに、くっきりと墓穴を掘削した。

メナクは南西の方角に向かって土を掘り起こさせ、彼らが後ろにさがると、屈みこんで慎重に墓の形を手でつくった。ボビーは斜面を下った先にある湾と、その反対側にある丘を見ていた。湾を見てから墓を見て、また湾を見やった。あちらとこちらで響き合っている。

メナクは兵士たちに、決められた灌木の枝を伐り出してこさせた。彼とヌンガルの男たちはそれを墓に置き、それからウニャランの死体を枝で作ったベッドの上に横向きにして安置し、日の昇る方を向くようにした。メナクは土を墓の北側の低い方向から押し、死体の上にかけた。墓の表面がなだらかな傾斜となり、朝日の光がそこを暖め、冷たい風はそこを素通りしてゆくように。小さいけれども、そこは良い野営地のようだった。

メナクは一本の枝で墓の上を払い、滑らかになった土の表面に壊れた槍を置いた。槍投げ器が、直立するように土に刺された。小さな火が焚かれた。その煙のなかで、彼と他のヌンガルたちは歌った。白い男たちはぶつぶつと呟きながら頭を垂れて立った。そうしているうちにとうとう陰が遠のき、日の光が墓所の上に流れこんだ。炎が消え、煙は薄くなったように見えた…… 全てがそこにあると同時に、そこには何もなかった。

彼らは、隊長の小屋に戻った。兵士とヌンガルがいっしょに。そして、航海用のビスケットと少しばかりの塩漬け肉を食べた。

あの男の子は？　とクロスは尋ねた。ずっといっしょにいたのだろうが、その時になって突然その姿が目に入ったからだ。ボビーだったかな？

そうだ、とメナクは言った。ワバランギンのママパパみんな終わた。あの墓今ある？　あれあの子のアンクル。

こんな具合に人々は、英語の言葉をしゃべった。あのころは。そのころはね。

ヌンガルたちがいたところには、着衣の小さな山があった。彼らはイングランドの衣服を脱ぎ捨てて、去っていった。


兵士には兵舎があり、囚人には獄舎があった。片方は枝と泥でできていて、もう片方は帆布でできていた。布でできている方がしょぼくあるべきだったが、どちらもウィリアム・スケリーの監督下で建てたのは囚人たちで、たぶんテントの方がしっかりした造りだろうとスケリーは思っていた。見たところ、黒い連中もそう思っているらしかった。というのは、テントのうちの一つか二つが、時折あいつらに使われていたからだ。

そうは言うものの、そこで長期間にわたって寝ている者は、ヌンガルにはいなかった。スケリーは注意を払わなかった。一つには、兵士たちが黒い友だちといっしょの女をどうこうと自慢するのを聞きたくなかったからだ。彼は、どうせ連中は嘘をついているのだろうと踏んでいた。それに、とにかく女については考えないようにしていた。もっとも、蝶つがいを見たり、材木に穴をうがってはめこんだりしたりするだけで、女のことを妄想してしまったが。

その時、彼は雨なんてへっちゃらな装いで働いていた。いっしょに働いている仲間たちが様子をうかがってはさぼっているのはわかっていたが、それを見て見ぬふりをしてやるのもまんざらではなかった。助けが必要な時にあいつらに命じられるのは、このスケリー様なのだ。雨のなかでも、酔っぱらった兵士の一人から賭けトランプで巻きあげた油布のレインコートを着て、彼は働いた。次の日に返せと言われたが、多くの——兵士たちからも囚人たちからも一様に名乗り出てくれた——証人たちのおかげで、手放さないで済んだ。油布は助けにはなったが、それでも雨は滲んできていた。懸命に働き続けなければ、数時間後には凍えてしまうだろう。そいつらが現れたのに気づかせてくれたのは他でもない、雨だったのかもしれない。というのもこの天気で外にいるなら、あいつらはすごく寒いに違いないと思ったからだ。そして連中が二人だけ、まるで雨といっしょに降ってきたかのように現れた。メナクとあの小さな男の子だ。二人ともカンガルーの毛皮を着こんでおり、自分も外にいるスケリーが気づいたところでは、毛皮は毛がある方が内側になるようにひっくり返されており、髪の毛には大きな水滴がひっかかっていた。油を使っているんだな、と彼は一人ごちた。

それから白人の男たちが、二人の後からついてきているのに気づいた。作業中の窓枠のところから身を離してみたが、その白人たちは彼に気づかなかった。メナクはウィンクしたが、彼の方に顔を向けはしなかった。そして、彼が導く足取り重い男たちは、ただ歩き続けた。痩せ馬が二頭、頭を低く垂れて、後ろに引かれていた。他の男たちはスケリーを見なかった。見たところで彼のような人間には、ハローなどと言わなかっただろう。

彼は、自分が作った粗い材木の壁の枠に枝を押しこむ作業に戻った。

シグネット川の向こうから到着した小さな一団と話をするために、クロスは司令官に同席した。日に焼けて赤銅色になり、足は疲れ、それでもしつこく雨が降るなかこの地にたどりついた彼らが言うには、彼らは有益な時間を過ごし、素晴らしい牧草地に行きついたとのことだった。その土地は、開墾されるのを待っている。素晴らしい土地が、内陸にはある。ここにいる、あなたたちの現地の仲間については耳にしていましたよ。実際、もしこいつらがいなかったら……仲間内で緊張が走ったりしたことや、彼らに導いてもらいはしたがどれだけ困惑したかは話からはしょった。我々は、旅の途中で助けてもらったんだ。黒い二人が我々をここに導いてくれた。友好的だね、いやまったく。

良い牧草地帯なんだ、と彼らは言った。自分たちのあいだで話す際にも、それを繰り返した。それから彼らは休息を取って食事をし、この湾の周辺一帯を探索する計画を立てた。ここの土地だって所有権を認めてもらえるだろう、と彼らは言いたてた。金があるなら、政府の財布の紐云々じゃないんですよ、おれらみたいな指導力と勇気がある人間にはね。軍の前進基地じゃなくて、囚人たちもいない、自給自足できる植民地になるんですよ。

ドクター・クロスは、そんな計画は聞いたことがなかった。そうであるならば、ここを離れるか、留まって地歩を固めるかしなくては。言いたいことをうまく言えず、彼は早々にひきとった。

白人たちを入植地に導いてゆく時、ボビー・ワバランギンは、メナクとウラルといっしょだった。みんなでドクター・クロスを訪ねたが見つけられなかったので、彼らを兵士たちと話をさせることにしたらば、一行は歓迎された。メナクとウラルは彼らをほっておいて、お互いが好き勝手に自己紹介するがままにさせた。次の日に、ボビーはまたドクター・クロスを探しにやって来た。小屋に来ていたのは、ほとんどが若い男たちだった。少年ではない。特に、ボビーほど年若なのはいない。でもボビーは入っていった。一人で。

ドクター・クロスはどこですか？ 彼は兵士の一人に尋ねた。その兵士は彼のことを知っていたので、一生懸命説明しようとした。

ドクター・クロスはよくないんだ……お客さんがあってね……今朝、日が昇るまで横になって寝られなかったんだよ……

すると、ドクター・キーンが現れた。来訪してきた探検隊の一員で、ドクター・クロスのような医師だった。だから、二人の名前はドクターというところがだぶっていた。ドクター・キーンは、赤い顔をしていた。血管が鼻の皮のところに浮き出ており、息は兵士の息みたいだった。ああ、君がボビー少年かい？ と彼は言った。それは、本当の質問ではなかった。ドクター・クロスはよくないんだ、と彼もまたそう言った。この人、助けになるのかな？ この人物は、ドクター・クロスが話すのと同じ言語をしゃべった。だからボビーには二人が同じ人間に属しているとわかったが、常に同じようには見えなかった。ボビーはこの男、ドクターを良く知らなかったが、彼のアンクルで、メナクにとってのブラザーが病気なのだと話すことにした。蛇に咬まれたんだ。ドクターは、自分は助けになるぞ、と言った。病気の人間を治せるんだ。この人物はボビーの目当ての人ではなかったが、病気の男のところにしきりに連れていって欲しがるので、ボビーは彼を連れて歩き出した。あの、ぼくはここだったたと思ったんですけど、あれこっちかな、えーと今はわからなくなっちゃった。そして二人は歩いて歩いて歩きまくったけれども、ボビーは自分の病気のアンクルがどこに寝ているのかわからなくなってしまった。すみません。まだ子どもだから、仕方ないな。

ボビーが本当に信頼できたと思うかい？　しゃべっている時にブウブウ言ったり吠えたてたりするこの余所者のドクター・キーンを？

ドクター・クロスは、後で自分の小屋に戻ってきた。彼がボビーと出発すると、メナクが合流した。メナクは、自分もドクター・クロスに会いに来たからうれしい、と言った。メナクはボビーのアンクルのもとへと道をいとも簡単にたどっていき、その時には、ボビー・ワバランギンも、実は道は覚えていたんだけどね、と認めた。けれども、ドクター・キーンは来られなかった。というのは、今度はドクター・キーンがよくなかったからだ。ベッドの上に横になり、ラムで酔っぱらって地べたにぶっ倒れた兵士のような臭いをさせていた。男たちの一団がアンクルのそばに座り、二人の女たちが少し歩いたあたりにある焚き火のところにいた。

ドクターは、たいへんですねと言い、他の男たちといっしょにアンクルの傍らに座った。メナクが病気の男の横に寝そべって、片手を頭の下にいれ、楽にさせてやった。アンクルの手にある蛇にかまれた跡と、どれぐらい悪くて疲弊しているかを見て、クロスはやさしく言葉をかけた。きみは、わたしよりよく状況を理解しているよね、と彼は言った。わたしには、この人を助けられるとは思えない。それでも彼は、その手に包帯を巻いた。

＊

ドクター・キーンは他の人たちといっしょに次の日になってやって来たが、地面に腰をおろすのも大変そうだった。大きな腹のおかげでバランスが取れず、歩くと脚と脚が擦れ合うような男だったからだ。だから足を大きく開いて、船乗りのように揺れながら移動した。彼は、アンクルの手からクロスの包帯をはずした。そして、力強くその手を擦った。力強く、と彼は言った。力強く擦らないとだめだ。あたりに座っているみなを見て、また言った。毒を取り除くためには、手を擦らないとだめなんだ。けれども、こうした治療法に理解を示した者は誰もいなかった。人々は泣き出した。それは自分たちがするようなことではなかったからだ。なんでドクター・クロスは、こんなやつを助けになるとか言って連れてきたんだ？ ドクター・キーンは、アンクルに小瓶から何か与えた。アンクルは起きあがって深く息をし、周囲にいるみなに視線をやった。そっちは良さそうに見えた。

自分たちの小屋に戻りながら、ドクター・キーンは、ドクター・クロスに怒った調子で話しかけた。彼が言うには、ここの連中はあの男が生きようが死のうが気にかけているように見えない。あの人物の家族は、少しの面倒を我慢して彼を助けるために必要な努力をすることはできないのかね。ドクター・キーンは、ボビーが途中までいっしょに歩いてきていたのを気にも留めていないようだった。こんなことを耳にしたらボビーが傷つくかもしれないとか、考えてもいなかったんだね。

朝になると、ドクター・キーンはクロスといっしょに再び病気の男が寝ている場所を訪れた。ボビーもいっしょに行ったのだが、ついてみると、そこにクロスが知っている者は誰もいなかった。ドクター・キーンには驚きだった。なぜならメナクと他の者たちに、患者の横に座って薬を与え、手を擦るように言っておいたからだ。またしても、キーンはとてもきつく結んであった包帯をはずした。それは、手首というより手に巻いてあった。それからクロスは小さなボビーの後についていき、メナクのところにたどりつくまで一時間かそこら歩いた。

クロスは知りたかった。なんで、病人が一人でほっておかれているんだい？

メナクは、アンクルは薬を取らないだろうと言った。何回も飲まそうとしたんだけどな。ちょっとしてからメナクが言うには、アンクルに最も近い者たちの見方を言うとだな、あの薬はあんたらのような人たちには効くかもしれないが、ヌンガルにはよくないんだよ。で、いとこたちは言っているんだ。自分たちがいっしょにいるってね。

クロスは病人のもとに戻ると決めた。メナクと他の者たちのうちの何人かがいっしょに行った。多くの人が通って踏み固められた小道を急いで移動した。叫び声が一つ――それはとても寂しげに響いた――まだ目的地につかないうちに彼らの足を止めさせた。メナクがすぐに声を発し、その声に返答があるや、クロスとキーン以外の全員が走り出した。近づいてきた集団の先頭にいる一人の男が地面に身を投げ出すのを、クロスは見た。他の者たちは、メナクの一団が彼らのところに来るまで、そのそばで立ち止まっていた。クロスとキーンがつくまでに、人々は様々な声をあげて泣き、自分自身を打ったりひっかいたりして、頭部からすでに流血していた。

太った医師が叫んだ。待て待て、こんなことをしている場合じゃない、あの男のところへすぐに連れていけ、このままじゃ手遅れになるぞ！

けれどもクロスは、倒れ伏して地面に向かって泣いている男のそばに静かにひざまずいて、彼の名前を呼んだ。メナク。そして、二人の男たちは固く手を取り合った。そして我らがボビー・ワバランギンは、それぞれの男の肩に手を置いて立っていた。動転していたし癇癪持ちで知られていたのに、メナクの女のマニトはそれに気づくとボビーをそっと引き離し、二人の男たちが悲しみをともにするままにさせた。

取り残されたキーン医師は、小屋までの道を歩いて帰るあいだじゅうずっと、怒れる鴫のように当たり散らしていた。

鼻を鳴らして泣きながらボビーは両頬をひっかき、額を打ち、血と涙がいっしょになって頬の上を流れた。マニトの頬にも同じように血と涙が流れていた。そしてほんの少し前までしっかり自制して落ち着いていた老女が、むせび泣くあまりに地面に崩れ落ちた。ドクター・クロスを見てみろ。やっぱり泣いている。

メナクが死者の足のあたりに、ドクター・クロスのための空間をつくった。クロスの顔を、滂沱とばかりに涙が流れ落ちていた。ボビーは男たちから少し離されて、女や子どもといっしょにいさせられた。それでも、何が話されているのかは聞こえた。太った男のキーンか、他の白人たちのうちの誰か一人を槍で襲いたがっている者がいる。太った男がこの死の責任を取るべきだ。あいつがここに来てからというもの……男が一人立ちあがり、自分の槍をつかんだ。けれども、メナクがクロスを指さした。彼は、みんなのあいだで泣いていた。

男たちは亡骸を埋葬のために運び、誰を槍で刺すべきか、誰がこの死の責を負うべきかを議論した。ボビーは、メナクがまたドクター・クロスと彼の友人を擁護するのを聞いた。この人たちは、助けようとしてくれたんだ、と彼は言った。

そしてそれから、ボビーは死者に触れた。すると、死者が起き直った。生気が戻り、立ちあがり、自分がどんなに疲れているかを語った。彼は、自分の女のところに行った。彼女の髪の毛は血で濡れ、顔は涙で汚れていた。彼は、彼女の手を取った。

メナクが叫び声をあげたのは、死者がいるはずのところに小さな男の子のボビー・ワバランギンがいたからだった。そして今では、彼が死びとのように見えていた。けれどもメナクとドクター・クロスに触れられるや夢遊病者のように起き直ったので、二人はいっしょに立ちあがりながら少年を持ちあげた。するとボビー・ワバランギンはそれぞれの手を取って二人の身体をよじ登り、肩の上に立った。野営地にいたすべての人々は移動して二列になり、ボビーがみんなのあいだを進んでゆく時に、いっしょに声をあげながら彼を見あげた。

ボビー・ワバランギンは霊感が強かったんだよ。青年になる前からね。

ミスター・キラムは――自分が軍服を脱ぐ日を見越して、すでに彼は自分の呼称としてミスターを使っていた――帳簿に覆いかぶさらんばかりになりながら、全てがちゃんとなっているか確認する。彼が腐心しているのは、毎回貯蔵分を少しばかり、こっそり取り置いておくことだ。ラムはいくらか横によけてあった。というわけで当然ながら、仲間の兵士たちにはどうしてもラムは十分に行き渡らなかった。塩漬け肉もだ。航海用のビスケットに、砂糖に米。黒い連中は、こういう物資が好きだからな。この手を使って先住民たちに取り入った大したドクターを、彼は実際に目にしていた。盗みを報告してから一月《ひとつき》は過ぎていたが、もちろん犯人が見つかるはずはなかった。囚人が数人逃げてくれたりしたら、うまくやり繰りできるんだが。そいつらがトンズラする前に倉庫に押し入ったように見せればいいのだ。

問題は、相棒のスケリーによって建てられた新しい倉庫が前のものより忍びこみにくくなっている点だった。キラムは鍵を「掛け損ねて」、自分の資質が疑われるのはいやだった。

トルジャ！

彼は帳簿から顔をあげた。黒い連中の族長がいた。ドレスアップしてるな。あれで、おれたちのように見えていると思ってるんだろうな。

ビケット。

こいつらはおれたちを寛大に受け入れてくれてはいる、とキラムは思った。だがこれじゃ、おれたちはまるでこいつらに航海用のビスケットと米と砂糖を与えるためだけにここにいるみたいじゃないか。彼は頭を振った。何考えてるんだ。倉庫を出て、ドアを背後で閉じた。二人の男は、面と向かってすごく近くに立った。キラムは、自分の背の高さがうれしかった。彼は微笑んで、リラックスして見えてくれればと思った。黒いやつも、彼に向って微笑み返した。

キラムは地面へ視線を移した。相手が裸足なのはどうにか目に入った。彼は向きを変え、倉庫に鎖をかけてから、脇にどいて、どうぞとばかりにドアに向かって身振りをした。もしそのドアを開けられたら、ビスケットが手に入るってわけだ。ビケットがな。

その蛮人がドアを引き、鎖がそれを押しとどめるのを眺めるのを、彼はほくそ笑みながら見ていた。続いて予想通りに狭いすき間を通ろうとするのだが、そりゃ無理だ。ミスター・キラムは、相手の力量を正しく評価しているのだよ。メナク――それがこの黒いやつの名前だ、あのお医者さんのお気に入りの一人だな――は後ろにさがり、しばらくドアをじっと見てから、両側をつかんで、蝶つがいから引き剥がすように持ちあげた。

畜生。考えておくべきだった。彼はメナクを引き離そうとそちらに向かったが、まだ枠のなかに収まっているドアから一歩か二歩離れたところにいるその男は、キラムの胸に決然と手を突きつけた。くそ、ご下命では、どこであれ、可能な限り争いを避けろってことだったか…… キラムは後ろに下がった。勝手にしやがれ。

ドアにはまだ鎖が掛かっていたので、メナクはドアを蝶つがいの方から開けてしまった。おかげで鎖自体が、ある種の原始的な（ああそうだよな、そういうやつらのやり方で扱われているんだから）蝶つがいになった。そうともよ、こいつらが武器を持ってきていないのは道理にかなってやがる。さもなかったら、キラムはこのごろつきの胸のど真ん中をたった今ここでぶち抜いて、あの世だか、こいつらが行くどこだかにぶっ飛ばしていたかもしれなかった。だが、そんな必要はない。キラムは冷静さを保っていた。というのも、品物は全部――囚人たちに押しつけるにしても虫がつきすぎた、少しばかりのビスケットを除いては――櫃に入れてあるからだ。彼はそのうちのいくばくかを、メナクに進呈した。彼が（まだ笑みを浮かべながら）その箱を開けていると、あの小僧が、みんなが一度は死んだと思ったあの小僧が、数人の女たちといっしょに入植地に走りこんできた。女たちはみな、怒り、叫び、明らかに興奮していた。一瞬にして、そいつらは行ってしまった。メナクもいっしょに。

キラムが自分のドアが抱えることになった厄介な問題から目を逸らすと、ドクターが彼らの後を追って行くのが見えた。

気になるかい？　いつものヌンガル同士の諍いが始まっていたのさ。

＊

幼くてまだ体力がなかったので、ボビーは他の人たちの後ろをヨタヨタとついていくのが精一杯だった。時折、水中を移動しているように感じられた。手足が重たげだろ？　視界はぼやけ、耳のなかで鼓動が響き、それでも――水面に浮かびあがってくるみたいに、一つの世界と別の世界のあいだの膜を通り抜けてきたみたいに――驚くほど明晰な瞬間を味わっていた。

槍が、的を狙って飛ばされていた。男たちのほとんどが、落ちた槍を拾いあげる女を一人脇に従えていた。みんな、抜かりなくしていなくてはならない。ボビーが好きなのは、槍を投げるより、避けて踊ること。槍を投げるより、侮辱を投げつけること。女たちは、そういうのがとてもうまかった。ボビーはマニト婆さんの声に奮い立ち、山となったカンガルーの毛皮のところから婆さんが叫んでいるのに興奮した。彼女の男たちが身軽に動けるように、毛皮を脱ぎ捨てていたのだ。

とびきりの揉めごとがまた、南の方から浜辺にやって来た。あいつらのうちの誰かが死んだに違いない。それがこちらのせいだと思っているのだ。わざわざ厄介事を引き起こしに来やがって。メナクは、あいつらはだいたい知っていると言った。あちらもこちらのファミリーと同じぐらい小規模で、そのうちの多くが咳と引っかき傷が原因で死んでいるらしい。だから直に、槍を投げるだけでなく、それを拾い集める人の数も足りなくなるかもしれない。

囁き声のような音をたてて、前に後ろに、宙を切り裂いて槍が飛ぶ。かけ声が気分を激しく高揚させる。またしくじってやんの。みんながそれで、盛りあがる。槍と武器が飛び交うなかで、ウラルはほとんど動かないように見えた。わずかに身体を揺らして槍を避けながらも、ほとんどそれを気にしていないように見える。そうかと思うと、自分で槍を一本発射する。彼の槍投げ器は、まるで有機的な腕の延長物のように見える。

誰かがメナクの槍を太股に受け、崩れ落ちた。それはまるで、風と海が静まりかえる、嵐の終焉のようだった。またしてもメナクの腕前だ、あの力を見たかい？　ここで責を負う者は誰もいなかった。仲間が槍を抜いてくれるあいだ、傷ついた男は倒れており、怒りに満ちたまなざしをメナクと彼の周りにいる人々に投げかけていた。彼らはブツブツ言いながら、だらだらと撤退していった。完全な敵と言うわけではないのだ。びっこを引く男は、ブラザーたちに半分寄りかかり、半分運ばれるように去っていった。

　あいつらは、戻って来るだろう。あいつらでないなら、ここで彼らを取り囲んでいる別のファミリーがやって来る。彼らのホームの子宮の奥深くに。余所者たちをここにこんなに長いこと居続けさせているのははたして賢明なのだろうか、とメナクはまた考えた。青白い水平線の向こうから来たこの連中を。こいつらが留まっているのは、メナクとその仲間たちだったら誰も夜を明かそうとしない場所なのはそりゃ確かだが——一番冷たい風が吹きつける水辺、それなのに午前中も遅い時間にならないと日の光が届かないような場所。あそこの水はとても深くて、魚を槍で突こうとしてもうまくいかない。あいつらはずっとあそこにいる。小屋の空気は饐えた臭いがし出し、食べ物は古くなり、糞便が周囲の土地から滲み出し始めているというのに。海の水平線だかどこだかから来たあの男たちは、雨が来ても、留まって暮らしている場所に海を越えて風が吹きつけても、あそこを離れない。それでも、おれたちの女を手に入れるだろう。メナクはそれを知っていた。鯨と寒さがまた戻ってきたら、たぶんどこかへ去ってゆくだろう。さもなければ、もう少し何かくれるだろう。

　彼は、自分の槍をだいたい回収し終えた。あいつらの銃はいい。射撃というのは素晴らしい技術だ。火薬と弾丸は、この世で一番早く動けるやつしか避けられない。ここにいる青白い水平線の向こうからきた連中は、おれたちを助けてくれるだろう。口に出して考えながら、彼はそうチビのボビーに言った。

　そうだね《イエス》。

名前と記憶

みなが、ボビー・ワバランギンについて話していた。彼の周りの大人たちについて話すように。スケリーでさえ、その子どものことを知っていた。もっとも彼の名前は知らなかった。実のところボビーは、後に知られることになる名前をまだ持っていなかった。刑期がほとんど終わりに近づいたスケリーは仮出獄同然の身であり、大陸のこちら側のどこかに新しい植民地ができたということをすでに知っていた。西にある海岸の向こうのどこか、シグネット川と呼ばれている場所。ここが放棄されたなら、そちらに行こうと彼は計画していた。シドニーには戻らない。海の向こうにも帰らない。ここで何かが築かれるに違いない。ちゃんとした村もできるだろう。そしておれは、そこの中心になる。日々訪れる夕べのほとんどを、彼はそうした考えに耽って過ごした。自分の夢に向かって心に描いた道筋を、何度も何度もたどり直した。

スケリーは数日後、農場《ザ・ファーム》で羊たちの世話をしていた。キラムもいたけれど、兵士たちのなかでは一番ましな人だし、スケリーにとってはそれはどうでもよかった。ところが羊ときたら――羊の番をするというのが、どうしても楽しめない仕事なのだ。彼に言わせると、自分の力を発揮できない職場なのだった。ただし、時間だけはあった。キラムからは、現地の連中にできる限り目を光らせろ、と言われていた。数日前、キラムは数人ほどに向かって発砲してさえいた。羊や菜園から連中を遠ざけておくのに、他に方法がなかったからだ。連中の頭上に向かって発砲して、あいつらを追い散らすために大声をあげた。そうした行動は当然の権利の範囲内で行って、ドクターに何を言われても言い抜けられる程度にしておいた。

どこで草を食むかということに関して、羊どもはスケリーを超える考えをいろいろと持っていた——彼は後についてゆくだけだった。大事なのは、日が落ちるまでに確実に戻ってくることだった。平原が傾斜し始めている場所のすぐ手前が広い範囲で穴だらけになっていた。あいつらが何かの根を掘り返したに違いない。おれたちが栽培している野菜の場所に近すぎるな。キラムは一発ぶっ放しゃいいんだとか言っていたが、おれはどうすればいい？　銃無しじゃ、遠出したりできっこない。

それでも彼は歩き続けた。というのも、自分に腹が立ったり、誰かが道を横切ったりしない限り、歩き続けている時は、自分の考えを寝かしつけ、思考を停止させるようになっていたからだ。食む草は十二分にあるし、羊は素早く動かない。この季節であっても、昼間は日陰で休息を取る必要がある。日陰で休む数時間以外は、彼は一日を何も考えないようにしながら、羊といっしょにゆっくりと歩いて過ごした。

スケリーは引き返す道の途上にいた。まだ農場《ザ・ファーム》は見えなかったが、もうすぐそこまで来ているのはわかっていた。そこで槍が一本、横の地面に突き刺さった。彼は立ち止まった。槍は真っすぐ突き刺さったまま、少しだけ揺れていた。木が黒っぽくなっているのに、彼は気づいた。油が沁みこみ、よく手入れされている。心臓が跳ねあがり、早鐘のように鳴った。おれに槍をぶちこむ必要は、もうないだろうが。自分が割を食って槍で襲われたあの時は別格として、あの槍より身体に近いところにもう一本飛んできたりしたら、心臓が止まっちまう。走ろうかと思った。肩越しにチラリと後ろを見た。この地に暮らす連中の一団が全員槍を構え、背後の少し離れたところにいた。彼のびっこは、以前よりひどくなっていた。

視界のはしっこにいる黒い男たちはほんの数歩遅れて歩いていた。両側にいる。間違いなく真後ろにもいる。でも、彼は振り返って後ろを見なかった。どうするか考えろ。自分は丸腰だし、おそらく連中は背後から槍で人を襲うような人間ではないだろう。ずいぶん長い槍だ。見たくない。男たちがお互いに声をかけ合っているのが聞こえる。ゲラゲラと笑い声が聞こえる。彼は歩くのを止めた。槍が両側から、彼に突きつけられた。スケリーは前を向いていた。身動きせず。目玉だけが忙しく左右に動いた。

それから――群れからはずれた羊のせいで、彼の注意が引かれたに違いない――そこにはあの男の子がいた。ウニャランといっしょにやって来た、あの子どもだ。スケリーのところに歩いてくると、話しかけ、彼の手を取って、さらに話し続けた。何をしゃべっているのかさっぱりわかんねえ。聞こえているのは名前か？　メナク？　ウニャランか。「クロス」は誓って聞いたぞ。男の子は彼の手を引いて、導いていった。ドクター・クロスのところのボーイです、と彼は言った。片手で自分の胸を軽く叩きながら。ぼくたちはあなたに槍するもんね、もう、カヤ？　ニジャ・バアラピン・ワァム。

けれどもスケリーにはわからなくて、何もしゃべれなかった。再びばらけ出していた羊が、突然にビクッとした。羊が一頭、ゆっくりと崩れ落ちてゆくのを彼は見た。脚を身体の下に折りたたんでいる。槍が一本、嵐の海に浮かぶマストのように揺れていた。彼は男の子の手をギュッと握った。二人は歩き続けた。

槍するもんね、もう。もう槍したってことか、とスケリーは了解した。男の子は、自分が槍で襲われたのを知っている。スケリーの目に、農場《ザ・ファーム》の開けた土地と建物が目に入った。もうおれと男の子だけしかいないのか？　そうなのか？　走り出して自分の前にいる羊を追い散らさないようにしながら、スケリーは大股で歩き出した。けれども彼は、男の子の手を離さなかった。彼はその手を、しっかりと握りしめていた。

なぜ男の子がすぐそばに居合わせてスケリーを助けに来てくれたかは、入植地の人々のあいだで絶えざる話のタネとなった。話のネタが足りないわけではなかった。例えば、シグネット川での商売などは旬の話題だった。

そうともさ、いかにしてその男の子に救われたかというスケリーの話を遮ったキラムに、クロスが答えた。そうともさ、大陸のこちら側の植民地の本拠地は、シグネット川になるさ。ここじゃない。シグネット川から陸路で調査団が送り出されている。数日のうちにやって来るだろう。じゃあここはどうなるのか。クロスはこの場所がどうなるのか、わからなかった。シグネット川と同じように、ここでも土地が資金に従って分配されるだろうと信じてはいた。投資は一つの貢献の方法だね、と彼は言った。あのだね、シグネット川ではピール氏が次のような計画を……

母国からこんなに長く離れているキラムでさえ、その名前は聞いていた。ロンドンで法と秩序を創りあげたあの人ですかい？　と彼は尋ねた。ロンドンの警官《ボビーズ》を再配備した、あのピールさん〔ロバート・ピール卿、一七八八―一八五〇。英国の政治家。警官のボビーという呼称はこの人の愛称からとられた〕？

いやいや、さすがにその人じゃないよ。でもそうだね、ピールというのは、法と秩序を守る者たちの後ろ盾になってくれる名前なんだね。あのボビーたちのようにね。

三人の男は、ボビー・ワバランギンをチラリと見た。ボビーは暖炉のそばに座っていた。

あなたはずいぶんと情報を持っているけれどね、キラム軍曹。ここには、我々のボビーがいるじゃないか、そうじゃないか？

ワバランギンはその時、注目の的だった。そちらを見返すボビーは知りたかった。海の向こうのボビーたちってどんな人なんだろう？

その時からその男の子に、ボビーという名がくっつくようになったのだ。

＊

メナクは、少年ボビーがしばらくのあいだクロスといっしょにいることを提案した。この男とその友だちから物事を学ぶのだ。死んだあいつはおれにとっては兄弟分、このボーイにとってはアンクル。おまえはあの子にとってアンクルで友だちだろ？　おれたちはバビンと言う。

ドクター・クロスが最後に自分の子どもたちに会ったのは、彼らが赤ん坊のころだった。それでも彼は、若者に何が必要か自分なりの考えを持っていた。その男の子は学ぶのが早くて、自分の身のまわりのことをちゃんとでき、清潔にしていた。アルファベットは言うに及ばず、ボビー・ワバランギンがあまりに素早く物事を習得するので、クロスは驚いた。二人は石板とチョークで学習をした。ボビーはすぐに羽根ペンとインクと羊皮紙でも充分にやっていけると証明したけれども、クロスは石板を使わせ続けた。それまでのところ、本国から送られてくる紙は足りていなかったのだ。二人はふつう朝日のなかで、クロスの小屋の外に座って学んだ。さもなければ、火の傍らで学んだ。クロスの目では、暖炉の火だけが灯りでは見えにくいこともあったけれども。

数か月のうちにワバランギンは、ウニャランが話せたよりも上手に英語を話すようになった。そしてもちろん、英語の読み書きも習った。音声体系と文字のパターンについて学ぶごく初期の段階にあっても、二人はボビーが話す言葉の音のいくつかを書いて再現してみようと試みた。しかしそれは、簡単な作業ではなかった。

彼の名前でさえ。

ワバルランギン？

ワルバルラング＝イン＝イ？

ボビー。

ボビーはすぐに、クロスの日記に書かれている言葉もわかるようになった。けれども自分の手で書く際には、違うように書いた。自分自身の言葉を書き出したかったので、音を正確に写し取ろうとしたのだ。

もっともちてきなこうきしん。

わたしたちはかれらのとちをとった。

びょうきとりゃくだつがかれらのかずをへらした。

その時、彼はまだ、自分が何を書いているのか、完全に理解しているわけではなかった。

いやいや、笑って愛されたボビー・ワバランギンは、恐れを知らなかったんだよ。少なくとも、すっかり成長した男になるまではね。一つしか自分がないっていう感覚を、本当には持ってはいなかったんだ。なぜってね…… そうだな、若かったし、槍みたいだったからだよ。放られて、空中で震えるんだけれど、先っぽだけが、そここそが槍の魂だけれど、静止して動かない。

あのころのボビーは、わしらのようには自分のことがわかっていなかった。わしらはお互いから急に身を離してしまっても、いっしょになって自分たちの物語のなかで分かちがたく強固になった瞬間から、わしら自身に戻るものなのさ。

生れて、再生して、終わりを恐れないでもいい一つの精霊の周りで、あいつはいくつもの新しい形をとった。それから、あの名前が付けられたのさ。


年をとってから港の岸辺で、ボビー・ワバランギンは時々警官の帽子をかぶった——お巡り《ボビー》の帽子を。容易く手に入ったわけではなかった。最初の蒸気船が朝のまだ暗いうちに港にそっと入ってきて、穏やかな水を渡ってから、人々を怖がらせるぐらいガタガタボーボーやった時に手に入れたのだ。ボビーは引退した警官と船の上で取引をした。ブーメランとその人の帽子を交換したのだ。

船から降りてくる旅行者たちは、白いオークルでペイントされたボビーの頭の上にその帽子がチョコンと乗っていると、微笑んでくれる。時折彼は膝を折って身体を屈め、飛んでくるブーメランにその帽子をうまいこと叩き落とさせるパフォーマンスをした。おおっと、彼はそう言ってニヤリと笑うのだ。ケルル・カアルト・バアミン。そしてそれから背筋を伸ばして立ち、身体をひくつかせながらあたりを見回す。まるでもう一つ、炎のついたブーメランがどこからともなく飛んでくるかのように。道化であるかのように。そうなのかもね。でも、全ての目は彼に注がれている。彼は冷静そのものだ。

そして道化ではあるけれど——おそらくこんな具合に心を浮き立たせて笑ってばかりいる男だから、なのだろうけれど——時には聴衆たちを虜にし、口をつぐませ、眉間に皺を寄せさせ、心を締めあげ、涙を溢れさせもした。でも、笑いからあまりに遠く離れたところまで迷い出させてしまうのは、商売としてはよろしくない。

彼は旅行者たちと彼らの耳に感謝しながらしゃべった。聴衆の笑みを眺め渡しながら、自分自身のことを話し、開拓者たちのことを話した。彼らはかつて友だちで、理解できなかったり、何を考えているのかわからなかったりした時もあったけれど、今ではわかっていた。今では理解していた。

わしは誇りを持ち、友愛を持つように育てられた、と彼は言う。わしのファミリーは、わしらは友だちになれるし、持っている物を分け合えると思ったんじゃよ。


旅行者たちが去った後、船が去った後――帆船もあれば、まるで鯨みたいにしぶきをあげてやって来る蒸気船もあった――、ボビー爺さんは、町が鎮座している西の谷へと続く丘にある、自分の小さな掘っ立て小屋に行く。彼の女と子どもたちはいなくなってしまっていた。彼を迎えてくれている海辺の白人たちの野営地には、真の友はいなかった。いるのは旅行者だけ。できるのはしゃべることだけ。日が良くない時には、ちゃんと話せるからさと言いたてて、お客をつかまえないといけなかった。旅行者たちは彼のことを見てはくれるけれども、わかってはくれない。

昔々、彼は人々のために踊り、歌った。けれども、何の役にも立たなかった。話す機会も減ってしまった。彼は野営地で座りこんで、自分の頭のなかで話をしていた。（というのは、誰も彼のことを理解してくれなかったから）ずっと昔、初めて大きな船が近づいてきて、その時はまだ、まずそんなものを見たことはなくて……でも今は、船の数が多すぎる……彼はあたりを見回す。あまりに多くのものが、失われてしまった。

女たちは、自分のような年寄りには見向きもしない。

彼は、自分の内側にある本当の物語のための言葉を持っている。けれどもそうした言葉は口を離れるやいなや、強い風に吹き飛ばされてしまうようなのだ。人々は、彼が言葉をひねっているという。しかし本当は、彼の言葉をひねって連れていってしまうのは、風なのだ。誰だか知らないけれど、その言葉を聞いてくれる人のところへ。

この野営地には人が多すぎる。この町は、ここにあるべきじゃない。

かつて彼は鯨であり、海の水平線の向こうのいたるところからやって来た男たちに近くにおびき寄せられ、追いまわされ、銛を打たれ、休ませてはもらえなかった。（血が固まり、心臓が動かなくなった）ボビーがそいつらを、自分が愛している者たちのところに連れていってしまうまでそれは続き、そして間もなく、彼はただ一人で泳いでいた。

耳鳴りがしてから、耳には心臓の鼓動だけが響く暗闇の時間が過ぎると、光と泡がやって来る。それから彼は浜辺を横切り、アカシアとペパーミントの木々のあいだを歩く。裸足で、空気を吸い、しっかりと目を見開く。仲間たちはもういない。カンガルーもエミューも、草木もない。白い男たちの大きな炎と銃と貪欲さの後には、何も残りはしない。

ボビー爺さんは座りこみ、震える。彼と夏は、お互いを待ちわびている。

肉と骨を暗い色の毛糸にくるんで日の光で温めていたある日、訪問者たちがやって来たのでボビー爺さんは顔をあげて、そちらを見る。彼は何度も瞬きをして、見直さなくてはならない。白い連中が会いに来たのかな？　ややっ、ジャック・タールとビニャンの娘と息子だ。すっかり大きくなっちまって！　おっかさんが送ってくれたんだな。

調子はどうですか、と二人は尋ねる。爺さんが住んでいると言われている場所を見渡しながら、何かしてあげられることはありますか？　と言う。

ボビーは気がつけば、若いころの話をしている。あのころは見張りをしながら、もう起こったことやら起こりそうなことやらを書き記していたもんだ。実はな、わしはまだ、古い油布のカヴァーがついた日記を自分の小屋に持っているんだよ。ボビーは、ビニャンとジャック・タールの子孫とともに黄ばんだ頁をめくって、色あせたインクで書かれた文字の並びを見つめる。海の中味が彼の周りに零れてきた時に、鯨の背で彼がどんなふうに歌って踊ったかについては、何も書かれていない。ボビーが知っていた人々のことも、その人たちが何を見て何を考えていたかも、書かれていない。ここにいっしょにいてくれているのはビニャンとジャック・タールの子孫だ。でも、ボビーが覚えているのは、ビニャンとジャック・タールだけではない。

第三部　一八三六年―一八三八年

今ではない、ある日に

ボビーのB。彼に与えられた名前。

ドクター・クロスといっしょに学んだおかげで、ボビーは自分の名前の文字を容易に習得した。石板上にチョークで書く感触を気に入り、模様、動物や鳥の小さな足跡、いろいろな骸骨の形を描いた。音のなかには頁の上で形を取っているのもあると彼は学んだ。アルファベットは、自分が口にしたことの轍《わだち》であり、軌跡であり、痕跡らしかった。彼は、本を書き写した。ドクター・クロスの日誌や手紙からも。おかげでスペルを綴るのがすごくうまくなった。自分の第一言語についてはそうはいかなかったが。

チェーン夫人がボビーの先生を引き継いだ。旦那さんが勧めてくれたのだ。倫理的に、おれたちはこいつを義務として引き受けなくちゃならんのさ。この子が文明化するのを助けなくては。おれたちの友人であったドクター・クロスは、何をおいても彼を助けて救わなくては、とはっきり示してくれたんだ。

彼女には承諾以外の選択肢はなかったが、どんなに長くても毎週数時間ほど割けばいいだけだった。自分の教え子がやろうとしていることには、ひどく奇異に見えるものがあった。そのうち、どうやら自分の名前を書こうとしているらしいとわかってきた——ボビーではなく、自分の生まれながらの名前。そして、彼が自分の母親に与えた名前、父親に与えた名前、ドクター・クロスにも同じ名前。彼女には、それがいわゆる名前ではないとわかった。亡くなった、愛する者たちのための名称。ボビーがとりわけ愛していた者たちは、ドクター・クロスも含めて、咳をしながら亡くなった。ものすごく悲しい思いにおそわれると、ボビーはよく咳をした。一度など、彼が例の咳をしているのを――ゼイゼイと息をして、ゆっくりと崩れ落ちるのを――鏡越しに見た。横たわるや、自分の開いた口と目から、存在していない蝿を追い払った。

この子の仲間たちは大勢が死んだのだ、とチェーン夫人にはわかってきた。私たちがここにやって来ただけで、こちらが腕一本あげないでも、彼らの死を意味したんだわ。私たちが助けなくちゃ、彼女は小さな声で言った。しかしそれは心のなかで言うだけで、そのためには夫のパブのそばで繰り広げられる光景を頭の外に押しやらなければならなかった。あなたはたくさんの家族を失ったのね、ボビー、気の毒な思いで顔をしかめながら、彼女は言った。

そうだよ、ボビーは言った。でもね、いたるところにファミリーが、多すぎるぐらいいるんだよ。ぼくはここの人間で、他のどこから来たわけでもないからね。

彼女はボビーがしゃべる言葉を矯正した。少なくともいっしょにいる限りは、彼は静かな少年だった。静かではあるのだが、時々ドクター・クロスがしゃべっていた言葉を口にしているようだった。墓場の向こうからの声を耳にして、彼女は恐怖した。少年には驚くべき物真似の才能があるらしい。話のなかで他人同士が話している様子を彼が再現しているのを聞いているうちに、それがなんとなくわかった。自分の夫の声が再現されるのも聞いたことがあった。罵り言葉でも何でも。パブでたまたま耳に入った会話に違いない。私の前では静かにしているけれど、本当はどんな人間なのか、誰が知っているというのか。自分の同類といっしょにいる時は、一体どんななのだろう。何日も、何週間も、見かけないことがよくあるだけに、そうした思いは募った。

ワバランギンのW。ドクター・クロスがその音を習得するにはしばらく時間がかかり、チェーン夫人が彼を教え始めた時にも、どうしても彼女の口はちゃんとそれを発音できるようには動いてくれなかった。

まだ年がそれほどいっていなかったので、ボビー・ワバランギンは女性たちに囲まれているのに慣れていた。女たちのことは大好きだった。ジョーディ・チェーンは言うに及ばず、ドクター・クロスだって、子どもに文字をちゃんと教えるには忙しすぎた。チェーン夫人は彼の手を取って教えてくれた。数年後、娘さんに同じふうにしてもらえないかな、とボビーは願ったりした。クリスティーンが娘の名前だった。息子もいた。クリストファーだ。双子だよ、わかる？　自分の考えと音を紙の上に表すという作業を、みんなでいっしょに学んだ。

ボビー・ワバランギンは、ドクター・クロスの奥様への手紙を心のなかで書いていた。初めてそれを書く機会があった時、彼は一気呵成に全部を書きあげた。

親愛なるクロス先生の奥さま

どうぞこちらを読んでくださいますように。

どうか考えてみてください。ぼくにこうして書くことを教えてくださったのは、あなたの愛するだんなさまなのです。だからぼくは、あなたにこうして手紙が書けています。ぼくたちは、すぐにお会いできると思います。あなたと、ぼくに今、文字を教えてくれているチェーンさんの奥さまも。チェーンさんは、すてきな家をたてているところです。

あなたが、だんなさまが横たわっているところに来てくれますように。ぼくたちは、あの人のことをおぼえています。あなたの愛するだんなさまはぼくに文字をくれましたし、何回も船の旅につれていってくれました。むかしむかし、ボートの甲板の上にいる男が、キング・ジョージ・タウン（そういうふうに、小屋が集まって船乗りたちがとまるところが呼ばれています）のことを話していました。る刑人たちがたくさん送られてくるところなのだと言っていました。

それは本当ではありませんでした。

なにが本当に言いたかったのか、ぼくはたずねませんでしたし、その人もぼくが話すのを見たいとは思っていないようでした。

その人が言うところでは、みんなは塩づけ肉で生きていました。岩と石しかなくてなにも育たなくても、海で魚を捕まえる苦労を誰もしようとしませんでした。あいつらがなにをしているのかわからない、とその人はとても大きな声で言いました。言われた方もわかっていませんでした。

ぼくはその時、自分の名前を教えてあげて、あく手しながら話しかけました。あの人はおどろいたと思います。ミスター・ゴドレイと自分の名前を言っていたと思います。ひげより笑顔が目立つ人で、ぼくに会うのはどうでもよくて、ぼくの手をぎゅっとにぎりしめたらどっかに行ってしまうような人でした。

その人は大きな声でしゃべって、他の人たちはうんうんとうなずいて本当のことを話してくれるだろうと期待していました。みんなはその人の味方になり、ぼくの味方にはなりませんでした。たくさんの人が、黒い男の子に話しかける時にそうなるみたいに。

岩と石こそがこの場所では美しいんですよ、とその人に言ってみましたが、その人は笑って、大きな声でともうるさくしゃべりました。ここはすごしやすいですよ、という他はなにを話していいかわからなかったのですが、その時にその人はぼくを見て、言いました。「ああそうだな、その点については、おまえは正しいぞ。サイコーだな」ぼくはベストをつくして、お行ぎ悪くしゃべらないようにしました。花やオウムのことを話しませんでした。星も月も波も葉っぱもたき火のことも話さなかったなと、後で思いました。あんた、あく手する人がまちがってるよ、なんて言わなかったんです。

その人の目からぼくの心に、おかしな考えがやって来ました。あの人は、ぼくのことをおこっているんじゃないだろうか、と思いました。旅ののこりは、ぼくたちはあまり話しませんでした。自分がすっかり一人ぼっちのように感じました。

船の旅でぼくが出会ったもう一人は、ミスター・チェーンです。Chaineってこういうふうに、本当につづるんです。その人は今、キング・ジョージ・タウンにいます。彼のファミリーもです。ぼくは彼の子どもたちといっしょに、その人のよい奥さまにたすけてもらって文字を学びました。

みんな、あなたにお会いしたいと思っています。ぼくはぼくたちであく手したいです。メナクとマニトとウラルもです。今ではない、ある日に。

あなたの友だち、ボビー

綴りを訂正してから、チェーン夫人は話した。クロス夫人は、今もこの先も到着されないかもしれないわ、ボビー。彼女は手紙を折りたたんだ。でも、それでもあなたのメッセージを次の船で送れるように、考えてみるわね。

総督ファミリーの木

総督閣下がご自分の船でいらしたわ、とチェーン夫人はボビーに告げた。自分の船で来たんだってよ、キング・ジョージ・タウンの大勢の人たちがそう言うのが、ボビーの耳に入った。自前の船で、奥様と九人の子どもたちといっしょにやって来たんだそうだ。さらにいっしょにやって来たのは、

召使いたち（うち二名は黒人の少年）
羊
去勢牛
鶏……

なんと総督閣下は、チェーン氏より長いリストを持っていた！　新しくこちらに派遣された総督代理、すなわち現地総督は、もう一艘船が必要なくらい、たくさんの物といっしょにやって来たのだ。果実の木々、工具、荷車、窓ガラス、鏡……

彼は召使いを連れていて、そのうち二人は、何だありゃ？　完全な召使いではなく、かといってすっかり家族になっているわけでもなかった。ボビーはその二人と話したかったが、すり減った靴の踵の上でクルリと背を向けられてしまった。彼らのにおいはすごく甘く、ヌンガルの言葉を理解しなかった。わかるのは

英語だけで、総督閣下のように英語を話した。総督閣下はその召使いたちが先住民と関わりを持つのをいやがって、あっちに行け、とヌンガルの人々に向かってどなり散らした。それに、彼らは総督閣下の家族といっしょに立っていると、すごく幸せそうに見えた。エミューの雛のように小さな子どもたちが父親の脚の横で守られているように立っていた。総督閣下のご一行は、みんないっしょになってこちらの方を見ていた。なかでも赤毛の息子は、ボビーより少し年上なぐらいだ。

総督と彼の家族が到着してすぐは、寝る場所を確保するために船の上に留まるしかなかった。彼らは上陸したがっていた。チェーンが、家に泊めてさしあげられるかもと申し出た。自分の仲間たちがよく泊まっている家があるのですが、と彼は伝えた。あなた方の先達、立派なドクター・クロスが住んでいたところです。

総督閣下と奥様は、それはそれは長い時間を揺れる甲板の上で過ごした後、チェーン氏の親切な申し出を受け、丘の陰にある、灰色の海のそばにある小さな小屋に泊った。ジョーディ・チェーンが扉を開けようとすると小屋そのものがたわみ、総督閣下と奥様は、扉を開けるにはどうやってそれを持ちあげながら引き開けなければならないか、見るはめになった。家の隅の一つは、外から内から複数の棒によって支えられていた。壁には虫が何匹もいた。庭には言うまでもなく。そしていたるところに、白い砂があった。

チェーンはどうやれば火をつけられるのか説明したが、結局自分で火を起こしてやった。召使いを見つけるのはとても大変ですよ、と彼は言った。荷物はすぐにつくと思いますがね。総督夫妻がとても静かだったので彼は話し続け、石炭はないです、と言った。でも丸太はよく燃えますから。ね？　暖かいでしょう。石炭と違って、掃除する必要はありませんし。

湾の奥に錨をおろしている二艘の船と、多くの船乗りたちの唇にお湿りを与え続けるパブが二軒。良人の妻とその家族が期待していたかもしれぬ優雅な歓迎からは、相当な隔たりがあった。

灰色の屋根と風に曝されて白くなった壁は絵のようで、柔らかな午後の光のなかではすごく風情があるものですね、と総督閣下と奥様は言った。湾をこんなふうに見渡せるとは……　二人は震えあがって、外套を身体に引き寄せた。湾の水面は日光をとらえており、そのせいか、もう日が落ちて空が暗くなり始めているというのに、青々と輝いていた。

そばから声が聞こえてきた。静謐で寒々とした空気のなかでやかましく。唄を歌い、酔っぱらって、騒々しく。

私たち住人の数は多くないんです、チェーン夫人は二人に言った。あの声が聞こえてこないように、何か口にしていたかった。夫の方は、ああいうあざらし猟師や鯨捕りや水夫たちは、ほとんど外部から来た者たちですから、としか言えなかった。

どうか私たちといっしょに食事をしていってください、とチェーン夫妻は言った。

新しい環境に自分たちを適応させる必要があるというのはわかったわ。総督閣下の奥様は、後で夫に向かって言った。

チェーン夫妻はスペンダー現地総督と彼の良き妻エレンを、クロスがケパラップに建てた灌木の枝でできた小さな小屋へと連れていった。その小屋には、泥壁やモクマオウで葺かれた屋根すらなかった。町にあるクロスの小屋にもそのぐらいはあったのに。チェーンの新しい捕鯨用のボート（現地の木材製で、私たちの仲間のうちの一人がつくってくれたんですよ、と言うにあたって、チェーンの口調はどうしても誇らしげになってしまった）で現地に向かい、梁と、槍を持っている痩せこけた人影を通り過ぎ、川の水がすごく暗い色をしたところに入ってゆくと、総督と奥様は顎を引いて身を縮ませた。ボビーが合流して、みんなでボートを川岸にあげた。その場所の少し上流では小さな堰が川の流れに活力を与え、あぶくと泡が、湧き立つ細い流れとなっていた。誰かが続けざまにする咳が、唾と痰を水に残しているようだった。けれども、岩の上を流れる川がたてる音は、誰かがやさしく笑っているようだった。クスクスと。川と人はどちらもああいうふうにするんだ。同じように。

総督は、木々や緑に覆われた土手と奇妙な道について、品よく口にした。このよく整備された小道は、耳に挟んだところでは、われわれの前に裸足で踏み固められていたそうだね。

チェーンはドンとばかりに地面を踏みしめた。そして今は、我々のブーツによって踏みしめられているのですよ、と彼は付け加えた。確かに、私たちの数は十分ではありません。ですが、石を敷き、斧を振るうことで未来は築かれるでしょう。というのもすでに彼らの数は減りだしていて……

ボビーが見つめていた。

咳は、すでに多くの人たちを遠くに連れ去ってしまっていた。

総督は少年を見てから、彼の横を通り過ぎた。総督の青い目は小さな小屋をとらえ、ボビーは身をよじってその目と同じ物を見ようとし、粗末な柱と腕木と枝でできた囲いのなかにいる羊を見た。もう葉っぱは枯れている。そよ風で柵が擦れ合い、カタカタと音をたてた。菜園は黄色くなって、作物はろくに育っていなかった。

スケリーが働いていた。去勢牛のようにとぼとぼと歩いていた。チェーンは両腕を大きく広げると、旗を振って合図をするかのように動かした。そうやって、スケリーが建てた木の骨組み、伐採された木々、川岸にある壁をアピールした。それであそこですがね――自然の泉から水を引いていて、家畜が十分に水を飲めるぐらいは深さがありますよ。彼の目はキラキラしていて今にも笑い出しそうに見えたけれども、人々の視線を追っていたボビーは、チェーン夫人が旦那に背を向けて、横にいる総督閣下と奥様をそっと見ているのに気づいた。チェーンの奥さんは悲しいんだ、とボビーが思っていると、彼女がまた視線を横にそらしたので、一瞬ボビーと目が合った。

お客人たちはスケリーとチェーンの二人が成し遂げた仕事から目をそらし、周囲に立ち並ぶ木々を見やってから、キング・ジョージ・タウンについて話した。

村を見渡す丘のてっぺんまで歩いてみたのだが、我々が囲まれているのはわかったよ。片方は海で、反対側は目が届く限り、転がるように続く灰色がかった緑に覆われた辺境《ブッシュ》の地なのだね。森のなかに迷いこんでしまったら、見つけてもらえないんじゃないのかね。

ご夫妻はこうも言った。ああいう精妙な、このあたりで見かける野生の花々は、ささやかだけれども気晴らしを与えてくれる。ポツンと咲いていて。本のページのあいだに挟んで、押し花にしてもいいだろう。

チェーンは鯨捕りのためのボートで戻ろうと考え、午後の遅くに出発した。空には灰色の雲が重く垂れこめ、シェルフィースト湾の水も灰色で、日の光があたっている浅瀬は黄色っぽくなっていた。風は止んでいたがご婦人方の髪には雨がしたたり、毛糸の着衣には水滴が光るのをボビーは見た。これはきれいな雨

──ミジャル、涙という意味──、雲の切れ間から射す月光に反射する、宝石の水滴だ。彼らは必死に漕いで漕いで、そうしたら水の向こうに岸辺の姿を目にできると思っていた。けれども風がやって来て、彼らに向かって吹きつけた。ご婦人方は船酔いしてしまったが、それでもまだここは吹きっさらしにならないです む陸地に囲まれた水域なのだった。陸地には到底たどりつけまいと思えた。ましてや、キング・ジョージ・タウンの砂浜と簡素な石敷きの通りまで帰りつくのは、とても無理そうだった。

やっとの思いで、照り返しで輝いている、砂が固くしまった砂浜にたどりついた。でもそれはまだ、シェルフィースト湾の内側だった。一度陸にあがるやどれだけご婦人方が回復したかを見て、これだったら歩けるかもしれないとチェーンは考え、自分の部下たちには、最善を尽くして舟でキング・ジョージ・タウン港に向かってくれ、と指示した。朝にはまた部下たちに会えるだろうと彼は思った。こちらは夜遅くまで起きていることになるだろう。まだ数マイルは歩かなくてはならないから。総督には戦争での古傷があったので、その距離であっても歩くのは無理だった。そこで、彼は他の男たちといっしょにボートで行くことにした。

ケパラップからの旅路は困難なものだった。さもなければ、真っすぐ進むべき道から迷い出てしまったのか。ご婦人方の足はもつれ出し、休憩をとらなくてはならないのは明白となった。ジョージィ・チェーンは自分の長い上着をご婦人方のために敷いて、彼女らはいっしょに横になった。総督閣下の奥様は言った。どこかに行ってしまったりしないでくださいね、チェーンさん。過分にお気づかいいただいているのはわかっているんですけれど、横にならないともちそうもなくて……

たぶん彼女は、チェーンが岩みたいだとでも思っていたのだろう。あの人にだったらドンとぶつかっても大丈夫。しがみつける。力ある物、決して揺れはしない物。
ボビーはどこかに行ってしまっていた。女性たちは寒さのあまり立っている方がましだと考え、歩き出した。気がつけばどんどん身体を寄せ合い、お互いを支え合いながら、それでも何度もつまずきつつ進んだ。周囲の灌木が、銀色の水滴を紙吹雪のように撒き散らした。まだ夜が明けぬうち、日の出を控えて空が明るくなって周囲の視界が開ける少し前に、彼らは入植地がある谷へと徒歩で入っていった。水を湛えた湾が大きな底の浅いお椀のように、彼らの前で輝いていた。
風はもう止んでいた。何はともあれ、ボートは彼らより先に到着していた。総督閣下がいらっしゃった。まだすっかり服を着たまま、小屋の椅子で寝てしまっていた。

同じ日、まだ身体はかじかんで眠気もあるなか、チェーンは彼らを港から離れた谷の斜面のところにある、土が盛られた場所へと案内した。そこには新しい十字架が立てられていた。ドクター・クロスの十字架《クロス》だ。風雨に曝されて白くなり出した固い木材でできており、木の柵が周りを囲んでいた。文字はていねいに彫りこまれて、黒くなっていた。

ドクター・クロス
町を創りし者
一八三七年没

あなた方が、後をお継ぎになったのです、とチェーンは言った。総督閣下の奥様は、少し身震いしたかもしれない。チェーンは、この墓が共用になっているとは言わなかった。その男が自分を先住民であるウニャランといっしょに埋葬してくれと頼んだことも。総督閣下がどんなふうにヌンガルたちを見ているかはみんなわかっていたので、そっとしておいたのだ。説明なんて、どうやったらできる？

ほとんど気づかれないまま、ボビーはいつの間にか彼らとまたいっしょにいた。彼にはわかっていた。ウニャランの名前がその十字架の上に無いことを。なんでなんだろう？

＊

スペンダー総督はキング・ジョージ・タウンのコミュニティから離れて、農場《ザ・ファーム》へと移っていった。家族がすごい人数だったので、それまでは兵士キラムがほとんど一人でずっと住んでいた場所に、キング・ジョージ・タウンから完全に分かれた小さな別の町をつくってしまったようなものだった。

旗が掲揚され、空砲が撃たれ、植樹が成される特別な機会を見ようと、港にいる大半の人々が農場《ザ・ファーム》にやって来た。一本の木が植えられるだろう、と総督はスピーチで述べて指さした。それはまだ小さいけれども、おとぎ話に出てくるような木の形をすでに持っているのがわかった。スペンダー総督、彼の家族と召使い、チェーンとけた。人が集まってきていたが、大したことはなかった。スペンダー総督、彼の家族と召使い、チェーンとその家族、年寄りの兵士が一人、靴職人が一人、商人に船乗りに地主がそれぞれ少しばかり、退役軍人のキラムに、刑期が終わったスケリー、奥様方と母親と子どもたちが何人か……　ヌンガルの人々の一団もいた。

スペンダー総督は、公の場で話すのは慣れたものだった。彼は間を取りながら小さな聴衆を見渡して、ボビーを見た。スペンダー総督は彼を差し招いたが、彼の人生においてはめずらしく、その時ばかりは察しが悪く、ボビーは反応しなかった。総督はシャベルをおろすと（彼はそれを他の男たちのようには使わなかった）ボビーに向かって歩いていった。人々のなかには、何をするつもりなのか怪訝に思った者もいた。怒っているのかな？　総督閣下はボビーをいっしょに連れて戻って、そしてともに――シャベルでの一掻き、一掻きを、二人で両手を使ってすくった――二人で植樹をしたのだった。

記念すべき日だ、とスペンダー総督は言った。私は国王の代理であり、そして……彼はボビー・ワバランギンに向かって身ぶりをし、みんなが拍手を始めた。ボビーはお辞儀をし、拍手はいっそう大きくなった。ボビーは満面の笑みを浮かべ、総督の息子と二人の黒い召使い（なのかな、あの二人は本当のところ？）を見た。彼はすごく誇らしかった。

ボビーがすごく年寄りになってから、彼は旅行者たちに、あの聳え立つ木を見にいってごらん、と言うようになる。そして頭を振るのだ。

わしはまだ、こわっぱだったよ。

＊

ジョーディ・チェーンはパブのバーを所有することになり、キラム氏を雇ってそこの経営を任せた。新しいビジネスの契約が成立してキラム氏が祝杯をあげに戻ってきた時、チェーンは、みんなに一杯おごりだ、と叫んだものだ。

そこは天井が低く暗い場所で、狭っくるしくはあったが、主な常連客である海の男たちの習慣には合っていた。大きな鯨の顎の骨は、まだそのころは店になかった。後年、チェーンは鯨の顎骨を手に入れて、自分がそのなかに立ってみたり、贔屓の客にそこに立ってみなさいよと勧めたりするようになる。部屋の片隅には暖炉があり、その反対側がバーと石壁になっていた。壁には鍛造された鉄の格子が取り付けられており、バーを覆うようになっていた。建物の泥壁など平気で突き破って歩み入って来るような連中がたくさんおり、鉄格子でもなければとても酒《グロッグ》は守れなかったのだ。

ジョーディ・チェーン氏は、さらにもう一つ農園を所有しており、その管理をミスター・ウィリアム・スケリーに任せていた。（スケリーは、チェーンのような人物にミスター付けで呼ばれると誇らしくて身体がはちきれそうな気分だったが、その後に自己嫌悪に陥った）その農園があるケパラップは町の外にあり、シェルフィースト湾のはしの少し先、内陸の山々から流れてくる川に沿ってあった。その川の支流の一本は明らかに、東方にあるもう一つの颪から守られた入り江に向かって流れていっていた。

＊

早朝、ボビーは半分まどろみながら横たわっていた。気楽な日。のんびりしていい日。太陽が水平線の上に出てくる様子を想像した。島のあいだの海には鯨の通り道が走り、そこから太陽が出現する。同じように、彼は海からやって来た。鳥のように、風によって生まれたのだ。今や彼は、大地と石だ。太陽はまだ見えないけれど、青い空が開いてゆき、ちょうど島と島のあいだで光が広がってゆく。彼の世界が周囲で展開し、毎日少しづつ成長してゆく。

自分の足は、目が届くより遠くには自分を運んではいけないだろう……　いやいや、それでも充分遠いぞ。朝日の光のなかで、彼の小便が湯気をたてた。露が太陽をとらえた。幹が暗い色をした木々がある。周囲にある全ての葉っぱと枝と草の上で小さな滴がはね散って、彼は網の真ん中にいる蜘蛛のようになる。

クリスマスの木に燃え上がるオレンジの魔法、あの人たちはそう呼んでいた。彼は離れたままでいた。枝が一本落ち、翼あるものが億劫そうにその枝から飛び立った。空中で羽根が緊張し、ニュ！　ニュ！　と呼び声をあげ、すごく人間くさい顔をボビーに向けた。それが飛び去ってゆく時に、長い脚が空中でぶらぶらと揺れた。

細くて節くれだった木の幹に紅の花を咲かせているのは……　ボトルブラッシュ。一瞬のうちにその言葉は、彼を船の扉のところへと、しゃぼんの泡が浮いた洗い桶とガラスの瓶のところへと連れ戻す。ボビーは、マストに登れなくなったのが残念だった。鷲みたいに水平線に目をやり、すべてを見ていながら何も見ないでいる。

陸地が海に横たわる手足のように見えるぐらいの高さまで、彼はぶらぶらと登っていった。島々が顔をのぞかせて、私も、私もと言っている。彼はこの素晴らしい朝の中心におり、その眼前に万物が贈り物のように広がっていた。

足音が聞こえた。何かが、こちらに向かって転がるように走ってきている。彼が通ってきた足跡のところでピタリと止まった。顔の真ん中をピシャリとやられた気分だった。

頬髭のある、長い顔があった。突き出たような大きな耳がくるりと回るように動き、不思議そうな表情が彼に向けられていた。ラバだ。それにまたがっている男は、花のように明るく輝いてはいるが色あせた長いコートを着ていた。その人物は高い三角帽子をかぶり、胸にはメダルが輝いていた。身体の横では剣がガチャガチャとぶつかり合いながら揺れており、ボビーに気づかず通り過ぎていった。

ボビーが後ろに身を退くと、細い枝が慰撫してくれる腕のように肩越しに落ちてきて、そのチクチクする指先は彼の目を隠そうとしてくれた。

帽子にコートに勲章に剣があんなに目につくにもかかわらず、総督の髪の毛と皮膚は存在しないかのようだった。まるで衣服にまだら模様をつくっている日の光でできているようで、薄く切れ切れの天蓋を通じて空へと消えてしまいそうだった。

彼の背後ではさらに二頭のラバが荷車を曳いており、そこには女が二人いた——母親と娘かな？　椅子の上で慎重にバランスを取っている。鋭く甘い香りと饐えた体臭がその一団の後を追ってきた。ボビーは、斜面をガタガタと降りてくる者を見ようと向きを変えた。若い男が二人——彼のように黒い——荷車の後ろに座り、足をぶらぶらさせていた。二人は彼を見つめていたが、挨拶はしてよこさなかった。えらくお高くとまって、厳かだねえ。何様？

彼らのあいだに立ち、二人の肩に片手ずつ置いて身体を支えているのは、ボビーより大して年がいっていない少年だった。その赤毛の少年は舌を突き出し、しかめっ面をしていた。

彼らが視界の外に消えた後、その一団が坂を下り続ける音にボビーが耳をすましていると、やがて音は聞こえなくなり、下の浜辺に姿を現すのが見えた。

港に錨を下ろした船から、ボートが一艘漕ぎだした。ここでは見慣れぬボートだった。砂浜に漕ぎつけるや、降り立った乗組員たちがラバに引かれた荷車から女たちを抱えあげて、浅瀬をボートへと運んでいった。総督は、複数の男たちが肩の上に乗せて運んでいった。彼らがボートで船に戻るや、雷が落ちるような音がボビーの耳にかすかに届いた。マストのあいだから、細い煙の筋が何本かたなびいている。

総督閣下を撃ったのか？

いやいや、空に向けて撃ったのさ。ただの挨拶だったんだよ。

自分が真のホームであると考えるところに誰かを転がりこませてしまうとどういうことになるのか。キラム氏は、それを学んでいる最中だった。彼はそこを、最後の頼みの綱だと思っていたのに。本当に、最後まで当てにするつもりだったのだ。彼が帆布でできた屋根の下に戻ると、総督閣下が母屋の増築計画を立てているところだった。シグネット川植民地総督が夏に過ごす別荘として、クロスが特別に造っていた建物だ。後になってキラムが自分のものにしてしまっていたのだが、今や、まさに新しい総督閣下のご家族がそこにいらっしゃって、菜園が収穫の季節を迎えるのをじっと見つめておられる。今では上前を撥ねて隠しておくなど、できはしなかった。

キラムは、兵舎や兵士の仲間たちから離れたら寂しくなるだろうなどと考えてはいなかった。だから退役を申し出たのだが、正しいことをした自信が今ではなくなっていた。ここに留まっていてもどうよ? 総督が農場《ザ・ファーム》にいるのは、ビジネスのためにはよろしくなかった。どうする、キラム? 今では彼のもとには二人の黒人の少年がいた。チェーンが彼らをキラムのところに連れてきて、総督閣下がこいつらを役に立つようにして欲しい、有能な働き手になれるように訓練して欲しいと言っている、と伝えに来た時、やっこさんはにやにや笑いが我慢できないようだった。ちゃんとやれるんだと証明できるまで、しっかり働かせてくれたまえ、と総督閣下はおっしゃっていたぜ。で、おれが役に立つように訓練しているわけなんだが、今のままじゃ、単なる重荷でしかないんだがね。この植民地にはけっこう人がいて、食料の供給は不安定なんだ。

こいつら二人がいないとしてもさ。

ジェフリーとジェイムズは伏し目がちで立っており、着古してはいたものの、労働者の男たちが着てみたいもんだと思っているよりもはるかに上等な服を着ていた。キラムの挨拶に応えて二人はうなずき、彼らのためのチェーンの計画と、これからのキラムとの生活について耳を傾けた。

堅実に働く生活。総督閣下は、彼らを役に立つように訓練してもらいたいと、労働者として社会に居場所を得て欲しいと思っていた。その一方でチェーンは言った。彼らがちゃんと働けるようになるには、時間がかかるかもしれないがな。

えっとだな、こいつらがまず学ぶべきは、いらんことを口にせず黙っていることだな、とキラムは心得ていた。彼らがお偉いさんと話すのを、彼は望んでいなかった。合法的な部分とグレーゾーンの違いについて、こいつらがわかっていないのが一番いい。十分頭が回るなら、おれを助けていたらどんなにいい思いができるか、すぐにわかるだろう。じっと口をつぐんでいればいいんだってな。グレーゾーンの仕事がどんどん増えてきていた。港に入るための料金を払うのを船長たちがしぶり出していて、湾の外に錨をおろすようになっていた。おかげで、税金を払わないで商売できる機会や選択肢が増えていた。密輪と呼ぶやつもいるだろう。でも、キラムも彼の雇い主のチェーンも、そんな言葉は使いやしない。ゼロから始めるよりは、チェーンのために働く方がはるかに容易い。それにキラムは、チェーンのアイディアマンぶりを賛美していた。彼の度胸とエネルギーも。

＊

兵士キラム……おっと、彼はもう兵士じゃない。自立して生きていこうとしている一人の男だ。自分でのし上がろうとしている男なのだ。

チェーンみたいにズボンの尻に詰め物するぐらいの金があるのなら、そりゃ誰だって高見の見物させてもらうぜって言えるさ。でもキラム氏には腰をおろす時間すらなく、最近は、ズボンに継ぎを当てているのが常だった。慎重にやらなかったら、すぐにそのへんの黒いやつらと同じように、剥き出しのケツをまくらなくてはならないかもしれん。総督閣下のところから来たこいつらは、尻丸出しじゃないがな。二人組のダンディー、ジェフリーとジミー。こいつらは、自分たちの価値を証明しなくちゃならない。おれがこいつらに与える食料分ぐらいは自分で稼げると、証明しなくてはならないのだ。総督はここに、地元の連中を訓練すれば白人がする仕事はできる、という考えを持っていらっしゃったようだ。ところがいきなり、まずは自分の部下たちの食料をなんとかしなくてはならないと悟らされた、というわけだ。

心の広いチェーンは、死んだ男の財産を哀れな未亡人を助けるためだけに買い取ったすぐ後に、またしても助け舟を出したのだった。キラムは、自分にも同じことをする機会が——資本が——あればいいのにと思った。そしてそのチェーンさんは、キラムなら黒人の二人の少年を訓練できると思っていたのだ。

世界のこの一角でちゃんとのし上がるためには、自分の二本の手だけでは足りないとキラムにはわかっていた。チェーンの後ろ盾を得られれば、都合がよかった。少なくとも、彼を支えている資本の一部だけでも使わせてもらえれば。友人たちへのコネとか、効果抜群の口ききとか。けれど今は——チェーンが手本を見せてくれているように——可能でさえあればいつだって、どこかに仕事を振る必要があった。この二人だって、ひょっとしたら役に立つところを見せてくれるかもしれない。

彼らは今、ボートを漕いでいた。砂地が弧を描き、岬の風があたらない側にある岩と出会っている場所を離れ、柔らかく海の皮の上を滑っていた。少年たちは、うまい具合に漕いでいた。素早くオールを数回かくと、岩が多いところを越えて、船の灯りがまた見えるようになった。さらに近づくと、船の威容はこちらを脅かさんばかりだった。暗闇がうずくまって凝固しているかのような物体を海が軽く叩き、風は行く手を阻まれていた。

ボートの三人は、緊張した。こいつは危険な仕事だ。櫂が水に浸され、海がそれを受け入れた。絹のような暗い海から、月が大きく明るい身体を持ちあげていた。海の上は静まりかえっており、陸にいるより暖かかった。明日この船は、他のアメリカの捕鯨船といっしょに港に収まっているだろう。

チェーンのように酒場を持てれば素晴らしい。儲かるだろうし。水夫たちと鯨捕りたちには、ここ数日でどんなどんちゃん騒ぎをやらかしてもまかなえるぐらいの金が渡されているだろう。でも、キラムは酒場を持っていない。昔は小屋で酒《グロッグ》を売ったりしていたのに。前だったら、船が港に入るのを助けていたのになあ。自分が港の責任者で水先案内人だと名乗って。けれどもそういう仕事はお上《かみ》に取りあげられてしまって、入札制になってしまっていた。彼は、入札に勝てなかった。なんでだ？　たぶん、自分のボートを持っていなかったからだ。それに、世間話がうまくないと思われたこともあるだろう。ちゃんとしたコネがないからかも。まっとうなやり方をしていないと思われたのかな。チェーンは、どの船にも最初に乗りこみたがった。船長だろうが、誰か他の人間であろうが、取引を成立させる権限を一番持っている人間に会いさえすれば、最高の利益を引き出せるくらいにはおれ様は頭の回転が速い、と確信していたからだ。話がつけば彼は仕事をキラムに引き継がせ、報酬を払った。

キラムは、自分も頭の回転は速い方だと知ってはいた。ただし、彼にあるのは自分の頭脳と筋肉だけで、あとは裸一貫だ。

彼は尻を使って移動し、片手をあげた。シーッ。

少年たちがオールを宙に掲げた。

水滴が落ち、月明かりが銀色に砕け、星が海で踊るのに、誰かが気付く時間はなかった。骨のような色をした月の下で、静まりかえった絹のような水の上を漂いながら、キラムはここで、非合法の仕事に従事している。船から逃げ出したがっている男たちがいると、すでに耳に挟んでいたのだ。船長は陸にいるあいだもべったりと彼らを監視していて、誰も残していくつもりはないぞとチェーンに知らしめていた。ところがご存知の通り、彼には人手が足りていない。こうした事情があったので、キラムは逃げ出したがっている男たち二人の話に耳を傾けた。そういう男たちの逃亡を助けてやれるかもしれん、そのまま匿《かくま》ってやれるかもしれんぞ、とチェーンは提案してくれていた。熟練した労働者が必要とされているんだ。

チェーンは、二人の黒人の少年たちを見ながら言った。

じゃあ、やっちまおう。逃亡者たちはキラムに報酬を約束していた。それに、陸に持ちこむタバコを持っていた。チェーンも報いてくれるだろう。先々のいつか、物事がいい方向に回ったら。

そら来た。最初のが。船べりから投げ落とした縄梯子を滑り降りてくる。それから二人目……

キラムは痛みを感じてうめいた。何か（錨か？　鉤縄か？）が、ボートのなかに真っ逆さまに落っこちてきて、彼の脚をかすめたのだ。

そいつを捕まえろ！　権威のある声だな、その声に従って観念しながら、彼は思った。誰かがあざらしのように静かに素早く、水中に滑りこんだ。それから、両耳のあたりに一発くらってぼうっとしているあいだに、彼は船に乗せられていた。ランプが揺れ、影がいくつも動いている。動揺して、恐怖しながら、船長と顔を突き合わせた。

こいつらを檻に入れろ。

ジェフリーとジミーは大きな声をあげてむせび泣いた。慈悲を請い、祈っていた。おれたちの神さんにかよ、とキラムは思った。

私は英国臣民であります、サー！

キラムは、甲板の下に蹴りこまれた。

＊

日が射してきて、キラムは自分が索《ロープ》で縛り付けられているとわかった。船長蜘蛛の餌食になった昆虫の体《てい》だ。シャツを脱がされ、縛られて、できることといったら頭を左右に少し動かすぐらいだった。さるぐつわをされていたが、さもなければ彼は叫んでいただろう。すぐそこの入植地全体がですね、英国の領土なんですよ、サー！　誰かが憐みの目で見てくれないかと、身を捻じったりよじったりしていると、結び目のある細いロープがあちこちに向かって伸びているのが目に入った。乗組員たちが集まってきて、見物しているのがわかる。

船長が演説をしている。脱走を幇助するもの、あるいはこの人物を救出しようとする者は、何人たりとも……

あたりは静まりかえっていた。索の軋む音と波が船を叩く音が、キラムには聞こえた。風が吹き出したな、と場違いにも、キラムは思った。

それから、最初の一撃がやってきた。キラムは兵士だったが、明らかに幸運な兵士だった。というのはその時まで、こんな痛みを味わったことがなかったからだ。

すごく長く思える時間が過ぎた後、船長はさるぐつわをはずし、続いてずいっと近づいて、キラムの顔を覗きこんだ。それから、どこかにいってしまった。車にでも乗っているように。

この人物を救出しようとする者は何人たりとも、私の船から逃げようとする者は何人たりとも……

鞭打ちは続けられた。キラムは叫び声をあげ続けた。

彼は自分のボートに横たえられ、ジェフリーとジミーが陸へと漕いでいった。少年たちはまだ泣いていた。キラムはボートのなかでひざまずき、ぱっくりと開いた背中を空に向かって見せながら、漕ぎ座の上にだらりと倒れこんでいた。

ヤンキーの船長は可能であれば間違いなく出航していたろうが、湾をちょっと出たところで風に足止めされ、そこに錨をおろしていた。水先案内のボートがジョーディ・チェーンを乗せてもう一度出てゆき、船長を岸に連れてきた。

総督と彼に任命された判事たちは、アメリカ人の船長を事情聴取した。続いてチェーン氏の話に耳を傾け、キラム氏が被った苦痛に注目した。アメリカ人の船長はシグネット川植民地の本部に暴行の嫌疑で裁判を受けるために送られる必要がある、というのが判事たちの見解だった。船長は町の刑務所に入れられた。

アメリカの捕鯨船が何艘か、風向きが変わるのを待ちながら港に停泊していた。ヤンキーたちはイギリスの法律にいい思いを抱いていなかった。ボビー・ワバランギンは彼らの訛りが大好きで、そいつを聞く機会があれば、いつでも真剣に耳を傾けた。そして今彼が耳にしているのは、キング・ジョージのような小さな港にある英国風酒場ぐらい乗っ取っちまおう、「ヤンキー・ドゥードル」を歌おう、正真正銘、完全にできあがっちまうまで飲み明かそうぜ、とやかましく話す彼らの声だった。

キング・ジョージ・タウンにはがっかりだ。バーに可愛いお姉ちゃんはいないし。もっとも、地元の娘っ子に慰めを見出すやつはいた。町の連中より黒いやつらの方が活気がある。あいつらは、それはいろいろと売りつけてくるよな、オウムとか槍とか、そう、時には女だってよ。まあとにかく、ここは退屈な場所だぜ。ただいまいましい東風に足止めを食っちまっているうえに、この風はもうしばらくはおさまりそうもねえ。ただでさえ胸糞悪いのに、仲間の船長が収監されただあ？　そりゃおれたち船乗りは黙っちゃいねえぜ。やったろうじゃねえか！

アメリカ人の一団が銃を頼みに総督と対峙しているまさにその時、キング・ジョージ・タウンの人々はそのことにほとんど気づいていなかった。総督が――ボビーは昔、その人の目が空に溶けこんでいるのではないかと思ったけれど――そいつらと相対さなくてはならなかったと耳にしていたなら、多くはないにしても、面白がった連中もいただろう。総督にとって不運だったのは、農場《ザ・ファーム》にいなかったことだった。人々は自分たちの植民地の権威がこんなに軽くないがしろにされて気分は良くなかったが、総督閣下の試練を後に耳にして、それを噂し合って楽しんだ。

誰かに頼るわけにもいかず、侮辱されて涙目だってよ。

どなり散らしていたけれど、声は震えていたんだって。

諸君らは、罰金を払わなくてはならない、と総督は言い張った。

なんだそんなことかい、ヤンキーたちは笑いながら言って、総督の膝の上にコインを数枚放った。あんた、おれたちのところから逃げたやつを匿ってるだろ。

総督は、いなくなった船員の行方を全員探せるほど人員や物資はないのだと強弁した。

ウラルが部屋にいて、総督に要求されたように制服を着ていた。アメリカ人の一団が入ってきてからやり取りが進んでいくにつれ、ウラルの身体はちゃんとしていられなくなった。そうしたらば、彼は無視され、忘れられた。靴は脱がなくてもよかった。なぜなら、彼は裸足だったからだ――キング・ジョージ・タウンでは靴が不足していたので、総督は自分の召使いたちにも、望み通りに衣装を整えてやれなかった。ウラルは、総督がお気に入りの姿勢はもう取らないことにした。部屋の隅にもたれかかってから、そっとしゃがみこんだ。彼は、見られないでいたかった。事態がどのようになってゆくのかはっきりするまで、見ていたかったのだ。この男たちに、心動かされていた。

いやはや、あの栄えあるヤンキーってやつらは、自分たちの仲間は何とかしてやるもんだねえ。

ジェフリーとジェイムズ

二人は一心同体で、お互いから引き離したりできはしない、といったふうに人々が常に考えているのがジェフリーはいやだった。だって、そうじゃないもん。別々になってもいいし、双子じゃないし、兄弟ですらない。両親の記憶はなかった。自分の母親で父親だと考えていた人々は、まったく突然に彼を手放した。慰めはるか遠い場所でのずっと昔の話だ。何年も何年も前のことであり、それからいくつもの船旅を経た。慰めが欲しくなると、あの人たちはまだニュー・サウス・ウェールズにいるのだろうかと考えた。というか、実際に考えたのは、あの人たちのことじゃなく、あそこにいたということだった。暖かくていいにおいがするオーヴンを、彼は覚えていた。めくられる聖書のページ、讃美歌を歌うガラガラ声、彼を見下ろす目。こういうのは赤ん坊より少し大きくなったくらいの記憶だろうと、彼にはわかっていた。

始めのうち、そこに他の子どもはいなかった。それから、ジェイムズが連れてこられた。彼は名無しでやって来て、ジェイムズという名を与えられた。育ての親を共有しなくてはならなくなっても、別に腹は立たなかったのを覚えている。少なくとも、その時には。赤ん坊の弟、ジェイムズが来てくれてうれしかったし、手習いと聖書の精読と農場で子どもが手伝うようなあらゆる雑用の合間に、彼の世話をしてやるのも、お母さんの手伝いをいっしょにするのも好きだった。実際、ジェフリーがお母さんの役割をたくさん引き受けたおかげで、お母さんはジェイムズの世話を焼いてやれていた。なんと言っても、いつも言われ続けていたように、彼はもう大きな男の子だったからだ。

ジェイムズは、彼よりもっと幼いころからそうした雑用の多くを引き受けた。だから二人で牛の乳搾りをし、菜園の手入れをし、バターとパンをつくり、皿と衣服を洗い、熱した銅の大釜の底でシーツの皺伸ばしをし、張られた紐に洗濯ものを干し、柵をつくるのを助け、牧羊を手伝い……　二人の少年はよく訓練され、真面目に一生懸命仕事をしたので、お父さんが彼らを打ったりする理由はほとんどなかった。そのころのジェフリーとジェイムズの関係は密だった。でもその時だって、兄弟ではなかった。実のところは。

それからお母さんが妊娠して、糞みたいな赤ん坊を産んだ。その赤ん坊は愛情と視線、抱擁さえも一人占めした。そのうえ吐いて、涙を流して、大声で泣くしかしなかった。どちらの少年もそれからの生活は好きではなく、それについて決して話題にしなかった。彼らの寝るところは小屋に移され、食事はどんどんお母さんとお父さんと赤ん坊から離れて食べるようになっていった。まだ聖書はあったけれど、仕事はますます増えていった。お母さんとお父さんからは、命令と懲罰しかもらえなくなった。それでもまだ、二人は讃美歌と聖書を読むために家のなかには入れた。少年たちは、お母さんとお父さんが自分たちの歌が好きなのを知っていた。そして彼らの声が昔のように合わさると、赤ん坊が来る前のように、前のように……

年寄りの雌牛を追っていたのは、ジェイムズだった。その牛はとにかく偉そうにふんぞり返っており、いつも搾乳房に追いこむのがたいへんで、もしそいつの後ろをぼんやり歩いていたら、間違いなく後ろ脚で蹴りつけられた。ところがある時、突然に、ジェイムズはそいつへの恐怖を克服し、主人は自分の方なのだと理解し、それから好んでそいつをからかい始めた。でもお父さんが目にしたのは、ジェイムズがその間抜けな雌牛を追いかける姿ではなかった。なんてこった。ジェフリーがそいつを追っかけているのをお父さんに見られてしまったのだ。牛は目をギョロギョロさせ、乳房をブラブラさせながら、追いたてられて鈍くさく走っていた。

お父さんは、ジェフリーを子どものように罰した。ひょろ長く成長していた少年を片膝の上に載せて、どんどん熱をこめて、強烈に打ち据えたのだ。キラムが縛りあげられて鞭打たれたのを目にした際に、彼らがあんなに動揺した理由の一つはそれだった。そのせいで大泣きしてしまったのだ。今ではすっかり成長していて、ジェフリーなどほとんど大人だというのに。

ジェイムズの腋毛とお互いのズボンのなかですぐ硬くなる蛇――お互いがそのことをよく知っていた――を考えて、ジェフリーは一人、ニヤリと笑った。もう一度、笑う。そいつを考えるとなると、お父さんにも感謝しなくちゃならない。彼はジェフリーのところにやって来た。鞭打ちをした後に続く長い夜に、熱を持った生傷に軟膏を塗りに来てくれたのだ。それから幾晩も幾晩も彼のところにやって来ては、添い寝してくれた。今そのことを考えるだけで、ジェフリーは興奮した。

お父さんは、自分を罪人だと思っていた。彼のなかでの変化は、すぐわかった。というのも、彼は時折ジェフリーのことをちゃんと見られなくなっていたし、それ以外の時でも、ジェフリーが彼に触ったり、すぐそばをかすめるように通ったりするだけで、こっちに近寄ってこられなくなったのだ。そして、脱兎のごとく逃げてゆく。

ジェフリーはジェイムズに、お父さんから習ったことを教えた。だから二人の関係は、兄弟ではなく恋人の方がより近い。それに、お父さんとお母さんに自分たちの子どもがいるようになって、彼らにしたらお互いしかいなくなってしまったのだから、ちょうどいいじゃないか。

キリスト教による黒人の文明化の影響について人々が話していたころ、教会でスペンダー氏は言った。私は、野蛮人どもの群れの真っ只なかにある小さな植民地を統括するために、キング・ジョージ・タウンの浜辺のうち、最も孤立した場所に向かう途上にあるのです。約束されている給与はわずかばかりで、その場所で召使いの不足に苦しむことになるでしょう。そこでお父さんとお母さんは、自分たちのよく成長した少年たちをスペンダー氏とその家族に同行させ、双方の助けとするように勧めたのだった。そうすれば、彼らに対するキリスト教教育も継続することにもなるだろうし。

スペンダーは彼自身の真摯な努力の成果として、少年たちを引き連れてパレードしていった。彼は言った。彼らに衣服を着せる訓練をした。行儀作法もしつけ、とても役に立つようにした。全ての黒人たちにも、同じことができるはずだ。

そういうわけで、ジェフリーとジェイムズはパレードして連れていかれ、二人だけの世界に閉じこめられ、文明化された生活の誘惑からは締め出された。衣服を着古してしまったと気づいても、ジェフリーはそれをジェイムズにおろす前に、ちょっとばかり長く着続けた。それから彼らはキング・ジョージ・タウンについたが、そこには面前をパレードをしてやる価値があるような人間は誰もいなかった。こいつら実は、金の無駄じゃないのか?

スペンダーは彼らをチェーンに貸し、チェーンはキラム氏に貸した。その人は、彼らが見ているところで船のマストに縛り付けられて、残酷な鞭打ちを受けた。そして朝の輝くような日の光のなかで、二人は浜に向かって舟を漕いだのだ。

＊

キラムは、うつ伏せになって横たわっていた。ジェフリーとジェイムズは手助けようとしてみたが、泣いたり、意味なく元気づけようとしたりするくらいしかできなかった。その一方でこの人の親友——実のところ、キラムのことをそんなふうに友だちだと思った人がいたかね——スケリーさんは、来てくれたらちゃんと助けになった。スケリーは胼胝《たこ》や肉刺《まめ》で硬くなっている手で、それはやさしくキラムの鞭打たれた肌を洗った。キラムはビクッとして、小さく叫ぶような声をあげた。スケリーは彼に、総督が降参したという話をした。その話は町中に広まっていた。キラムは、こんなにやさしい手と声の持ち主の見慣れた顔を見たかっただろう。でも、寝返りをうてば痛かった。

それであの水夫は？　まだ逃げおおせているのか？

スケリーは、その水夫については何も耳にしていなかった。誰かと話しに小屋から出ていって、戻ってくると言った。そうらしいです。その逃げた船乗りのジャック・タールとやらは、チェーンさんといるそうですよ。川のそばの土地に向かっている途中らしいです。

ケパラップか。

ジャック・タール

本国に、ジャック・タールの物など何もありはしなかった。だから、戻る理由はなかった。待ち受けてくれているボートに向かって降りてゆく途中で、彼はほとんど水しぶきもあげずに水中に滑りこんだ。頭を水面に出すやいなや、何かまずいことがあり、自分が厄介事に足を突っこんでしまったと悟った。彼は水鳥のように水中に潜ると、暗い塊のような船の底を泳ぎ抜けて、船長や一等航海士の顔を心に思い浮かべながら、肺が張り裂けそうになるまで水のなかを泳いだ。それから視界のなかで茨《いばら》のように輝く星々に向かって水面に顔を出し、大きく喘いでからまた水中に潜った。心臓はバクバクと鼓動した。呼吸をするために浮かびあがっては、できる限り正確に方角をはかろうとした。陸地はそんなに遠くないはずだ——彼は星が無い方向があるのを見て、そちらに向かって泳いだ。彼は水中で、ジャケットとごつい上着を脱いだ。毛皮も羽根も鱗もないけれども、痩せた身体をしなやかに、水のために作られた何かのように水面に浮上させた。あるいは、おれはそういう何かなんだと自分に言い聞かせた。もう一息つく。彼はブーツを脱いだ。

男たちの声が水を越えて運ばれてきた。あいつらは叫んでいる、怒っている。自分の名は呼ばれたか？次に水面に顔を出した時には、湾の口から遠くないところ、あの小さな地峡のおかげで月光が陰った場所にいた。島がそばにある。浜辺からは、石を投げたら届くぐらいの距離しかないはずだ。

水しぶきをあげないように泳いだ。岩場につくまでは、水の上にあまり顔を出さないようにした。暗闇のなかでは浜辺は白く輝いていたので、そこを横切るような蛮勇はできなかった。スクリーンの上の影絵のように、丸見えになってしまうじゃないか。水は空気より暖かかった。おれは、四肢がほとんど助けにならないあざらしで、月が照らす岩の上にその身を投げ出しているのだ。そして、足が速くて残忍な誰かさんの棍棒を恐れてびくびくしている。彼はよろよろと、砂が岩と出会っているあたりへ這っていった。そこには海草が堆《うずたか》く積みあがっていた。塩気を含んでリボンがからんだようになった海草をまさぐり、暖を取りつつそのなかに隠れていようとして、それを引きかぶった。

身体をすっかり隠してはくれている。でも、こいつは暖かいか？

ジャック・タールが身体をこわばらせつつ立ちあがり、寒さで震えながら海草を振り落とした時、皮膚はふやけ、ピンクと紫になっていた。リボンかモールみたいな肉厚の海草を全部払い落すために身体を叩き、かきむしった。岩場から離れ、足の下でキイキイいう白い砂地のはじっこを越えていった。砂はパウダーのようにきれいで柔らかい。そしたら踏んづけてしまったのはみずみずしい指先で……彼の爪先がとらえたのは、肉付きの良い指のような植物だった。夜明け前の光のなかで震えあがりながら、急いで滑らかな花崗岩の岩棚の上に登った。太陽の光が降り注ぎ、ペパーミントの木の香りがした。皮膚はまだ柔らかくてふやけていた。枝に刺がある低木に、自分の身体から皮膚を剥がして海草みたいにぶら下げていけるんじゃないかと想像した。煙と灰のにおいがし、暖かさにつられて、まだ火が残っている焚き火のなかに危うく這いこんでしまうところだった。まだ火が生きている。赤い。

濡れそぼった肌は灰色で、湿った襤褸《ぼろ》と海草が身体にへばりついていた。皮膚はところどころ、刺すように痛んだ。身体を丸め、積みあがった燃えさしを取り囲むようにして横たわった。柔らかい灰の本当にすぐそばのところに横たわったので、頬が灰に覆われて、一息一息ごとに灰が動くのが感じられた。暖かいって、最高。背中は寒くて硬くてぼろぼろだったが、背中を火の方向には向けられなかった。なんで、水のなかに潜ったりしたんだ？

目を開けると、暗闇が姿を消していた。

う、子どもがいて、こっちを見ている。黒人の少年だ。小さな火が二つ、左右に一つずつある。腹の周りにつけた髪の毛のベルトに、少年は袋をぶらさげていた。毛皮をまとって船乗りの半ズボンを穿いている。

おお、わが友、フライデーよ、と大きな目をした少年は言った。夢みたいにはっきりとした英語だったので、ジャック・タールは驚いた。少年は、丸みのある形をした小さな小屋の入口のところにいて、濃い油を肌に擂りこんでいた。少年は暖かげに光を発し、自分の光を投げかけてくれた。彼自身が太陽だった。

小さな犬がいる。頭を傾かせたジャック・ラッセル犬。犬は近づいてくると、じっとジャック・タールを見つめていた。

ホームの中心

ケパラップの家はジョーディ・チェーンが願っていた通り、容易く建てられた。二人の男がその部品を組み合わせた。カチン、パチンで釘打ち――ほとんど子どもの遊びだ。実際、少年のボビーは間違いなくそう思っていて、もしチェーンにあっちに行ってろときつく言われていなかったら、現場に飛びこんで手伝いをしていただろう。息子が娘と同じぐらい冴えていたら、もっと言うなら、娘の一部でいいから熱意と興味を持っていてくれればいいのに、とチェーンは思っていた。彼女――クリスティーン――と黒人の少年のボビーは、チェーンの意識の外縁部に今のところは押しこめられていて、彼が注意を払う領域には不規則に顔を出すだけだった。息子はどこにいるんだ？　彼はいらいらした。

二人の男たちの懸命の働きにより、家は組みあがっていった。海のうねりの上で揺れるブイのように、チェーンは爪先立ったり踵をおろしたりしながら、彼らの仕事ぶりを見つめていた。どちらの男も相棒と話す気はないようだった。チェーンが関わっているなら、そうしているのが一番良かった。仕事がうまくいっている限りは。

ボビーはその働き手たちの名前を知っていた。チェーンがいなかったり、あんな風にイライラしていつもの貫禄を失っていなかったら、うまいこと言ってその家造りにさりげなく参加していただろう。

それでもボビーは呼ばわった。ミスター・キラム、ちょっと。

彼の発音は正式で、チェーン氏の母音のコピーに近かった。彼は違った話し方も自由にできるようだった

――先住民たちのほとんどが使うごった煮のような英語から、とても正式な話し方まで。もっともたとえそうだとしても、声は子どものものだった。それでもその声音には、何かがあった。暗い声、とでも呼んだらいいのかな?

彼はまた話しかけた。ミスター・スケリー。

小さい方の男は彼に向かってしかめ面をしたが、その顔を見る限り、ひどく機嫌を害したわけではなさそうだった。実のところ、ボビーの声がほのめかす社会における階級はスケリーをいらいらさせていた。出所が黒人の少年なんだからなおさらだ。でもスケリーは自分の仕事に対する矜持と、今の仕事を続けたいという熱意で、チェーンにいい印象を与えておきたかった。チェーンが農場のもろもろを管理してくれと頼んでくれた時、彼はとてもうれしかった。キラムとスケリーは、あんまり似つかわしくないコンビだった。一人はがっしりとして身なりに無頓着のようで、もう一人は背が高くて小ざっぱりしており、あらゆる物に唾をつけて磨きあげ、身なりを整えていた。ただしキラムが背中の皮膚にくっつくあたりのシャツの布地を後ろに引っ張る癖があるのはいただけなかった。

チェーンは踵を返すと去っていった。

ジョーディ・チェーンは、ボビー少年にかなり自由にやらせていた。彼は利発な子だったし、その成長を促すあらゆる機会は与えられてしかるべきだと思えたからである。ドクター・クロスに約束したように彼を自分の家族のなかに受け入れているのを、ジョーディは誇りに思っていた。クロスの未亡人にあらゆる援助を与えることといっしょで、それは彼らの約束の一部だった。ただし今までのところ、クロスの未亡人は本国にいるままだった。

彼の妻、チェーン夫人ことグレイスは、教育のある洗練された女性だった。彼女が気にしているのは……自分たちの新しい家だった。先に建材に手が加えられていて簡単に建てられるその家は、ちっぽけな海辺の入植地では羨望の的になるだろう。そんな鑑識眼を持っている人々がいればの話だが。

グレイス・チェーンは、自分の子どもたちに自ら教育を施していた。というのは、ここで得られる助力は何であれ——金で雇ったのであれ、徴発したのであれ——このように変化した環境下では、充当すべき多くの必要な事柄が他にあったからだ。やるべきことはいくらでもあった。彼女は、クリスティーンとクリストファーはボビーより少し年上だろうと推測していた。しかし自分の子どもたちは勉強でも社会的な成長でも、明らかに進んでいた。彼女の子どもたちは心が広かった。二人の誇り高き母親は、自分の子どもが倫理的にも勝っている徴候を、二人の助力やボビーへの気遣いに見て取っていた。子どもたちはほとんどいつも、ボビーを探しに出かけていた。そりゃそうなっても無理はないだろ？ ここにたどりつく前から、二人は彼のことを知っているんだから——思い出してもごらんよ、子どもたちをボートで岸まで連れていったのはボビーだったんだ。それに、どうやったらコガネムシを自分の歯で噛み砕いたことを忘れられるっていうんだよ？ 二人が探しに出かけると、急にボビー・ワバランギンは現れた。丘のてっぺんを飛び越えて。さもなければ、パパがたまたま浜辺に連れていってくれた時に、なぜかそこにいる。ついさっきまで波が砕けていた大海原のはじっこの岩の上に、あの子が立っている。

彼らは双子だったけれども、クリストファーはまだ一人前になろうとしている最中で、本国からの長い船旅を経て、なんとか心のバランスを取ろうとしているところだった。クリスティーンは、出発した時のことをほとんど覚えていなかった。一番古い記憶では、彼女は海に浮かんでいた。波乗りをして岸辺にたどりついたかのような感覚を、彼女は覚えていた。一方、クリストファーは、無口でしゃちこばって立っているようなタイプの子どもだった。ヘルメットみたいに眉のところで真っすぐに前髪を切りそろえて、気を付けの姿勢を取って口を一文字に引き結び続けているような子どもさ。彼が船酔いをした際には、クリスティーンが介抱してやった。ゲロバケツを空にしてやり、額の汗を拭ってやった。彼に対して召使いをしてやっているつもりはなく、媚びているわけでもなかった。そうではなくて、彼女がリーダーだった。彼の面倒を見てやったのだ。そういう関係が決定的になったのは、海の上だったかしら? さもなければ、ずっと彼女がこっちに行くわよと決めて、度々引き返しては双子の相方の首根っこをつかんでいたのかもしれない。自分の後ろをついて来させて、後でそのことについてお話ができるように。壁が枝と粘土でできた新しい家で、一つの部屋をいっしょに使っているようなものだわ。

彼女はそんなに年じゃないから、おそらくあまり昔の話ではないのだろう。ここケパラップにある彼らの家に、動物の毛皮のドアがついた時のことを彼女は覚えていた。ある日、先住民が一人、髪の毛のベルトに斧とブーメランを差し、家の横にさっそうと立ち現れて、誇らしげに立ちはだかった。前にぶらさがっているのは、毛皮の切れ端と彼のモノだった。その男は部屋を覗きこんで何か話したが、彼女にわかったのはクロスクロスという言葉だけだった。子どもたちと母親は、小さな奥まった場所に引っこんだ。すると、ボビーがその男のところに歩いてきて、黒い人たちの言葉で話した。外ではパパが、ライフルを手にして立ちあがった。

ボビーは笑ってその男の横を通り過ぎると、彼とパパのあいだに立った。パパが持つ銃の銃口に背中を向けていた。ボビーは両者のあいだでそれぞれの名前を伝達してやり、言葉を何度も切り替えて、それはそれは元気に陽気に楽しげに二人のあいだで話したので、間もなくみんなは微笑んだ。

裸の男は、パパの帽子を頭にギュッと引きかぶって去っていった。そして、二度と戻ってこなかった。

それっきりよ、クリスティーンは自分の母親がそう言うのを聞いた。それっきり来なかったのよ。二度と戻っては来なかったの。

そうさ、チェーン夫人はボビーにも教えていたんだよ。そんな馬鹿なと思うかもしれないが、初めのうち、ボビーはもじもじしていた。女の人とどうやっていっしょにいたらいいかわからなかったからだ。彼女の顔をまじまじと見てから、背中を向けてしまって、で、どうしよう？　あの人は、誰のファミリーなんだっけ？

彼女は、ボビーが恥ずかしがり屋なのだと思った。ある時、彼の顎にやさしく手をやって、私のことを見なさい、と彼女は言った。私が話している時は、私を見なさい。

彼は微笑んだ。そして微笑が、相手に取ってはどんなに大きな意味を持っているかを知った。だから、微笑まないことも意味があるらしいとわかった。でも、彼にとってはどちらでもよかった。ボビーもチェーンの奥様を喜ばせたかったからね。この人は自分を見てもらうのが好きなようだったが、時にクリスティーンといっしょに彼をまじまじと見つめた。彼自身はまだ少年であったけれども、クリスティーンには礼儀をもって接した。自分が成長した男であり、彼女が自分には禁じられている存在であるかのように。と、彼は思っていたけれども、男と女をいっしょにする力についてまだわかっていなかった。彼はまだ、子どもだったんでね。

そして、チェーン夫人を喜ばすことが、ボビーが言葉を習得するのを助けてくれた。読むことを、彼女の発する音を書くことを、そういう印が何を意味するかを、彼は学んだ。絵を描くことだって。そういう物の感触が、彼は好きだった。石板よりも紙の感触が。それからゆっくりと、絵画や物語といった永続するものをゆっくりと構築するために必要とされる、細かく精妙なあらゆる動きを感じ取らなくては、儀式をしなくてはならなくなった。まず行うべき作業に没頭して、それから——後ろに下がって——、うわ、見てよ、あんなのが現れるんだ。まるで、物を凍らせたみたいだ。移動して形を変える液体を凍らせて、留める。寒い時のように。ニィティィニュー。寒い時の種のように。そして太陽の季節がやって来ると、水面のいたるところが隆起するのだ。

いたぞ。

くじらがいたぞ。

＊

窓からピアノの調べが流れてきて、港の向こうで震えている光に合流した。演奏中、ボビーは畏敬の念に打たれながら、食い入るようにチェーン夫人の手の動きを見つめていた。そして彼女がそこをどくと、両手を鍵盤の上に置いて座り、ハミングしながら鍵盤に触れ、そっと唇を動かした。間もなく鍵盤の並びの音に合わせて、耳で覚えた簡単な曲を彼は演奏するようになった。

ママ、とクリスティーンがよくそうするように母親を呼び、ボビーが演奏しているところに連れてきた。二人は、ボビーが成し遂げたことを喜んでくれた。

グレイス・チェーンは、彼女自身の言い方によると、ちょっとした水彩画家だった。絵を描くことに真の喜びを感じていた。母親と子どもたちと彼らの小さな友人は、最初は本から絵を写し、続いて自然を描いた。空を灰色がかった青い色に塗り、雲は紙の上でうねるようだった。雲は、雨でたっぷりと腹を膨らませていた。ボビーは黒い雲で地面と空をつなげてがっちりとした軸とし、自分の母語でそれを説明した。みんなはなんとかそれを英語で表現しようとし、雨の脚、とでも言ったらいいのかしら、ということになった。

その日の午後、三人の子どもたちは大地の上をズンズンと歩いた。彼らは、あらゆる被造物のあいだにいる大巨人だ。石板の上で、彼らは文字を綴って遊んだ。それにしてもボビーの名前といったら！　誰がこんなのを綴れるっていうの？

召使いはいないも同然で、手に入る労動力はわずかだった。それでもチェーン氏は、大工仕事のできる人物を見つけていた。とりわけ助かるのが、その人物は石を加工する技術を持っており、金属でさえ扱えた。スケリーは、鍛冶屋がする鉄の鍛造ができたし、ボートも造れたのだ。

今、ジョーディ・チェーンは家のなかにおり、視界のはじっこで彼らの動きをとらえている。三人の子ども、クリスティーンとクリストファーと黒人の少年が、ひびの入った窓ガラスのなかで飛び跳ねている。開けた草地の向こう側で流れる川に向かってかがみこみ、滑り降りてゆく。湿った土地、良い土壌、クロスがここにいたころだって、いたるところに小さな穴が掘られていた。あそこの草地だけだったが、火がつけられたこともあった。子どもたちが走っているうちにボビーが前に抜け出て、続いて後ろに下がりながらスキップして、彼を追って走ってくるクリスティーンの方を向いた。淡い髪の毛の色をした息子のクリストファーが二人の後を追っかけているのを見て、ジョーディ・チェーンの心は痛んだ。息子には、どんな遊び友だちがいるだろう？　この新しい土地で、どんな若者になるのだろう？　娘に関しては……　でもあいつらはまだ子どもだ。娘が振り向いて、自分の片割れを急きたてた。ボビーは待っているあいだ、周囲の様子をうかがっていた。家の窓に、人影は無い。

子どもたちは柔らかな草を走り抜け、自然にできた道をたどった。川を渡った後は、誰でもがここを通るのだ。菜園の周囲につくられた柵を走り抜けた。イチゴジャムの木と呼ばれる木でできた棒が、何本も真っすぐに立てられて柵になっていた。その柵をつくるのには、若木のサイズがちょうど良かった。葉が茂った枝を落とすだけでよかったからだ。それは、燃えるときれいな灰になった。坂のずっと先には、ごぼごぼと泡を出す泉が周りに水を湛えて小さな池のようになっており、そこから水が細く流れて川に流れこんでいた。チェーンはその泉の周囲に壁をつくって、井戸にしようと計画していた。

あっちの島々から、ぼくは戻って来たんだ、とボビーは指さしながら、彼の友人たちに言った。ぼくは戻ってきて、あの人の脚に槍を刺したんだ！　銃を手にしてボートに乗ったんだ！　大人の肩の上に立って、兵隊さんたちに手を振ったんだ！

ボビーは彼らに物語をして聞かせた。時折パパが話してくれたのと、ほとんど同じ話だった。ほとんど同じなのだが、少し違っていた。

スケリーが羊を連れて戻ってきたんだ、とボビーは言った。あの人は、老いぼれネリーの轡《くつわ》を引いていた（彼は轡をつかむ真似と、疲れ切った馬の真似をした）のだけれど、ヌンガルがみんなで、いきなりあの人の周りを取り囲んだんだ。ミルレルル、槍だよ、それが何本も、あの人を襲おうとしていた。もちろんあの人はすごく怖がった。すっかり我を忘れてしまいそうだった。そこでぼくがだね、とボビーは全然控えめになることを知らずに言う。近づいていって言ったんだ。これは、ぼくの友だちのスケリーさんだよ。ドクター・クロスもぼくの友だちだよ。それからスケリーさんの銃をつかんで言ったんだ。このライフルも、ぼくの友だちだよ。それで、銃と手を、総督閣下か兵隊さんかジョーディ・チェーンみたいに突きあげたんだ。みんなが、ぼくが強い男だとわかるようにね。

クリスティーンは彼に笑いかけた。ええ、そうね。その通りね。

そしてボビーが言う。そうとも、ぼくはそう言ったんだ。あのね、ぼくはスケリーさんの手を握ったままで、全部の槍を飛び越えて、月だって飛び越えた。それから着地すると、スケリーさんを肩に乗せてその場から離れたのさ。エミューみたいに走って。

ボビーは走りながら、自分で自分の腕をつかむとエミューの頭に見えるように上にあげ、そいつにあたりを見回させた。それから、ほんの少し怖がって警戒しているように、後ろを振り返らせた。

スケリーさんはぼくの肩の上に後ろ向きに座っていたから、槍がぼくたちに向かって飛んでくるのを見ることができた。そして言うんだ。槍を避けるために、あっちに行け、こっちに行けって。スケリーさんは、後ろ向きでぼくの肩に上に乗っていたんだぜ。ボビーはクスクスと笑った。足はぼくの背中をどんどこ叩くし、ぼくの顔のところにはあの人のモノがあって……

クリストファーは爆笑し、クリスティーンは開いた口がふさがらなかった。きゃー、何それ……　でもボビーは、もう川に向かって駆け下りていってしまっていた。二人は彼を追った。ボビーが泉の脇のススキノキから葉をむしり、小さな槍の形をした葉を交互に組み合わせて敷物をつくり出したので、双子は手伝った。

みんな裸足のまま、水がたまっている自然のプールのはしにたどりつくまで歩いていった。

木々は、髪の毛を洗おうと水に向かって頭を垂れている女たちだったので、子どもたちがその四肢の下に立っているのは、愛されし者たちのあいだにいるということだった。クリスティーンは、自分のすぐ上にいる一羽のカササギフエガラスの若鳥を見上げた。その胸には、ふわふわとした灰色の柔毛が生えていた。つやつやとした白と黒の親鳥が、その横に降りてきた。二羽はお互いに寄り添い、彼女の手が届く少し先にいた。二羽の鳥と目が合った。鳥たちが囀り、クリスティーンは彼らが発した音を真似て応えようとしたが、鳥は不思議そうに彼女を見ただけだった。すぐ後ろから、もう一羽のフエガラスの声がした。振り返ると、ボビーがいた。彼女の肩のところで、彼はフエガラスの話し声を発していた。あぶくを出す液体のような音色。鳥は頭をこちらに向けて、それぞれが片方の目でこちらを見た。そして枝をたどって、少し近くに寄って来た。

ボビーが短い一節を囀った。クリスティーンはそれを繰り返そうとしたが、彼女の口は木と石で、舌は布でできているようだった。近くによって顔と顔を突き合わせているあいだ、ボビーの唇と舌ときれいな歯からは、音楽がずっと零れ続けていた。それに応えて羽根と鋭い嘴からも。フエガラスが加わるや、彼らの歌は溶け合って、膨らんで、みんなを浮遊させた。

あぶくのような音楽が遠くから自分の上に零れてくるなか、クリストファーは川の土手のそばにしゃがみこんでいた。ボラの背びれと尾びれが水面を破り、木々がお互いを元気づけるように動いて囁き合い、石の梁の上を川の水がほとんど音をたてずに流れていった。クリストファーが見ている魚は、梁のところで上流にも下流にも行けずにいた。

三人の子どもたちは、その午後の大半をへたくそな槍投げを水に向かってして過ごした。二度ほど槍が、水面にまっすぐ立ったまま横に走った。どちらの時も子どもたちがそれをつかむ前に、魚の肉からはずれて倒れた。ボラの小さな魚群が怯えて、最後には水面で跳ね、石を越え、水がたまっている場所から飛び出ていった。それが起こる度に、隣の水たまりにいるボラの群れが少し大きくなった。そっちの水たまりの方が小さかったので、魚を槍で取るのは容易い。クリスティーンがそこで槍を使おうとするのを見て、ボビーはにこりとした。

木々が上から覆いかぶさり、ボビーが彼らを導いてきた砂地の小道へと、両側からお辞儀していた。そして人間たちが通り過ぎると、その身を真っすぐにして高々とふんぞり返った。川が曲がっているところに細い支流があり、ボビーはそこでしゃがみこむと片腕を水に突っこんで、手いっぱいに赤い粘土をすくいあげた。数歩ほど先で彼がもう一度同じことをすると、今度は彼の手に白い粘土があった。

クリストファーは厄介な子で、おませでもあったので、肌にオークルを塗ったりはしなかった。彼をとらえたのは、あぶくをあげて水を湧き出させている泉だった。その水がどのように花崗岩からスゲの一種であるソーズ・アンド・マージの葉の上に落ち、裂け目に沿って下で水がたまっているところまで流れてゆくのかに、彼は興味を持った。父親が、その泉の横で羊や牛を肥え太らそうとしているのを彼は知っていた。

彼らはオークルで文字をつくった。最初は立体で、続いてペーパーバークの木や岩に大きく塗りつけ、最後には指を使って砂に書いた。ボビーは彼らに足跡を示した。どれがどんな動物の足跡だかわかるかい？

アリジャだよ。見て、と彼は言って、木の根元からあまり高くないところにある引っ掻き傷を指し示した。

ポッサムのお習字、とボビーは笑った。もうここにはいない。地面を走って別の木にいっちゃった。跳び移るには遠すぎるからね。ここ見える？　また誰かが登ったんだ。木の幹には、斧で大きく傷づけられた跡があった。そこに爪先をひっかけるんだ。ボビーは双子にどうやるかを示した。石斧で傷つけられた場所に爪先をかけて、彼は木の幹を駆けあがった。

クリストファーは首を振って、ボラを探そうと水のなかを覗きこんだ。

ボビーとクリスティーンは先に進んだ。ポッサムの家、とボビーが言うのがクリストファーに聞こえた。でも、今日は出てこない。彼はクリスティーンの脚の長く白い曲線を見た。彼女はスカートをパンタロンにたくしこんでいた。彼女とボビーは枝分かれした木の高いところにおり、枝や葉っぱが、下で安全網のようになっていた。

ボビーっておもしろい、とクリスティーンは思った。

ワバランギンとボビーは言い、その名は彼の唇の上で、ごぼごぼと泡のように響いた。ボビー。彼がガムナッツを一粒、頭の上におっとっとばかりに載っけたので、クリスティーンは彼といっしょにもっと笑った。あなたは本物のお巡りさんの帽子を手に入れたほうがいいわよ、と彼女は言った。ボビー・ピールっていうえらい人のために働いている人たちがロンドンの霙《みぞれ》が降る丸石で舗装された道路でかぶっているって、パパが言ってた。あたしは覚えていないけど。彼女は膝をすりむいていた。ボビーがその傷に身体を寄せてきた時、それまで感じたことのないようなスリルを感じた。

二人はポッサムのすぐ近く、けれども木の高いところに留まって、強靭な大枝と斑になった木漏れ日のなかで、ひそひそと囁く周囲のあらゆる声に耳をそばだてていた。

目の前には熱い灰と土で調理されたポッサムがあり、自分の双子の片割れとボビーは川のところにおり、クリストファーはというと、火のそばで本を読んでいた。ああ、そうなのさ。本が来たんだよ。彼らが到着する二、三年前のいつぞやに出版されて、母国《ホーム》にいるとってても愛する家族から送られてきたんだ。

ホームだって？

クリストファーは、そのホーム、母国とやらを覚えてはいなかった。それでいながらどうやったって、そいつは自分が読んでいるものから取り除けなかった。ぼくのナイフはどこにあるっけ？　クリスティーンがまた持っていっちゃった。あれも母国から来た。木の持ち手のなかに刃が収まって、きれいに折りたためるんだ。ぼくはあのナイフみたいなんだ、とクリストファーは自分に言い聞かせた。無垢な外見をしているけれど、見えないところに鋭い鋼鉄の刃を隠しているのさ。騎士ってのは腰が低いけれども、勇敢なんだ。

その勇敢な騎士は不意をつかれて、ほとんど金切り声のような声をあげた。恐怖で心臓がバクバクしている。黒人が一人――黒い顎鬚を生やし、髪の毛は頭骨に油でピッタリと撫でつけている。胸には網のような傷がいっぱい広がっていて、鎧のようだ――火のそばに立っていた。

ハロー、クリストファーはもごもごと言った、そしてそれから――ボビーを思い出して――カヤ、と言った。

男は破顔して笑みを浮かべ、その微笑みのおかげで親しみが持てた。彼は槍を火の傍らに置き、他の装備も髪の毛で編んだベルトからはずして――というのも、クリストファーが他には何の動きもしないので――火のそばにしゃがみこむと、話し始めた。時折、彼は話すのをしばらくやめて、クリストファーをじっと見た。何か返事を待っているのだ。

　クリストファーはうなずき、にっこり笑い、馬鹿みたいに微笑んだ。騎士じゃないや、道化だ。すると声がして、ボビーとクリスティーンが葉叢《はむら》のなかからいきなり鳥のように飛び出してきた。

　男がボビーに何か言った。ボビーはそれに応えて笑ったけれども、相手をちゃんと見てはいなかった。そして、男にクリストファーのナイフをあげてしまった。すると、その男は去っていった。三人の子どもが残された。

カヤと口にして微笑まれ

ジャック・タールはセミの声を聞き、硬い葉っぱと草のあいだを吹き抜ける風の音を聞いていた。ジャリジャリという一定でない、相棒の足音も聞こえる。海が恋しくなるとか、水の音そのものが恋しくなるとか、思ってもみなかった。ところが気がつけば、一日のうち一度か二度、川辺まで歩いていって、川が岩のあいだを落っこちて深い淀みに流れこむまでにあがる笑い声のような水音に、耳をすましてしまっているのだった。そこの淀みの水は暗く、深く、ボートが接岸して人や荷物を運びあげる場所以外は岸辺に葦が茂っていた。淀みを囲む木々は水面に向かって傾いていた。自分が水に反射している姿を見ようとでもしているか、自分の秘密を守ろうとでもしているかのようだった。

ジャック・タールは、内陸にいることにも一人でいることにも慣れていなかった。船では仲間とハンモックに揺られ、常に隣り合わせで、仲間たちがたてる音がいたるところでして、彼らの発するにおいが充満していた。ここにいるのは自分と背の低い木と無口なウィリアム・スケリーだけだ。スケリーはそこの空き地でびっこを引きながら歩いていて、日が昇ってから落ちるまで忙しくしており、銃には弾をこめたままにして、いつも手元に置いていた。

だってよ、ここはおれたちの地元《ホーム》じゃないだろ？　とはスケリーがジャック・タールに尋ねられた際に言った答えで、それ以上詳しく話そうとしなかった。

スケリーは無口だったが、ジャック・タールに必要なことを伝達するのに不自由はしていなかった。

ジャックはあらゆる面でスケリーを助けなければならなかった。今のところ、チェーンとの合意に従って、ジャックには食べ物と寝床が与えられており、追っ手や入植地を監督している者たちからは匿ってもらえていた。おれも兵隊どもやお役人たちからは離れていたいんだよ、とスケリー自身が言っていたが、なんでかはやはり詳しく言おうとしなかった。

ジャック・タールが考えたのは、砂浜の海草のなかで起きあがってから、黒人の少年の顔を、まともに見つめ返されながらじっと見つめた時のことだった。ボビー、今はもう彼のことを知っていた。あの日は身体だけでなく、精神もかじかんでしまっていたに違いない。ふらふらと小屋が集まっている場所に向かって我知らず歩いていってしまったのだから。一頭のジャック・ラッセル犬が走ってきて吠えかかり、その犬が番をしていた小屋の内側にいた男が一人と二人の女が騒ぎ出した。彼らは裸で黒人だった。ジャック・タールが後ろを振り返るとその少年がいて、彼を小さな小屋に連れていった。そこは、這いこまないといけないぐらいの大きさしかなかった。動物の毛皮の上に、うつ伏せに倒れこんだ。凍えきった身体が暖まるまで、誰かがさすってくれていた。数時間は寝たに違いない。目覚めると小屋に一人で、入口から遠くないところで火が燻っていた。外に這い出して、よろよろと立ちあがった。別の火の周囲にいた先住民の一団が、彼がよろめきながら視界の外に出ていくのをじっと見つめていた。これからどうすりゃいいんだ？　小便をしながら考えた。例の小さな犬が足のところにやって来てにおいを嗅ぎ、彼の顔を見上げた。頭を撫でてやろうと手を伸ばすと、犬はクルリと向きを変え、来た方向に戻っていった。何も考えずに、犬を追って火のそばにいる集団のところに戻った。会話が静かに続いていた。おれのことを話しているんだろうか？　柔らかいペーパーバークの樹皮の上に、食べ物が載っていた。年長の男が何か言い、顔をそむけた。

あんたの人たちのところに連れていこうか？　とボビーは言った。

いや、港はやめてくれ、村には行きたくない。

じゃ、ジョーディ・チェーンさんのところだね。

少年は行ってしまい、ジャック・タールはさっきと同じ小屋に戻って眠った。目覚めると、また一人だった。火は消えていた。波が静かに浜辺に打ち寄せている音に耳をすまし、明るくなってからその周辺で一番高い場所へ歩いていった。彼は砂で覆われた地峡におり、左手には陸地に囲まれた入り江があった。右手には大きな湾が開けていて、その先には岬と島々が見えていた。彼の船はどこにも見えなかった。湾の反対側に入植地があり、建物が数軒あるのが見えた。

簡素な小屋の脇で待ちながら、ここにいる者たちが共同でつくりあげてきた生活についてじっと考え、それが邪魔されないでどのくらい続くだろうかと思った。燃えカスと小屋がある以外には、ここに誰かがいた痕跡はほとんどなかった。ここは自然に守られている。平和なもんだ。そばには花崗岩の丸い岩があり、その下にある白い砂地の浜辺では泉が湧いていた。彼は今でも油断せず、入植地からは自分の姿が絶対に見えないようにしていた。けれども腹は減っていたし、不安だった。どうすりゃいい？　彼は、入植地に目を据えた。すると、ボートが一艘、湾の反対側から出発するのが見えた。見ていると、海峡の方に向かっている。それは遠回りをして時間をかけ、ジャック・タールが見つめているうちに、地峡の内側の浜辺にできる限り近づくようにやって来た。さっきまで自分がいた野営地がある場所だ。ボビーが舳先から飛び降りた。

＊

君がどこから来たかなんてのはどうでもいい、とがっしりとした身体のジョーディ・チェーンは力強く言い渡した。君は仕事を探しに私のところに来た。そして、自分が生きていくために働きますと言っている。よし、商談成立だ。

その素敵な同じ捕鯨用のボートで、彼はここに連れてこられた。舟は——まだ小さいにもかかわらず少年はそのボートを操れたようだが、操船はジャックがした——入り江を出てから湾を北へ横切り、別の入り江に入って最後には川に入った。細い川に木々が覆いかぶさっており、ほとんどトンネルのようだった。ようやく止まった土手には大きな花崗岩の岩板があり、自然の堰になっていた。その岩板は滑らかで乾いており、上陸に適した場所になっていた。彼らはボートを結わいつけてから、草地になって開けている斜面を歩いて登っていった。その先にあったのは背の低い木の材木でできた二軒の粗末な丸太小屋だったが、驚くほどきれいに家具が整えられていた。羊のための小さな囲いがあり、凝ったものではないが菜園もあった。ペーパーバークの樹皮とイグサで葺いた屋根の下で男が一人、鉄床《かなとこ》で鉄を打っていた。ウィリアム・スケリーだった。

＊

というのが、数か月ほど前の話だった。この辺境《ブッシュ》の地で羊たちの番をしていると自分だけの時間がかなりあり、そうしていると船の仲間たちのことがジャック・タールの心をよぎった。人をいじめる船長を思い出すたびに彼は安堵のため息を漏らすのだが、それでもそういう全部と引き換えても、ジャック・タールは海が恋しかった。彼とスケリーは、それはそれはゆっくりとボートをつくっていたが、ツキがあるなら、チェーンは自分に操船を任せようと思ってくれるかもしれない。ところがどっこい、舟をつくる作業はいつも他の仕事に邪魔された。世話をしないといけない羊とか、菜園とか。よくあったのは、入港してきたどこかの船からの新鮮な食べ物の注文を携えて、チェーンが慌ただしくやって来ることだった。そして、タマリでもクアッカでもヨンガリでもいいから取ってこい、とすぐに出発させられるのだ。（あのビョンビョンと飛び跳ねる動物にはたくさんの異なる種類があるのだと、彼は学んでいる最中だった）スケリーはジャックに、ウラルかボビーを連れていけと言った。実のところまだ少し経験は足りないが、助けにはなる。

ボビーについてきてくれるように頼もうとすると、少年は彼をマニトに会わせに連れていった。彼女が野営している場所には直接行かず、川の支流沿いにある小道を遡った。その小道は乾いて粗い砂の道で、時折、小さな岩で囲まれた場所に水がたまってできた水場が点在していた。岩でできた川床が水が流れていない傾斜地になり、水がたまっている場所が段々になって続いているところに彼らがたどりつくと、ボビーは立ち止まってあたりを見回した。岩肌を走る黒い線が、もっと水がある時には、水たまりをつなぎつつどこから水が流れ落ちてゆくのかを示していた。木々のあいだに空き地があり、小さな焚き火のそばに老女は一人で座っていた。その空き地は、岩が剥き出しの川床の脇にある土手の上にあった。火はまだつけられたばっかりだ、とジャックは気づいた。そして、実は、女は一人ではない――段々になって連なっている水たまりのうち、一番上の水たまりの周囲には、人影が動き回っている。小さな焚き火もいくつか、それほど遠くないところにある。

マニトはカンガルーの毛皮の下に、粗末なペチコートのようなものをまとっていた。ボビーは彼女と話しながらそれに触れ、ジャック・タールに、彼のためにそれを着ているのだとちゃんとわかるようにした。こちらのやり方を尊重してくれているのだ。彼女の年齢はよくわからなかった。子どもを産むような年齢はもう過ぎているだろう、とジャックは見当をつけた。でも、腰が曲がるほどの年じゃない。動きも軽快だ。ボビーが話しているあいだ、彼女はよく使いこんだ枝で火をつつき、唾を吐き、ジャックをちらりと見た。ジャックは、ボビーが自分について話しているのだろうと思った。やっこさんなりの考えを述べているのだろう。少年は女を楽しませているように見えた。

二人の話のネタでしかなかったので、ジャックはあたりを見渡してみた。木々のあいだを通して水がたまっている場所が一つ見えた。後ろの空まで突き抜けているように見えるぐらい、青かった。岩は赤っぽいオレンジ色で、この地域で目にしてきたものには似ていなかった。カラスがその脇に降りてきて、水を飲もうと嘴を水につけた。カラスはすごく警戒しているように見えた。木々にはたくさんのカラスがいた。自分たちの存在に気づかれるや、鳴き声をあげ始めた。

マニトが自分の太股を叩いて笑った。ジャックは、カヤ、を聞いた。

彼はその言葉を繰り返した。

彼女はジャックの顔をのぞきこんで、小さく、ゆっくりと微笑んだ。

*

ジャック・タールは狩りとは男がするものだと考えていたが、そいつにかけては自分の右に出る者がいない事実をマニトは示した。チェーンの注文に応えられたのは、マニトとのあいだを取り持ってくれたボビーのおかげだった。チェーンのところに帰りつく前にマニトはするりと消えてしまったが、獲物のうちから自分のファミリーが食べるに十分なだけは取っていったのだろう。ジャックがそう思っただけかもしれなかったが、彼からするとフェアに思えた。彼女の助け無しでは、こんなにうまくできなかっただろう。

実のところ、マニトの存在そのものが、ジャック・タールにとっては高いハードルだった。こちらをあんなにからかっておもちゃにする裸同然の年寄りの女性に助力を願い出るにあたっては、今までの経験など役に立つはずがなかった。最初の直観では、この女はありえねえと思ったが、彼女に対してボビーが明らかに敬意を示しているので、それは無視できなかった。それにジャック・タールは、ボビーがしてくれる援助に心底感謝していた。だからあれだけ長いこと辛抱できたのであって、そうでなければ、どうだったかわからなかった。

老女はどこに動物がいるのか知っており、ジャックには、ボビーにライフルを持たせるのが一番だろうとわかっていた。そう考えた理由は、彼自身がそれほどいい目をしていないだけではない。最初にいっしょに狩りに出た際には、銃の使用についてはジャックが取り仕切った――彼が男で、白人だったからだ。マニトはボビーを通じて、どこで待ち受け、どこにカンガルーが飛び出てくるかを伝え、それから彼女とボビーは動物を脅かして追いたてに行った。不意に彼女が戻ってきたので、ジャック・タールはそちらに首を捻じった。と同時に、ワラビーの一団が目の前の藪から飛び出してきた。タマル！　彼はその叫びを聞いて、銃をそちらに向け、発砲し、仕留め損ねた。マニトは一連の動きで彼をひっぱたき、銃をひっつかむと、棍棒のようにそれを振り回して、一頭ののろまなダマヤブワラビーを打ち倒して気絶させた。

ジャック・タールは目を丸くして、ひっぱたかれた頬に手をあてていた。マニトは笑って、彼の細い鼻を人差し指と親指でギュッと挟んだ。彼は言葉もなくショックを受け、涙目になっていた。

やさしい男だな、ジャック・タール。彼は年上の女の人に、こんなふうに仕切られるのには慣れていなかった。

子どものころ、彼のおばさんは、彼女が働いている厨房で出る肉汁をよく持ってきてくれた。女王様のために料理をつくっているのよ、と話してくれて、王室の人たちの名前を全部覚えさせられた。王室の人たちが公にパレードする時には、都合がつく限りどこだろうと見に連れていってくれた。

ブッシュのなかで、この地球の最果てで、ジャック・タールはその半裸で裸足の女をマニト女王と考えるようになった。彼女が命令を下すことに慣れているのは明白だった。宝石は無いし、羽根が数本と織り合わされたポッサムの毛皮がせいぜいの装束だったけれども。頬紅はつけておらず、つけているのは魚の脂とオークルなのだけれども。鯨のヒゲで支えられてせかせかと動くスカートなど身につけはしなかった。喉があのコルセットの材料になる背美鯨の方はよく知っていたけれども。動物の毛皮を身にまとい、時たまペチコートや毛布を巻きつけ、たいていポッサムの毛皮の袋を提げていた。タバコを噛み、耳の後ろに予備のタバコの塊を載せていた。

なるほど、マニト女王ってところだな、とジャックは言った。彼は以前、ボビーに英国の王政を説明しようとしたことがあった。でも、マニトが野営しているところによくいるもっと年寄りの男の人は誰なんだ？

メナクだよ、とボビーは言った。その男は、ジャックがどこで見かけても、彼に背を向けていた。あの子犬をドクター・クロスから手に入れて、スケリーに槍を刺したんだ！

そいつはウィリアム・スケリーに尋ねなくてはならないな、とジャック・タールは思った。ところがスケリーが言ってきた、おれたちは、入り江に向かって川沿いに羊を連れていかなきゃな。おれはチェーンのための新しいボートにとりかからなくちゃならない。それに、羊どもにも新しい牧草地が必要だしな。

ジョーディ・チェーンは、風雨からよく守られた数多くの投錨地について船乗りたちが話しているのを耳にしていた。彼の計画は、ボートを海岸線沿いにやり、その投錨地から内陸部を探検するというものだった。放牧のために適した場所を探そうと考えていたのだ。スケリー氏が素晴らしい舟をつくってくれていた。グレイス・ダーリンと呼ぶことにしたスクーナー船だ。甲板には小さな厩舎があり、周囲の壁を内側に移動させて固定できるようになっていた。

岸辺からは、スケリーがつくった桟橋が伸びていた。そこから滑り止めがほどこされた幅広の厚板を渡し、ボビーはその上に馬を導いた。壁は馬の両側にあり、馬体はマストに支持された吊り布で支えられた。これなら荒れた海であっても、決して舟から落っこちはしないだろう。

こうしてその素晴らしいスクーナーは処女航海に出たのだけれども、ジェフリーとジェイムズは固まってじっとしているだけで、ほとんど何の助けにもならなかった。もっともそれ自体は全然大したことではなく、コンク・ジョーディ・チェーンが言うには、彼とキラムとボビー（メンバーのなかでは最年少）なら、その素敵な工芸品を彼らだけで上手に扱える。そして彼が浮き浮きするような声で叫んだのは、どんなにそれがうまく航行してくれているかというスケリー氏への褒め言葉であり、この土地の木材への、この海とこのご機嫌な風への賛辞だった。帆が膨らんで、チェーンの言葉は乗船しているみんなの耳に快かった。たぶん、自分のホームではないこの土地なんてどうでもいいと思っている者たちを除いては。

出帆して一日もしないうちに、スケリー作の新しいボートはその真価を試された。風が唸りをあげて打ちつけるように吹き始め、帆を引き裂いて髪の毛を引き抜こうとし、波はどんどんと高くなっていった。帆を降ろしてきっちりたたんでしまっても良かったかもしれなかったが、クロース＝バイ＝アイランドの風雨を避けられる投錨地からは、そう遠くはない水域まで間違いなく来ていた。舟が傾いて波頭沿いに放り出されれば、いやはや水しぶきにすごい揺れだ。帆はいっぱいに張り切っている。このあたりに風雨を避けられる岸辺はなかったので、浜から離れるにあたって、嵐が戻ってこないうちにこのあたりを抜け切ってしまおう、と彼らは考えていた。けれども嵐にとっつかまり、引っつかまり、何も見えない有様で、ボートの上にいるにもかかわらず、生き抜こうと必死になるしかなかった。馬がいないてパニックになった時、ボビーはそいつを跳び出させてしまおうかと思ったが、やめておいた。ボビーは後にクリストファーとクリスティーンに、彼らの父親の言葉を拝借して言った。あれをぼくたちが切り抜けられたのは、あのボートとボートをくっている材料の丸太のおかげだったんだよ。そして、ぼくたちは航行を続けたんだ。

けれども、海に何があるかは、誰も知らない。

ともあれ、彼らはその嵐を切り抜けた。その晩と翌日になってもまだ陸地は見えず、舟はすごいスピードで進んでいた。天気は良く、海に青い空があった。波は舳先に切り裂かれて泡とあぶくに変わり、レース編みのようになった。そしてずっと先に、あそこだ！　陸だ！　ただし、自分たちがどこにいるのか定かではなかった。チェーンでさえもわかっていなかった。彼には海図があったし、海岸を記した、あるいは記したと述べた前の世代の海の男たちの航海日誌も持っていたのに。ある岬を回ったところで、ボートは何かにぶつかった。固い。岩礁か、あるいはたぶん鯨か、誰も何も目にはしなかったが、びっくりするような衝撃だった。それでもボートは進み、まだ進み、ところが水面が迫ってきて、速度の落ち具合から船底に穴が開いたのは明らかで、錨をおろすなんてもうできっこなくて、舟を救うつもりだったらすぐそこの白い砂浜まで突っこんでいくしかないのは明らかだった。

風は陸地から吹いており、彼らは突然に波のあいだにいることになり、波に引っつかまれ、揺すられ、押され、しぶきが飛んできて、みんな、舟のなかで泳いでいた。怖くなって興奮して笑いながら、ボビーは馬をつないだロープをほどいてやった。すると馬は力強く浜に向かって泳いでゆき、彼を引っ張っていってくれた。

後でこの件について話し合ってみると、この時、嵐はみんなの頭のなかにまで入ってきて暴れていたに違いなかった。考えていたより、あるいはそのつもりであったのより、遠くの海岸に放り出されていたのだ。やれやれ、クロース＝バイ＝アイランドをかなり通り過ぎたのはわかったが、どのくらい遠くまで進んでしまったかについては見当もついていなかった。彼らは櫂を砂に垂直に突き刺して、戻ってきた場合の目印にした。

あのボートを救えていたらなあ、チェーンは言った。やろうと思えば、あの舟の材木からもう一艘つくれたろうに。

彼はかねがね、クロース＝バイ＝アイランドのずっと東から歩いて入植地まで戻ってきたいものだと思っていた。海岸線の様子や、鯨捕りたちやヌンガルが話している湾や入り江をよく見てみたかったからだ。これまでは、キング・ジョージ・タウンと我々のホーム、そして我々の川に導かれてたどりついたクロース＝バイ＝アイランド湾しか知らなかったので、他の場所の様子も知りたかったのだ。

（物語をかたる時に、我々の川とか我々のホームとか言うと、クリスティーンがどんなに喜ぶか、ボビーはわかっていたかなあ）

彼らはボートから物資を引っ張り出して、浜辺に並べて様子を確認してから回収した。もちろんたくさんの小麦粉がダメになったし、火薬は湿気《しっけ》てしまった。二つの樽からは、水が漏れていた。

高台のてっぺんからチェーンは方位を測り、自分たちがどのぐらい東にいるのかしっかり見定めようとした。予想よりはるかに東におり、自分たちが知っている場所につくまでにはどのくらい時間がかかるか誰にもわからないため、食べ物は慎重を期して配給制にすることにした。チェーンはボビーを当てにしたが、ボビーはまだ子どもだったし、この場所も、ここに住んでいる人たちも全然わかりません、とはっきり宣言した。コンク・チェーンと兵士キラムは心配で、たぶん少し怖がっているのだとボビーにはわかった。

どこで人が野営したかはわかった――焚き火の跡があり、土が掘り返されていたからだ。人がよく通った小道もあったが、そちらはそう簡単にはわからなかった。ボビーは、そこで野営していた人々がその場を離れていてくれてうれしかった。自分たちの存在を前もって知らさないうちに、出くわしたくはなかったからだ。ところがチェーンは言った。いや、もし出会ったら、取り引きをしよう。まだ注意を引く必要はないがな。

チェーンは、ジェフリーとジェイムズを狩りに出したがった。彼らは十分に成長しているし、二人でいるわけだし、それにこいつらは黒人なわけだから、どうやったらいいかは知っているに…… ところがどっこい、彼らは狩りについては何もわかっちゃいなかった。腹は減っていたけどね。間違いなく。チェーンは一回の配給ごとに、ビスケットと水を少ししかくれなかったから。

道行きは険しく、ひたすら歩くのみだった。そのうえ水が見つからなかった。荷が積める馬がいるのは良かったが、人が導いてやらなくてはならなかった。夜になると馬の歩みは頼りなく、良い餌と充分な水も必要だった。でもホームからはあんなに遠くだったから（ボビーはそう物語りながら、昇る太陽に向かって片手を振った）、そういうものはあまりなかった。ボビーは肉が食べたかった！　チェーンとキラムも。ジェフリーとジェイムズは、みんなのなかで一番。けれどもチェーンは言った。いやだめだ、おれたちはまだ何日も歩かなくちゃならない。もし誰かが何かを見つけて殺してくれたなら（二人の若者をきつい目でにらみながら）、心ゆくまで食べられるんだがな。でも、今の手持ちでも、おれたちの規律が保たれるなら、少なくとも家《ホーム》には帰れる。おれたちはそいつをもたさなくちゃならない。キラムさん、あんたにはもっとお願いしてもいいかな。物資を節約すること、この行程をたどり続ける意志を持ち続けること……　我々からひねり出せるのは、そんくらいのもんだからな。

その時の彼の声には、力があった。しかし、みんなにとっては酷だった。時折、よく人が通ったとおぼしき小道や干上がった河床があり、前に進むのに役立った。それに、変化も与えてくれた。というのも、そういう通りやすい場所がなければ背が低くて刺のある木があるばかりで、他に何もありはしなかったからだ。それでも道が内陸に向かうやいなや、チェーンはコンパスと浜辺のカーヴを頼りに、みんなを海のそばへと引き戻した。塩気を含んだそよ風、波の音、砂丘の合間にある谷に生えるよく茂った草地からする悪臭。時には大豪雨に襲われ、泉に出会い、固い花崗岩が隆起している場所に踏み入ったりもした。そうした時は突然に、馬の蹄の下でベルのような音がした。

一日中歩いて、一日の終わりにそこがどこだろうと、倒れこんで眠った。夜は寒く、風は強く、一つの焚き火の周りに座って、つましい配給の食事を摂った。いったん馬が落ち着けばチェーンとボビーは焚き火のそばで寝たが、他の三人は離れたところに移動して、自分たちで別の火を焚いた。彼ら三人はぴったりとくっついて寝た。時折、少年たちのうちのどちらかが、ひどい悪夢にうなされているかのように、眠りながら唸って動いている音をボビーは聞いた。

翌朝、ジェフリーとジェイムズはむっつりしていて、チェーンとは話さずキラムのそばにいた。彼らはまるで、場違いなところにいっしょにいるファミリーのようだった。それからしばしば彼らは離れているようになった。三人全員がばらばらに。

藪がすごく密生していたので、柔らかい砂の浜辺を歩くしかなかった。そのうえところどころ海草がうずたかく積みあがっている場所があったので、海草と海のあいだの湿った砂の上を歩かざるをえなかった。海のなかを歩くことさえあった。その時は、馬が海の水を飲もうとするのを止めなくてはならなかった。

早朝、ボビーは折れ目をつけた長い樹皮を使って、草や藪から朝露を集めた。その樹皮は、前の日からとっておいたものだった。その水はみんなでゆっくりと飲んだ。とても貴重だったからだ。人心地ついたが、十分ではなかった。

喉は渇きに渇き、そりゃあ腹が減っていた。もちろん馬だってさ。それでも我々はやっていかねばならんのだ、とチェーンは宣《のた》もうた。できる限り少ない食料消費で、おれたちはもっと遠くまでいかなくてはならんのだ。

キラムがダンパー〔イースト無しで熱灰で焼くパン〕を焼いた。焼きすぎだぞ！　とチェーンが言ったが、そういう時は、いつもの割り当て分より多く食べられた。さもなければダメになってしまうので捨てるしかないからだ。キラムは言った。悪いっすね、計算を間違いました。でも彼は、ずいぶんおもしろがっているように見えた。そんなことがあるにはあったが、相変わらず食べ物は、たくさんはなかった。ビスケットや干し肉と同様に、先々のためにチェーンは蓄えられる物は蓄えた。

ジェフリーとジェイムズは、別の機会にボビーに尋ねた。おまえとチェーンはどっかに自分たちだけで行って、内緒で何か食べているんじゃないのか？　おまえ、何か食べ物を手にいれられない？　というのも、今やもう、小麦粉と乾いたビスケットしかなかったからだ。一度ボビーは塊茎を見つけ、再度他にも食べられそうな根っこを見つけた。木々から種を振り落とし、摩りおろして捏ねて、灰のなかで焼いてみた。女の人たちの仕事なんだよね、とボビーは言った。だからどうやったらいいのか、ぼくにはちゃんとはわからないんだ。それでも彼らは前進を続けた。乾いて厳しく砂だらけの旅路、目的地につながる道が無い旅路。

みんなで休んでいるとジェフリーがチェーンのところに来て、足元を見つめながら言った。キラムさんが食べ物をくれないんです。チェーンはキラムの方を見た。キラムが彼らの取り分を管理しているからだ。キラムはこう言っただけだった。みんな文句は言いたいでしょ。配給分が少ないんだから。二人の男は、お互いを険しい表情で見つめ合った。チェーンは言った。キラムさんが君の担当で、君の福利厚生に関する責任者だ。私じゃない。少なくとも、直接的にはそうじゃない。キラムはジェフリーに声をかけた。もしこの行軍へのおまえの貢献度が増すようだったら、取り分は増えるかもしれねえぞ。どうやったらそんなことができる？　ジェフリーに何が差し出せる？

ジェフリーは背中を向けた。それと似た仕草を夫におもしろくないことをされた時にチェーン夫人が時折していたのを、ボビーは目にしていた。そして、ジェフリーは歩み去った。

翌朝、ボビーは馬の世話に忙しかったので、ジェフリーとジェイムズがいないのに気づくのに時間がかかった。ミスター・キラムのライフルと数日分の食料と水もなくなっているぞ、とチェーンは付け加えた。

夜になっても二人の若者が帰ってくる気配はなかった。それでも、翌日の遅くになって、はるか後方、海に浮かぶコルクのように二つの頭が遠くでひょこひょこしているのをボビーは見た。そしてその晩には、彼らの焚き火が見えた。ボビーはチェーンに伝え、それから二人の男が赦しと規律について、二人の少年たちが戻ってきたらどうするかについて話すのを聞いていた。

こっちの焚き火にあいつらを連れてきてやるってのも考えていいんじゃないかな、とキラムは提案した。自分のライフルが失われていたので、今の事態を一番気にしていそうなのは彼だった。

翌日、彼らはある種の罠にかかったカンガルーに出くわした。狂ったように蹴りつける動作を続けている動物にチェーンは近づき、弾丸を二つとも装填して、大きな目がついた獣の頭に銃を向けた。カチャン。この形式の銃には不幸にもよくあることだが、一発目は発射されなかった。彼がもう一つの引き金を引くと、動物は身体を硬直させ、耳をピクピクさせながら地面に崩れ落ちた。

キラムはその罠を手に取った。それは、たくさんの細い紐をていねいに撚り合わせてつくられていた。灌木が密生している場所に少し入ったところにある細い道にそれを仕掛ける創意工夫の才を、彼は賞賛した。ボビーは、誰であれこの罠を仕掛けた人のためにせめて脚を一本残しておいていったらどうかと提案した。

でも、そうはできなかった。あの逃げたやつらが、それを持って行ってしまうかもしれない。彼らは動物を馬に乗せた。

その日遅くになって、彼らは二つの人影を見た。遠くにいるジェフリーとジェイムズに違いなかった。その晩にカンガルーをさばいて食べたが、チェーンはいくらかを貯蔵用に取っておいた。一行は朝になって出発し、遠くの人影が、彼らが出発した野営地にたどりつくのを見た。けれども、後から来た二人のためには何も残ってはいなかった。残ったものは毛皮と爪さえ、キラムがわざわざ岩場のところまで持っていって、海に捨ててしまったからだ。

次の日の午後、ボビーと二人の男が馬の後について歩いていると、ジェフリーとジェイムズがボビーから数ヤードのところまでやって来た。ぼくたちを助けてくれない、ボビー? 彼は子どもで、向こうは何歳か年上だったけれども、ここは大人にならなくてはいけなかった。チェーンは彼らを無視しているようなふりをし、キラムは振り返って嘲笑って見せた。しかしどちらも、暗くなって足を止めるまで何も言わなかった。ジェフリーとジェイムズはボビーの一、二歩後ろを歩いており、彼が止まると止まった。キラムが両手を突き出すと、二人の若者は彼のライフルをその上に置いた。

荷降ろしをしなくちゃならん、とチェーンは言って、荷が積まれた馬を指し示した。ボビーは火の番をし、少年たちはキャンプを張ろうとし、そのあいだにキラムとチェーンは座りこんでタバコを吹かしながら当て擦りの言葉を垂れ流していたが、やがて反抗した二人を指導しようと介入してきた。彼らに薪を集めに行かせ、馬をどうやって歩かせてゆくかを(もう一回)示した。そしてみんなが小さくひと固まりになって火の周りに座ると、ジョーディ・チェーン氏はジェフリーとジェイムズの蒙《もう》を啓いて規律を与えるための説明をした。我々の糧食は、以前より少なくなってしまった。どのように配給してゆくのかを説明しよう。まだ我々がどのくらい旅をしていかなくてはならないのか、わからんからな。数日前、きみたちが食料を盗んでしまったから、旅を継続できる期間は短くなってしまった。だが、きみたちは飢えて死ぬことはない。心配するな。

一行は一列になったが、小さな塊に分かれていた。チェーンとボビーが先頭で、キラムがそれに続き、ジェフリーとジェイムズはかなり遅れてついてきた。キラムは二人のところに下がっては、一日を通して何度もチェーンのところにやって来た。二人の男は、責任の重荷と小僧どもの忘恩について、また旅の距離と疲労について話題を共有していた。ボビーは後ろに下がって離れ、高い場所に行って、平地の上に島のように点在している花崗岩を探した。緑になった盆地や、斜面になった花崗岩の広がりを……けれども緑なんぞ、傾斜した地面なんぞなく、遠くにあると思われる花崗岩は、ずっと向こうの地平線の果てにある夢か幻のようだった。行軍するメンバーのあいだの距離は、二人の若者のあいだを除いて広がっていった。二人の若者はいっしょになって怒りを噛み締め、腸《はらわた》を煮えくり返させていた。

黄昏時の日の光の下では、全員が固まっているように見えたかもしれない。特に、広大な砂地の平原越しに、少し高くなったところから見たならば。けれども、細い煙は二筋立ち昇っていた。馬はよろよろしていたが、餌を自由に食べさせてやりに行かなくてはならなかった。数晩ほど馬は興奮していたので――遠吠えから判断するに、だいたいはディンゴのせいだった――、チェーンが、最初の見張りは自分がして、少し馬を歩かせてくる、と言った。キラムには夜の残り半分の見張りを頼んだ。

キラムは一人でいるのが好きだったので、みなが寝ている時には少し離れて番をしていた。ボビーは火のそばに一人でいるのに慣れていなかったので、光の向こうの暗闇で蠢《うごめ》く悪意ある波動を感じていたにもかかわらず、パチパチいう炎の舌と輝く炭のせいで気持ち良くなって、すぐに眠りに落ちてしまった。しかし一人のはずの彼は、夜中にびっくりして飛び起きた。というのも、何か邪悪な精霊が暗くなった焚き火を通り抜け、彼の毛布と服のなかに滑りこんできたからだ。そいつはうなじのところで息をして、腹を撫で回し、脇腹に身体を押しつけてきた。

ボビーは腕を後ろに向かって振り回した、ユワルト！　転がってから跳びあがって立ちあがり、叫んだ、ノー！　ノー！

そこではキラムさんが這いつくばって、こちらを見上げていた。数晩ほど前、一頭のディンゴが焚き火の反対側で炎の光のなかで浮かびあがり、こんなふうにボビーと目を合わせていった。

なんだ、ボビー、どうかしたか、なんでおまえがおれの寝床に入ってる？

ちがうよ、ボビーは言った。あんたの寝床じゃないよ。

キラムはあたりを見回した。あ、そうか、おれ……　おれは夢遊病になってたのかな、ボビーくん？　何かモゴモゴと口にしながらキラムは身づくろいをし、ボビーに背を向けた。おれは自分の寝床に戻らんといかんな、あの悪党どもがおれの袋を漁って、噛みしめて飢えをしのぐ皮か何か見つけるかもしれねえからな、もしほったらかして好きにさせといたら。あいつらは今ごろよろしくやっているんだろうが、おれは……

ひょろ長い手足をした青白い皮膚が、昇ったばかりの月の明かりのなかで光を発していた。帽子もブーツもズボンも身につけていない余所者。キラムは柔らかい足の裏で、自分の寝床へと戻っていった。

キラムのことを白い精《ジャナク》かデビル＝デビルみたいに思いながら、ボビーはゆっくりと動いている星々を見つめた。すると星が一つだけ流れ落ちて……

次の瞬間、砂地全体に銃声が響きわたり、彼はガバと身を起こした。火薬の臭いが鼻をつき、風が咆哮し、怯えた雲が空を慌てて渡っていった。二人の人影が焚き火の反対側で、地面の上の何かを見下ろしながら立っていた。うめき、咳きこみ、唾を吐いている何か。数歩そちらに近づくだけで、ボビーにはそれがキラムだとわかった。撃たれてる。

ジェフリーは鞍袋を漁り、そのあいだにジェイムズは、もう一丁の銃を奪え、もう一丁の、と言いながらその銃をつかんだ。彼らの容赦ない狙いは、弾薬、食料、水。

キラムは地面の上でのたくりながら、人間ではなくどこかの悪霊のような音声を発していた。

別の声が言った。おれたちといっしょに来い、ボビー。こんな糞みたいな白人どもは放っておけ。

ボビーは身を翻して逃げ、大声で呼ばわった。ミスター・コンク・チェーンさん！　人、撃たれた！　周囲で固くからみあったユーカリは、海の波のようだった。雲も波のようにうねり、舟のように浮かんだ月は、つるべに落ちこむようだった。

ジョーディ・チェーンは、火の光から遠く離れていた。馬といっしょに風吹く暗闇のなかに深く入りこんでいた。馬はあちらこちらにある藪と、こんもりと茂ったユーカリと、盛りあがった岩場と、点々と草が生える大地を縫うように進んでいった。少し前に、馬を野営地の方向に戻るように誘導していた。周囲のワイヤーのような藪が、風のなかでガサガサと揺れた。おれに対して敵意を持っている群衆に囲まれているみたいだな、と彼は思ったが、そのおかしな考えをすぐに頭から押しやった。火が見えるのを期待してキャンプを張った方向に目をやったが、代わりに見たのは一瞬の閃光で、それに続いて銃声が響いてきた。驚愕して彼はよろめき、倒れ伏してもおかしくなかったが、細くて刺のある枝とチクチクとする小枝が彼をとらえて支えた。自分と野営地とのあいだにある不定形で振動する暗闇から、動物が深海から浮上するように細っこい人影が自らを分離させてやって来た時、チェーンは声を聞く前から、動きでそれがボビーとわかった。

たいへんだ、コンク・チェーンさん、早く、早くこっち来て！

ボビーは余計な情報を与えず、ただ向きを変えて走った。何が何だかわからなかったが、チェーンは少年の姿を見失わないようにしながら後を追った。野営地につくと、撃たれたのがキラムであるのはすぐにわかった。彼はうつ伏せで倒れており、シャツのはしがめくれあがって血と吐しゃ物と汚物が周囲に撒き散らされていた。ジェフリーとジェイムズはいなくなっており、鞍袋や包みの中身が地面のいたるところに散乱していた。食物は大半が持ち去られていた。二挺のライフルも。

チェーンはボビーの方を向いた。馬を連れてきてくれ、と彼は言って、ジェフリーとジェイムズが残していった銃をボビーに渡した。それからようやくチェーンは兵士キラムを抱えて、その身体を毛布でくるんだ。キラムはうめき声をあげ、眼球が眼窩のなかで恐ろしいスピードで動いた。

ボビーは馬といっしょに戻ってきて、火を起こし、彼らのそばにいた。そのあいだにチェーンは銃に弾をこめ、火の光が届くところを避け、暗闇のなかにその身を沈めた。チェーンは夜明けまで眠らずにいて、ボビーを見つめていた。ボビーの姿は舞台の上にいるかのように照らされていた。自分はどうなるのだろうという思いと負傷者の呻きとわずらわしく吹きつけてくる風に少年は苛まれていただろうに、やがて彼は眠りに落ちた。

その晩は、チェーンは二人の悪党の姿を目にせず、気配も感じなかった。そしてその後もずっと、長い間。ボビーはチェーンの子どもたちや、他の誰であれそのことについて尋ねてくる人たちに言ったものだ。そうだよ──言葉を慎重に選んで──、あのボーイズは、ぜんぜん帰ってこなかったよ。二度と会うことはなかったんだ。決して。

チェーンは状況を吟味した。二人分の働き手を失った。負傷しているキラムを計算に入れるなら、人員は三人。そして食料は、前よりも少なくなった。どうする、キラムを置いていくか、彼の回復を待つか、それとも馬に乗せて運んでいくか? チェーンには限られた医学的な知識しかなかったが、それでもキラムが生き残れるとは思えなかった。もしキラムが馬だったら、チェーンは彼を殺していた。(食べさえしたかも?)簡単な決断だっただろう。もちろん楽しい仕事ではなかったろうが。キラムは人間だ。だが論理的には、今、苦しまずに死なせてやる方が、慈悲があるというものだろう。怪我で死ななくても、餓死してしまうことになりそうだし。それなら単純に神の手に委ねるのが最善だろう。自分の今を賭けてまで(父として、夫として、立ちあがったばかりの植民地のキーパーソンとして)、キラムを救う必要があるのか? 万が一、彼を移動させるとしたら、どうやって? それに、あの人殺しの黒人のガキどもはどこにいる?

日の光が射してきたが、彼の気持ちを奮い立たせる要素はほとんどなかった。キラムについてどうしたらいいかという問題については、ボビーが応えてくれた。彼は、地に浅く張っている長い根っこを何本か掘り出してきて、適当な長さにぶった切った。ぼくたちは、これで槍をつくるんです、と彼は言った。実際それは、細いながらもとてもしなやかだった。枝を何本も横にわたし、装備のなかにあったいろいろな紐を活用して、ボビーはある種の担架をつくり、一方のはしを馬の鞍にくくりつけ、もう片方のはしは地面におろしたままにした。男と少年はできる限りキラムから血と汚れを拭い取り――そのために水は使えなかった――、彼を毛布でくるんで、簡素な担架に結びつけた。もし生き残れるなら、馬は彼をホームまで引っ張ってゆくだろう。それでよしとしなければなるまい。この状況では、何事も簡単ではなかった。チェーンはパニックを起こさず、精神的にまいりもせず、彼の性格の特徴そのままに落ち着いたものだった。彼の目的は、より良い牧草地を見つけることだった。今は自分たちに見舞われた不運を乗り越えて生き残り、キラムといっしょに戻らなくてはならない。

彼らは馬に荷を積みこんだ。小さくなった一団は、意識が戻ったり失ったりを繰り返すキラムといっしょに出発した。キラムは明らかに痛みを感じていたが、それを和らげてやるためにできるのは、ブランデーをすすらせたり、たまに水を与えてやったりするぐらいだった。

黙ったままほぼ丸一日旅をしたが、ジェイムズとジェフリーの気配は無かった。日の光が落ちてしまうと、自分たちの焚き火の炎にさえ神経を刺激されて、いらいらとした。眠りは断続的で、キラムのうめき声と、おそらくは昨日の記憶の断片で、彼らの夢は台無しにされた。ハッとする銃声、這いつくばり、泥にまみれる、半裸の身体。

翌日、馬とともに隊列を組んで数時間無言の行軍をした後、ボビーが指さしたのは、散在する藪の他には何の変哲もない平原で光り輝く、垂直に屹立しておぼろげに見えている二つの物体だった。それらが遠くから平行に並んでこちらの方に移動してくると、ジェフリーとジェイムズだと、チェーンには徐々にわかってきた。それぞれが、頭まで毛布ですっぽり身を包んでいた。

ボビーは移動する速度を落とし、チェーンは彼の横に行った。チェーンは少年たちには二度と会いたくないと思っていたが、彼らが何を企んでいるのか気になってはいた。彼は、二人は先に行ったものと思っていた。実のところ、キング・ジョージ・タウンについてあいつらの犯罪が露見する前にどこかに逃げてくれないかと願っていた。彼らを恐れてはいなかった。ライフルとピストルを持っているあいだはね。日の光が残っているあいだはね。でも夜になったら、待ち伏せのために隠れる場所がある、ここよりも開けていない場所だったら？　少年たちは糧食の大半を持っていった。けれどもチェーンは、彼らは食べ物を切り詰めてやっていけはしないだろうと確信していた。すでに宴会をやらかして、また食べ物が何もなくなってしまっているのが関の山だろう。自給のための狩りもできまい。攻撃してくるのは時間の問題だ、そう彼は推断していた。

チェーンは停止を呼びかけた。ボビーに馬といっしょにいるように告げ、ライフルを手に、二人の黒人の少年に向かって進んだ。さらに近づくと、各々が二重銃身のライフルを手にしているのが見えた。若者はそれぞれ、ライフルの銃身を左腕の上にあずけて、彼に狙いを定めていた。チェーンはそれ以上近づけなかった。というのも、お互いのあいだの距離を維持するために、彼らが後退していったからだ。

きみらだけで生き残れるつもりかい？　すべての方向に荒涼と広がる大地に生えている青灰色のユーカリに向かって、彼は片手を振った。

彼らは何も言わなかった。風がきつく吹いて、ユーカリの葉がカサカサと音をたてた。何かが軋む音がした。傷ついたような音、唄ではなかった。鳥か、キラムか？

先は長いぞ、それにどのくらいあるかわからん。水はあるのか？　食べ物は残っているのか？

無言。

昨日の夜は、よく眠れたか？

頭が動いて、お互いで顔を見合わせた。毛布はフードのようになって頭蓋を覆っており、顔は陰になっていた。チェーンはまともに日の光を浴びており、目を細めた。ざらつくような光。もう午後も遅い時間なのだ。

一人が口を開いた。チェーンは、どっちがしゃべっているのかわからなかった。ジェイムズか？　ぼくたちは、あんたはいらないんだ、マスター。ボビーが欲しい。

私たちはいっしょにやっていける、とチェーンは言った。五人みんなでだ。ボビーは私といっしょにいることを選んだじゃないか！　彼はボビーの方を振り返った。ボビーはうなずいて、馬の手綱をつかんだままじっとしていた。

チェーンがジェイムズとジェフリーに近づこうとすると、二人はまた後ずさった。時間は貴重だ。水を見つけなくてはならないし、移動し続けて、キング・ジョージ・タウンに近づかなくてはならない。チェーンは慎重に彼らに背を向けて、ボビーと馬の方に歩いて戻った。この時が、少年たちがチェーンを撃つチャンスだった。ボビーのところにたどりつくと、チェーンは片手をボビーの肩に置いて、二人を振り返った。彼らは動いてはいなかった。彼はボビーの肩をぎゅうっと握った。あいつらには度胸がない。ボビーに一つうなずいて、軽く肩を押し、二人で前と同じように前進を続けた。

時折、キラムがうめき声をあげた。他に聞こえるのは馬の蹄がたてる音であり、馬の尻尾が擦れ、葉がカサカサいい、キラムといっしょに風がうめく音だった。ジェイムズとジェフリーは同じ距離を保ちつつ藪のあいだを抜けながらついてきて、大声で呼びかけを始めていた。

ボビー。そいつを置いてこい。おれたちといっしょに来い、ボビー。おまえは、今では自分は白い子だとでも思ってるのか？

まるで好奇心が旺盛なあざらしが水中から顔を出すように、彼らはひんぱんに、肩から上だけを藪の上に突き出した。けれども少年たちはあざらしのように吠えたりはせず、野生のディンゴのようにボビーに向かって呼びかけていた。自分たちはボビー・ワバランギンのような連中とは違うんだと思っていて、以前はほとんど話しかけもしなかったくせに。

彼らの声は、悲しげで啜り泣きをするようになっていった。なんであんなにボビーを必要とするのだろう、ボビーだって年若い少年なのに？

ボビーは振り返りもしなかった。一時間か、たぶん三時間ぐらい過ぎてから、チェーンは手綱を引いて、馬を止めるように言った。彼はボビーの肩を軽く叩いて、ライフルを手にしてまたジェイムズとジェフリーに向かっていった。あちらがこれ以上来て欲しくないという距離まで近づき、少年たちが銃を構えて後ろに下がりだしたところで、彼はライフルを地面に放って、ゆっくりと彼らに向かって歩き出した。

我々はいっしょに働かなきゃならん。いっしょにやるしか、生き残る方法はないぞ。神は許してくださるだろう。おれは何も言わん。君らは二人いる。おれは銃を持っていない。何を怖がっているんだ？　そして手のひらを開いて見せながら、彼らに向かって歩き続けた。少年たちは、彼に銃を向けた。ゆっくりと、チェーンは歩き続けた。

ジェイムズは、ライフルを地面に落とした。チェーンは、今ではさらに近くにいた。彼は二人の側面へと、両手を背中にまわして進んだ。少年たちは一つの存在であるかのように彼の方を向いて、じっと見つめていた。チェーンは、ジェイムズが自分とジェフリーのあいだにいるようにした。ジェフリーは、まだ銃を持っていた。

おれが手を隠しちまっているのは、とチェーンは視線を落としながら言った。彼は両腕を、ぎこちなく背中にまわして組んでいた。ライフルとは、握手できないからだぞ。そいつはどっかにやってしまって、また握手をしよう。そして、いっしょに旅をするんだ。我々はみんな、神様に見守られているんだから……

武器を持っていないジェイムズは、仲間に向かって振り向いた。お互いの視線が行き交い、まるで議論をしているかのようだった。そのほんの一瞬に、チェーンはベルトに差しこんであった二挺の拳銃を抜くと、ジェイムズを撃った。ジェフリーが銃を構えて引き金を引いたが、弾は発射されなかった。ただカチリと音がしただけで、弾は不発だった。

チェーンは、彼も撃った。

一人か二人かわからないが、ウッと物が詰まったような音をたててから、叫び声をあげた。脚が一本、痙攣していた。それが藪の上に顔を出していた少年たちに関して、ボビーが目にしたすべてだった。それでもまだ彼には、キラムの声と、風の小さなうめき声が聞こえていた。火薬の臭いがして、耳鳴りがした。銃が炸裂した後では、自分の周囲の空間が広大に感じられた。チェーンは倒れた二人の若者のそばに立ちはだかっていた。ブーツで一人を突いてみてから、ボビーと馬のところに戻ってきた。彼は片腕を少年の身体にまわした。ボビーが今回の件で結果として、何か怖れというものを少なくとも学んでくれるように。何かを恐れるということ、強いということ、守られているということが何を意味するかを学んでくれるように。

前進だ、ボビー。前に進むぞ。

歩いて、歩いて、歩く。できる限り真っすぐ。馬とそれに引っ張られている男のために迂回しなくてはならない何かがある場合を除いては、真っすぐだ。ボビーはチェーンの横にいた。前にいたり、後ろにいったり。時々チェーンがそう見えるくらい自分も疲れているなと感じたりはしたが、そうなると彼はまた軽快に動いて、活き活きとして楽しげにするのだ。ただそれも、歩くのが遅れて、キラムの後ろで彼の発する音を耳にしたり、その姿をまじまじと見てしまうとだめだった。もはや後ろを歩いて馬を追いたてたりはできなかった。キラムが目の前で身体をぐったり伸ばしたまま引きずられ、譫妄状態で震えてうめいているのはたまらなかった。男の口の周囲には、蠅が集まっていた。青白く、皺が寄った顔、充血した目と顎鬚が、彼を見知らぬ人のように見せていた。というか、ぼくたちみんな、ひどい見た目に違いない。

だからボビーはチェーンの横にいるか、ずっと先を歩いた。馬を軽く叩き、その長い顔や顎のカーヴに手を走らせ、やさしく話しかけた。まるで何か驚くべき、それでいて心休まるような報せを伝えてもらったみたいに、その耳はヒクヒクと動いた。

馬に何を話しているんだ？　チェーンの声は、まるで囁きのようだった。

彼女は何て強いんだろうって、コンク。ぼくたちを助けてくれているでしょ。

馬の耳がヒクヒクした。

チェーンはまた沈黙した。

小さな塩気のある池のそばに生えていたユーカリの葉をボビーは手を伸ばして取り、その油をキラムの日焼けした肌に摺りこんだ。


時に、チェーンの脚はもう上がらないのではないか、前に進み続けられはしないのではないかと思えた。馬はついてきてくれたが、突き出した尻と肩の上で伸び伸びになった皮は、皺になってだらりと垂れ下がっていた。馬はまるでひどい革張りをされた家具のようで、固い動きで移動した。その身にわずかしか命の灯は残っていないにもかかわらず、死にかけた男を後ろに引き続けていた。たぶん、死にかけた男が馬を御してチェーンとボビーを追いたて続けていたのだろうし、食べ物に、水に、休息するに値する場所におれたちを導けと言いたてていたのだろう。馬は蹄を引きずり、足をビクッとあげてから、また地面を踏みしめた。蹄鉄を打ち直す必要があった。チェーンは、自分にも新しいブーツが欲しそうだった。

彼らは辛抱強く進んだ。馬と死にかけの男はゆっくりとついてきたうえに、その死にぞこないは譫言をいうか唸るかして彼らに休みを与えなかった。そして、どんな犠牲を払っても置いてこなくてはならなかった、いつも不満を抱えていた二人の黒人の少年は、はるか後方だった。

彼らは小さな川に行きあたった。キラムを反対の岸に渡すために、チェーンとボビーはそれぞれ粗末な担架のはしを持った。しょっぱい塩気のある水がチェーンの胸近くにまでせまり、ボビーは水の上に頭を出していようと懸命だった。担架も当然、水のなかだ。チェーンが馬をこっちに来いとばかりに引っ張ると、馬がつまずいてぶつかってきたので、彼の身体には痣ができた。枝にはたかれ、鞭打たれ、皮膚が破れた。海のそばの岩の上で貝を探せば、滑って転んだ。すると波が跳ねて弾んで、もう少しで波にさらわれるところだった。

チェーンは一歩また一歩と休まず進み続けた。自分が学んだことを披露し、この大陸を周航したフリンダーズの日記についてボビーに話した。「不毛の地」や「悲惨山」や「一本木立の丘」まで行ければ、ましになるはずなんだよ。目にする景色のなかで青く屹立する山々一つ一つに対して、あれに登って方向を確かめるからな、とチェーンはボビーに約束した。けれども実際には、ちょっとばかりでも高さのある場所はだいたい内陸の方にあって、そんなところに立ち寄る体力はほとんどなかった。チェーンの目が見ているのは、ずっと先だった。

海はまだ、彼らの左手にあり続けていた。彼らが近づくと砂丘から鳥が舞いあがり、怒っているのかと思うと遠くの生育の悪いバンクシアの木々の上にとまって、ボビーが背の低い木々に向かって身体を屈めているのをじっと見つめていた。するとボビーはチェーンの横に戻りながらにっかり笑い、鳥たちに向かって叫び声をあげた。すると鳥は舞いあがり、宙をあてどなく飛んでから、文句を言うような鳴き声をたてながらその低木のところに戻ってきた。

そのベリーの実は小さくて丸くて、固い皮で覆われていた。チェーンの口のなかで小さく破裂したその実は、塩気のある湿気を含んでいた。

海を常に左手に目にしたまま、ひたすらに歩き続けた。ひたすらに。

ボビーとチェーンは塩漬け肉、昆虫、オウムを食べ、とっくの昔にそういう食事にうんざりしていた。最後に人を見かけてからあまりに長い時間が経っていたので、自分たちが死者の領域から来たように感じられた。どんな連中がそこにはいるのかって? ボビーは、そこの連中が血を飲み、相手の肉を喰らうという話を知っていた。何はともあれ、悩みの種だった奴らは後ろに置いてきた。あの少年たちは。ボビーは、自分たちの来し方を振り返った。

ボビーは葉がついた小枝を携えていて、キラムの口や目にたかる蠅を追い払ってやっていた。二羽のカラスがついてきていた。木から木に飛び移り、時に彼らの前方の地上に降り立ち、彼らをずっと見つめていた。空の高いところでは、鷲が円を描いて飛んでいた。

そしてそれから、ボビーは花崗岩の岩盤を見つけた。小さな岩の穴が石板《スラブ》で蓋をされていて、中は水で満ちている。彼はそれに向かって身を屈め、その岩に触れ、ホームを感じた。風のなかにも何かある。植物にも。少なくとも耳にしたことのある土地に、ホームに帰ってきたという兆しは、どんどん増していった。小道がある。どこに食べ物があるかわかる。彼は、今いる場所に自らを開いていこうとした。でもうまくいかない…… おそらく、恐怖といらだちのせいだ。あの少年たちが彼に向かって野犬のように呼びかけたあの日から、そうした感情に苛《さいな》まれている。あの時、自分はチェーンといっしょにいるのを選択した…… 彼はまだ、安心できなかったし自分自身を信じられもしなかった。

＊

旅をしているあいだに、チェーンは変わった。むっつりとして不機嫌で、例えば食べ物をくれるにあたっては、前よりいっそうしみったれになった。独り言をぶつぶつと呟き、いつもため息をついていた。チェーンはため息をつくし、キラムは譫言を呟いたりうめき声をあげたりするので、ボビーにとっては馬といっしょにいる方がまだましで、馬の尻尾がビクンと動いてキラムの顔から蠅を追ってくれるのもうれしかった。海のそばで立ち止ると、チェーンはいつも自分の本を調べた。彼は本から陸地に、空に目を移し、視線を本に戻し、それからまた顔をあげて周囲を見回すのだ。まるで彼の古い友人のミスター・フリンダーズを探すかのように。フリンダーズ。ヴァンクーヴァー。海の水平線の向こうから来た名前と言葉。

またしても、彼らはヒースに覆われた小山の頂上に達した。海岸から内陸に向かって走る、古くからある砂丘の一つだった。そして続いて突然に、海が水平線に向かって見渡す限りに開け、浜辺に近い海面は緑で、青で、灰色で、トルコ石色で、陸地からそちらに息が吹きこまれると、笑っている目のように煌めいた。いつものくせで、ボビーは鯨の潮吹きを探した。いないや、でもすぐにここにも来るに違いない。鮭の影も魚体の煌めきもなかった。鮭がいなくなってから長いからな。風と太陽が今みたいなころだった。最後に海にこんなに近づいたのは、いつだろう?

入り江があり、そこを海から隔てているのは一本の細い砂州だけだった。ペーパーバークの木々のあいだで、ボビーは自分のファミリーを思った。マニト、ウラル、メナク、他の者たちのことも。乾いた河床を思い起こした。その砂の道を自分はどんなに素早く旅していけることか。身を傾けて陰をつくってくれたり風から自分を守ってくれたりする木々を思った。数珠をつないだように連なって水がたまった場所は、小さな泉を一つ、はしからはしまで一人占めしてやりたいと思ったら、いつだってそこにあった。それから、ハミングしていた赤い岩の斜面を思った。水がたまっている場所から場所へ、水が溢れて零れ落ちてゆくから斜面がメロディーを奏でるんだ……

いろいろ考えていたら、目に涙が溢れた。チェーンの袖を引っ張って言った。こっちだよ。ぼくたちはこっちに行くよ。この泉と砂州から、川をたどっていくよ。

けれどもチェーンは言い張った。キング・ジョージ・タウンまで、ずっと海岸のそばを行く。直線的に進むのに近い経路を維持しつつ、いつでも海が視界に入るようにしてな。

イルカたちが身体を回転させ、波に乗ってゆく。遠くの水平線のあたりでカツオドリたちが真っすぐに急降下し、海面に激しくぶつかり、それから――まるで海に穴が穿たれたようだ――再び空へと飛び上がってゆく。波のうねりが一つまた一つと線になり、前のうねりを追いかけてきては浜辺に近づきながら砕けてゆく。

日の光が、ボビーの視界を粉々にした。ディティ＝ディティが尾羽を波うたせながら横に飛び、短い距離を飛んでから、肩越しに彼を振り返った。クルバルディが、頭を傾げて囀った。ボビーは目を閉じて、風が自分の髪の毛を引っ張り、耳の渦巻きのなかに突入してくるのを感じた。この特別な空気を呼吸する。ンガイン・ワバランギン・ムルト、ニジャク・ンガン・カアルラク……ホームだ。

何だあれは？　あそこの海上、カツオドリじゃない。鯨でもイルカでもない。光が煌めいている。何かが太陽のなかで、白いしぶきをあげている。

ボートだ！　ボビーは叫んで、指さした。

けれど、見るべきものはなかった。海には何もなかった。慌てて口にしすぎた。チェーンはボートに来て欲しかったので、いなくて残念に思った。ボビーにはそれがわかった。見つけてあげられたと思ったのに……頭に思い描いただけだったのか？　帆が見えないか、白い印が見えないか、海面の肌理《きめ》の上に刻み目でも見つからないかと、彼は海の上を見渡した。たぶん、沈んじゃったんだ。

*

ボビーの叫びにチェーンは顔をあげた。おそらくは心と情熱もその頭をもたげた。ただその叫びを聞くだけで——ボート！——容赦のない陰鬱な荒野から、そしてここまで引きずってきた、これからも彼を離してはくれないだろうぼろぼろの男から、一瞬ではあるが解放されたかのようだった。蝿と鳥も、ひたすらに彼らの後を追ってきていたし。

けれども、彼にはボートは見えなかった。そして今や、ボビーにも。

ボートが見えないので、チェーンは孤独を感じた。一気に心動かされその気になっただけに、落胆は大きい。ここは、彼が望んでいた土地ではなかったのか——良い水があり、風雨から守られた停泊地のそばにある放牧地ではなかったのか。努力はしたが、失望していた。この土地に、自信を失っていた。少なくともこの海岸では、川の支流や小川《クリーク》が様々な形で地下に潜ってしまっているのは見間違えようがなかった。水の流れはどこかわからないところに流れていってしまうか、完全に流れを止めてしまってから地面に滲み出し、水を淀ませた湿地になってしまっていた。河口があればと願ったが、何本もの水の流れが浜辺の砂の隆起に阻まれて、海に届いていなかった。

彼は、自分たちの位置を確認した。観察眼の鋭い傍観者ならわかっただろうが、コンパスや書類をいじって自分を慰めていたのだ。油布の包みや日誌を。

再び彼らは岬を越えた。花崗岩の突き出た岩場に挟まれて、三日月の形をした砂浜がまたあった。明るいトルコ石色の海が前進してきては退却し、白くて泡になったそのはしっこが、砂の上で前に後ろに動いていた。チェーンの目はいつもやり慣れているように、砂の弧を追っていった。停止。彼は鞍袋のなかの望遠鏡に手を伸ばした。

ボートだ！　ボビーが再び叫んだ。

チェーンは望遠鏡を振って海の向こうを見てから、また弧を描く浜辺へと戻した。砂浜のはじ、浜辺が彼らと毎朝昇りゆく太陽に向かい合うように向きを変えて岬につながってゆくところに、細い柱が数本、真っすぐに立っていた。

いや、柱じゃない。船のマストだ。しかしもしマストだとしても、その棒は急な角度で傾き、帆は張られておらず、動きを止めていた。

ボートだよ、ボビーはまた言った。コンク、ボート。

うるせえなちくしょう。

ボビーはかまわず指をさしていた。チェーンは望遠鏡を海に向けた。鯨捕りのためのボートがいる。小さな帆を一つ掲げて岬に到着し、そこに入っていって消えたように見えた。チェーンは自分の錯覚を罵った。

島があそこに、浜辺の近くに、ボビーは彼に言った。

チェーンには、岬とそのすぐそばにある島のあいだの水域にはかなりの深さがあるのがわかった。あのボートは、あそこで錨をおろしている船に合流したに違いない。彼が見たマストの先は、島のはしの向こうに見えている。ところが、前に目にした時よりはるかに危険な角度で傾いていた。どうしたんだ？

チェーンは砂丘を滑り降りて、浜辺へと向かった。ボビーと馬がゆっくりと続いた。開けた砂地にたどりつくと急に元気になって、足を高くあげては大地を踏みしめた。ちゃんと固いぞ、彼は言って、遠くから認めていた島と岬へと目をやった。島が岬の前にある。ちゃんと固いぞ、彼はまた呟いて、弧を描く浜辺に沿って進んでいった。

キラムが顔を波の方に向けた。潮の香りを嗅いでいるのか？　海を感じているのか？　カラスたちは、海のそばの砂丘から先には来なかった。

島のはじっこの向こうにある船のマストは、まだ先っぽしか見えていなかった。そして今や、右に左にひどく揺れていた。チェーンは望遠鏡に手を伸ばした。見つめていると、マストは垂直の状態からゆっくりと極端な角度に傾いてゆき、それからいきなり、すごい勢いでまた真っすぐになった。けれどもその船が、海が荒れていない場所にいるのは確実で、あんなふうに波で揺れているはずはなかった。そもそも、あんな揺れを船に引き起こすほど波が大きかったり、打ち寄せる間隔が短かかったりするはずがない。そちらに近づきながら、ボビーとチェーンは船のそうした状態が数回にわたって起こるのを観察した。マストがゆっくりと急な角度に傾いていっては、跳ねあがるようにしてまた真っすぐになり、ふらふらと左右に揺れるのだ。浜辺を回りこんでゆくと、角度がよくなって船がちゃんと見えるようになった。船は島と岬のあいだの水深があるところに浮かんでおり、不均衡に船体を傾けては、マストをゆっくりと、どんどん水面に近づけていた。そしてそれから力が解放されるや、揺れが収まるまで激しく左右に揺れ、またゆっくりと片側に傾き出すのだ。

船体があまりに傾くので、竜骨がほとんど見えそうになることもあった。何かが、何らかの力が、マストの先から船を水へと引っ張っている。まず何かが船をひっくり返して水中に引きこもうとし、船は毎回ぎりぎりのところで難を逃れて体勢を元に戻しているのだ。そしてその船は、勝ちをおさめようとしているようだった。なぜならその動き――それが傾く角度、解放される度に左右に揺れる度合い――が前より激しくなくなっていたからだ。

さらにそばに近づくと、船が舷側のすぐ横にある、何か大きな物体に向かって傾いているのがわかった。水からその一部が引き揚げられる度に、マストの先はそちらに向かって引っ張られていた。そしてそいつが海に落っこちて水しぶきをあげると、船がまた跳ねあがるように真っすぐになって、激しく揺れる。

花崗岩と木々に覆われた大きな岬で陰になった浜辺に、やっとの思いで彼らは立った。午後の遅い時間の日の光は背後にある花崗岩で遮られて跳ね返されていたので、目の前で繰り広げられる光景には黄昏時に見ているかのような効果が与えられていた。白い砂、深い青とトルコ石色の水、浜辺のそばの島、舷側に横付けされた鯨から、脂肪を引き剝がしている船。

チェーンは詳細を記録した。フックが鯨の脂肪に刺しこまれており、そこからケーブルがマストに向かって走り、甲板には滑車とウィンチがある。ケーブルがピンと張ると鯨が持ちあげられ始め、脂肪がオレンジの皮のように剝かれるまで船は傾いてゆき、やがて船は跳ねあがるように真っすぐになって、マストが狂ったように揺れるのだ。

浜辺と島のあいだにある光は、柔らかく奇妙だった。暗く紫色の水には油が浮いて光っていた。二艘のボートが船から離れ、身を剝がれた鯨の死体を曳行していった。ボートの男たちとチェーンは、お互いに呼びかけ合った。彼らのかぼそい声は花崗岩と水に反響し、それから一艘のボートが、二人の人間と一頭の馬が立っている光輝く白い砂に向かってやって来た。今は青い光だ。空はというと陸地の後ろで、島の後ろで、海の水平線沿いのずっと先で、赤く染まっている。

ボビーはキラムの青白く皺の寄った顔、瞬きをしている目をチラリと見た。ボビーは期待に溢れて、湿った砂のなかで爪先をもぞもぞさせた。

目に灯りが反射して

メナクは海へと歩いてきた。古《いにしえ》の声が今でも響く、峡谷に突き出た岩棚の下から降りてきて、ビャクダンとアカシアの木の灰の香りがする野営地を離れ、ペパーミントの木々のあいだを抜け、河口の近辺で水がたまっている場所を過ぎ、最後に白い砂丘を越えて、海にやって来た。

ここで、この浜辺で、彼らは時々火を灯し、自らの身体にペイントを施した。イルカを招く唄を歌って、イルカで鮭の大群を浅瀬に追いこみ、時には鮭を浜辺に跳び出させるためだ。岩でごつごつした岬まで、浜辺の二百ヤードほどの道のりを、メナクは歩いた。彼の小さな飼い犬のジョックは退いてゆく水にちょこちょことついていった。水がしぶきをあげ泡をたてながら再び戻ってくると、犬はまた走り出すのだった。

メナクは浜辺のはじっこまで歩いていって蟹を捕り始め、自分の足もとにある花崗岩の小さなくぼみに押しこむと、そこで獲物を潰して挽いた。そこの岩は海に向かって傾斜しており、彼自身は岬ともう一つの岩棚のおかげで海のうねりから守られていた。けれども遠くから見ると、彼は砕ける波と波のあいだに立っているように見えた。でも違うのだ。足のすぐ下の水は深く、彼が放った甲羅や肉の欠片は水中に下降して消えてゆくあいだに、日の光を浴びて埃の粒子のように煌めいた。

一日のうち、日の光が水のなかに最も深くまで射しこむ時間だった。けれども、下へ先へと続く広大な拡がりに日光がたどりつく前に、厚い煙のように絶え間なく動く海は光を吸収して弱めてしまうのだった。日の光がどこまで届くかなんて、誰にわかる？　水平線ぐらいまで遠くか、さらにその先までか？　でももちろん、今問題なのは下に向かってどこまで深く届くかであって、どこまで遠くに届くかではない。

槍で突けるぐらいのベラが誘い出されてこないかとメナクは待ちかまえ、水中で何かが形を成すのを待った。それは、忍耐のいるゆっくりとした仕事だった。静かに、少しずつ、ほんの少しずつ、蟹を潰しては、粉砕した甲羅や身を水のなかに放った。彼はハミングをし、時たま唄の一部を口にした。塩と砂混じりになった蟹の甲羅で、両手はごわごわになっていた。彼は手を水につけ、波紋がかすかに円を成してゆくあいだ、唄を歌っていた。そして見た——感じたのかも？——水中で何かが動くのを。彼が捕ろうとしているベラだろうか？　暗く青い深みのなかで動くああいう形象は、いろいろな感情や記憶を呼び起こす。甥っ子が頭をよぎった。爺さんも……　形を成した何かが動いた。人間か、魚か、何もいない。また行ってしまった。けれどもそいつがいなくなる前に、メナクは海の底に何か慣れ親しんだものを感じ取っていた。その何かからの深い脈動は、メロディやリズムだとか撒き餌が散りばめられた日の光だとかがそいつを空中に、日光の下に、彼のそばに誘い出してくれるまで、なかなか伝わってきてはくれないのだ。

メナクは息を呑み、深く息をついて、舌を軽く噛んだ。誰かに呼ばれたせいで、自分自身を取り戻してもいたのだ。儚《はかな》くて、一時的で、実体の無い自己を。海のそばにしゃがみこんでいた彼は、岩場沿いに振り返った。そちらの方では木々が激しい天候に背を向けるように曲がりながら深い陰をつくっており、彼のファミリーはそこで休んでいた。彼らの声が自分を呼んだのだ。

どうしたのかな？

みなが手を振り、身ぶりで合図をしていた。

彼は海に向き直った。鯨が一頭、メナクが立っている岩場に触れんばかりのところにいて、彼を見ながら身体を回転させた。メナクはその声を、その湿った吐息を聞いた。こいつを撒き餌で呼び寄せてしまったのか？　蟹や貝は、こいつには何の意味もない。この鯨は、人間の仲間を欲しがっている。陸にあがりたがっているのだ。でも――空をチラリと見やった。太陽はとてもとても低かった――今日という日はあまり残っていない。湾のはじっこからあまり離れていない入り江のそばの浜辺に、彼は火を起こすように指示した。

火の灯りが鯨の目に反射した。彼自身がそこに溶けこんでゆく。彼は、鯨になるのだ。

朝日と血塗れのうめき

ボビーが期待に溢れて砂のなかで爪先をもぞもぞとさせたかいはあった。というのは、友だちみんなにすぐに出会えたからだ。けれどもその前に会わなくてはならない人がいた。兵士キラムをすでに知っている、ジャック・タールに逃げられた誰かさんだった。

ボートの男たちは鯨の死体を船からはずしてつなぎ直し、浜辺で待っている者たちのところに戻ってきた。彼らの背後には、頭の無い鯨の白い死体がゆっくりと漂っていた。日が落ちて暗くなってゆくなかで形を失った肉が、光を放っていた。すると、暗い影がいくつも突き出るや死体を攻撃し、ナイフのように切り裂いたかと思うと、しぶきをあげてまた潜っていった。鳥たちが鳴き声をあげ、上に下にと宙を舞った。

ボビーは馬の後ろの粗末な担架から、キラムを解放した。脂と血がこびりついたシャツに、彼はその身体を覆われていた。しゃべることができず、しわがれ声をあげてうめいていた。四肢を動かせず、目だけが右に左に動いていた。

ボートの男たちもまた、あまり体調は良くなかった。所在なげにオールに寄りかかっており、ボートが浜辺につくとしぶしぶ立ちあがった。一つ一つの動きが、身体に痛みを引き起こしているようだった。彼らはほとんど話さなかった。舌と歯が口から落っこちるかもしれないとでも思っているのかな？

キラムを鯨捕りのためのボートに乗せるとすぐにボビーは馬をよたよたと歩いてゆくにまかせて、ボートに乗っている他の人々に加わった。おれたちには船医がいる、と男たちはキラムの脂と苦痛に塗《まみ》れた顔を横眼で見ながら言った。

それに、船長はそいつの顔にえらく興味を惹かれるだろうよ。

キラムは息も絶え絶えになりながら、甲板にうつぶせで横たえられた。

自分は間違いなくこの男を知っていると思う、と船長は言った。そして、彼の背中は縞模様のようになっているか、長らく癒えてない傷を抱えているんじゃないのかね、と尋ねた。ええまあ、そうですね。チェーンはその通りだと知っていた。船長は代わる代わる足に体重を移し替えながら、鼻を鳴らした。

私が懲らしめてやった時より、今の方が苦しそうだな。

キラムの目は大きく見開かれており、太陽と脂と泥が髭面にこびりついていた。

しかしだな、この哀れな男と同じくらい、あの港を仕切っているお偉方のみなさんにも責任があると思うのだよ。我々には船医がいる。黒人の少年が二人いたのも覚えているんだがな。船長の視線は我らがボビーの上に落ちた。チェーンが目を光らせているので、ボビーが背を向けると、船長はまた浜辺を見やった。

ええ、そうです、とチェーンは言った。この探検を始めた時は彼らもいっしょだったんですがね、でも残念なことに、姿をくらましてしまったんです。自分たちだけの方がうまくやっていけると思ったんでしょう。

ボビーには、浜辺にいる馬は見えなかった。死んだ鯨がロープで船べりに結わいつけられており、他にも数頭、鯨の死体が腹に旗を射されて湾に浮かんでいた。どの男たちの身体にも、塩が吹いて、鯨の血がこびりついて固まっていた。衣服はごわごわ、髪の毛はもじゃもじゃで、永遠に続くかのような日没の赤い光のなかで輝きながら、垂れ下がっていた……

チェーンは大声で楽しげに話したが、それは彼の元々の芸風だった。男たちといっしょにチェーンが歩いて行ってしまう前にボビーにわかったのは、その言葉の断片だけだった。チェーンは元気になっており、すでに事態を掌握していて、船長もまた手の内に入れていた。そうか、野菜がないんですね……

壊血病さ、と船長はチェーンに言った。けれども水夫たちに鯨を捕るのを休ませるわけにはいかん。鯨がまた陸地に近づいているとなればなおさらだ。我々は、この島で野菜を栽培したいと思っているのだ。さもなければ、ここのどこかで野菜が手に入るかどうか、知っているかね？

現地の芋がありますよ、とチェーンは言った。それに新鮮な肉も。ラムやブランデーや、その他の物品も、ご所望であればお売りできますよ。

その晩、ボビーは甲板の裂け目のようなところに潜りこんで眠ったが、遅くまで寝つけなかった。一人で放っておかれたうえに疲れていたけれども、興奮して高ぶっていた。船がどんなものか知ってはいたが、こんな甲板は知らなかった。鯨油精製炉《トライワーク》、と鯨捕りたちが呼ぶ燃え盛る炉が真ん中にあった。扉の裏から火が丸めた舌を出しては二つの大きな鍋を舐め、綱やマストに巻きあげられた帆を照らし出した。男たちが巨大なフォークで切り出された長い脂身を沸騰した鍋に放りこみ、大きなスプーンで油をすくい取った。乾いた葉っぱや古い骨のようにカタカタと音をたてる乾いた脂身の欠片を火にくべてかき立てると、影がいくつも跳ねてダンスした。ボビーは男たちのあいだを動き回り、彼らがどかどかと巨大なスプーンやフォークを持ってやってくると、素早く横によけた。また別のダンスだ。煙と焼かれた肉のにおいが、甲板の上で舞った。彼は動く光と影と煙を縫って索具を昇り、下で展開される舞踏とスペクタクルを全部見物できる場所まで上がった。

後でもう一度下に降りたボビーは、フルートか何かの調べを耳にし、ジグを踊るチェーンのステップが床板を振動させるのを感じた。もういい年のあの人は船長といっしょの船室にいて、驚くほど早く回復していた。数秒後、ダンスが止まった。たぶん、精神と気力ほどには彼の身体は元に戻ってはいなかったんだろう。

キラムは甲板の下のどこかに格納されていた。

ボビーは綱をクッションにして眠った。下に広がる深淵からは船を形作る材木が距離を取ってくれており、闇は濃厚に船を包んでくれていた。

数時間後、どなり声とどたどたと響く足音で、ボビーは無理やり起こされた。ボートがおろされ、ハンモックが曙光の暗がりのなかで回転しており、海からは霧が立ち昇っていた。湾が鯨でいっぱいだ！　ボートが先を争って船から離れてゆく。舳先にはそれぞれ男が一人立ちはだかり、男たちが六人で漕いでいる。遊泳している鯨が一頭視界から消えるや、銛手が慌てて銛《ハープーン》を手にしてオールのところから立ちあがる。続いてボートはそれぞれ、その鯨がまた浮上してくるのを待つというよりは、進行方向にいる次の鯨に向かってそこだそこだとばかりに突進するのだが、結局いつまでたっても射程には入らなかった。鯨捕りたちの数に対して鯨の数が多すぎるので、過剰なほど身体を回転させる鯨の動きの真っ只なかで彼らは翻弄され、獲物を絞り切れず、自分たちの痛む四肢と腫れている関節を思い起こし、抜けかけている歯が心配になってくるのだった。

湾の反対側にある陸地の向こうで太陽が昇り、回転する鯨の背の広大な拡がりと海霧の上で、根本から二手に分かれて吹かれた潮が大量に花開き、煌めいた。鯨たちが寄り集まってお互いに触れ合ったかと思うと、次の瞬間にはバラバラに離れて湾から出ていった。一本のハープーンが群れの後ろについている子どもの鯨に命中してボートが振り回されるや、すぐにすべてのオールが水から揚げられて、空に向かって立てられた。小さな群れから一頭の鯨が離れるのをボビーは見た。その鯨はすでに進む速度を遅くしているボートと、銛を撃たれて浮きあがってきた鯨に向かって戻ってきた。母鯨が攻撃された子どものところにたどりつくや、第二のボートから母親に向かってハープーンが撃ちこまれた。母鯨は水中に潜り、船の舳先はそれについていきかかった。船首で波を跳ね散らかしながら舟は湾を横切って進み始めたが、突然にその舳先が持ちあがった。それからボートの速度は落ち、揺れながら止まってしまった。

銛がはずれちまったんだ！　ボビーのそばで声がした。

鯨たちの群れが湾に向かって引き返してきて、第三の鯨捕りのボートがそれに相対すべく進んでいった。

湾の内側では、一人の男がボートの舳先から傷ついた子どもの鯨に槍のような銛《ランス》を突き刺していた。上に下にと、脱穀のための竿のように振り回される子鯨の尾を避けながら鋼鉄の銛を再度撃ちこむために、ボートは前に後ろに動いていた。水は血で泡立っていた。母親の鯨が戻ってきて、その身を子どもとボートのあいだに入れた。第二のボート、もう一人の男、もう一本のハープーン。さあ、母鯨が下に潜る。ピンと張ったロープがうなりをあげ、二隻のボートが衝突するのは必至に見える。進む方向は交錯している。でも、そうならない。ボートは水平線に向かって走ってゆく。ところが湾から出そうになったところでボートは大きく弧を描き、風に乗って戻ってくる。波の上を弾み、白くなった水が周囲で炸裂する。銛を撃たれ、ひどい重さの痛みを引っ張りながら、母鯨が子どものところに戻ってきているのだ。

舳先から銀色の銛が、刺す、また刺す。日光が鋼鉄にギラリと反射する。明るい色をした濃い血液の潮吹き。母鯨の尾びれが繰り返し掲げられては、死んだ子どものそばの水面を打つ。男たちはオールを使って尾による攻撃をかわす。尾が水面を打つ力は、一度打つごとに弱まってゆく。舟に立てられたオールは杭の列のようで、舳先にいる男は鋼鉄の槍を鯨に突き刺しては、捻じる。

鯨がうめく声が聞こえたように思い、ボビーもうめく。濃くて熱い血がボートに、男たちに、雨のように降り注ぎ、赤い染みが水中で大きく広がってゆく。子鯨、母鯨。それぞれの潮吹き穴に刺しこまれた旗がはためく。そしてその鯨の親子を殺したボートは、すでに湾の入り口のところで別の群れを追っている。体調が悪かった男たちが、元気を取り戻したように見える。鯨の血で生気が戻ったように。鯨捕りの舟は波の上を弾むように進み、お互いの航跡をジグザグに横切ってゆく。

浜辺で一つ火が焚かれ、煙がたなびいている。ヌンガルの人々の一団が、その焚き火と打ちあげられた一頭の鯨のあいだに立っている。この遠さからでも、ボビーにはメナクがわかった。さらに浜辺のその周囲では、青白く気味の悪い、昨日殺された鯨の死骸に波があたって砕けている。

まだ正式な見張りというわけではなかったので、ボビーは次々にいろいろな光景に目をやった。

人の注意は羊のように散漫になるのだ

ウィリアム・スケリーとジャック・タールは手始めに内陸の川をたどってゆくことにして、目の前にいる羊たちを追いたてていった。何か月も前だったが、その川はすごくいい牧草地に続いているんじゃないかとボビーが言っていた。川はすぐに細々と水が流れているだけになってしまい、やがては柔らかい砂地に筋がついて、水がたまっている場所同士をつなげているのでしかなくなった。ジャックがスケリーに、そいつはボビーが（またしても）羊には毒のある木だと言っていましたよ、と教えると、スケリーはしぶしぶ、そいつはすげえや、ともごもごと口にした。けれどもその毒のある木とやらを除いては、男たちは好きな場所で羊に草を食ませ、夕刻には低木の枝でつくった粗末な囲いのなかに入れて、ディンゴたちのたてる音に耳をすました。

彼らはそれから、マニトとメナクと大人の階段を昇りつつある二人の少年に出会った。彼らは笑みを浮かべながら再会し、老夫婦はスケリーとジャックがそれと気づくか気づかないかのうちに、もう火を起こしていた。マニトが片腕を掲げて土地の果てを指し示し、それから片手を羊に向かって振った。何かを表現しようとしている身ぶりだった。年寄りのものであるその腕は、筋は張り切り、肉は垂れ、皮膚には皺が寄り、肘のところは固くなっていたが、彼女の細くて曲がった指は、ある方向をはっきりと指していた。簡単につけるよ。今の道を逸れずに進みな。なんで進む方向を変える必要がある？　真っ直ぐ進んでいったなら、いつでも戻って来られるだろ。

船乗りの目のおかげだったかもしれないし、海が懐かしかったせいかもしれないが、ある日、数時間かけて花崗岩のドームにたどりついたジャックは、そこから後ろを振り返った。すると、また別の花崗岩の岩肌が、ユーカリの海の果てに青くあるのが見えた。それは島のように見え、木々が連なって立ち並び、水が流れているコースを教えてくれていた。川からそばにある別の川へと、土地を横切って水が流れているのだ。

スケリーは無口だったが、それでも口を開くことはあった。ジャック・タールはジャック・タールで、なかなかできた聞き手だった。初めのうち、スケリーは指示を出すだけだった。低木の枝を使って小屋や柵をどうつくるか、ディンゴがどんなに危険か。時には黒人の連中もな、と彼は付け加えた。チェーンさんはこういうふうに広い範囲を移動するのを勧めていてな、とスケリーはジャックに言った。羊には充分注意を払っていなくてはならんが。彼らはその老女（マニトとか何とかとか呼ばれている）に、ボビーによって引き合わされた。少年は彼女の甥っ子だか何だかだった。ボビーにはいたるところにファミリーがいるうえに、とても役に立ってくれていて、しかもこれまで面倒を引き起こしたことはなかった。それにしてもあいつらのなかには、若い女の姿はほとんど見られないんだよな、とスケリーは言った。彼がそういう若い女性、ボビーの女のいとこなんぞに会ってみたいと思っているのは明らかだった。年をとった男どもが、女の子たちを囲ってやがるんだ、と彼は頭を振った。若い男たちも、同じように牛耳ってる。

スケリーは、「イングランド人」とかいう自分たちの仲間を憎んでいた。おれたちの白いやつら、と彼は顔をしかめながら言った。そして黒人たちはというと、彼の下にいるわけだ。スケリーはそう考えていると隠しはしなかった。本国とは違った生活を、自分のためにここで鍛造するつもりなのだ。そうするしかない。戻れる場所なんて、ないんだから。おれが囚人だったのを、おまえは知っていたっけか？　おれはな、囚人だったんだ。ジャック・タールは何も言わなかった。おまえはあんまりしゃべる口じゃないんだな、とスケリーは言った。

今のところ、自分たちは海岸に向かって戻っているに違いない、と二人は当たりをつけていた。さらにそちらに近づいたので、海がチラリと見えてきた。風景が突然に開け、その時になって初めて、ジャック・タールの目にあの船が飛びこんできた。彼は祈りの言葉を口走り、船上の誰からも見られない場所へと慌てて身を隠した。

＊

メナクは腰まで水に浸かって、鯨のすぐそばに立っていた。鮫はやって来ないだろうという確信があった。鯨の目は霞んでいたが、それでもまだ浜辺の焚き火と青い天穹、それにメナクの姿を映し出していた。いっしょにマニトとあの若い女の子も。何かを待っている。

これほど多くの鯨による湾への来訪は、メナクでも古い物語で聞いたことがあるだけだった。砂丘には古い鯨の骨があり、骨から骨に砂を踏まずに歩けるところもあった。ちょうどその時、彼はこの場所の鯨の物語に深く入りこんでおり、その物語と共鳴していた。けれども、何か新しい要素があった。よく知られたリズムに何らかの即興と脚色が与えられていたせいで彼の気は散り、そちらに注意を惹かれ、物語から自分自身に引き戻され続けていた。まさに今というこの時に。浜辺の周囲のその先で、何かが鮫やカモメに貪り食われていた。鯨の死骸、鯨の中身。まだ新鮮で頭は失くなって、分厚い皮は剥がされてしまっている。あの船は、いったい何をやったんだ？　それにあそこには、若きワバランギンがいる。あの船から水平線の男たちといっしょに、舟を漕いでやって来る。ヌンガルたちがここ数日のうちにこの場所に到着するだろうと、メナクはわかってはいた。だが、そのうちの一人が海から来るとは予想していなかった。あの少年は男になりつつある。そして、余所者どもをいっしょに連れてきた。

彼は鯨の霊を解放してやるために、その身体に刻み目を入れた。ワバランギンの父親に、彼がかつてしてやったことだ。それにしても、あいつの横に今立っているのはどんな野郎なんだ？

＊

天井は兵士キラムの頭のすぐ上にあり、空気は良くなかった。意識は戻ったり失われたりを繰り返した。傷ついて変形した手足は、耐えがたいくらい痛んだ。おそらく、この船に戻った影響だろう。もっとも背中に縦横に走る傷跡が、普段から網のように痛みを身近に留めおき続けていたけれども。波が小さく、船腹を叩いている。

砂丘と砂丘のあいだから、ジャック・タールは浜辺へと近づいてくるボートの様子をうかがっていた。あれはジョーディ・チェーンさんかな、ボビー？　打ちあげられた鯨には、まだ生命の火が残っていた。尾がピクリと動き、浅瀬にいる若い女に向かって水のなかを素早く動く何かを見たように思った。エイかな？　いや、違う、行ってしまった。ボビーはもっと水が深いところをかき分けるように進んで、メナクと彼の横にいる数人の男たちに加わった。そのうちの一人は槍を構えていて、周囲の水に警戒しながら目配りをしていた。鮫を遠ざけておこうとしているのかな？　とジャックは思った。

チェーンが砂丘を回りこんで歩いてきた。ジャック・タールは船から自分の姿が確実に見えないようにしつつ、彼に会いに移動した。驚くべきことに、二日ほどしっかり睡眠をとり、船の上で慰安を受け、新たなビジネスの見こみが出てきたことで、チェーンは絶好調に近いぐらいの健康状態に復活していた。

あれは君の船長だと思うが？　チェーンは船の方向に、少し頭を傾けた。彼はおもしろがっているように見えた。

ジャック・タールはうなずいた。

君ら二人が絶対会わないようにはできると思うよ、とチェーンはまだ笑みを浮かべながら言った。でもな、おれはここでやることがあるからな、青年。で、君がここに羊といっしょにいるというのはとてもありがたい偶然でな。船長さんと彼の部下たちは、新鮮な羊肉を喜ぶだろうからな。もっともそれ以上に、あの人たちには野菜が必要だがな。気になっているのは……

話をしているあいだにも、チェーンは自分の羊の状態と、羊を入れておくためにスケリーが間に合わせでつくった囲いを検分していた。かろうじて流れている川の水を、彼は身体を屈めて味わい、まるでめったにない饗応ででもあるかのように舌鼓を打った。スケリーに話しかけているあいだはずっと、爪先立ったり踵をおろしたりを繰り返していた。

ジャック・タールはやりすぎないようにしながらも、船から目を離さず、昔の水夫仲間に出会わないように気を張っていた。船長に出くわしてしまうなんてのは、論外だ。

ボビーは砂丘を登った。ジャックは、そのあたりの砂がゆるみ出しているのに気づいた。下生えは砂丘をわずかにしか安定させておらず、たくさん人間が歩き回ったりするには不向きだった。ボビーはチェーンのように気分が高揚しており、ジャック・タールには、ぼくはこの鯨は食べないんだと伝えた。鯨は食べないんだ。多すぎるぐらいの人たちが、すぐここに食べに来るだろうけどね。

チェーンは、スケリーとジャック・タールにボビーといっしょに行くように命じた。彼が指示したのは――さもなければ、それができるような女を一人なんとかしてくれと言ったのは――どうやって地元の食べ物をこのあたりに集めて並べるかだった。彼は船長と船員たちに、例のすり潰した食べ物をつくってやって欲しがっていた。あるじゃないか、現地の連中が焼いているケーキみたいなのが。壊血病になっているんだよ、と彼は言った。船医は、たとえそれが糞みたいな味がしたとしてもビスケットと混ぜればいいから、と見立てを伝えていた。それにほとんどの連中が、ビスケットは水に浸さないと食べられなくなってしまっているんだ。そうしないと、歯が落っこちちまう。

老女が火を起こし、男たちが気がつく前に、その火は川岸まで走り去るように移動していた。火は猛烈に煙をあげ、いきなり燃え尽きた。

ボビーはジャック・タールに、あの人は鯨についてみんなに報せたんだよ、と言った。

＊

翌日の日の光がその火が残した灰の香りを解放した。スケリーとジャック・タールは、最初に種と塊茎を集め、それらをすり潰して焼いた。チェーンはこれが船員たちの助けにならないかと願っていたが、結果は残念なものだった。次の数日間にさらに多くの人々がやって来るにつれ、よりうまい具合にその料理ができるようになっていくのをスケリーはじっと見ていた。ほら、とボビーが言った。イージーだよ！　ほらとってもイージー、イージー、イーズィー。おやおや、ボビーが自分の英語を自慢しているよ。自分がうまい具合に「ズィー」と発音できるのを。特に自分の仲間の年長者の前であれをやる時と言ったら。

スケリーとジャック・タールは、キング・ジョージ・タウンにより近い場所にいる時とは違って、先住民たちが自分たちの女を隠していないのに気がついた。けっこう美人もいるじゃないか、微笑んで、弾んで、まったく恥じらいもせず。

＊

鯨油の精製をしている船からは常に煙が立ち昇っていて、ほどなく四頭の鯨の死骸が、波立つ湾を漂い出した。ジャック・タールは、砂丘が花崗岩の岬とぶつかって高くなっている場所に小屋を構えていた。そこからなら、船と湾を同時に見ていられるからだ。小屋をつくるにあたっては、古い帆布と鯨の骨を使い、水辺からずっと高い場所にしていた。そこは船と風下から漂ってくる悪臭を伴う煙や風からも守られていたので、彼とスケリーはたいそう重宝していた。ボビーはふだんからそこに出入りしていたが――そしていつも、誰かを連れてやって来た――彼もその小屋に感心していた。どうやってその小屋をつくったのか尋ねては、それを全部仲間に繰り返し説明してやっていた。

チェーンは、鯨捕りのボートにスケリーを応援に出そうと提案した。すぐにもう一人ほど都合できるから、とも言った。そしてジャック・タールには、大急ぎで川を溯ってケパラップの地所まで行き、できる限りたくさんのジャガイモと馬を運んでこいと命じた。

＊

数日後、ジャック・タールが入り江に馬とジャガイモといっしょに戻ってみると、骨と布でできた彼の小さな小屋をチェーンが接収したうえに、拡張までしてしまっていた。あの船のにおいがちょっとひどくてな、とボスは言い訳した。船に行きたい時にいつでも行けるようにボートが手配されており、船員のうちの何人かを上陸させていた。心配すんな、とジャックがボートに馬鈴薯を積みこむためにその場を離れようとすると、彼は言った。おまえのことを気にするほど、あいつらは暇じゃないよ。船長が褒美のラムをくれてやっているからな。あの最後の鯨を茹で終わったら、もうやっこさんの船は鯨油でいっぱいだ。あれはちゃんと残しておいてくれるだろう——と打ちあげられた鯨に向かって頭を傾けた——、黒い連中にな。どうせそうなる。

船長はキング・ジョージ・タウンに戻るつもりはなかったが、彼らを鯨捕りのボートで海峡のあたりにおろすのには同意した。キラムは回復しつつあり、みなでオールで漕いで、彼を入植地に運びこめるだろう。え、そのボートはどうするのかって？　私がちゃんととっておきますから、とチェーンは言った。ですけれど、おわかりでしょうが、我々はあっちの港からは出て行くかもしれませんからね。ひょっとしたらそのままずっと。だっておれたちは、ここクロース＝バイ＝アイランド湾で（彼はジャック・タールにウィンクした）あいつらをくつろがせて金を巻きあげりゃいいのに、ああいう結構な船をキング・ジョージ・タウンまで行かせてしまう道理はあるまい？

＊

黄昏時に、あるいはそのぐらいに、というのは太陽はまだちゃんと沈んではいないにもかかわらず岬の下にまでは落ちていたからだが、ジャック・タールは深い影にまぎれて心底退屈して座っていた。ラムといっしょに船員たちのうちの何人かとワイワイやれていたら楽しかったのだろうが、あの船に戻るのがオチ、というリスクを冒す気にはなれなかった。薄れゆく光のなかで、浜辺沿いに焚き火の光が輝き始めていた。打ちあげられた鯨から遠くないところに、ヌンガルの連中の人影が見える。そしてそのずっと先、川の流れを堰き止めている砂丘と砂丘のあいだの谷間のそばには、船乗りたちがいる。

　煙と光のせいで、ジャックは水中にいるかのようだった。ぼんやり眺めているうちに、打ちあげられた鯨は溶解し始め、脂肪と肉が剥がれ落ちて、その大きく開いた口からヌンガルの人々が長い列になって現れているように見えてきた。いや、ヌンガルだけじゃない。ジャック・タールの家族もだ。裸のまま彼らは歩み去り、横に並んで砂丘の連なりの向こうに消えていった。時折、後頭部で髪を束ねている人々のうちに、彼は自分の姿を認めた。砂丘の頂上に人がいるのが見え、さらにその先へと（砂丘を見ているのだけれど、まるでその砂丘を通してその先を見ているような具合に）長く一列になった人々がお互いに注意を払って話しながら、内陸部の地平線へと消えてゆくのが見えているような気がした。彼らが裸でいたり、髪を束ねていたりしているせいだろうか……　その奇妙な光のなかにある何かが、白と黒の見分けを難しくさせていた。ジャック・タールは、彼らのなかの何人かに呼びかけようとした。確かに自分の息子のはずなのに、少年は振り返りもせずに行ってしまった。妻と娘に呼びかけようとしたが、声を失っていた。走っていって彼らをつかみ、自分のところに引き戻したかった。でも、動けなかった。息子に、娘に、妻だと？　ジャック・タールにそんなものはいなかった。まだその時は。あの連中の一人ひとりには、顔が無かった。けれども、彼は子どもたちと妻を感じた。愛を感じ、彼らが自分のものだと感じたのだ。

　鯨の助骨のトンネルからは、人々がまだ出現し続けていた。日の光はほとんど消え、冷たい落日と焚き火の灯りが鯨の骨にへばりつき、光り輝く膜となっていた。人々はピンク色をしたその骨の洞窟から現れ続けた。沈黙して、静謐に、赤い舌のカーペットの上をジャック・タールに向かって歩んできた……　それはそれはたくさんの人々が。

びっくりして起き直ると、束ねている髪が揺れた。太陽は沈んでしまったに違いない。数時間ほど眠ってしまったのだ。こわばった身体を抱えて立ちあがり、鯨に向かって歩いていった。火が明るかった。動物は巨大で、その傍らにあらゆる種類の人々がいた。火の灯りで暗く照らし出されたその人たちは、炎の勢いが弱くなると、消えてしまった。

さらに近づきながら、ジャック・タールは自分が恥ずかしがり屋の野蛮人であるように思った。まだ夢を見ているのだろうか？　彼は人々の顔を認めた。一人は鯨の肉を切り取り、その油を自分の身体に塗りこんでいた。人影が宴をしており、鯨の脂が炎のところでぶくぶくと泡だっていて、鋭い緑色の串に刺された肉からは油が滴っていた。鯨油の臭いを嗅がないではいられなかった。

踊りと歌。若い男たちと女たちが鯨の油で身体をてからせており、筋肉が皮膚の下で振動していた。引き締まった若い乳房、滑らかな尻に長い太股。もっとそばによりたいんだけれど、いいかな？　ジャックは年かさの男を認めた。メナクかな？　ジャックはうなずいて微笑んでみたけれども、その男はそっぽを向いてしまった。ジャックは許しが欲しかった。打ちあげられた鯨のように孤立している場所から、広大な空間を越えて自分を導いて欲しかった。歌って、踊って、あの女たちを笑わせて、自分に視線を向けさせたかった。あの船乗りたち、以前の仲間たちとあいつらのラムは、どこにあるんだ？　けれども彼らに会うリスクは冒せなかった。誰かが船長にチクるかもしれないからだ。

小さなジャック・ラッセル犬が彼に向かって走ってくるや、吠えたてた。

ボビーの声がした。やあ、ジャック、ジョックを紹介するよ。ああそうか、もう会ってるよね、そうでしょ？

ボビーがジャック・タールのところに来た。言葉が彼の唇から零れ落ちては、何事かを説明しようとした。年寄りたちが行っちゃって、あの鯨たち、ぼくみんなブラザーたち、砂浜の女のところに来て、ぼくをちゃんと戻すんだ。

ほんとにね、ボビーがこんなふうに興奮しちゃうと、彼がしゃべるのにはついていけなくなってしまうんだよ。相手の言葉に合わせることをしないで、真っ向から話しかけられてしまうとさ。

ジャック・タールは、自分が船から逃げた際にボビーがどんなふうに自分を助けてくれたかを忘れてはいなかった。この少年の能力や頭の回転の速さだけでなく、彼が話す事柄にも常々驚かされていた。ジャック・タールは大きな耳を持っていた。彼はよく物事を反芻して考える習慣（そりゃそうだろう。多くの時間を羊とだけいっしょに過ごしているようだったし。たぶん川もお仲間だし）と鋭い観察眼を持っていた。それに、彼は孤独だった。

ちょっとしてから彼は話し始めた。若い人たちは……　男の人と女の人は、どうやって結婚するんだ、ボビー、きみらのあいだでは？

年寄りの女と若い男がいっしょになったりするね、時には、とボビーは説明した。特にどういう時かと言うと……　彼は言葉を探した。ダンスしたり、コロボリー（その単語を口にして彼の表情は一瞬明るくなったが、満足できず、話を続けた）とか、パーティーとか、ぼくたちはみんなでいっしょになって、どんちゃんやるんだ！……　でもね、年上の人たちが若い女の子たちをみんな持っていってしまうんだ。彼はジャック・タールを疑わしげに見たので、ボビーが好きな女の子には、ぼくは興味はないよとジャックは言った。でもきみのいとことか、女のきょうだいとかだったらどうかな、どんな人がそういう人の旦那さんになるんだろう？

ボビーは、唾がつけられた人たちについて、どんな具合に物事が進むのか説明しようとした。男の人は、大きくなったら自分の奥さんになる女の子の家族に、まだその子が赤ん坊のころから食べ物を持っていくんだ。その家族の面倒を、それはしっかりみるんだよ。それで、女の子がちゃんと大きくなったら、彼女はその人といっしょに行くんだ。家族は強くていい男の人を欲しがるね。

それなら、きみはたくさんの女の子をものにできるじゃないか、ボビー！

そんなことないよ。そんなに単純じゃないから。男たちと女たちのなかには、いっしょに行けない人たちもいるんだ。それに、唾をつけた女の子が大きくなる前に死んでしまった男の人がいたら、その子は他の男のところに行くんだよ。ビニャンみたいにさ、とボビーは言った。あそこで踊っている子だよ。あの子と約束していた人は死んじゃった。あのさ、たっくさんの人が死んだでしょ。たっくさんの人が病気。船乗りの人で殺す人たちもいた。だからあの子は、準備はできてるんだけどね。

それじゃ、あのビニャンは、とジャック・タールは話し始めた。話しながら、質問を形づくろうとした……

間もなくボビーはお腹いっぱいになって、眠くなった。重い瞼を抱え、声はかすれた囁き声より少しましなくらいで、もはやジャック・タールの質問にはついていてはいけなくなった。彼は身体を丸め、すぐに柔らかな音のいびきをかき始め、彼の呼吸は鼻と喉の小さなトンネルを規則的に、疾風となって通り過ぎていった。

ジャック・タールは自分の焚き火を起こし、その煙に思いを馳せた。煙が夜空に消えてゆく。浜辺の他の焚き火の煙と合わさって、上空のどこかに。彼は唄に、声に聞き入った。岬につくった彼の棲み処は高い場所にあったので、そこからは浜辺が弧を描いているように見えた。けれども、そんなに遠いわけではなかったので、輝く火と炎のそばでチラチラと人影が踊っているのが見えた。船乗りたちと、先住民たちがいっしょに踊っている。どんくさいウィリアム・スケリーもいるようだ。焚き火と月光で、海が輝いていた。暗くなってはいたけれど、鯨の巨体がまだ認められるように思った。ジャック・タールは肩越しに眠っている少年を振り返り、帆布でできた小屋を支える鯨の顎の骨が描く弧に目をやり、それから空の三日月を見た。鯨の骨、月、浜辺。木霊が響き合うように、形象が連鎖してゆく。ここことキング・ジョージ・タウンのあいだには、いったいいくつの白い砂の三日月が拡がっているんだろう。

その死んだ鯨が最後の吐息をついてから久しく、赦しを与えるようなあの目は曇ってしまっていた。

＊

チェーンとスケリーを乗せてあの捕鯨船がその場所を離れてから、二日が経った。キング・ジョージ・タウンの港がある湾の外で鯨捕りのボートがおろされ、キラムを浜に連れてゆくだろう。

人々の群れ（それは先住民たちだった。彼らは裸で例の有様であったけれども、その姿を見て、ジャック・タールは自分のことを思い起こさずにはいられなかった）が、悪臭を発する死骸の洞窟を出たり入ったりし続けていた。ハギス〔スコットランドの伝統的料理〕と羊の目玉を食って育ったにもかかわらず、臭いで辟易しているのはジャック・タールだけのようだった。岩と砂の合間に詰めこんだ、鯨の骨と帆布と節くれだった茶色の古木でできた小屋にこもって、彼はじっと一人、逆風に耐えていた。

ここ数週間でマニトが燃やした大地には新芽が顔を出したところがあり、残った羊がそれを食んでいた。ジャックとボビーは羊たちに川を溯らせて、農園まで草を食ませていかせるつもりだった。砂丘がいくつか連なっていた。最後の砂丘を越えると、ジャック・タールは湾を振り返った。遠くの砂浜で原形を留めていない二頭の鯨の死骸が波間で揺れており、鮫と鋭い鳴き声をあげるカモメにたかられていた。より近くにもう一頭の死骸が打ちあげられており、その少し風上に人々がたむろしていた。

船が去ってしまってから、しばらく経った。今度は羊がいなくなった。ボビーとあのジャック・タールも。メナクは自分の持ち物を集めた。槍《キジュ》と、槍投げ器《ドワク》と、ブーメラン《ケルル》はあるな。マニトはすでに立ちあがっている。彼女はポッサムの皮の袋を背負い、すでに出発する準備をしていた。あんたは年をとって、ずいぶん動き出すのがのろくなったわねえ、と彼をからかった。彼らはいっしょに小川《クリーク》を目指して出発し、若い女であるビニャンがマニトと手をつないでいっしょに進んでいった。

彼らは、反対側の川岸をたどっていった。

また鯨のシーズンが

ボビー・ワバランギン――花崗岩でできた岬のてっぺんのすぐ下にいる、冬の西風を避けているただの少年――は、鯨とボートを見つめていたが、あまりに遠いのでおもちゃか遊び道具のように見えた。

コンク・チェーンと残りの者たちが鯨捕りのボートを水辺へと押してゆき、船体が水しぶきをあげて砂浜から飛び出すや、そこに飛び乗った。コンクは船尾にいて舵取りをし、他の者たちは櫓を漕いでリズムをつかむ。ボビーには、誰が誰だか見分けることができた。ウラルにメナクにワバクリットは彼のアンクルで、キラムにスケリー、ジャック・タールは一番前で立ちはだかり、銛を投げる準備をしている。あの人のハープゥゥゥゥーン。（心のなかでボビーはその言葉を長く延ばし、最後は鋭く素早く締めた）ボートは速度をあげて岩礁の多い場所を抜け、浜辺に近い島を過ぎ、鯨の潮吹きが林立して霧がかっている水域へ向かっている。

鯨の群れの向こうには、船が一隻いた。（誰が乗っているのかな？）鯨捕りのためのボートが三艘、そこから出発し、すぐに帆を張って鯨の群れの方に向かった。

あの人たちはこっちを助けてくれるんだろうな、とボビーは思って見つめていた。彼の手足は櫓を漕ぐ真似をした。背中を弓なりにする。ファミリーと友だちといっしょに、漕ぐ。彼は鯨ともいっしょだ。船は彼らの鯨を湾に留めるのを助けてくれている。湾に留めておくんだ。いやあ、なんてたくさんの鯨だ。（莢に入っている豆よりももっとたくさん鯨をよこせ！　とジャックはいつも笑いながら言っていた）

一艘の舟が浜辺から進み、三艘の舟が海の側から近づく。

ぼくたちの方に鯨を追ってきてくれているんだ、とボビーは思い、興奮して軽快に上に下にと跳びはねた。すでに、船からのボートのうちの一艘が、一頭の鯨に銛を打ちこんでいた。ボビーが見ていると、そのボートは水面の方に傾いて転覆するかと思ったが、それから体勢を立て直し、男たちがオールを空に向かって立てて身を低くすると、ボートは跳ねるように進みだした。

「ナンタケットの橇走《そり》り」男たちがそう言うのを、ボビーは聞いていた。(ナンタケットってどこ？ 橇って何？)

もう一艘のボートも鯨に銛を打ちこみ、いきなりスピードをあげて水平線へと驀進《ばくしん》していった。ボビーが見ていると、舟から桶が水中に投げ入れられ、帆も水中に漬けられたけれども、ボートの速度は落ちなかった。

ぼくらの舟は、鯨たちのところにたどりついてもいない。それでも、近くに近くに近くに…… たくさんの鯨が残ったままで、落ち着いた様子だった。鯨は浜辺に、鯨捕りのボートに、さらに近づいた。

船も近づいてきている。

ボビーが向きを変えると、外国の船からの第三の鯨捕りのボートが速度をあげて、島の裏側に、視界の外へと消えていくのが見えた。彼は視線を戻した。船がぼくたちのボートと鯨の群れのあいだに入ってきた。

ガレー《ギャリード》だ。

彼が見ていると、男たちが怒って拳を振り回していた。口々に叫ばれている悪態は、想像するしかない。

鯨が暴れ出して手をつけられなくなった時、アメリカの鯨捕りたちはそういう言い方をする。

鯨たちが向きを変える。

一頭を除いて。

というわけで鯨の群れは外海に向かい、近づいてきた船と浜辺のあいだにいるのは、一頭の鯨と、一艘の鯨捕りの舟と、銛を投げる準備をしているジャック・タールだけになった。

岬の高い位置にいるボビーは、想像のなかで銛《ハープーン》を投げた。すると鯨が潜って、ジャック・タールは倒れこみ、ボートは竜骨を大きく傾かせ、舟べりの片方はほとんど水没しかかったが、急に船と鯨の群れを追っかけだした。ボートは水面をかすめ飛ぶように進み、舳先には白い泡が立ち、男たちは身体を折って前傾し、オールは宙にあげられた。

や！　みんなと——鯨と鯨捕りたちと——いっしょになりたい。一つの楽しい仲間、一つの大きなファミリー。

別の鯨捕りのボートがまた島の後ろから現れて、湾に向かって漕ぎ進んできた。ありゃ絶対しくじったな、とボビーは思う。それから自分たちの鯨捕りのボートに気づく——なんて速いんだ！　まっすぐ島の後ろから出てきたボートに向かっている。すると、もう一艘のヤンキーどもの鯨捕りの舟も、あっちの水平線のそばあたりからすごいスピードでやって来た。舳先が白い波をたて、舟が跳ねるぐらい速度が出ている様子が、まだ鯨が疲れていないのを示している。

興奮して、できる限り目線を高くするように立ちあがり、足を踏み替えながらダンスをし、二艘の攻撃的に突き進むボートが、ゆっくりと進むボートに急速に収束するように接近してゆくのを見つめる——そのボートは絶望的に人力だけで、オールで漕がれている。母船ですらゆっくりしてもたもたしているように見える。ぶつからないですめばいいけど。

鯨の群れは、今ではより速度をあげて泳いでいた。霧のように潮を噴きあげながら、湾を離れてゆく。鯨の吹く潮は風にとらえられ、雨と海からのしぶきといっしょになって巻きあがり、ほとんどあちら側が見えないくらいだ。

ヤンキーどもはオールにもたれかかって、舵取りは棒立ちで、ぼくたちのボートが進みたいのはそっちではなかったのだけれど、鯨の群れが方向を変えさせたに違いない、だって……

ボビーは激突する様を目にし、すごい音が聞こえるかと思ったが、そんな音は響いてこなかった。彼が耳にしたのは風と、植物がカサカサいう音と、砕ける波の音だった。コンク・チェーンのボートがもう一艘の船尾に乗りあげると——舵取りはその一瞬前に身を躍らせていた——乗りあげられたボートは宙に舞い、男たちが莢から豆が出るように飛び散った。それからボートは水中に突っこむように落ちてゆき…… 波にもまれて舳先が持ちあがった。ボートが波間で揺れていた。

綱を切って！　ボビーは叫んだ。でも、そいつはもう済んでいたようだ。やるじゃない？　なぜってボートはちゃんとあって、海面に突き出された頭がいくつか、同じように波間で揺れていたからだ。爪先立って跳ねながら、ボビーは、チェーンのボートに乗っている人々が海にいる男たちに手を差し伸べるのを見た。チェーンが叫んで命令を下している。

＊

ウラルが服を脱ぐと沈みゆく太陽が、油が塗られた暗い色の肌の上にある水滴を照らし出した。頭を振ると、髪の毛から顔中にびっくりマークみたいに水が飛び散った。彼が笑うと、顎鬚のなかに歯が輝いた。あの人を見なよ！　海と、風と、雨と、そういうののエネルギーでいっぱいだ。鯨のサイズと力なみの！　ウラルはほとんど泳げなかったが、それでも海上で鯨に銛を打ち、捕えることができた。

キラムは普段通りむっつりとしていた。ボートが砂の上に揚げられるや、すぐにいつもしているようにズボンを膝の少し下まで巻きあげ、シャツは肩のところまでたくしあげ、どこに行ったかというと――ボビーにはわかっていたけれど――酒《グロッグ》を探しに行った。

もう暗くなりかかっていたが、スケリーはボートの舳先に手を走らせて、舟の傷みを検分していた。彼は自分たちの幸運と木材の強さが信じられないままに、何度もそう口にしながらボートの周囲をよたよたと歩き、舟を褒め称え、自分のペットでもあるかのように軽く叩いてやった。

メナクは離れて立っていた。彼はよくそうしているのだ。この時は、ウラルが彼のために起こしてやった小さな二つの焚き火のあいだにいた。みなであたるための大きな焚き火に加えて焚かれた火だった。メナクのそばまで行って、彼を人間のように微笑ませられるのは、ここのところ犬のジョックだけのようだった。犬はワンワンと吠え、短い尻尾を振り、ウラルがかまおうとするのを無視して、こっちの腕に飛びこんでこい、とメナクが合図するのを待っていた。

ウラルとジャック・タールだけがボビーに注意を向け、彼が何を目にしたかを聞くために立ち止まってくれた。ジャック・タールは、ボビーの肩に腕をまわした。すぐにおれたちといっしょにいるようになるぜ、と彼は言った。けれども、彼の目はボビーのいる先を眺め回して、自分の女を探していた。

チェーンは言った。男が六人、いや七人か。少年が一人いるからな。鯨捕りの舟を操るには、ギリギリだ。現実問題として、満足にはやれんな。

彼はメナクの方を見たが、メナクは背を向けた。

キラムがカップを手にして、火の方に歩いて戻ってきた。ガレーだってよ、と彼は繰り返し口にし続けていた。あいつらに権利はねえんだ。ここで守られるべきは英国の法律なんだから。背中の傷跡が、彼の怒りを縫い留めていた。外国の連中が咎めだてされずにおれたちの湾に入ってきて、と彼は続けた。漁をしているなんざ、とんでもねえ話だ……

しかしチェーンは、あのヤンキーたちを救いあげて船に返してやったのは正しかったと確信していた。あの船長と話をしたいとも思っていた。いっしょにやっていけるかもしれないし、彼らの船を鯨油でいっぱいにする手助けもできるかもしれない。連中が新鮮な肉をどんなに欲しがっているか見てみろ。カンガルーが好きかどうかは別にしてだな。おれの働き手たちは、あの船長の乗組員たちからまだたくさん学ぶべきことがある。あいつらがそれは素早く獲物の鯨に取りつくのを見たことがあるからな。ボビーなら、舵を取れるように訓練できるかもしれない。チェーンには取りかからねばならない大事があった。投機的な事業が他にいくつもあったのだ。

キラムは一人毒づいて、身を翻した。

＊

ヤンキーたちの船は、島と岬に挟まれた風雨から守られた場所に停泊していた。その向こうの海はひたすらに形を変える暗闇のくぼみの集まりで、波が立つごとに大海の腸《はらわた》が波頭の先から血を流していた。

船は帆を巻きあげて、自らの内に引きこもってしまったようだった。小さなボートが浜辺に向かい、ヤンキーを一人――ブラザー・ジョナサン、とチェーンは前にいた男と同じ名前をそいつに与えていた――砂浜に吐きだしてはいたけれども。チェーンは水しぶきをあげながら近づき、片手を差し出して、そのヤンキーを歓迎した。それにしても大きな声だ。笑い声もでかい。チェーンはブラザー・ジョナサンの両肩に両方の手をかけて、砂丘の上の方にある彼の小屋に導き、そのあいだにジョナサンの部下たちはスケリーとウラルといっしょに、食事とラムがある場所にふらふらと行ってしまった。キラムの姿はどこにも見えず、メナクは水の流れを堰き止めている砂丘のそばに野宿していた。そこは、海からは隔てられていた。ジャック・タールはボビーの女きょうだいのビニャンに会うために、人目を忍んでどこかに行ってしまっていた。

ジャックはビニャンのファミリーと彼女の死んでしまった許嫁のブラザーと話すために、ボビーといっしょに何度も出かけていた。彼女の許嫁のブラザーはすごく年をとっていて、よぼよぼの男だった。ジャックは斧にナイフに、羊を一頭持っていった。砂糖にラムに小麦粉も。ボビーが言葉を教えてくれたが、いつまでたっても舌が回りきらなかった。彼はその女の子から目を離せなかったが、彼女の方はそばによってこないままだった。古いシャツで彼女のためにドレスをつくると、彼の目の前で彼女はそれを着てくれた。完全におれのもんだ、彼は自分に言った。やった、うまくいきそうだ。

というわけで、ボビーは気がつけばボートのそばに一人で立っていた。砂の上に、海のはじっこに。打ちあげられちゃったみたいだな。元々はキング・ジョージ・タウンでチェーンの子どもたちといっしょに勉強していて、一つ屋根の下に寝ていたんだ。間違いなく、今はチェーンといっしょにいるべきだ。

ジョーディ・チェーンは、他の者たちから離れた場所に野営地をつくっていた。砂丘のずっと遠くから部下たちに引っ張って来させた鯨の顎の骨に、油を引いた布をかぶせて小屋をつくっていたのだ——あの骨がどうやってあそこにたどりついたかは、神様しかご存じあるまいて。この方が、天井を高くして布で屋根をつくるよりもはるかに耐久性があると、彼は気づいていた。それに、小屋の奥には乾いた場所が充分にある。彼は小屋の入り口に近いところで、小さな火を燃やした。

この狩りでは、私はまだ新米でしてね、とチェーンはブラザー・ジョナサンに、この男は鯨捕船の船長にしては若いなと思いつつ言った。あなたは私よりも若いけれど、彼は続けた。いろいろと教えていただかなくてはなりません。その男は顔をしかめてから、ニコリとした。ひよっ子のボビーでも、チェーンが船長をおだてつつ、甘言を弄しているのがわかった。

あんたにはボートが一艘足りないし、人員も必要でしょ……

そして、二人の男は合意の乾杯をラムでした。星々に向かって弧を描き、炎で輝く鯨の顎骨といっしょに。もう二、三頭鯨を捕れば、ブラザー・ジョナサン船長は、運搬するには限界まで油を手にすることになるだろう。三艘のボートが船と浜辺のあいだでうろうろしたりしなければ、そうなるのにそんなに長くはかからない。チェーンはクジラヒゲを全部取るだろう。ファッションに夢中のご婦人がたのコルセットの芯やスカートの後ろを広げるバッスルのために、鯨のヒゲにはまだ需要があった。一年のこの時期には、数えられないくらいの鯨が湾に入ってくると、ここに元々住んでいる連中が言っている、というチェーンの話をジョナンサン船長は受け入れた。本国に戻るとなったらできる限り多くの鯨油を積みこんでいけるように、ジョナサン船長はもはや必要のない装備をチェーンに残していってくれるだろう。チェーンは欲しい物のリストをつくった。鯨油を精製する鍋、捕鯨用のボート、ハープーンにランス、綱……

その鍋は、浜辺のそばまでぷかぷかと浮かんで運ばれてきた。水の上では不安定で、どこか変で、ボビーがキング・ジョージ・タウンの港に浮かんでいるのを見たシルクハットがあんな具合だった。チェーンの部下たちが、水をかき分けてそちらに向かった。ボビーは手助けできなかったが水に飛びこみ、もごもごと聞こえる声や、やかましく鳴る自分の鼓動に水中で耳をすましていた。彼は鯨になって、腹が上になるように身体を回転させた。肌に塗りこんだ鯨の油が、身体の熱を保ってくれている。

彼は砂浜をスキップしてゆき、鍋にはほとんど触れなかったけれども、それを岩場まで転がしてゆくのを手伝った。そこは花崗岩でできた小さな岬のちょうど風が当たらなくなっている場所で、ゆるやかに下まで斜面が続き、海にゆきついていた。そこは堅固なシェルターになっており、静かだった。キラムとスケリーは鍋を据える炉のために低い壁をつくり、それから周囲により大きな壁をつくって、鯨油が雨でだめにならないように屋根をつけた。ジャック・タールは少年が興味を持っているのに気づいて、全部説明してくれた。たくさんの鯨の脂身を溶かせるだろう、とチェーンは期待していた。彼の満足げな笑みは、しかめ面に取って代わられた。彼は男たちに言って聞かせた。鯨たちが来るのは一番寒いころだろ、波を越えて浜からボートを出すのだけでもたいへんな時期だ。鯨が現れたらあっという間に海に落ち、船酔いになり、お互いにハープーンをぶちこむはめになるかもしれない。海はボートと鯨のあいだで盛りあがって山のように見えるだろう。雨はバケツをひっくり返したみたいだろうし、雨漏りがあれば油はだめになるし、かまどもいかれてしまう。それに毎度のことだが、男ってのは、ラムをもっともっとと欲しがるからな。

こいつはリアリズムであって、悲観的な見方をしているわけじゃない。良く計画しておくとは、起こるかもしれない最悪を想定しておくことなんだ。そして、腹を据えて事に当たるのさ。

ボビーが聞いたところでは、チェーンは奥様にこんなふうに話したんだそうだ。このめちゃくちゃな気候のなかで貧しい土地で働こうとするよりは、鯨を捕った方がましだろう。農業をすれば先住民の連中とトラブルがあるだろうし。一番いい土地は、あいつらにとっても一番いい土地なんだから。

それに、あちらはおれたちよりずっと数が多い。

ボビーはその言葉を聞いて、一人で繰り返してみた。そして言った。その通りだね。ぼくたちは、多い。キング・ジョージ・タウンにいる連中みんなと喧々諤々《けんけんがくがく》言い合いしているぐらいなら、鯨捕りの方がましなんだ、とチェーンはうめくように言った。黒い連中に助けてもらうにしても、こっちの方が頼みやすいしな。

こちらもその通り。メナクとウラルは、あのおもしろい人たちを歓迎していた。彼らはここに来てから数日も経たないうちに、野営地にやって来た。来るやいなや、すぐにボビーが彼らを笑わせた。そして、ピッチを見せてあげた。スケリーの指示に従ってボートの船体全体に塗り広げた、あのピッチだ。その場を去るにあたって、新参者たちはそのべたべたした物を少し持ち去っていった。器のようにたわませたペーパーバークの樹皮に恭《うやうや》しくそれを載せて、零さぬように慎重に運んでいった。石のナイフや斧も持っていった。

チェーンは、この冬に自分の運を試してみるつもりだと言っていた。たぶん、チェーン夫人と子どもたちをこちらに連れてくるだろう。ちゃんとした家を建ててから。うまくいくなら、あの捕鯨船のうちの何隻かをキング・ジョージ・タウンからこっちに呼び寄せるつもりなのかもしれない。それにああいう船にしたって、ここから出航してゆく方がうんと容易いだろう、とりわけ夏にいつも吹いている東風があれば。

でも、チェーンの気持ちと計画と夢がどんなふうにみんなから逃げていってしまうのか、ボビーにはわかっていなかった。

＊

夜も深まり長い弧を描く銀色の浜辺のずっと向こうから黄色い月が空に現れると、ボビーは砂の上に立った。足の下には鯨の骨があった。背後の砂丘にも、鯨の骨がある。振り返ると、砂丘のてっぺんにチェーンの焚き火が見えた。その後ろでは星々を背景にして、大きな顎骨の影が弧を描いていた。彼はすでに眠気に誘われていたが、心のなかでは鯨が浮上し、回転し、海の沖合から続く道筋を月と太陽が昇る右手側に向かってたどっていた。鯨たちが、帆がある船では進めないような方向に風に逆らって突き進んでいる。彼らの兄貴分の鯨たちの大群がしていたように泡と霧を撒き散らし、白く殴り書くように水をかき混ぜながら。

ブラザー・ジョナサンのような船長たちも、みんなあっちからやって来た。水平線のどこかから。

灰色の海で太陽に照らされながら鯨が潮を吹くのを、ボビーは見た。花が咲くようだ。そして、本当の花も咲き出した。彼の背後にある砂丘のいたるところに、その先へとうねるように続く大地に。鯨たちが来た。小川《クリーク》となって流れてくる水がそいつらに会おうとして、堰を切ったように海にたどりつく。カンガルーは風に背を向けて、太陽が昇る内陸を向く。蛙が地面から這い出てくる。脈動する季節に呼び出されたのだ。

今日海に飛びこんだ時、ボビーは鯨が歌うのを聞いた。あいつらは、ぼくのために歌ってくれていたんだ。

濡れて輝く

まあとにかく、ボビーはクリスティーン・チェーンとクリストファー・チェーンとまたいっしょに遊べるようになってうれしかった。授業を受けることだって楽しかった。どうしてって……習字の時間だったら、誰かが他の人のチョークやペンを隠しちゃったりするだろ、本読みの時間なら、聞いている連中が突っこみをいれたり、ちゃちゃをいれたり、それどころか口笛を吹いたり、レモンを食べた時のように口先をすぼめて見せるかもしれない。で、本を読んでいる子の口はおかしな具合になってしまって、ちゃんとした言葉なんて出てくるはずがないのさ。

ボールを使ったゲームもした。トランプを使ったゲームも。コマに、骨に、ロープに。ボビーは回転するペーパーバークの樹皮でできた的《まと》に向かって槍を投げるゲームを知っていた。紐を使ったものも。チェーンの子どもたちはフープを持っていた。それは円盤に似ていたが、円のはじっこだけがあって、内側にはぽっかり何もなかった。クリスティーンはフープを手首のところで回してから空中に投げあげ、それをまた受け止めた。ボビーも同じようにできたし、短い棒でそれを回しながら走れもした。クリストファーは、それは女の子の遊びだからと言って、いっしょに遊ぼうとしなかった。彼は本と船の模型のところに行ってしまい、虫眼鏡と死んだ昆虫を抑えつけるピンをいじくっていた。ボビーは模型を見て喜んだが、クリストファーがそのうちの一つをボビーの手から取りあげながら説明してくれたように、とてもデリケートな物だった。虫眼鏡もまた驚きで、自分の皮膚の筋やら渦巻きやらが、彼の知っている木の幹か岩ででもあるかのようだった。それに、太陽の小さな輪をそいつで引き寄せて火を起こせもするのだ。だけどそいつもまたみんな貴重な物だそうで、そのうえ壊れやすく、クリストファーは一つしか持っていなかった。ここには、他にあんな物があるわけない。クリストファーは葉っぱを木から取ってきて、花もそうだが、吊るして乾かすか、本の頁のあいだに挟むかした。

クリスティーンはフープを踝《くるぶし》のあたりで回して、片脚を上げたり下ろしたりした。それを腰の辺でも回して、お尻をぐるぐると円のように動かした。そして両腕を高く上にあげると、集中して顔を真っ赤にした。それを見ていると、ボビーはクロース＝バイ＝アイランドの鯨の周りで踊っていた若い女たちを思い出した。

かくれんぼもした。二人だけで。最初、ボビーは扉の後ろや机の下に隠れたり、外に駆け出していったりした。けれども自分が見つける方になると、クリスティーンをなかなか見つけられなかった。彼女が隠れるところといったらベッドの下とか、シーツの下とか、吊るされたドレスやコートのあいだに真っすぐ立っているとか……ボビーが隠れると、クリストファーでは決して見つけられなかった。けれどもクリスティーンとだと、彼女が近づいてくると、いつも自分から開けたところに出ていってしまった。なぜって、いいじゃないの。笑い合うのも、負けるのも、クリスティーンに勝たせるのも。

シーツの下や吊るされたドレスとコートのあいだで肌と肌が触れ合ったり、彼女の温かい身体がもたれかかってくると、ボビーは困惑して、興奮した。

クリスティーンは興味津々だった。裸でいるんでしょ、ボビー、ここにいない時は？

え、うん、そうだよ。そんなのは、考えたことさえなかった。

女の子や女の人も？

男のものを意味するメルトという単語と、女のものという意味のテルトという単語を、彼は彼女に教えた。川に下って水が湧いているそば、でもまだ海からは遠いところで、海と空の唄を彼女のために歌った。その唄は、鯨に捧げるものだった。ぼくを遠くへ連れていっておくれ。イルカに向けての唄もあった。あいつらのもとへぼくを連れていっておくれ。コビトペンギンの胸にある柔らかい毛についての唄も。ぼくたちを心地よくしておくれ。ボビーの声は柔らかく、ほとんど囁くようだったけれど、何か溢れんばかりの、大いなる深みあるものに満ちていた。

彼女にキスを意味する言葉を教えた。唄もあるんだ、と彼は言った。ぼくのお爺さんが教えてくれたんだ。ずっと昔に死んじゃったけどね。でも、みんな歌うんだよ。みんなが今でもその唄を歌うんだ。丘の上からじっと見る、彼女が若い男と逃げてしまうのを。若い男だ、ブンジニン。ボビーは口を尖らせて歌い、ブンジ、ブンジ、ブンジニンという音を出すと、舌の先は歯のあいだでだけ動いた。

クリスティーンは、その単語を習得した。唄は歌わないにしても、唇を突き出すようにする動きは習得した。口を尖らせて、キスをする形にするのだ。二人はその唄をいっしょに歌い、顔を近づけ唇を突き出した。

自分たちが住んでいる場所で遊ばない時は、クリスティーンはボビーと自然のプールで会った。身体を拭いてチェーンからもらった服を着るまで、ボビーは冷たく仄暗く湛えられた水で濡れて輝いていた。ジャック・タールがそこに小さな小屋を持っていて、ボビーは自分のいっちょうらと他の荷物をそこに置いていた。

いつもゲームをした。すごくたくさんのゲームを。

ある時、クリスティーンはお風呂に入っていて、ボビーがノックしたのを聞いていなかった。彼がドアを開けると、そこに彼女がいた。赤く火照って、濡れて輝いていた。

二人はどちらも、お互いが濡れて輝いているのを目にしたわけだ。

別の時、彼はノックをするやなかに飛びこんだが、火のそばのバスタブのなかにいたのはチェーン夫人で、髪の毛をアップにして、そばかすの出ている肌はピンクで輝いていた。彼女は目を大きく見開いて、両腕で胸を隠し、彼の目を真っすぐに見た。きつく。ボビーは後ずさると、扉をそっと閉めた。

＊

ビニャンは、ケパラップのジャック・タールの小屋で彼といっしょに暮らすようになった。彼女はマニトとメナクといっしょにやって来て、二人はジャックが差し出した贈り物を持ち去った。珍しい服飾品とか、斧やナイフや鏡といった道具、食料。水を川まで流れこませている泉があり、彼はその泉から遠くない場所に小屋をつくった。その反対側にはスケリーが、チェーンの羊のために粗末な囲いをつくっていた。次にマニトとメナクが来た時には、老女はビニャンを通り過ぎてジャック・タールのすぐそばに立ち、あの水辺から羊を離しておくように、と彼に直接言った。涙が溢れるところのそばに小屋はあってはならない、と言っているのだと彼は解釈し、困惑した。マニトとメナクはビニャンを呼び出して、いっしょになって葦とイグサと他の植物の葉っぱで岩から水が出ているところを囲った。彼らを喜ばすために、ジャック・タールは水がちょろちょろと出る場所の両側と、泉そのものの周囲に背の低い木で粗末な柵をつくった。ジャックは、なんでおれがわざわざこんなことをしなくちゃならないんだと思った。メナクの目はジャック・タールがそこにいないかのように、彼を飛び越えてその先を見ていた。彼らが行ってしまうと、ジャックはまた羊にそここの水を飲ませた。

ビニャンが羊を連れていってしまい、ジャック・タールは何日も、彼女を見つけられなかった。追いかけているうちは怒っていたが、彼女を見つけるや、つい謝ってしまった。二人がいなくなっていたのに、チェーンは気づかなかった。ということは、一頭ぐらい羊がたまにいなくなっても、なんとかなるんだな。

ジャックは牛の乳の絞り方を教えた。彼女の横にひざまずいて、いっしょに手を動かし、乳房から乳を搾った。彼女に向かって牛乳を飛ばし、お互いの指についた牛乳を舐めた。ビニャンは雌牛の世話と搾乳を、自分の責任ですることにした。すごく朝早く起きるのは、彼女には何でもなかった。ビニャンは、日中はその動物を見張りながら動かしてやり、牛が大きな目でこっちを見るので、まだ話ができない子どもが何かを頼んでいるみたいだ、とジャックに言った。

というわけで、チェーンは一人分の代価で二人分の労働力を得たのだった。もっと安あがりだったかもしれない。というのは、ジャック・タールにはせいぜい彼の食いぶちぐらいを与え、司直の手が及ばないようにしておいてやればよかった。ビニャンは彼がいなくても羊の世話ができたし、チェーンが引き揚げた古い捕鯨用のボートにジャックがかかずらっていると、よく一人で一日中、羊を追って出かけてくれた。ジャックが考えるに、作業が終わればあの石の障壁――ある意味それは、故郷にある運河の閘門《こうもん》に似た働きをわずかだがしていた――の下流側に舟を滑らしておろし、鯨を捕る場所へと船出できるだろう。

クロース＝バイ＝アイランドの捕鯨場に出かける期間、ビニャンにずっと羊の番をさせているというのは、ジャックとしてはありえなかった。スケリーに自分でやらそう。さもなければ誰か手伝ってくれる者を探そう。スケリーは、機会があるならいつでも黒人の女をいただいてしまうだろう。もしわがままが言えるなら、ジャックは捕鯨場に出向くのも拒んだろうが、作業が終わり次第そこに船出するぞ、とチェーンには言われていた。彼を農場から引き離したがっていたのだ。チェーンの妻と子どもたちに、白人が先住民の黒人と夫婦のように暮らしている姿なんぞ見せられるわけがない。じゃあ、こうしましょう。ジャックは出かけるが、ビニャンもボートに乗せて連れていく。ボビーもいっしょに来てもらう。働き手としてはそれで十分だった。チェーンと彼の奥様には、好きなようにやきもきしていてもらおう。

いやいや、時々すごくいい気になってしまうことがあったんだよ、ジャック・タールという男は。世界だって丸ごと引き受けられるんじゃないか、と思っていたんだな。水夫の技術を使って、帆布からビニャンのために衣服を縫ってやった。彼女にはちゃんと服を着て、自分の目の前でだけ服を脱いで欲しかった。やっこさんがどう考えていたにせよ、ビニャンにしてみたら何かすごく新しくて、エギゾティックだった。自分の身を衣服に包めば、男に対して大きな力を及ぼせるようになるのだから。

噂によると、キラムはすでに捕鯨の現場におり、中国人から何やら技を習得しているとのことだった。ヤンキーやフランスの捕鯨船がまた現れた時に備えた菜園は準備万端だろう。ジャックがつくまでには、スケリーもそこにいるだろう。

海のなかと海の底

かつて囚人であったウィリアム・スケリーはまだびっこを引いており、残りの人生もそうだった。脚がこわばったり痛んだりするからというより、そうしていると、自分が槍をくらった記憶をずっと心の内に、倒錯的に抱き続けていられたのだ。

というわけで、チェーンがご所望の小屋の寸法をびっこを引きながら彼は歩測していた。この小屋は、捕鯨場にある鍛冶場を囲むようにつくられる。スケリーは常々考えていた。どうやったら、もっとチェーンが雇い続けたがるような立場に自分をおけるか、どうやったら、必要不可欠な存在に自分をできる限り近づけられるか、どうやったら、ここやケパラップだけでなくキング・ジョージ・タウンでも、そのうち必要になる道具や装備を手に入れられるのか。必要になってくるのは——もうすでになっているのだが——ボート、馬車や荷車、突堤、教会、倉庫、羊毛刈りのための小屋…… そして、こういうありとあらゆるものをもたらす技術を持っている人材は、どこにいるっていうんだ? スケリーは自分の胸を叩く。おれだろう。おれしかいないじゃないか。

これまでずっと、チェーンは鯨捕りにかかりきりだった。何かを建てたり、ちゃんとした生活の基盤を整備したりすることにあまり時間は割かなかった。曰く、投資の見返りがほしいんだ、今すぐに。何年も時間ばかりかかっちまって、と彼は言った。直近の捕鯨のシーズンに、彼は二、三隻のアメリカの捕鯨船と手を組んで仕事と利益を分け合い、あれこれ取引をしてうまくやっていた。主要な取引の物品は、新鮮な食糧だった。ここから先の数年は、湾のあたりでうまい具合に仕事をしていけるだろう、とチェーンは踏んでいた。耳を傾けてくれる者たちになら誰にでも彼は言った。おれはここを単なる漁場ではなくて、キング・ジョージ・タウンに伍するぐらいの港にしたいんだ。キング・ジョージ・タウンの港に入る必要がある船なんて、いなくなっちまうぐらいにしたいのさ。特に、おれみたいな商人が助言してやっているのに、わざわざあっちで使用料や手数料を払っている連中は、何とかしたいね。あのあほんだらの総督め。挑発されるまでもなく、チェーンは繰り返し口にした。

というわけで、今やまたしても、スケリーはクロース＝バイ＝アイランド湾に引っ張り出されていた。鯨の季節でもないというのに。あの簡単に建てられる家をもう一軒、チェーンが建てて欲しがっていたからだ。働き手の男たちには、もう少し簡易な建物を幾棟か建てようとしていたし、樽を貯蔵する小屋だとか、食料保存庫も建てたがっていた。チェーンは、来期にはコックを一人雇うつもりだと言っていた。庭園もつくろう。すでに、沼地の周りを造成していた。しかし、そこにいたのは、チェーンとスケリーだけではなかった。キャラヴァンというかジプシーの群れというか、そんな感じで相当たくさんの人がいたし、荷馬車やら何やらもあった。ジャック・タールがマニト婆さんを特別な存在のように遇する眺めは、スケリーからすると愉快だった。タールは彼女の言葉を学んでいる最中で、それを見せびらかしていた。あの若い女をやつにくれてやったのは、あの年配のお嬢さんに違いない。でなかったら、なんであの女がついて回るっていうんだ？スケリーは、あの若い女については別に気にしていないようだった。あの時から今までのあいだに、たぶん何人かと結構うまくいってたんじゃないかな。

キラムもみんなといっしょにいたが、とても静かで、そのころいつもそうだったようにひきこもっていたので、いるかいないかほとんど誰も気づかないくらいだった。だからつまりは、チェーン、タールと彼の女、キラム、マニト、スケリー、そしてもちろんボビーがいたわけだ。キング・ジョージ・タウンに留まっていたのはチェーン夫人だけだった。彼女の子どもたちでさえ、その旅に加わっていたのだ。後でわかるのだがそのせいで、彼女は自分自身を許せないことになってしまうのだった。

マニトとボビーとビニャンは、沼地のそばのどこかでぶらぶらしていた。スケリー、タール、キラム、チェーンは鯨捕りのボートのうちの一艘の上で頭を寄せ集め、チェーンの二人の子どもたちは幅の狭い流れで遊んでいた。その水の流れは砂丘から砂地を越えて、波間にまで流れこんでいた。深さはほとんどなかったが、その流れは驚くほど速く、それが海にたどりつくや、湿った砂からその身をいきなりもたげるかのようにはっきり見えるほどだった。紐状になった水が束になって撚り合わさり、海に何かの呪いをかけているようだった。波は砕けず、水中で砂が巻きあがっていた。誰かが気づくべきだった。チェーンの子どもたちがその浅瀬で遊び始めた時に、何が何でも。

子どもたち二人の声が同時に叫び声に変わった瞬間でさえ、みながすぐにそちらに顔を向けたわけではなかった。チェーンがそちらを見るまでに、タールはすでに何歩も先を行っていた。ボビーは滑らかで湿った砂の上を越え、足で水を跳ね散らかしながら走っているところだった。チェーンは自分の娘が腰より上まで水につかって、岸に向かって身体を傾けようとしているのを目にし、その後ろではクリストファーの頭と腕が、水面で出たり入ったりしていた。息を詰まらせながら発せられている叫びが聞こえてきた。チェーンは全速力で駆け出した。動け、おれの身体、このポンコツが。

ボビーが少女の手をつかんだ。そして二人より背が高いジャック・タールは、水しぶきをあげながら二人に向かって進んだ。クリスティーンは足を滑らし、ボビーは彼女に倒れこんだ。二人がもみ合っていると、流水が二人の足をさらった。その時、タールがボビーの手をつかんだ。ボビーはクリスティーンの手をつかんではいたが、誰一人としてちゃんと立ってはいなかった。タールはボビーの細い腕をつかみ続けていたが、波は彼に向かってせりあがってきた。砕けることなく。タールは波に自分の足を地面からさらわれないようにしようとした。続いてチェーンが水のなかに入ってきた。入れ替わるようにタールをつかむと、彼を岸に近づくように引っ張った。視界にクリストファーがチラリと入った。もうずっと先に行ってしまっている。頭が出たり入ったりして、片腕が上に掲げられていた。一瞬だが、四人が一列になった。チェーンはタールとボビーを自分の身体を通り過ぎるように引っ張って、クリスティーンをつかみ、岸へと取って返した。タールとボビーが水から出てくると、少女はすでに砂の上にいて、水を吐いていた。二人が後ろを振り返ると、チェーンが鯨捕りのボートに向かって走っていた。キラムとスケリーと他の者たちが、砂浜を越えて運んできていたのだ。こんなに早く舟を水辺まで運べるなんて、誰も思いもよらなかったに違いない。

チェーンは叫んだ。タールとボビーも、こっちへ来い!

波間に出たり入ったりしていた頭が、消えた。いや、また出てきた。風に乗ってかすかに聞こえているのはあの子の声？　それとも鳥の声？

マニトとビニャンは、少女とボビーといっしょにいた。

目という目が水面を走っていた。クリストファーはどこだ？　この湾のどこかにいるに違いないんだ。どこかに浮いているに違いないんだ……まだ。

*

チェーン夫人は娘のベッドの横に座り、少女の髪と陶器のような皺の無い肌を撫でていた。夫はまた遠くにいってしまった。あの事故からというもの、すぐ横に立っている時でさえ、あの人は手が届かない存在になってしまった。いつだって黙りこくって。部屋につけられた屋根は、ペーパーバークの樹皮を連ねたものだった。木々のあいだで風がうめき、枝がものうげに前に後ろに揺れてぶつかり合うのが聞こえてきた。開いている窓を通して見てみれば、日の光は明るく湾の水面で踊り、そこを取り囲む丘の上で輝いていた。ぶつぶつと呟き、頭を左右に動かしながら眠っている娘にわざわざ意地悪をしているようだ。人が集まって暮らしている場所の中心であるここですら、悪意に満ちた蛙の鳴き声、セミやコオロギの甲高い声、鳥の耳障りな鳴き声がチェーン夫人の耳に届いた。彼女は自分の肌をつねった。きつく。こんなところにいるのは現実じゃないんだわ。こんなふうに暮らしているなんて、息子はもう……

ジョーディは、娘をキング・ジョージ・タウンにボートで連れ帰った。冷え切った娘をどうしたらいいかわからないまま腕に抱えて、永遠に続く時間を過ごしているような思いだったに違いない。それも、叫び声をあげる妻のもとに戻るなど……　でも、他に誰を責めればいいっていうの？

スケリーとキラムは、さらにゆっくりと荷馬車で戻ってきた。マニトとボビーは、始めは彼らといっしょにいたが、途中からどこかに行ってしまった。男たちは全然急いでおらず、だらだら進めるならば、そうしていたからだ。馬をよたよた歩かせたり、ほっといたら馬がゆっくり進み続けるならそうさせた。馬なりに、いろいろと進み方があるものだ。

暑くて埃だらけの旅だった。男たちはお互いに小言をいい、何とはなしに悪態をついた。暑さはビクビクいうようで、何かの振動になって、ずっと伝わっていた。セミとハチからに違いない。そよ風が木々からぶらさがる葉を軸のところでゆっくりと回転させ、シンバルのようにぶつかり合わせた。人間の呼吸も動物のように重々しかった。女どもはどこだ、黒人のあばずれどもは？　あのむかつく馬鹿な小僧は。背の低い木々のすき間に導かれるかのように、彼らは足取り重く進んでいった。一歩、一歩、また一歩……　おっ、滑らかな岩が切り立っている谷間に、深く青い池がある。ギザギザとした形をしていて、まるで岩がむしり取られたかのようだ。水を前にしながら彼らを圧倒したのは、喉の渇きではなかった。奇妙なことに、誰も水を味見しようとすらしなかった。キラムが池に長い木の枝を差しこんでみたが、どのくらい深いのか見当がつかなかった。それからスケリーが服を脱いで飛びこんでみた。そして喘ぎながら水面に戻ってくると、片方の手を差し出して助けを頼み、みなで岩の上に引きあげると、寒さのあまり、肌の色がすでに真っ青になっていた。震えながらまた服を着て、他の者たちといっしょにその池を覗きこむと、暗い影が一つ、そこを横切っていった。二人の男たちは後ずさった。そいつは塩水か？　ええ。でも、海がこんなに内陸奥深くの地面の下にまで続いているなんてありえるか？　それぞれが少年のことを考えた。溺れて地面の下に入ってしまったんじゃ？　何かの水の霊だか、海の霊だかが、ここにもいるんじゃ？　天穹が落ちてきて、地面とのあいだで二人をぺしゃんこに押しつぶしてしまったのかもしれなかった。

時に鯨の道

ボビーは一人で――実際それは、彼が属している集団の人々からすると稀なことだった――年月を経た木々の下に立っていた。木々は、チェーンの土地から流れてくる川を横切る岩の列の上に生えていた。ボビーの裸足が、布のように薄い水の流れを遮っていた。水は岩のはじっこを越えると、銀色になって落ちていった。ペパーミントの木々がつくる陰のせいで、水の色は暗かった。その木々から葉っぱが時折落ちてきて、ボビーが足を大きく広げて立っている、一列に並んだ岩のところまで漂ってきた。何枚かはちょっとのあいだだけそこに留まり、川の水が満ちてきて水がたまると堪え切れずに、手のひらの幅ぐらい下にある淀みに落っこちるのだった。そこで小さな円を描きながら浮いていると、葉っぱは少しばかり水の動きに翻弄された。水面には小さなあぶくが浮かび、泡がのたくっていた。誰かが唾でも吐いたみたいに。

ここは寒い。でも、チェーンの家ほどには寒くない。あの家は石の壁でつくられていて、あのなかには、日の光はもうほとんど入れやしない。それにあの人たちの男の子も、もう入れない。少なくとも生きている男の子としては。彼が行ってしまった時、引っ越したらよかったのに。チェーンさんの奥様は肌がすっかり灰色になってしまって、乾からびてもそのまんまの永久花みたいになっている。乾いていて小さくなって、風が吹いたら飛ばされてしまいそうだ。風どころか、誰かの笑い声でだって。だから、ボビーは笑わなかった。あの人といっしょの時は、もう笑えないよ。自分の周りの世界がどうなっているのかちゃんと気づくまでは、無理だね。

ボビーはチェーン夫人とクリスティーンとの授業に戻った。クリスティーンはどうかって？　同じだよ。彼女も昔の彼女じゃないみたいだ。少なくとも母親といっしょの時はね。あの男の子はそこにいたよ。ただ見えないだけで。その子がそこにいるのはいいんだが、ふさぎこんでいて不幸せで、みんながまだあそこで起こったことを恥じていた。彼はここにはいたくなかったし、死んでいたくもなかった。

そんな具合に彼らは授業を再開したんだが、文字にはすごく気を使った。例えばもしアルファベットのディーを書きたかったら、ゆっくりと時間をかけて書かなきゃならなかった——とりあえずボビーはね。クリスティーンはそういうわけじゃなかったけれど、いつでも、ああいう単語を考えちゃうんだよ。死《デッド》ぬとか、腐る《ディケイ》とか、死《デス》だろ、だめ《ドント》！　にやめちゃう《ディジスト》とか……ディーが出てくると、ボビーはすぐにのろくなってしまうのだった。シーについても考えられなかった。彼は、クリスティーンがどうして自分の名前を綴れるのか理解できなかった。

その家は寒くて、静かだった。部屋から部屋へ歩く自分の足音についてくる、もう一つ別の足音があった。誰かがそばについてきている。この壁の内側では、日の光がほとんど彼らに届かなかった。風が強いと日中でも家の周囲のいたるところで複数の声がうめき、小言をいった。

授業を再開してから彼らは聖書を読んだ。ああそうだよ、その本はいつでも手の届くところにあった。ボビーはヨナを覚えていた。キリストの弟子たちと彼らの晩餐も。目が見えなくなる運命の、すごい力のあるサムソンも。ラザラスは、ぜんぜん聞いたことのないものだった。冷たい石の洞窟から死んだ男が歩み出てくるなんて。それを読んだ後、ボビーはチェーンの家のドアを自分で開けるのを毎回ためらうようになってしまった。やあぼく戻ってきたよ、なんて誰かが歩いて出てきて挨拶するかもしれないじゃないか？チェーン夫人は、時々がっくりと頭を垂れた。前より少し腰が曲がったようで、まるで自分の内側を覗きこもうとしているみたいだった。とても静かになってしまい、話そうとしても声は弱々しかった。それから、彼らには見えない誰かに引っ張られているみたいに片手を振って、よく部屋から出ていってしまった。彼女はどこかに行ってしまって、勉強をしている子どもたちはほったらかされた。

二度目を迎えた捕鯨のシーズン、ボビーがチェーンといっしょに出発しようとしていると、チェーン夫人が現れた。そして、油紙で防水された日記をくれた。

クリスティーンと私からの贈り物よ、と彼女は言った。それを彼の両手の上に置き、手ごと自分の手で包んでくれた。勉強を続けなさい、とチェーン夫人は言った。でも、昔そうだったようには、もう打ち解けてくれなかった。クリスティーンは微笑みながら、地面の方を見ていた。

後で見張りをしながらクリスティーンのことを考えると、ボビーは悲しいと同時に幸せになった。その日記のページの上に、彼はインクを走らせた。線を引き、印を付け、何が起こっているかの痕跡を残していった。まるで彼自身が移動して、後を追い、時間の流れを記しているかのようだった。そうすれば後で――ずっと先でも――書いてあるものが彼に伝えてくれるだろう。自分がいなくても、その時に彼が何をしていたのか。たとえ手漕ぎボートに乗りこんで、印を残さずどこかまったく違った場所についていってしまったとしても。たとえその場所が、砂上に残された痕跡だけでなく、砂そのものが、風と植物と空気が、鳥川虫が違っているところだって。自分が動き、その一部であるための、彼が知っているパターンやリズム、音が無いところだって…… そうさね、そんなふうになったってたぶん遡れるよ…… 彼にはできる、できるのだ。ボビーには、自分ができるとわかっていた。

それに今月は──五月《メイ》って言うんだってよ──太陽が地面に腰を据え、消えてしまう準備を整えると、あっという間に空気は冷たくなってしまう。ボビーは座りこんでしまったお日様に目をやり、左手から吹く風を感じた。ものを書く手じゃない方からだ。一年のうちで、鮭がいなくなって鯨が来る前のこの時期は、日中でも遅い時間になると、こんな具合に風が吹く。まずは陸地側から吹く肌寒いそよ風が人を誘い、それから暖かい風となる。陸地が息を吐き、その息が海の向こうに吹いてゆくのだ。

どこに行くんだろう?

風は海面に波紋をつくる。水面の下でうねりが列を成して脈動している時でさえ、それはとてもやさしく滑らかだ。海は青かったり、暗い灰色だったりした。血のように濃い液体に見えた、空に広がる一枚の毛皮のような暗い雲を伴っている。鮭が二、三匹、浅瀬に滑りこんできた。ニシンはもっとそばに寄ってくる。水底の砂の上にボラが尾びれでいくつも円を描き、湾の砂底に腹を預け、周囲の砂が流れていってくれないかと願っていた。波が砕けているのはそんなに遠くではなかったが、ここからは離れていた。砂の上にある泡は、口から吐かれたきれいな唾のようだった。雨は人の涙のようで、暖かい空気のなかには大地と湿った葉っぱのにおいが漂っていた。蛙たちが自分で自分を埋めた場所から声をあげ、雨を感じ取って、内陸に行くぞ内陸に行くぞ海から離れるぞと告げる。

でも、チェーンは留まっている。そしてボビーは、ぴったり彼といっしょにいる。

余興だ、チェーンは言う。レースをしよう。ボート対ボートだ。今年のボートでは、ボビーはジャック・

タールといっしょで舵取りの役目だ。ジャック・タールは、男たちとボートとハープーンのボスだ。

若者たちが走る――ヨーイ、ドンと言ったのは、チェーンか、ジャック・タールか――スタートだ！　鯨捕り用のボートをつかんで、海へと引きずってゆく。遅れているかもしれないけれど、まだ追いつける。あの岩場まで漕いで戻ってくればいいんだ。オールに体重をかけろ、前傾して、後傾しろ。（おまえとおまえのブラザーたちの、足と手と背中がボートを走らすんだ）すると船体が海の皮を切り裂いて、泡やら何やらを吹き出させる。

新しいリズム。

何人かはキラムやスケリーといっしょだ。彼らは地面を鋼鉄のシャベルで破り、大地を開いて、そこに糞をして埋める。そして、湿った地面に種を撒く。

スケリーは羊を連れていって歩かせる。今回いっしょについてきている例の女といっしょだ。毒のある木々を迂回して羊たちを歩かせて、いつも水のそばにいさせていた。

ゆっくりと気楽に。

チェーンがみんなにラムを振る舞う。ほんのひと口だぞ、小僧ども。ほんのひと口。夕方になると彼は歌い、いつも食べ物が供される。男たちはみな、兄弟も同然だ。ボビーとジャック・タールは今では特別な兄弟だ。ジャックがビニャンを手に入れてからというもの、そうなのだ。

鯨の顎が地面に埋めこまれてアーチ道になっていたので、ボビーはそこを抜けて進み、チェーンの小屋に向かって進んだ。彼は風といっしょに坂を登ってきた。ボビーにはわかっていた。この風が、鯨がここで死に始めた時や、鯨油を煮出す際の臭いを遠ざけてくれるのだ。下を通ると、アーチはとても灰色に見え、空も灰色で、海もそうだった。すごく頻繁に雨が降り、あちらこちらに血があった。でも今日は、上を見て骨のカーヴを見ると——明るくて、白い——空の穹窿を背に弧を描いていて、歯が明るく輝いている。その向こうにある太陽は涙が滲むぐらいに彼の目を翳《かじ》り、目に光を突き刺した。

骨の道はそのアーチのところから始まっていて、いたるところで骨が砂から顔を出して、長方形や円形を形づくっていた。鯨の背骨が真ん中で切られ、上に出ている骨の表面は平らになっていて、骨のすき間には砂が固く詰まっていた。足の下にある道の表面が動きそうかな、と思って、ボビーは足を踏み鳴らしてみた。でもそれは動かなかった。彼は肩越しに後ろを振り返り——白い砂浜、鯨が引き揚げられてゆく花崗岩の坂道、その上に隆起する岬——、そしてその花崗岩の上を流れた血と、鮫のことを思い出す。鮫の背びれと尾びれが、前に後ろに水面を切り裂いていた。鯨油を煮出す鍋、火にくべられる乾燥した脂身、切れ切れに固まりになっては立ち昇ってゆく黒い煙。

ヤンキーの捕鯨船はすでに島の近くで帆をたたみ、錨をおろしていた。灰色に、緑色に、トルコ石色に、様々に変化する水面を越え、浜辺にボートを漕いできて、再び固い地面の上を歩くための準備は万端だった。

ボビーはノックをしようと手をあげた。

以前はアーチも小道もなくて、小屋はタールを塗った布とカンガルーの皮だった。だからノックをする必要はなかった。ドアの代わりの毛皮を横に押しのけて、歩いて入ればよかった。そうすると、白人《ワデュラ》のご夫人方がびっくりして興奮しているらしいお姿を拝見することになる。自分は強いんじゃないかという気分になるのだけれど、ご婦人には申し訳ない気分にもなる。そういう話はたくさん聞いた。

ボスが兵士を手に入れた。あの場所も。ライフルや馬も。

違ってる。物事は変わってしまった。ボビーは鯨の骨の上に立って（ああそうともさ、彼は鯨の背中にいずれ立つ男だ。ボスたちにもらった自分の銃と食べ物を手にして）ちょっと立ち止まり、ノックしようと拳をあげて、毎度毎度、目を瞠る。この扉は海から救いあげられたもので、小さな穴がいくつもあいていたが、スケリーのような男がいつぞやつけた表面の傾斜やカーヴにすっかり馴染んでいた。

扉が開いて、ボビーはもう少しでボスのチェーンの鼻に一発喰らわすところだった。

見てたよ、ボビー。チェーンは荒っぽいいつものやり方で、肩で彼を横へ押しやった。ボスのチェーンの顔は一面髭で覆われていて、目はギラリと光り、体躯は雄牛のように大きかった。

チェーンは、自分が何を欲しいのかわかっている。利益《プロフィット》であって、預言者《プロフェット》じゃない。自分がしたかったことのうち、どれをしたかもわかっている。うまくいけば、何はともあれ書き留めているからだ。少なくともいくつかは。チェーンと彼のいくつものリスト。鯨油を煮出す鍋のための架台をつくろう。菜園をつくろう。それから野菜を育てて、手入れをする。ヤンキーどもが残していったボートにはピッチを塗る。羊を飼い、柵をつくってそのなかに入れ、カンガルーを締め出す。でもあのヨンガルどもは、柵をきれいに跳び越えてしまう。チェーンはボビーにライフルを与える。するとボビーはカンガルーを仕留めて帰ってきて、火にかける。先に毛焼きをしてから、獲物を灰のなかに埋める。

今では――といっても、「今《ナウ》」の正確な境界線がどこにあるかはいまだにはっきりしていなかったけれど――木々に花が咲き、波間には遡上が遅れた鮭を、わずかだがまだ目にすることができた。波頭が引き裂かれて、チェーンの奥様のレースみたいな白い泡が飛ばされると、魚の影がはっきりと一匹一匹分かれるのが見えた。波が砕け、ボビーは浜辺に沿って走ろうかと思った。ずっとずっと砕け続ける波の横を走るんだ。うねるように何マイルも何マイルも続くあぶくと泡は、たぶんキング・ジョージ・タウンまでずっと続いている。

その距離をずっと迅速に進み続けるのは、もちろん不可能だ。途中には岩でごつごつした岬がいくつもあるし、柔らかな砂浜もある。そりゃ魚のように旅ができるなら、たぶん話は別だろうが。あっちの海のなかにすごくたくさんのファミリーがいるボビーだって、それは無理だ。

見張りの場所から、がっちりと固まった魚群をボビーは見る。海の皮の下では、一匹一匹が見分けられない。鮫はあれといっしょになれないのはわかっていた。溶け合えないのだ。だって鮫があの魚群に侵入していけば、あの群れはばらばらになるからだ。まったく別の物なんだ。鮫ってのは。

ボビーは、海の下にも命があるのを知っている。冷たくて凍った時にあったのと同じように。ニティンだ、と彼は思った。意味は寒い時。ニタンは寒さといっしょ。ワジェラは白い男で、とても遠くの？ 寒い時からやって来たこういう全部の精霊が、まだ海の皮の下にいる。そいつらの形は変わる。なぜなら光が違うし、音も違うから。旅の途中のイルカたちが、通り過ぎてゆきながら彼に向かってウェーブをして見せ、波と競う自分たちの姿を見せつけ、宙に舞いながら身体をひねる。波の背から躍り出れば、身体は突然空気に囲まれる。その恐怖とスリル。それから水に激突すると泡が沸きあがって、世界それ自体をまたぎゅっと収縮させ、心臓は脈打ち、兄弟姉妹の呼び声が、空気より濃い水を通じて伝わってくる。外側と内側、海と血液。ほとんど同じ、しょっぱい液体。

ボビーはアンクルたち、同じ年代の親族たちといっしょに砂丘のてっぺんに登った。すると、浜辺一帯に魚が散らばっているのが見えた。水が急に縮んで退いてしまい、そいつらを残していったのだ。アンクルたちは、あの魚は食べるなと言った。ボラの仲間。メルルデラン。一物《いちもつ》を意味する言葉とほぼいっしょ。とにかく、仲間たちはそう言うんだ。ちんちん《ディック》がそういう意味とは、前は全然知らなかった。ちんちんがたくさん浜辺に転がっている。チェーンが時折ぶらぶらさせているみたいに。でも自分の奥さんがそばにいると、決してやらない。

でかちんのチェーン（とボビーが一人で考えていると、心の内から笑いがこみあげてきた）は、でかちんのチェーンは、鯨が欲しい。そしてやっこさんが鯨が欲しいとして、鯨たちが浜辺に近づいてくるのはまさにこの場所だと、ボビーは知っている。ここだったら、あの人と他の男たちがボートに飛び乗って銛を打ちこむために漕いでいくのに十分なくらいまで、鯨は近づいてくれるはずだ。

狂騒だ。

そいつを考えただけで、興奮しちゃうよ！

海の皮の下と水平線の向こう側のすべての生命と精霊を、ボビーは引き戻し、空気を与え、砂浜の上に放りあげるのだ。

鯨の顎を歩いて通り過ぎるたびに、ボビーは今でもまだヨナのことを考える。聖書の話に出てきた人だ。そしてあの古い人たちの唄を。鯨の心臓をつかみ、搾りあげ、そいつの目玉と力を行きたいところに行くために使うのだ。彼は唄を口ずさんだ。水が深い海原のすぐそばの岩の上にいた男と、その岩にフジツボを擦りつけて落としていた鯨の唄。本当さ。男は岩の上にいて、水のなかにいる鯨のすぐそばにいた。呼吸をして唸り声をあげるその鯨は、彼が立っている岩よりも大きかった。男は鯨の背中に乗って、潮吹き穴に入っていった。洞穴のような坑を滑り降りてゆく。その坑は、鯨一頭一頭の、それでいてすべての鯨の内側に違いない。音が反響するその肉の洞穴のなかで彼は歌い、その心臓を痛めつけた。彼は踊り回り、物語や唄で聞いたことのある浜辺に沿って、鯨をずっと泳がせた。そこにいたことなどないし、見たことだってない。鯨は呼吸のために浮上し、鯨の眼を通して外界を見るけれども海しか見えない。他に見えるのは空にいる鳥だ。陸の兆しはない。でもぼくは、父親がくれたその唄を信じる。ぼくもまた鯨をもっと潜らせて、深く遠くにぼくを連れていかせる。鯨がその浜辺に連れていってくれるまで、浜辺の女たちが自分を愛してくれて、仲間をみなそこに連れてきて宴を催して、いっしょにパーティーをするまで。

その物語では、男は家に帰る。子どもたちと、子どもたちの二人の母親もいっしょだ。そして二人とも、さらにまた妊娠している。

彼は〝ダアディ〟な男。みんなから愛される男。

ヨナがヌンガルの男だったらよかったのにね。

富み栄えて家に帰ったら、部族のみんなに愛してもらえるでしょ。

*

ボビーが最初に見たのは、彼らの煙だった。それで挨拶しに近寄っていった。ウラルとメナクとマニトと何人かの他の老人たち。ああそうだ。アンクルが死んで、ドクター・クロスといっしょに住むようになって、今はコンク・チェーンとだけれど、あれ以来この老人たちとは会っていなかった。彼らはペーパーパークの木立のなかにいた。踊りをする空き地のはじっこで、小川《クリーク》が浜辺にたどりついている地点からそう遠くはなかった。雨が降り、嵐が来て、みながまたいっしょになるのを待っていた。

年寄りたちはボビーを抱擁し、老女の一人は彼を見て今にも泣きそうだった。すごく年をとって白髪になっていて、すごく皺くちゃでちっこくて、今はボビーの背はとっても高くなっていたので、そのお婆ちゃんは手のひらでボビーの顔をペチペチと叩きながら頭をボビーの胸にあずけられるぐらいだった。ウラルとメナクが近くに立ち、彼の身体に触れながら、肩を叩いた。マニトがやってきて、彼女の姉の隣に立った。彼はもう、マニトと同じくらいの背丈があった。

ほれ！　マニトが彼の鼻をつまんだ！　指が鼻のなかに入ってきて、鼻の穴と穴のあいだの肉をつまみ、メナクとウラルが彼を肩のところでつかんで、どっちも離さないようにした。マニト婆さんの爪は痛かった。年寄りの雄牛をつかむみたいにこちらをつかんでいる。そして何かとても鋭い物が、鼻の内側の皮に刺さった。

離してもらうや、ボビーは跳んで逃げた。老人たちを見てから、鼻のなかにある骨片を指で触った。彼は理解した。彼には大人の男になる過程で、いっしょにいなくてならない人たちが他にもいたのだった。

ボビーは戻ってきませんよ。ジャック・タールはチェーンにそう言った。少なくともこのシーズンは。とはいうものの、鯨捕りを助けてくれるような連中は見つけられるだろうとチェーンは踏んでいた。

でも、おれらのボビーはだめなのか？　チェーンはまずクリストファーのことを考えた。そうか、ボビーがヤンキーどもと行っちまったってのか？　あの船長となんてありえないぞ！

そうじゃないですよ。ジャック・タールは言った。自分の仲間たちといっしょなんです。

チェーンは何か、裏切られたような気分になった。

第四部　一八四一年―一八四四年

ボビー、お高くとまって帰る

ボビーは、ブラザーたちとアンクルたちとアンクルの子どもたちの肩の上に乗って帰ってきた。空に向かって高く担がれて、見たこともない高さから新しい目であたりを見た。そうやって運ばれていたのは、彼が大事な人間だったからだ、彼はボスであり、とても頼りになって、それでいて（本当のことを言うと）まだしっかりと地に足がついてはいなかった。目も、足も、彼は違っていた。

見たことのない木々を見つけるまで、聞いたことのない名前を持つ集団に出会うまで、川から川へ、島から島へと思えるほど、彼は旅した。この数年、厳しい現実を学び、力をつけ、度胸を試されていた。

息が切れ、手足が石になるまで走り、そこから手足をぶらぶら揺り動かし、転ばずに坂を駆けおりた。周りが様々な声で満たされるまで、氷のように冷たい小川《クリーク》に横たわり、食べ物や仲間無しで過ごした。蛙が鳴き、袋が破れたみたいに空から雨が零れてくるぞ、と告げた。カササギが彼に向かって歌い、オオトカゲが言った。地面に這い出る頃合いになったぞ、と。鳥たちが渡るのに合わせて、彼もまた鳥たちの後を追っていった。鷲は空でただ円を描く点でしかなかったのに、気がつけば、ほらあそこ、切り立った峡谷の反対側にいた。ボビーと鷲とのあいだにそれほど空間はなく、彼がそちらを見ると、見返してきて目が合った。

新しい友だちとファミリーといっしょにホームに戻る際には、肌に油を塗りこみ、健康的で強くしなやかな自らを羽で、枝と小さな木の実で、毛皮と皮で飾った。そして、空に向かって持ちあげられた。彼がどんなに大事か伝えようと決めた人たちに担がれたのだ。ボビーはみんなを信じ切っていた。身体は下から支えられて、高く掲げられていた。みんなはホームで歓迎しようと待っているメナクとマニトのところに、彼を運んでいった。女たちが両側に並んでいて、柔らかな動物の毛皮の上に降ろされた。ボビーが戻ってきてくれたのを見て、みなはただただうれしかった。ボビー・ワバランギンを目にして、話しかけ、戻ってきてくれてうれしいと伝えるためだけに、人々は長い一本の列になって行進した。やがてボビーは、自分がただ自分であることに誇りと喜びを感じて、何事か呟いた。

この強力な人の輪の真ん中で何日間か過ごした後、ある英語の声が聞こえてきた。その声は自分の頭に入れて運び歩いていたのだが、その音でボビーと言われるのを聞いてから、ずいぶん長い時が経っていた。ボビー。

彼はみんなのことを考えた。クリスティーン・チェーン、ウィリアム・スケリー、兵士キラム、そしてあの二人の少年……自分の思考を移動させ続けた。ミスター・ボス・コンク・チェーン、チェーン夫人、あのころのメナクとマニト。でもこの人たちじゃない、だって、彼が聞いた声の音を持っていないもの。彼は、自分が文字ででも考えているのに気づいた。人の名前を文字を使って処理するのだ。MENAKもMANITもしっくりこない。その文字で考えようとするやないなや、記憶が戻ってこなくなってしまった。すると文字は壊れて、鯨の尾びれで打たれたボートのようにバラバラになった。舟の厚い板が全部砕け散って、バラバラに浮かんで、できる最善の策といったらオールを斜《はす》に結びつけるぐらいで……その時、ジャック・タールが心に甦った。JAK TAR、記憶といっしょにやって来た文字は、そういうふうに像を結んでいた。裸足、固くなったひっつめ髪、顔を皺だらけにしたあの満面の笑顔。

水中から水面に向かってゆき、そうすると光と海の皮があって、まるでそこを突き破ったみたいだ……

ジャック・タールが焚き火の傍らの地面に座って、ボビーに向かって微笑んでいる。彼の笑顔がつくる皺が、涙が滲む両方の目に続いている。ジャック・タールが呼びかけている。ボビー、と彼は言った。鯨が来たぞ。

ジャック・タールは綱を撚《よ》っていた。ハープーンのための丈夫な綱だ。その綱が縛りつけられたハープーンは、ボートから鯨に向けて放られるのだ。綱は強くなくては、それでいてしなやかでなくてはいけない。十六本の糸からできた撚糸がさらに三本撚り合わされて、その綱はできている。綱を撚るのは時間がかかる仕事だ。ジャックはその作業が好きで、積み重ねて束にするのもすすんでやった。綱の緩んだループやもつれた綱のせいで男たちが手足を一本失ったり、潜る鯨に連れられて、船からいやいや水中に引きずりこまれるのを目にしていたからだ。

ジャック・タールはずっと、何事もきちんとしているのが良かったのだが、ここのところの幸せはビニャンのおかげだった。土着の女があれにくっつくなんてなあ、それもあのころのあいつは、お仲間といっしょにこき使われて、干からびてしょっぱい代物だったかもしれないのに。船にいる水夫よりろくでもないやつらはといったら、船に乗っている鯨捕りだけだ。あいつらは、海に浮かぶ屠殺場にいるウジ虫野郎だ。

ところがその年、彼は鯨捕りするどころか、数か月しか海のそばにはいなかった。海のそば、だ。海の上、じゃない。うなずける決断ではあった。あのころは冬だったし、海辺にいるのに一番心地よい時期じゃなかった。これももっともだが、そこはブライトンでもナンタケットでもなかった。それでも彼はその場所で、海がもたらしてくれる最大の恵みを手に入れる手助けをし、海を行き来する船乗りたちと交流した。一年の残りは彼のものだった。労働者としてはできうる限り自由だったし、彼の生活は、自分で言うところでは、満足いくものだった。自分がやっていくだけ稼いで、テーブル（いつもテーブルがあるわけではなかったが！）の上にパンがあるようにしておくのは難しくはなかった。それになんといっても、愛の慰めを手に入れていたんだから。

ビニャンが現れて、ジャックが鯨の骨と木の枝と帆布でつくったテントに入ってきた。天井はとても高くて、テントの横を巻きあげれば涼しい風が入ってくるうえに日陰ができて、チェーンの住んでいるところに伍するぐらい、湾を眺め渡せた。鯨捕りのシーズンには、そこは彼にとってのホームとしてよく機能していたし、必要とあらば片づけてよそに置いておけた。

それでビニャンその人は！　お姫様ではなかったよ、確かに。ビニャンとかいう名前なんだし、古い帆布でできた服を着ているんだから、そうはならんさ。慎みなんぞほとんど考えないでいつでも脱ぎ捨てるつもりの布を着ているんだからさ。それでも彼女は、身を包むその布が開かれると、ジャック・タールのようにずっと海にいた男がどんなにそそられるのかわかるぐらいには賢かった。

彼女は若かったが、男のように働いた。シャベルや鍬に体重をかけて扱えたし、ジャックが知っているぐらいには（それ自体は大したことはなかったが）馬について学び、声を荒げたりしないで自分がさせたいことを馬にさせられるようになった。鞭なんて全然必要なかった。数えきれないぐらいビャクダンの木が生えている場所に夫を連れていって、一か月ほどのほほんといちゃついていられるくらい木を切って、積んで、運んでくるのを手伝った。ビニャンは、彼女みたいな恋人がいるどんな男が必要とするよりも多くの小屋や雨風をしのげる場所を提供できた。そして羊の番をするとなれば、毒のある背の低い木が寄生しているおかげでディンゴの群れの心配をしなくていい最高の牧草地を見つけることにかけては、彼女の右に出る者はいなかった。

彼女の手は冷たかった。それに、どんなに働いているかを考えると驚くほど柔らかかった。たぶんそれは、羊の毛のおかげか、肌に摺りこんでいる油のおかげだった。

それに笑いだ。彼女はいつも笑っていて、そうしていると身体は前に後ろに揺れた。馬にもたれかかりながら笑い、ジャックの手をつかんで笑った。そうすると、ジャックはいっしょに踊らされているみたいだった。


高い天井のテントのなかでぬくぬくするために横の帆布は下ろして、眼下に広がる湾と島に向かって前面は開け、お互いの腕のなかに潜りこんで、二人は横たわっていた。一年のこの時期に捕鯨の基地のそばにいるのは、彼ら二人だけと言ってよかった。もっとも彼女のファミリーはいつでも立ち寄れてはいた。ジャックにはそれについて何も言えないようだった。そこが自分たちだけの場所となっているほうがよかったのだが。

それまでは帆布と鯨の骨のテントで満足していたが、息子を失ったこの場所にチェーンが立派な家を建てようとしだしてから、そういうわけにもいかなくなった。しぶしぶだが、ジャックはその男の何かを手に入れる力、何かを発展させる力を賞賛していた。ここは鯨を捕りにくる連中にとって、素晴らしい停泊地だ。チェーンが日頃から吹いている言葉を信じるなら、やっこさんの取引の規模はすぐにシグネット川植民地と張り合えるぐらいになるだろう。キング・ジョージ・タウンなんぞは言うにおよばずだ。すべてはあの人のおかげさ。無理に水を向けないでも、ジャックは話してくれるだろう——チェーンの意志の力とエネルギーのおかげなのだ、と。でもね、あいつは、いつか頭痛の種になるかもしれないよ、チェーン。もちろん、彼はジャック・タールから利益を得てきた。知り合いの誰からだってそうしているのといっしょだ。いずれにせよ、チェーン無しでは誰であれ、ここで生計をたてるのは大変なのさ。もちろん、黒人たちは別だがね。ビニャンの仲間の人たちは。生計をたてる必要があればってことさ、生活するだけじゃなくてね。

一年中、船はやって来た。というのも、総督府の管轄下にあるキング・ジョージ・タウンが、活気も無いくせに湾内に停泊する船に法外な課金（船長たちは、盗人だと言っていた）をしていたからだ。その眠気をそそるぐらい退屈な洞に入ってくるものには、船員だろうと、ラムだろうと、どんなにちっぽけな命あるものだろうと総督府は神経質だった。

ジャックはこの場所を気に入っていた。しかし彼の少女のような女は、どこかに旅立ちたがっていた。捕鯨地に船が戻ってきてからここ数週間ほど、彼女はよくフイッと出ていって帰ってこなかったりした。そして今また、どこかに行きたがっている。

彼が戻るよ、たぶん、とだけ彼女は言った。ワバランギン・ボビーは今、男。あんたの兄弟。彼、今、男。若い男。女の子たちが約束されていた男たち失くした。だって多すぎるぐらい古い人が——若い人もだけど——死にかかってる。彼、ボビー・ワバランギン、賢い男、バアル・カディジ・クンバル・ブダ・マバルン・ンガン・デマンゲル・ワンギン……

ジャック・タールはそのあたりで彼女を落ち着かせ、ゆっくりしゃべらせなければならなかった。彼は良い聞き手であったし、彼女の言葉を学んでもいたが、それでも全部は理解できなかった。

あんたと彼、兄弟、と彼女は言った。マニト言う……彼女は面と向かって彼を笑った。喜んでいて、興奮している。細かいことはさっぱりわからなかった――推測するに、マニト婆さんが彼、すなわちジャック・タールを婿養子にしたやり方に関わることを何やら話しているらしかった。マニト婆さんが万事準備を整えているので、彼もビニャンといっしょに行った方がいいらしい。話についていくのが難しかった。誰でも彼でも兄弟か姉妹であるようで、どのアンクルも父親だったし、おばさん《アント》は母親だった。そんな具合に親族関係の呼称は、ビニャンの人々のあいだではすごくゆるく使われているのだ。

呼称ねえ！　ビニャンについていきながら、ジャック・タールはそんな言葉を使う自分は大したものだと思った。地球のどん底で、しかも他の連中が野蛮人だの、異教徒だの、インディアンだの、黒んぼだの（ヌンガルという呼び方は仲間うち以外では使われていなかったし、理解を越えるぐらいはるかにたくさんの名前があった）と喜んで呼ぶような連中のなかで暮らしているというのに。ジャック・タールは相手の言葉をけっこう学んでいたのかもしれない――ほとんどの人々がやってみようと思うよりはずっとね――が、それでも英語に関しては何も失ってはいなかったのだ。

もし二人でいっしょに居続けるなら、ビニャンは自分の部族の連中とはもっと疎遠にならなきゃな。彼女の人々とは。二人のあいだに生まれるであろう子どもたちのためにも。心底驚きだったのは、彼女がまだ妊娠していないことだった。ビニャンが出かけようとするので、待つように声をかけた。彼女は振り返って微笑み、頭を傾けた。

ビイルディワ、と彼女は言った。およそ書き記すことなどしたくないような言葉だった。いったい全体、どうやってそいつを綴りゃいいってんだ？　けれども彼が覚えている少年は、ビイルディワ・ボビーになったらしい。彼女はワバランギンという名前を使っていたよな。そっちも長ったらしくて発音しにくいが、それにしてもあの少年を最後に見てから、どのぐらい経っただろうか？　ビニャンの言葉から察するに、今は一人前の男なんだろうか？　走るのも頭の回転も同じくらい速かったな。成人した男になっているとすると、今はどんなになっているんだろう？

ジャック・タールの腸《はらわた》が、不安できりきりと痛んだ。彼のまだ見ぬ子どもたちはどうなる？　黒人の母親と逃亡者を父親に持つ子どもにどんなチャンスがある？　ジャック・タールには、英国風のやり方がいやというほど身に沁みていた。そして彼は、生まれてこの方そこの人々を、慣習を、公正さを同じくらい愛してきたのだ。子どものころには、おばさんが働いていた王室の厨房からラードを携えて家へと走ったものだった。それに……とにかく、彼にはわかっていた。ボビーがどんなに才能を持っていたとしても、植民地が成長するにつれ、黒人の男の活躍の場は、おそろしくわずかでしかなくなっていくだろう。そいつには賭けてもよかった。もっとも賭けるにしても、ジャック・タールは負けられるものなら負けてやりたかった。

ボートをちゃんと整備して人員を揃え、保管しておくのはジャック・タールの責任とされた。自分に与えられた任務に彼は大きな喜びを感じ、真摯に受けとめていた。ボートの上に手を走らせ、湾曲した薄くて長い木材を一つ一つたどる。すると、ボビーが彼の真似をするので戸惑った。からかわれているのかとジャックは思ったが、ボビーは、ジャックがしているように物事を見ようとしているだけだったのだ。そういうやつなんだよ、ボビーは。あいつは、他の人たちの頭のなかに入ってこようとするのだ。

*

ジャック・タールはボビーを鍛えた。変だと思われるかもしれないが、まずしたのは説明することだった。ボートとその装備を言葉に落としこもうとしたのだ。ボートの長さは、背の高い人間が四、五人、一列になって並んで横たわったぐらいだな。幅は年長の子ども（そうだなあ、二年ぐらい前のボビーぐらいかな）が横になったのとだいたい同じぐらい。この大きさが、船首から船尾までが二十六フィートで、船幅が四フィート十インチということなんだよ、とジャック・タールは彼に伝えた。鯨捕りの経験がある他の男たちは、彼の話している内容がどれほど正確で、タールがどんなに気を使って教えこんでいるかに気づいた。ボートは六人乗りだ、まるでボビーが鯨捕りをしているのを見たことがないかのように、ジャックは繰り返した。それから舳先を指さした。銛打ちが前のあそこに陣取る。わかるな？　そして舵取りが船尾だ。すごく長いオールを手にする。二人のあいだにはたぶん四人いて、舟を漕ぐ。

それじゃ、ボートには何が載っているの？

ジャックは、チェーンがボビーを使って自分がちゃんとやるべきことをやっているかどうかに目を光らせているのか、はたまたボビーに自分の役割を引き継がせようとしているのかわからなかった。

真ん中にある椅子と椅子――漕ぎ座、とジャックは言っていた。ボビーは後に、いつもちゃんとその言葉を使った――のあいだに大きな盥《たらい》があって、そのなかには四百フィートほどのとてもしなやかな綱が入っている。慎重に撚られてタールが塗られており、男の親指ぐらいの太さがある。そのそばには錨がある。重い木の十字架をロープの端に結びつけているボートもあった。鯨がロープを長さいっぱいまで引っ張ってしまうぐらい強かった場合の備えだ。樽にはそうとうな重さのビスケットが入っていて、別の樽には真水が入っていた。（浜辺からそれはそれは遠いところで決着がつくかもしれないからな、坊主）船用の灯火があり、ブリキの箱には蝋燭、火打ち石、火打ち金、火口《ほくち》が密閉されて収められていた。水を汲み出すための椀があり、鯨がこちらを引っ張っていってしまった時に舟から海に投げこむ海錨代わりのバケツが一つか二つ、斧、ナイフ、小さなマストに帆もあった。その帆も海錨として使われるかもしれなかった。そしてもちろん、木の持ち手のついた二種類の銛のハープーンとランスだ。

ジャック・タールは、ランスの持ち手の木の感触が恋人の手みたいだと知っていた。もっとよく知っているくらいだ。なぜって、それは彼が一番手にとっているのは自分の恋人の手じゃなくて、銛のほうだからだ。持ち手の木には彼自身の手の形がついていた。ジャック・タールはそのボートのことをよく知っていた。彼が逃げ出した船からのものだったからだ。舵も彼の手にすっかり馴染んでいた。実のところジャックの頭には、舵取りとしてのボビーの姿があった。あの子は頭の回転が速いし、体重が軽いから、漕ぎ手の足手まといにはならない。

ジャックは二艘のボートのボスだった。そして、鯨捕りのチームのボスでもあった。お膳立てではチェーンだったけれど、チームは彼のものだったのだ。前のシーズンにはスケリーとキラムがチームの一員だった。船からの脱走者や自分の運を試したがっている働き手は他にもいたのに。昔のことは自分から言い出さない限り、詮索されはしなかった。地元のヌンガルたちのなかにも仲間に加わっている者たちがいた。普通は若者たちだった。始めのうちはメナクも自分でやろうとしていたが、やめてしまった。ウラルは、自分が鯨捕りにはかけがえのない存在であると証明するのに成功していた。

シーズンの早いうち、男たちは練習に明け暮れた。速く一生懸命漕ぐだけでなく、前に後ろに機動的に舟を操れるようにするのだ。鯨に近づけばそうする必要がでてくる。舟の舳先が尖っているのはそのためだ。舵取りが自分のオールを水からあげたら、前に進むのと同じくらい、後ろにだって進める。おれたちは、チームとしてお互いを分かり合うんだ、とジャックはボビーに言った。おれたちが漕ぐ時には、おまえが大声で指示を出すんだ。

ジャックはハープーンのところにいる。銛打ちとして。

チェーンは、そのシーズンのできる限り早い段階でヤンキーの鯨捕りと手を組みたがっていた。鯨捕りをするにあたって効率的に利益をあげるにはそうするべきだ、というのはすでに自明だった。ヤンキーが鯨油の大半を取り、チェーンが喉からクジラヒゲを取る。相手が探し求めているのは背美鯨だった。そいつらは浜辺のすぐそばにまでやって来た。そのうえどうやら、特にこの湾にやって来るらしかった。クジラヒゲはな、女たちのドレスをつくるのに使うんだ、とジャック・タールはビニャンとボビーに言った。ええっ、どんなふうに？　二人は、レディーたちのスカートの下がどうなっているのか説明してもらいたがった。

けれども、鯨にはまだ早かった。鮭はほとんどいなくなっていたが、ニシンの群れが大量に来ていた。風が変わってからそれほど経っておらず、内陸の北側からやさしく一日中吹いていた。暗い雲が低く垂れこめて小糠雨が降る日があり、そんな日には海も空も同じように見え、ほとんど双方が溶け合っているようだった。

もう直だよ、とボビーは彼に言った。ジャック・タールはここ数年を思い出しながら、強い南西風が吹いて鯨がやって来るまでにはまだ数週間ほどあるだろう、と納得した。チェーン自身は、いつ来てくれてもよかった。

鯨の唄に無いものは

シーズンが終わるころには、ボビーは自分がつくった捕鯨の唄を歌うようになっていた。その唄は、船がクロース＝バイ＝アイランドを離れてキング・ジョージ・タウンに向かう際に、彼の声にのって歌われた。うまい具合に、その唄はちょうどその時起こっていたことで始められていた。唄にあるボートのように彼らの船が浜辺から離れてゆくと、海岸線が縮んでゆき、家々の灯りは小さくなり、よく見えなくなっていった。それは、鯨たちを探し求める唄だった。我らが母たる太陽が昇る。けれどもその前から、もう空には光が、深く青い水から引きあげられてゆく。おい、見ろよ、鯨が来るぞ……

ウラルとジャック・タールが唱和し、鯨捕りたちは顔をほころばせて笑った。身ぶりは目に見えるし、理解できない言葉と伝染してくるメロディーのなかにあっても、自分たちの道具の名前や漁をする時の叫び声はわかるからだ。なかでも彼らが一番お気に召したのは、唄の持つ強靭なエネルギーと響き合う声が、波のように聞く者を高揚させてくれるところだった。ハープーンから逃れようとする鯨に、橇《そり》のように引っ張られようとしているまさにその時に集められたエネルギーを彼らは感じたのだ。

この最後のシーズンには、ボビー（このころには、彼を別の名前で知っているのはヌンガルたちだけだった）と彼のチームには、岬の高い所で見張っていて、鯨だ！　鯨だ！　あそこで潮を吹いているぞ、鯨がいたぞ！　と叫ぶような人間はいらなかった。ボビーはどうやってだか鯨が近くにいるのがわかるようだったし、さもなければみなで、ブラザー・ジョナサンの船の一、二隻か、そのころにはチェーンの所有だった小さなスクーナー船かで鯨を探しに出たからだ。実のところ、わざわざ湾を出ていく必要はまずなかった。例外は、ボートがたまに、宿営地に戻るには丸一日漕がなくてはならないぐらい遠くまで鯨に引っ張っていかれてしまった時だった。

スクーナーを使えば、浜辺の商売敵が所有する鯨捕りのボートの航路を理想的に遮断できるのがわかっていた。チェーンが海からかき集めている富を欲しがっている男たちが、キング・ジョージ・タウンにはいたのだ。チェーンがアメリカ人たちとうまく手を組んでいるので、彼らは嫉妬で身悶えし、愛国主義の炎をかき立てた。ここは英国の支配地ではありませんか、サー！　チェーンのライバルは激しく憤ってもいた。外国人たちに自分たちの港に入ってくるのを許すなら、陸にいる連中と組んで漁をしても馬鹿を見るだけだからだ……

ボビーの唄は、そうした敵対関係には触れなかった。歌いあげられていたのは鯨捕りの経験で、一連の詩行に収められていたが、いつも同じ流れになるわけではなかった。どんなふうに自分がくつろいでいるのか、どんなふうに自分を奮い立たせるのか。もうシーズンが終わろうとしている今だって、アメリカ人の船が夏の東風に帆を膨らませて、波の背の上で揺られている。ボビーは船の甲板に横たわりながら、頭のなかで詩行をつくり、推敲していた。鯨捕りに関わる言葉、ハープーン、ランス、橇乗り《スレー・ライド》にバケツ、脂身の毛布《ブランケット》に本みたいな切り身《ブック・ピース》、杓子にスプーン。鯨が荒れ狂うのをガレーとか言っていたのを思い浮かべた時には、もう少しで大笑いするところだった。暗がりでほとんど寝ているような状態だったけれど、スクーナーに鯨とのあいだに入られて、漁師たちがいらいらして怒り狂っていたのを思い出したからだ。

眠りのなかに沈みこんだり出てきたりしながらボビーが見たのは、滑らかでぬるっとした水面だった。そのすぐ下には鯨の姿が見える。鯨が浮上し、潜水し、最後にチラリと見えた尾びれが、次にそいつがどこに現れるかをボビーに教えてくれる。ボートはそこへ滑ってゆく。水のなかの変化を最初に見抜けるボビーに導かれて、男たちは漕ぐ。そして、鯨は彼らの世界に飛び出してくる。銛が命中し、鯨が反応する前に、ジャックはボートの銛綱柱にロープを二巻きする。するとそのロープは悲鳴をあげ、丸められていたところからどんどん出てゆく。そのあいだに男たちはオールを水から揚げて舟に収め、自分の座席にしがみつく。ボートは水切りをする平たい石みたいに、水面を跳ねるようにして進んでゆく。周囲で泡が飛び散り、ロープはブンブン音をたて、船体が震え、もし誰かが舟のなかで体重を移動したりしたら危ないぐらいに傾く。ロープが巻かれた銛綱柱のあたりから摩擦熱のせいであがる煙に、ずぶ濡れになったジャックの身体から立ちのぼる湯気が加わる。

シーズンの序盤、ボビーとジャックは同じボートに乗っていた。ジャックはうまくいっていると思っていた。というのもマニト婆さんが、自分とボビーが兄弟であるだけではなくて、彼らは鯨たちとも兄弟なのだと強く言っていたからだ。少なくとも、ジャックが聞いて理解したところではそうだった。そのシーズンの第一投が、二人を一頭の鯨にがっちりと結びつけた。ところがそいつが海に潜っても、彼らは水平線に向かって糸を引くように進んでいったりはしなかった。代わりにそいつは円を描いて、彼らを自分の仲間たちのところへ引っ張っていったのだ。ジャックは危険な兆しが見えたらすぐに綱を切ろうと身構えた。もし綱が他の鯨にひっかかったりしたら……

ごていねいなことに、群れに追いつくころになってその鯨は速度を落とした。そこで群れている鯨たちが身体を回転させ、潮を噴きあげる向こうには、泡としぶきを炸裂させている数隻の他のボートが見えていた。そちらのボートの舳先が上下に揺れる度合いが、どのぐらいの大きさの鯨に銛を打ったかを示していた。あちらとは対照的に彼らはゆっくりと進んでおり、何百頭もいるように見える優雅に回転する背中のあいだを奥に、奥にとやさしく引かれていった。ボートの男たちは緊張しながら周囲を見回した。真下から鯨が上がってきたらどうなる？　前に出てきたら？　もし尾びれが……

ジャック・タールは、鋭く先が尖った鋼を舳先であちらこちらに振りまわしていた。そのハープーンは、まるで魔法の杖のようだった。彼らはゆっくりと、さらに奥に進んだ。今では水面は、泡に縁どられた滑らかで芳醇なビールのようだった。すると、綱が緩んで下に落ちた。ハープーンがはずれた。あ、おれたちの鯨がいっちまった。慌てて何とかしようとする。もう一発ハープーンを？　驚くべきことに鯨たちはのんびりと休んでいて、まるで男たちがロープを引きあげて水が滴らせながら巻き取るのを待っているかのようだった。鯨たちに囲まれているので、男たちは獲物を選べた。ジャックは銛を放つ準備をした。

けれどもそこで考えた。パニックを起こした鯨に引っ張られたら、どうやってこの群れを抜け出せる？　鯨たちはぎゅう詰めになっていて、ボートはあいつらの動き全部に反応してしまう。ここから加速したりしたら、どうしたって鯨にぶつかって海の底の墓場でお陀仏だ。今はハープーンを打ちこんではだめだ。もう少し動きが取れるようになるまで待つのが一番だ。そいつは理に適っているとみながわかってはいたが、儲けがあれば、みながいくばくか自分の取り分《レイ》を手に入れられる——ここにゃ、周りは金だらけじゃないか。

鯨たちは、きつく固まって集まっていた。鯨たちの目は彼らをとらえており、その呼気が暖かい霧のように降りてきた。外海で哺乳類の巨大な塊に囲まれて、男たちはある意味、鯨と連帯しているような感覚に陥った。岬のシェルターのなかにいるみたいだ。ただし、その岬は動いていた。

とうとうすき間ができた。鯨たちが、ゆっくりと自分たちの海の道に沿って動き始めたからだ。空間が開けてゆくにつれ、狩人たちの頭もはっきりしていった。ジャック・タールはその瞬間をとらえにいった。こいつはチャンスだ。獲物はどれだ。ハープーンを構える。いや、こいつじゃない。なんであんな鯨にしなきゃならない？　そして、水面に浮上してきたもう一頭へと向き直る。しかしまたしても腕が止まる。哀れなジャック・タールは逡巡し、狼狽した。ボートの男たちも普段はオールに身を預けて魚の群れのように心を一つにして動くのに、あらゆる方向を指さして、口々に様々なターゲットをがなった。標的が射程外に移動してしまうので、男たちは悪態をつき、罵った。

ジャック・タールが投げた。ハープーンが刺さり、鯨が身震いすると……　ハープーンは抜け落ちてしまった。尾びれが別れを告げ、鯨たちは行ってしまった。男たちはオールのところに座りこみ、頭を垂れて震えていた。彼らがそうしているあいだ、鯨の背は遠くで回転し、呼吸音は大きく響き、潮吹きは手旗信号のようにさよならの挨拶をした。チェーンのような人がいたら怒り狂って舵のところで吠えたてていたかもしれないし、熱しやすく同じくらいあきらめの悪い銛打ちがいたら、ひょっとしたらまだ鯨を仕留められるかもしれない方向を指さしていただろう。でも、今日じゃない。この群れじゃない。この時のジャック・タールじゃない。

＊

シーズンが終わるころには、ボビーは自分の役割を果たせるぐらいに成長していた。鯨を目指して二、三艘のボートが競争するとなれば、男たちを励ます彼の声が響き渡るようになった。おれをあの鯨の背にのっけやがれ、野郎ども、鯨に銛を打って、一乗りしようぜ。腰を下ろさず、両膝を曲げて、舟の後部にある漕ぎ座の上で、鯨の兆しが見えないかと海面を見張る。もう一度姿を現さないか、方向を変えてはいないか。漕げ、漕げ、つわものども。おれをあの鯨の背にのっけやがれ、そしたらあいつをホームまで乗りこなして連れて帰るぞ。

ある日、彼らはうまくやった。おまけにボビーは鯨の背に乗るはめになってしまったのだが、それは遮二無二行われる追跡が生みだす力のせいではなかった。そうなるには鯨の助けが必要だった。ハープーンが刺さった。そして普通こんなことはありはしないのだが、鯨は潜りも、脱兎のごとく逃げもしなかった。それどころか、ほとんど反応しなかった。痛みよりも、興味を感じているようだった。何か調べるような様子で尾びれをあちらこちらに動かし、ボートをかすめるようにして打ったので、ボビーは空中に放り出された。彼は鯨の背に着地し、瞬時に立ちあがると、腕を大きく広げ、足の裏を通じて鯨の体内の奥底から響いてくる振動を感じた。すると、鯨が潜った。ボビーは角度が変わるのを感じ、自分の周囲に水が押し寄せてくる瞬間に足の裏を一瞬褶曲させて、黒い鯨の皮をつかんだ。泡が銀色に光り、彼の下で巨大な形がだんだん小さくなり、縮んでゆき、青い暗がりに消えていった。ハープーンから伸びる綱が彼の横を鋭く切り裂くように通り過ぎ、ピンと張っている様は、銀の槍のようだった。彼がむせながら水面に顔を出すと、舵取りを失った彼のボートはすでに遠くにいて、水平線に向かって跳ねるように進んでいた。彼は腕を掲げて叫び、彼の方に向かっている他のボートに助けを求めた。

ジャック・タールが、舟べりから身を乗り出していた。あんなふうに鯨に乗るにゃ、轡《くつわ》と鞍《くら》が必要だぜ、ボビー！

鯨油を煮出すための鍋をわざわざ船の甲板に置く必要は、もうなかった。人々はそれを陸に設置した。死んだ鯨たちが、岬のそばの奥まった水があまり動かないところに浮かんでいた。花崗岩の斜面が鯨を引き揚げる場所になっており、鯨たちの脂身はそこで剥がされた。鯨油を煮出す鍋はそのすぐ上に鎮座していて、ぐつぐつ煮たっては煙を吐き出していた。ウラルは（ボビーの唄が伝えるところでは）シーツのように岩の上を流れている血の上で、滑って転んだ。鮫たちが待ち受けていた。ウラルは血の海に叫び声をあげながら落ち、すぐに顔という顔が彼の方を向いた。みんなが目にしたのは、高く聳える岬を背景に浮かぶウラルのシルエットだった。彼は、鮫を一匹腕に抱えていたとさ。ボビーの唄はそんなふうに終わり、別の歌い手がさびに加わった。

ボビーは歌った。そしてちょうどその唄にあるように、それは起こった。ボートが浜辺を離れ、居留地は遠く小さくなったが、歌い手はボートにいた。古い唄のように陸地にいるわけではなく、丘の上にいて他の者たちが出発するのを見ているのではなく、鯨の潮吹きや傾いた船の帆を見つけるために海面を隈なくずっと見渡しているのでもなかった。歌いながらボビーは、見張りをしながら自分がつけた印について考えた。紙の上にあるペン、石板の上にあるチョーク、彼が書いた、くじらがいたぞ、とか何とか。けれども、そういう印で唄に入ってきたものはなかった。それでも彼は時々、砂の上に文字を書いた。鯨捕りたちに、彼らの国の教育と人になる方法を自分が知っていると示そうとしたのだった。

短期間ではあったが、彼らにはコックがいた。ウラルとボビーが初めて食事をもらいに行くと、そのコックは、ニガーどもに給仕するのはおれの仕事じゃないと言った。コンク・チェーンがその場にいた。ジャック・タールも。彼らはコックを牧羊犬のように取り囲んだ。そして言った。おれたちは、ここでは一つなんだ。おれたちは、何をするかで人を判断する。肌でじゃない。ここはおまえの地元じゃない。チェーンは代わりになる男を見つけるや、すぐにその男を追い払ってしまった。

ヌンガル相手におれ様はもったいなさすぎる、と思っているような白人のやることは、ボビーの唄にはなかった。その代わりに船に乗っている男たちには黒と白どころか、中国人も一人いて、ああもう、続きを言わなきゃならないなら言うけれど、ヤンキーに、囚人に、フランス野郎に、兵士……みんながメロディーに心を鷲づかみされ、抱擁され、後ろ髪を引かれて、ボビーの唄に声を合わせて加わった。それによって言語的な気づきがもたされた者もいた——黒んぼたちが口にしている言葉には、そのど真ん中に、鯨捕りの言葉があるじゃないか。いったんそこに気づけば、彼らは歌い手に声を合わせて、大きな声で歌ってくれた。みなでいっしょに、ずっと最後までいけると信じて。

その唄がどんなだか説明してくれと言われると、多くの人が頭を抱えただろう。例の黒んぼの唄の類さ、と彼らは言った。でも、おれらの言葉がちょっと入ってるんだよ。彼らの耳がまずとらえたのは、耳慣れた言葉やメロディーの断片だった。だが他にも、音のなかの何かや流れるような音節から伝わる力が彼らの心を動かし、気力満々で海にいる気分にさせた。

チェーンが思い起こしたのは、インドの横笛だった。メロディーが震えるように揺れる様子に、フィドルも心に浮かんだ。どの一節も終わりに向かうにつれ突然音程が一オクターヴ低くなった。ごろごろと続くサビに男たちは熱心に声を合わせ、自分たちが一つである証とした。たとえ全部の言葉がわからなくたって、ここのところをちょっとだけしか歌えないとしたって、おれたちはいっしょなのだ。

ボビーとウラルとジャック・タールが、自分たちが歌っている中身を身ぶりで表現した時、みなはさらに団結した。ハープーンが投げられ、櫂を掲げながら屈みこみ、それからあの執拗に続く一節の終わりごとに一オクターヴ下がる唄を歌うのだ。他の声も、彼らの声に連なる。すると舵取りのところにいるボビーがまたしても、舟に乗っている者たちに、海の上をトーン、トーン、トーンと跳ねさせる。しぶきと泡の真ん中で波にもまれ、弾み、ぐらりと傾き、興奮しているけれどもどうしようもなく緊張させられる。何度も何度もギラリと光るランスの輝く切っ先が鯨に打ちこまれ、静かになってしまうまで、それは続く。ボビーの唄は、彼らを急に小さく、儚《はかな》くもしてしまう。尾びれや胸びれや巨大な頭を避けていると、波と鯨に投げ飛ばされ、血の塊が混じった熱い血のシャワーを浴びせられ、海の底から響いてくるような、自分の兄弟でもある死にかけの鯨の低いうめき声を聞く……

長くボートを漕ぐこと、鯨を浜辺か船に引いて戻ってくることをボビーは歌った。赤くなってしまったおれたちは、乾いた塩と熱い血で覆われている。（踊り手たちを赤いオークルで厚く塗りたくってしまおう、とボビーは目論んでいた。明るい白目が、聴衆に向かって輝くだろうさ）最後に――ここで、焚き火のところにみんなで持ち寄ったたくさんの小唄の短い一節を歌っている彼に、他の声が加わってくるんだ――彼は焚き火のところで歌われる祝いの唄をいっしょに歌った鯨捕りたちを歌い、今まさに歌った一節をまた少し歌い、ラムと、他のブラザーたちの声と、祝福と、ヌンガルの人々の愛がみんなの自我を失わせ、ひとつにまとまって……

ボビーの唄は、鯨を切り刻むことについてはあまり触れなかった。鯨の脂身が剥がされたり、それが長い切り身に切り分けられたり、脂身がさらに切られて「毛布」とか「葉っぱ」とか「本」とか呼ばれるようになるような、細かいところは扱わなかった。ウラルについての唄の詩句だけが、鯨を花崗岩の斜面の上へと引き揚げる、巻きあげ機のカチャンカチャンという音を歌っていた。細い流れになって滴る濃い血も、唄にはあまり出てこなかった。唸りをあげる雨と風、血が混じったピンク色の水、鯨油を煮出す鍋からの黒くて煤が混じった煙や悪臭、湾に浮かぶ形を失った哀れな鯨の死骸。こういうのは、ボビーの唄にはなかった。

そういうのに、ボビーは関わっていなかったのだ。彼は鯨を見つけられたし、鯨を追っかけていっしょに海を走ることはできた。けれども、彼の手は鯨を殺せなかった。彼はただの舵取りだった。切って茹でる段階、血塊と煙を抜けて歩くころになると、彼はよく、自分の仲間と友だちが鯨の死骸で宴会をしている砂浜に行った。なぜ自分と距離を取り続けるのだろうといぶかりながら、彼はメナクを探した。その男はずいぶん年をとったせいか、気難しくなっていた。頑固に自分のやり方にこだわって、自分の若いころと比べて物事がすごく変わってしまったので腹を立てていた。

人々のなかには鯨の肉目当てで遠くから来た者もおり、その土地に来た者たち全員がヌンガルに敬意を払ったわけではなかった。メナクはそばに英語でしゃべる連中がたくさんいると不満の声をあげ、小さなやかましい犬といっしょに険しい目つきをしてよこした。余所者たちがそばにどっと寄ってくるのを、彼は嫌がった。

老人はボビーの唄を蔑んで、鼻を鳴らした。余所の場所の言葉、水平線の向こうから来た連中の味気なくてしょっぱい言葉、耳慣れた音に織りまぜられた奇妙なメロディーの刺。浜辺に鯨が多すぎる、と彼は言った。それに、いたるところに人が多すぎる。ここに来てもわしらに挨拶をせんし、帰る時だって挨拶無しだ。わしらは今や、海からの余所者に押しやられている。内陸から来るやつらにもだ。

メナクと彼が手に入れた船乗りの小さな犬は丘の上の方に寝泊まりしていたから、誰であろうとこの場所にやって来るものたちは見えていたし、何かがやって来る兆しに目をこらしたりはしていなかったのかもしれない。このころは、正式な信号なんかもなかっただろうし。その老人は遠くに離れたままでいて、浜辺に鯨が生きたまま来るのをずっと待っていた。彼の手にかかって死にに来るのを。けれどもそのシーズン、彼のところに鯨は来なかった。

ボビーはブラザー・ジョナサンの船で、クロース＝バイ＝アイランド湾から出航した。ちょうど浜辺が小さくなってゆくあいだに、まさしく小さくなって消えてゆく浜辺について歌った。宴会をして楽しんでいる人々について歌い――実際、連中はまだそうしていたのだった――船出を言祝《ことほ》いだ。先に出帆している連中がいて、あっちで彼を待ってくれているだろう。古い友人たちもきっとそうだ。キング・ジョージ・タウンが彼の前に徐々に姿を現してくるだろう。彼のために。

クリスティーンとボビーの分け前《レイ》

チェーンの家族は町にある別宅にいた。そこは隣で建設中の建物のおかげで、クリスティーンにだってどんなにみすぼらしいかはわかった。いわゆる床というものすらなかったからだ。隣の家が自分たちので、ほんとよかったわ。パパも上機嫌だし。勘定書の山をかたづけて、港からの指示を待っている状態ではあるけれど。

何から何まで退屈だった。彼女は新しい本を読み出した。それは『モヒカン族の最後』という本で、最近の船便でこちらについたに違いなく、コミュニティのなかで回し読みされていた。でも、その本に惹きつけられはしなかった。すごく身体が重くて、うっ血していて、気だるかったからだ。呪いだ、実際。女というあり方そのものが、この試練を準備していたに違いない。何のためって……月ごとの闘争がこれから何十年も続くのだと考えて、彼女は縮みあがった。ママが、血が出るのが止まるまで家の奥に引っこんでいるみたいに、自分も隠れていなくてはならないのだ。女であることが病人になるのを意味するなんて、受け入れられない。ママは病人だった。そう見えた。クリストファーを失ってからは。

足音がして、パパが誰かと会話する声が聞こえた。住んでいるのが小屋なんだから、盗み聞きするのは容易い。今住んでいる丘の斜面が投げかけている陰から彼女は歩み出て、パパが新しい家に入ってゆくのについていった。どこまでできあがっているのか見たい気持ちを抑えきれなかったからだ。足音が床板の上で鳴り響き、石の壁と高い天井に跳ね返った。土のにおいのおかげで――パパが言うには、白粘土を使っているそうだ――いい気分になれた。ドアはまだ無いし、窓にガラスも無かったので、建物のなかはすごく明るくて開けていた。その日は輝くような日だったので、湾の明るい青、船の帆、日の光が目に飛びこんできた。父親は、彼女に背を向けていた。彼は、窓のところで彼女の足音を聞いて振り返った。その姿は重たげな影法師に見えた。

お父さんの知り合いのヤンキーの船長が、湾に入ってきたんだよ、クリスティーン。

父親の声が、空っぽの建物のなかで響いた。もう日の光や海の眺めは見えかった。視界にあるのはその人物だけ、父親だけだ。その手が、彼女の手を取る。

一、二時間したら来てくれよ、と父親は言った。パパが品物を受け取って部下を何人か浜辺に連れていったら、すぐにだぞ。

クリスティーンが顔を合わせた時、父親は機嫌がすごく良かった。たぶん仕事を拡張し終えて、自分で自分を褒めていたのだろう。スクーナー船に、店に、酒場に。今はその返事に微笑み、不本意ではあったが女の宿命を受け入れつつ、父親の腕に触れ、黙って従う意思を示した。

誰か送ってよこすからな、と父親は言って、身体を屈めて彼女にキスをした。母さんもな。もしそういう気分だったら。

けれどもクリスティーンの母親は、頭痛か何かで暗い部屋に引っこんでいた。クリスティーンを連れに来たのは父親その人で、彼の部下ではなかった。娘は父親の腕を取り、砂の道をたどっていった。父親の酒場と店のそばの玉石が敷かれた道にたどりつくまで、湾がずっと左手に見えていた。

キラム氏は不自由になって衰えた腕に苦労しつつ、船乗りの休息亭の鍵を開けようと奮闘していた。もし自分があの人を押しのけて（怒ったような、抑えた長いため息をつきながら！）あの作業をやってしまったら、どんなふうに反応するだろうか、とクリスティーンは思った。

今日は忙しい日になりそうだぞ、キラム、と父親はいった。

イエッス、サー。でもそう口にしながら、彼は鍵との戦いを止めなかった。隣の店の錠前は下りていた。父親の大音声が、それが聞こえる範囲にいるみなに、たくさんの品物が運びこまれた事実を告げた。みんなにレイを、分け前をやるぞ。欲しい物は、何でもおれから買ってくれ。斧とナイフと女のためドレスをこの前にたっぷり運びこんでから、ずいぶん日が経ってしまったからな……ヤンキーたちは、いつ船から降りてきてもおかしくないしな、と彼は続けた。いずれキラム氏は、誰かに仕事を手伝ってもらわなくてはならないのを悟るだろう。娘っ子がいいだろうな。もし見つかるなら。船乗りどもは、自分たちの渇きを癒そうと必死だから。

ビリー・スケリーが突堤の作業を終了させました、旦那。たぶん、思うにあいつは……

あんたが一番と思うようにしてくれればいい、キラム。たぶん、キラムは手伝ってくれる女ぐらいは見つけられるだろう。

キラムがようやく鍵を開けるのに成功すると二人の男は笑い、父と娘は再び歩き出した。彼らはぬかるみの上に架けられた、人が通るための橋を渡った。そこは、時々小川《クリーク》が流れてきては、海にたどりつけずに逆流していた。突堤の方向から、水夫たちの一団が近づいてきた。明らかに興奮していて楽しそうだったが、二人が近づくと（仲間うちで二言三言交わす以外は）静かになって、彼ら独特の強いアメリカ訛りで父親と彼女に朝の挨拶をした。そしてそれから、二人の背後でまた大騒ぎが始まった。

突堤のたもとには人々が集まっており、クリスティーンの注意はそちらに惹かれた。距離があるのではっきりはわからず、あれは鯨捕りなのだろう、と彼女は推測した。でも、先住民に見える人々もかなりの数いる。ボビーは鯨捕りのチームにいるよ、とパパが前に言っていた。あれからさらにたくさんの人々が、ペパーミントの木々のなかから加わっていたんだわ。

うわあそれにしても、確かに活気のある集団だ。さらに近くに寄ると、彼女のところからもにぎわいの中心にいるのはボビーともう一人の先住民であるのがわかった。彼らは分け前を仲間に手渡ししているところだった。衣服に宝石に斧にナイフに。ボビーは…… クリスティーンは、自分の家族とともにいる彼しか知らなかった。しかも一番よくいっしょにいたのは、自分と自分ののきょうだいと、三人でいた時だ。今から何年前かしら？　四年ぐらい？　それよりも大きな集団のなかにいる彼を見たことはなかった。彼がパフォーマーなのだとわかる。いやもちろん、自分たちのあいだではいつもそうだったけれど。それに、リーダーでもあったわ。

ボビーは斧を掲げて太陽に煌めかせ、何かを叩き断るような動きで振りおろした。それが武器の動きなのか、道具の動きなのか、彼女にはわからなかった。彼はヌンガルの言葉でしゃべっていた。だから、クリスティーンには何を話しているのかわからなかった。言葉そのものが、何か違った。会話というより唄みたいで、そのなかには嘲るような、ふらふらと行き来するような調子があった。それをリードしているのがボビーだった。たくさんの笑いが起こった。女性用のドレスを自分の身体にあてて見せ、腰をくねらせながら、気取った調子で歩いてみせた。女たちのあいだから黄色い歓声があがった。そして彼が片手でドレスを頭の上に掲げると、女たちは口々に叫び声をあげた。女たちはドレスというより、ボビーからの注目を争っているようだった。

細い四肢に広い肩、白いリネンのシャツは首まわりが大きく開き、頸部のあたりの強靭な筋と、喉元のくぼみを見せていた。肌は健康的に輝き、サージ織りの青い素敵な燕尾服に見事な乗馬ズボン、それに新しいブーツを身につけていた。歩き回りながら贈り物を弄び、みなに分け与えているボビーは、さながら絵のなかの英雄だった。自分もすっかり成熟しているのにそんな自覚はないまま、クリスティーンは彼の成長と変化に驚いた。ああ、もし自分たちがまだ子どもで、二人っきりでいっしょにいたら。でももちろん……

クリスティーンは周囲を見回した。父親とウィリアム・スケリーがいる。スケリーは、おそらく自分の波止場を愛《め》でにやって来たのだろう。でもこの二人を別にすると、ボビーと彼の相棒を取り囲んでいる集団には、他に年配の男たちはいなかった。そしてとってもおかしなことに、スケリー自身が女のドレスを一箱買っているようだった。パパは、彼に向かってうなずいて、手を貸してやりながら言った。キラムが、おまえがここに来ているのに賭けてもいいって言ってたぞ。

すぐにそちらに行きます、チェーンさん。

クリッシー！　強い声が突き抜けるように、こっちの言葉を聞けとばかりに呼ばわった。

彼からの贈り物を賞賛している小さな人垣の真ん中をボビーは離れ、丁重に、それでいて決然と、自分の行く手にいる人たちを押しのけて、クリスティーンと彼女の父親のもとにやって来た。ボビーはパパと握手したけれど、キラムさんやスケリーさんとするのとは違った仕方だった。敬意をこめて、それでいて胡麻をする様子はなかった。続いて彼女を向いてうなずき、挨拶をしてくれたのだが、その仕方といったら騎士みたい、と言えるぐらい大きく滑らかなお辞儀で、あまりに優雅なのでびっくりして見とれてしまうほどだった。するとそれから突然彼女の両手を握ると、馬鹿馬鹿しいくらい大げさに、二人のあいだで握った両手を振り回した。

ボビー！　パパが親しみをこめ、ふざけるようにボビーの背中をどやしつけた。パパが腕をボビーの肩にまわしているうちに、彼女は自分の手をひっこめた。ボビーはチェーンにつかまれて身をよじったが、ジョーディ・チェーンはもう二人のあいだに自分の身体を押しこんでいた。あまりにぴったりくっついていたので、ボビーは身体を傾けてその男の身体ごしにクリスティーンのほうを見なければならなかった。チェーンはまるで、彼らに合わせて動いて二人を離れ離れにする、大きな岩か木でもあるかのようだった。

新しいドレスはいるかい、クリスティーン？

またあの笑いだ。彼女は彼の声に合わせて笑わないではいられなかった。まだ分け前に感激している連中にボビーは何事か声をかけ、それからみなで家路についた。ボビーはパパの反対側にいた。彼らの前でミスター・スケリーが、二人の先住民の女の手を取っていた。それぞれが色鮮やかなドレスと帽子をまとっていた。スケリーさんは、今度買った分も同じようにプレゼントにするに違いない。彼と女たちはとても速く歩き、クリスティーンと彼女の父親とボビーがつくよりもずっと先に、水夫の休息亭に入っていった。

ボビーは舟を漕ぎ、人々と荷物を船から船へと運び、浜辺と船のあいだを往復もした。なかにはチェーンの酒場のためにラムを隠して運んでくる者たちもいたので、ボビーはしばらくしてから小舟に戻り、一人で漕ぎ出した。湾内には、数隻の船が停泊していた。こんなにたくさん、いっぺんに見たことはなかった。漕いでいると日の光が強くなり、それから薄らいでいった。彼は船と浜辺とをつなぐ暗い線を引いた。オールと舳先が、その線に銀色のレースをつける。夜の帳が降りるにつれて船は見えにくくなり、消えてしまいつつあった。それでも目当ての船は見つけられるだろう、という自分の判断をボビーは信じた。けれどもそのへんにある船は、かろうじて船影がわかるぐらいになってしまっていた。ただし、一隻は例外で——張り巡らされた索に吊るされたいくつものランプが明るく輝き、蝋燭もあった——、その船の周囲には黄金の光が、砕けたガラスのように零れていた。少し遠回りして光り輝く船を観察し、揺れ動く海の断片の上に落ちる音楽と声、弾けるような笑いと挨拶をよく聞こうとした。

ある船からチェーンを回収すると（すごく実りのある会見だったぞ、ボビー！）、チェーンは赤い顔をしていたけれどもきちんとした身なりをして、ボタンを上まで留めていた。レース織りの布地が明るく輝いて、胸や手首のあたりで泡立っているように見えた。ボビーは彼を浜辺の方に連れてゆき、浅瀬に停泊しているもっと大きな手漕ぎボートに横付けした。二人の人影が浜辺の方からやって来た。暗くてほとんど目は効かなかったが、ボビーには、それがキラムとスケリーだとわかった。何か運んでいた。運んでいるのは……彼らは浅瀬に入ってきた。運んでいるのはチェーン夫人とクリスティーンだった。長いドレスを着て宝石をつけ、青白い胸がほとんど剥き出しだった。

視線がボビーの上を通過し、チェーンに向けて声がかけられた。ダーリン、パパ。男たちは女二人を大きい方の手漕ぎボートに乗せ、チェーンが危なっかしくボートからボートに乗り移るあいだ、抑えていた。男たちがボートを沖へと押し出すと、クリスティーンがちょっとだけボビーに微笑んでくれた。男たちはもう一押し、さらにもう一押しした。それからそのボートに乗りこんで、オールを握った。

チェーンが肩越しに言った。いつかおれたちを尋ねてこいよボビー、なあおい。

ボビーは光り輝く船から視線を下に落とし、オールが海に漬けられては水を滴らせ、船腹が水を切り裂き、小さな波が砂浜を叩く音に耳をすました。

彼は小舟を浜辺に引き揚げて、もう一艘のボートが戻ってくるまでそこに座っていた。

戻ってきたのかい？　とボビーは尋ねた。音楽と光と乾いた音をたてるグラスといっしょに、キラムとスケリーも笑いと歓声とともにいるのだろうと思っていたのに。

おれたちみたいののためじゃねえんだよ、ボビー。彼らは全然笑っていなかった。キラムはシャツを片手でつまむと、肩の辺りに引っ張りあげた。スケリーは黙ったまま、錨を浜辺に引きあげた。ボビーは彼らといっしょに行った。なぜって、キラムは何がなんでも酒場に行きたかったからだ。スケリーもだった。ラムを一杯どうだ、ボビー、とキラムは誘った。鯨捕りの野営をしている時みたいによ、なあ。

ボビーでも――小柄で細身の筋肉質、背が高いとは決して言えなかった――なかに入る時、頭を下げなくてはならなかった。天井は低く、古くて年季が入った厚板に足が触れた。昔歩いたことのある、すり減った船の甲板みたいだ、と彼は思った。バーのところで天井は高くなり、アーチを描くセミクジラの巨大な顎骨のなかに収められた棚に、グラスやらボトルやらが詰めこまれていた。その顎骨はあんまり大きいので、その下を馬に引かれた荷車が通過できそうだった。

一方の壁には銛やら槍やらが並べられていた。長いの短いの、様々な顎やかかりがついていて、異なった色をしている。ボビーが見たのは狩りのための槍、漁のための銛、穴を掘るための棒、太股を貫いた槍、儀礼的戦闘のための槍、棍棒……ハープーンもあったし、鯨に止めを刺すためのランスもあった。そのすべての切っ先と刃は、鯨を殺して脂身を剥ぐためのものだ。

にっかりと笑いながら、キラムがちょっとだけ注いでくれた。こいつが喉を下ってゆくと、いつだって燃えるようだ。鯨を捕る時の野営みたいだ。こいつを飲むと、ボビーはいつも何かやりたくなった。炎みたいになって、燃えあがって。スケリーがもう一杯、グラスを差し出してくれた。え、もう一杯いいの！　こいつはめったにないことだった。さらにもう一杯。いやー、彼はエネルギーでいっぱいだ。炎でいっぱいだ。さらにもう一杯。もう一杯。彼はこの空間には大きすぎるぐらいに巨大化し、山にたゆたう霧のように、煙に包みこまれた。山のように、高く立つ。目が回る。涼しい風が頬にあたった。丸石が敷き詰められた道と泥がある。自分が座りこんでいるのは、誰かが小便したあとの上だ。年がかなり上の女の人と目が合った。スケリーさんが、その人の腕を取っている。あの明るい色の新しいドレスを着た別の女もここにいるけれど、彼女と目を合わしちゃだめだ。視界のはじにいる彼女が、こっちを見つめているのがわかる。

ボビーは水夫の休息亭からまろび出た。悪魔か何かが彼の足をもつれさせた。そして、雄牛が糞をするように吐いた。両手を広げてバランスを取り、自分の吐瀉物からよろめきながら離れていった。

よく寝たに違いない。というのは、目覚めるととても気分がよくなっていたから。湾の海はまだ静かで、船はまだ光り輝いていた。人専用の橋のそばにある泉から水を飲んで、突堤へと歩いて降りていった。スケリーさんが、一艘のボートの手配にやきもきしていた。

手伝ってくれボビー、と彼は言った。

キラムさんは酒場で忙しく、スケリーには漕ぎ手が一人足りていなかった。だからボビーが、チェーンさんとその家族を船から連れ帰るのを手伝わなくてはならないのだ。

いいですよ、ボビーはできますもの、冷たい水と、肺のなかの新鮮な海の空気と、水の上を滑るボートの感覚が、彼を癒した。例の船に横付けしようとすると、スケリーさんの顔の上で照明がちらつき、船から零れてきた矩形の光が周囲の水面で上下した。もう音楽はかかっていなかったが、耳障りな声と女たちの嬌声があがっていた。チェーンさんが船腹から後ろ向きに降りてくると、彼の幅広の尻が光を遮った。彼の体重がボートにかかるや、スケリーは手を伸ばして彼を支えた。激しく暴れる鯨の横にいるのと変わらないくらい、ボートはちょっとのあいだ大きく揺れた。チェーンはどさりと腰をおろし、ゲップをした。チェーン夫人が縄梯子の途中まで来たところで、スケリーが彼女の腰に両手をあてがい、ボートの上に抱えおろした。彼はクリスティーンに手を貸そうと向きを変えたが、彼女は片脚を梯子の一番下にかけて、ボビーの手を支点にしてしなやかに身体を振って、ボートのなかに跳びおりた。クジラヒゲでできた彼女のドレスがはためいて、一瞬彼女を鳥のように見せた。

あのそーとくの野郎……ゴロツキの馬鹿野郎が……チェーンの舌はもつれて、うまく回らないようだった。でもあいつの息子は、と彼は続けた。

いやだ、パパ、とクリスティーンは呟いた。

男たちは無言で漕いだ。チェーンと総督のあいだで、奥様が言うところの意見の相違があったのがボビーにはすぐわかった。奥様はドレスと宝石と伊達男の船長と音楽について話した。クリスティーンはどうしていたかって？　何も。彼女は片方の手で水面に触れながら、ボートから肩越しに船を振り返った。一度、二度、何度も何度も。もう片方の手で手袋を捻じるように握りしめながら。

満月が昇って、その光がクリスティーンと母親の顔と、二人の胸元も照らした。どちらも寄せて、高くあげられている。子どものころ、無垢なころ、ボビーとクリスティーンはいっしょに泳いだ。今、同じことをしたらどうだろう、と彼は思った。彼女を海に突きおとすとか？　二人で高いところにある枝の股まで登ったこともあった。彼女の膝の裏の強靭な腱と太股の長い筋肉を、彼は覚えていた。

ろれつも舌も回らないチェーンは、総督の息子の話題を止められないでいた。ヒューは、クリスティーンが気になっていたよな、二人でいっしょにたくさんダンスをしたもんな。すばらしい連れ合いに、パートナーになるだろう。金に、遺産に、姻戚関係。

ようやくにして、彼らは浜辺についた。チェーン夫人はスケリーに、浜辺までお願いと両手を出した。チェーンはもたもたと、自分の身体をボートの外に引っ張り出した。残りの男たちは自分たちのオールを水底の砂に突き立てて、舟を安定させた。でもボビーは違った。彼は浅瀬に跳びおりると、クリスティーンのところへ引き返した。彼女は信頼しきって、彼の腕に身をあずけた。とても甘い香りと、その下にある生身の刺すような汗のにおいを、彼は吸いこんだ。彼女は頬っぺたについた髪の毛を吹きとばし、その息が彼のところに届いた。

うーん。

彼女の腕は、彼の首にまわされていた。

おれが、娘を連れていく。

ペパーミントの木々と花崗岩の丘がつくるみっしりと詰まった暗闇を背にして、チェーンがよろけながら立ちはだかっていた。

大丈夫ですよ、コンク、すぐそこですから。

チェーンが自分の娘をつかもうとした。

パパ！

彼女はボビーの首にしがみつき、ボビーは前に向かって歩を進めた。ボビーは年かさの男に向かって二人分の重さを預けてから、脇にどいた。押し返そうとしたチェーンは、二人をかすめただけでぶざまに浅瀬に両手両膝をついた。ボビーは浜辺まで歩いてゆき、クリスティーンを立たせ、チェーンがスケリーに助けられて立ちあがるのを見つめていた。

この糞野郎。ボビー、もうおまえらは子どもじゃないんだぞ。

うん。もう子どもじゃないです。

クリスティーンは、母親に肩を抱かれながら去っていった。チェーンはスケリーを押しのけて、母娘の後をよろめきながら追いかけ、影のなかに消えていった。

ただ彼のためだけに

ボビーは目覚めた。横では女が一人寝ていた。柔らかい両手を片方の頬の下で枕にしていた。女は羊毛の毛布とカンガルーの毛皮にその身をくるんでいた。女のにおいがした。自分を含めた二人分のにおいと、自らの皮膚に塗られたビャクダンの油の芳香も漂ってきた。

今日は後で、他の男たちと合流する。彼の肌に油とオークルを塗りこんでくれるブラザーかアンクルだ。女がするみたいにじゃない。身体は彫りこまれた木か、削られ擦られ磨かれた石みたいに強固になる。ただ彼は木でも石でもなかったから、油とオークルと強い手に活力を与えられ、筋肉をリラックスさせてもらえる。おかげで、筋肉がどんな具合に白い骨にくっついているのかわかる。どんなふうに血が自分の管を流れて、肺が満たされるのかもわかる。オークルは、彼のところにたどりつくまでに、人から人に渡されて運ばれてきた。ここから遠い東の土地で、お椀に盛るようにして手にすくい取られた場所からオークルの旅は始まったのだ。

オークルと油と大地のにおい、精妙な血の通り道と神経に対して高まる感覚、この場所に彼を結びつけるたくさんのすばらしい腱、この永続する瞬間。指先がジンジンし、彼の身体は周囲の声に合わせて歌った。ハチ、セミ、コオロギ。囁く風、カサカサいう木の葉。鳥の囀り、翼の羽ばたき、爬虫類のキーキー、シューシュー鳴く声、動物たちの呼吸と様々な足音、砂の上での波の呟き、イルカや鯨の潮吹き、水が湧き出て岩の合間を遊んでいるかのように零れ落ち、砂を通じて地面の下に……

唄のための一日だ。この身に飾りをつけるぞ。みんなに強さが湧き出る日だ。夜になったら、女たちと若い男たちがいっしょに踊る日だ。

ボビーは傍らで眠る身体の首筋のすぐそばで息をした。ムニャムニャ言っている。クリスティーンがあの晩、酔っぱらった父親に向かってムニャムニャ言ったように。ボビーは毛布をあげてから、空気がやさしく彼らの上に行き渡るように、そっと落とした。肌理の細かい彼女の肌に、自分の手の甲を走らせた。首の頸骨を感じ、肩を通って、彼女の背骨を五本の指で、開いた手のひらで感じていった。指の腹で軽く、彼女の身体をなぞった。女は彼の方に動いてきた。微笑んで、彼を歓迎していて欲しがっていた。四肢を開いて、彼を引き入れた。クリスティーンも、こんなふうに動くんだろうな。クリスティーンと二人でだって、こういうふうに深遠な流れにのって動けるのかもしれない。開いて、潜りこんで、深く息をついて、リズミカルに、塩気のある空気にこういうふうに溶けこんで、遠くからの逆巻く波に乗って、お互いを呼び合う。

それでも離れていってしまうんだね。クリスティーン。

ボビーは二度目の目覚めを迎え、横で眠っている身体をまた見た。わずかに生えてきた顎髭に指を走らせ、柔らかくなったカンガルーの皮の細長い一片を手に取り、自分の頭蓋に何度も何度も巻いて髪の毛を束ねた。

今日は後で、鳥の羽、葉っぱ、ポッサムかディンゴの毛皮で飾られた身体の集団のなかにいることになる。みんなの声と魂がすごく近くにあるから、いっしょに動くにあたって考えたり動きを選んだりする必要がまったく無い。まるで水中で揺れる真砂の粒のように、腕のバンドや髪の毛から咲く花々のように、彼らはともに動く。その声と魂は、みなの心臓と内臓に根ざす。

彼の夢に出てきた女は、焚き火の反対側から呼びかけてきた。炎を反射させて潤んだ目をしていて、彼が歌って飛び跳ねると、その姿を目で追ってきた。自分の焚き火に金髪の女がいたっていいじゃないか？ 彼女から、そしてみんなに野営地を提供してくれている暖かな花崗岩の塊から、彼は歩み去ってしまった。まるで何かに小突かれて押されたかのように。まるで何らかの物語が、彼が飛びこんでゆける空間を残してくれていたかのように。裸足で暖かい砂の上を行き、油とオークルのにおいに包まれた。どのくらい歩いただろう？ 太陽は光り輝くコインのようで、ススキノキはちらちらと揺らめき、生命がぶんぶんと唸り声をあげていた。ただ彼のためだけに。

骨と子どもたち

テントと周囲にいる黒い肌をした人々のおかげで、ジャック・タールは自分がアラブ人にでもなった気分だった。おれは、クロース＝バイ＝アイランド湾のシークだ。でも、自分のためのハーレムはいらないよ。だってさ、女を一人、自分の視界におさめておいて、言うことをきかせるだけでも手に余っているんだから。

生活は良かった。冬に鯨がやって来るシーズン前の、この季節が一番いい、と彼は思っていた。まだ強い海風と雨はなく、夏の暑さは過ぎ去り、海原は陸から吹く風に均《なら》されているかのように一日中穏やかだった。今ごろは捕鯨船がもっと見られるのではないかと思っていたが、まだ一艘もやって来ていなかった。キング・ジョージ・タウンの方にもまだ来ていないのだろうか。

チェーンがキング・ジョージ・タウンにいるのは間違いないだろう。ここクロース＝バイ＝アイランドにも、湾内を見渡せる場所に一軒、家を持ってはいるけれども。川を内陸へと溯れば、ケパラップにある彼の第三の家にたどりつく。ここからそこに至るまで、さらにその先でも、彼の羊が草を食んでいる。チェーンは羊を買って、羊飼いを雇い、カンガルー猟師のチームを複数抱え、ビャクダンの木を切り倒して運搬するために男たちを雇い、そうして得た物資をすべてここクロース＝バイ＝アイランドの湾内にある、小さな私有の港に運びこんだ。彼は捕鯨船と交易し、自前の捕鯨チームも保有していた。やっこさんの慧眼ぶりと度胸に関しては、褒めてやらずばなるまいよ。

チェーンのところの労働力は刑期を終えた囚人たちと兵士たちで、インドや中国から少しばかり輸入し、ジャック・タール自身のような男たち（みんなが脱走した船乗りではなかったけれど）もいた。お上の目から逃れていられればなんでもいい、という訳ありの男たちだ。ヌンガルたちもチェーンのために働いた。カンガルー狩りのチームにいる一人か二人は、銃を持たせてもらってすらいた。ビャクダンの樵《きこり》や切り出した木を運ぶ人足たちにとっては、ヌンガルはかけがえのない存在だった。ジャック・タールが目にしていたのは、ボビーやウラルのような若者たちが白人たちといっしょに働くことによって、長老たちの支配から逃れて、新たな可能性に気づき始めている様子だった。ヌンガルの人々はここ数年の冬のような饗宴と享楽を期待してすでにこのあたりに到着しつつあり、湾の反対側の野営地から煙がたなびいているのをジャック・タールは見た。

メナクの小さな犬が、尾を立ててえらそうに空き地に入ってきた。後ろを振り返り、短く数回吠えた。しばらくすると、メナクとマニトが現れた。老女の腰は曲がり、足を引きずっていた。ジャック・タールは、メナクが英語をしゃべれるのを覚えていた。ところがメナクがこっちの言葉を使うのを拒んだので、彼とビニャンの会話についていくのは困難だった。マニトもメナクも機嫌がよくないのは明らかだった。二人の身ぶりには見たことがない怒りが溢れ、どうも、二人がそんな具合なのは、彼らが口にしている暴力が理由らしかった。ジャック・タールは言葉をところどころ拾った。怒りに満ちたまなざしが、時折自分に向けられる。どうやら自分も過ちを犯した者たちに分類されているらしい。彼はせかせかと動きまわっていることにした。火をかき立て、自分が屠っておいた羊を刺す串を準備した。（彼は、チェーンがどのくらいの損失なら我慢してくれるかわかっていた）

彼らは鯨について話していた。ボビーの唄を耳にしていたおかげで、ジャック・タールは鯨に関わるヌンガルの語彙がわかるようになっていたのだ。鼠を狩る小さな犬を撫でたり軽く叩いたりしながら、メナクは水中から浮上してくる鯨たちについて話していた。水面を叩き、男たちを打って、ボートを木端微塵にする鯨の尾びれ。鯨たちが飛び出して、海の皮の下からエネルギーが吹き出てくるのだ……

そしてそれから、鯨たちがもういないのだと話していた。船もいない。白い男どももいない。

来る日も来る日も、陸から風が穏やかに吹き続けた。青い空が輝き、白い砂も輝いているような日があった。そうでない日の空は鉛色か真っ暗で、水平線が見えなくなるくらい海と空が溶け合った。さもなければ、小糠雨が一日中降り続いた…… それでも、風は常に陸から海に向かって吹いた。船は一艘も来なかった。鯨も来なかった。

風のせいかって？

いんや違うよ、とジャック・タールは言った。こんな風くらいじゃ、船はここに来るのをやめたりはしないよ。たぶん鯨の漁場をどこか別に見つけたんだろう。もっと自分の国の近くに。

それじゃ、鯨はどうした？

たぶん、おれたちが捕り尽くしてしまったのさ。

でも、誰も正確なことはわからないよ。

男たちは鯨油のための樽づくりを終えていた。ボートにはやすりがかけられ、油で磨かれ、ピッチが塗られた。乗組員たちは先を争って砂の上でボートを押し、湾に漕ぎ出し、また戻ってきた。銛打ちたちは的当ての練習で腕を競い、銛を手入れして鋭く尖らせた。トランプに興じる時間が長くなっていった。彼らは待っていた。

夕刻になると、ヌンガルたちが野営している河口のあたりから唄が聞こえてきた。唄は風に乗り、海へと流れていった。ジャック・タールには、鯨捕りたちへのラムの割り当てを増やすつもりはなかった。

捕鯨チームの野営地から砂丘のあいだを抜けて河口へいたる小道を、ボビーは歩いていた。それから浜辺に沿って歩いた。彼は波のなかに魚影を探すのが好きだった。銀色の魚体の輝きはいつ目にするかわからない。鯨の潮吹きだって、見えるかもよ。

そいつはないな、とメナクは思っていた。

あのお年寄りは、何が気に食わないんだい？　ボビーが子どものころは、メナクはいろいろな訛りで英語をしゃべり、彼を笑わせてくれたものだった。フランス語もだよ、お遊びだったけれど。今じゃ、ヌンガルの言葉で話さないと、ぶつぶつと文句を言うだけだ。彼が話しかける白人はジャック・タールだけだった。ジャックにだって、メナクは気難しかった。

それは穏やかな日だった。海が浜辺に溢れそうに見えるほど、潮が満ちていた。まるで今にもお鉢から、水が零れそうなあんばいだった。海草が浮いていたが、動いてはいなかった。海もまた進む方向を見失い、鳴りを潜めているかのようだった。

ボビーは足を止めた。海の果て、水平線上に重なるぐらいのあたりに、彼は鯨の潮吹きを見た。大きく数歩足を進め、叫んだ。けれども、彼の声の力は全然足りなかった。声が届く範囲に、人はいない。あ、砂丘のところにいるヌンガルの子どもたちが数人、顔をあげて手を振ってくれている。ボビーは浜辺に沿って走り出し――そうさ、見張りの少年だって、あの潮吹きを見ていたに違いない――ボートに向かって小さな人影が走り寄ってゆくのを目にして、速度をあげる。誰かが自分の代わりをしないと。コックか、チェーンが野営地まで降りてきていたなら、彼自身か。ふらふらと歩きに出るんじゃなかった……　けれども灰色の一日は、ボビーの周囲で終わりを迎えつつあった。小糠雨のなかを走った。打ち寄せる波に洗われて固くなった砂を、足の裏が叩いた。男たちもボートも、もはや見分けられはしなかった。すぐに、岬もほとんど見えなくなった。

あのはぐれ鯨を見つけられたかな？

息が切れていた。誰もいなかった。小糠雨で湿った空気のなかを見渡しても、何も見えなかった。岬のそばの水は凪いでいた。風向きが変わったに違いない。とうとう、冬がやって来たのだ。

ボートが帰ってきたのは、ちょうど日が暮れたころだった。男たちは濡れそぼって、みじめだった。今では風が強くなっていた。雨が不意を打つように、不規則に荒々しく岬に降りつけた。男たちは小屋で身を寄せ合い、不平を漏らし、うめき声をあげ、ぶつぶつと声を発した。ジャック・タールは寒さと失望を堪える助けになるように、二杯目、三杯目と男たちにいつもより多くラムを飲ませてやった。ボビーとウラルはその場を抜け出て、カンガルーの毛皮を裏返して身に着けた。毛皮の裏側には風雨に耐えるように、よく油が塗りこまれていた。湾の反対側にある、ペーパーバークの木々で囲まれた風雨から守られた窪地では、ヌンガルの仲間たちが野営をしていた。彼らはそこを訪れた。背中に吹きつける強風で毛皮が持ち上げられ、翼のようにまくれあがった。彼らは足取り軽やかに進んだ。ジャック・タールは、羊肉半頭分を持たせてくれていた。二人が訪れようとしている人々にとっては、まだ珍しい食べ物だった。自分たちの分け前のラムもお土産としてボトル詰めした。老人と彼の若い妻たちは喜ぶだろう。彼らがメナクに出くわすまでは。

一年のこの時期には、ヌンガルの人々はふつう内陸へと移動していた。直近の数年間があったにもかかわらず、ほとんどがその習慣に沿って移動を再開していた。その場に残っている者たちは小さな集団になって、寄り集まっていた。その晩は雨風のせいで、みんなは歌ったり踊ったりできそうになかった。メナクはみなに、鯨たちは来ないだろうと伝えていたが、あの人に何がわかるというのか？　だって羊が良い食べ物ではないって思いこんでいるんだぞ。

ボビーとウラルは砂丘のあいだにある風雨から守られた木立の奥に、こちらを迎えてくれているかのような焚き火を見つけた。その晩遅く、海の音に合わせているかのように鳴る風の音に耳をすましながら、木立のなかにいた自分たちの仲間の温かさに包まれて、二人は身体を丸めて寝た。

曙光が出て間もなく、漂流物が散らばった浜辺を彼らは歩いて戻った。空気は澄んでいて、静かだった。嵐が吹き荒れていたあいだに、流木や海草や死骸だけでなく、たくさんの古い鯨の骨が浜辺に打ちあげられていた。骨が骨にぶつかってカタカタと音をたてるのが、ボビーには聞こえたような気がした。

＊

数週間が過ぎた。寒冷前線が一日とおかずに続けて押し寄せた。雨や風は、常に強くて冷たかった。海は波高く、しぶきを上げた。鯨油を煮出す準備は整い、見張り台には人が配置された。男たちは、眠って起きてトランプをした。空の樽は鯨の油を待っており、ボートは砂の上に鎮座して、乗組員が乗り込んで海に漕ぎだすの待っていた。

船は一隻も来なかった。たまに海のはるか彼方にはぐれ鯨が発見されて、鯨捕りのボートが出されて追いかけにゆくのだけれども、銛を打ちこむに充分な距離までは近づけなかった。

コックは、酔っぱらっては人を挑発して喧嘩を売った。ジャック・タールは彼をくびにして、ビニャンを男たちの調理係にした。彼女はジャックにどのように食事を与えればいいかわかっていたし、彼が望むように調理もできたが、今やより多くの量をさばくことが要求されていた。野営地はうまくいっていなかった。どこに鯨がいるんだ？　もし一頭も来ないなら、このシーズンが終わってからどうやって暮らしていったらいい？　そういう不安を抱えている者もいた。

ウィリアム・スケリーは数人の男たちを菜園で働かせており、来訪する鯨捕りたちとの交易に望みをかけていた。しかし今では、警備の者を立てなくてはならなくなっていた。なぜなら、菜園が侵攻を受けていたからだ。ボビーとウラルは残された足跡を検分した。そして言った。誰がしたかはわからないけれど、そりゃ、野営地にいる人たちのお腹は減ってきているよ。ここ数年は、いつもありあまるぐらいの鯨がいたからね。スケリーの仕事は菜園と羊の管理をし、毎晩囲いに入れた動物を監視することだったので、ウラルとボビーに銃を与えて歩哨に立たせたがった。いやいや、できないよ。ここじゃ無理。あの人たちがハッピーじゃないのは当たり前だよ。鯨がいないんだから。でしょ？

スケリーとジャック・タールは、捕鯨のための野営地に人が近寄るのをいやがった。例外は、ボビーとウラルだけだった。

ある静かな日、鯨の骨やヒゲが波で動かされて、トック、トックという音をたてるのをボビーは聞いた。

ここ数シーズンが経るうちに、岬から引かれてきた鯨の死体の骸骨が湾の水底のいたるところに散らばっていた。嵐が来るたびに、さらに多くの骨が浜辺や岩礁に打ちあげられた。子どもたちは海辺で風雨に曝されて白くなった鯨骨のあいだで遊び、飼い犬たちが唸ったり噛みつこうとしたりしている砂丘からは、煙が細く立ち昇っていた。

メナクの飼い犬のジョックは、鯨捕りたちが待機している枝で粗雑につくられた小屋に堂々と入ってきた。ボビーは犬に呼びかけたがそいつは無視し、少し後にメナクが現れた。彼はとても年をとったように見え、男たちの前に全裸同然で立ちはだかり、何かを熱心に語り出したが、彼らには何だかわからなかった。

何人かはすぐに背を向けた。ジャック・タールはある程度聞き取れていたらしく、そうはしなかった。誰かが笑った。メナクが拳を振り回した。ウラルとボビーが立ちあがって、年老いた男のところに行った。怒りに震え、寄る年波で弱々しくなりながらも、男たちに向かって両腕を振り回した。

コキンジェリ・ママン・ンガラカタン……

ボビーは翻訳しようと試みた。曰く、おれたちにはここの羊の分け前が必要だ。おれたちはあの鯨を分かち合ったじゃないか。おまえたちはおれたちの土地でキャンプを張り、おれたちのカンガルーを殺し、おれたちの木々を引き裂き、おれたちの水を汚したけれども、おれたちは許した。でも今、おまえらは羊を分けてくれない。おれたちは腹ペコでここで待っている。なんでかっていうとおまえらが……

ボビーにはわかった。老人は本当のことを話している。全部その通りだ。

スケリーがぼそりと言った。頭ぶち抜かれるぞ、ご老体。

そいつをここから追い出せ、ともう一人が言った。

でも本当のことだ。ボビーは見ていた。浜辺の鯨の骨やヒゲ、そのあいだで遊ぶ子どもたち、噛みつこうとする犬、砂丘から昇る細い煙……キング・ジョージ・タウンでは、年をとった男たちが娘や若い女たちを食料やラムと取引していた。

突然チェーンが現れた。彼は男たちから反対されてもまったく取り合わないつもりでやって来ていた。野営地を解散するぞ。何もやることが……

彼はメナクを見向きもしなかった。メナクはブーメランを振りあげて迫ったが、チェーンは事もなく、老人の腕をつかんで捻じりあげた。ブーメランは地面に落ちて、メナクはボビーの腕のなかに倒れこんだ。小さな犬は唸り声をあげると飛びかかったが、チェーンのブーツに蹴飛ばされて空の樽のあいだを転がってゆき、身を縮こまらせてクンクンいいながら、よろよろとメナクの傍らに戻っていった。三人と傷ついた犬一頭対その他。スケリーは銛を、キラムは斧を、鯨捕りの一人はマスケット銃を手にしていた。他の者たちもすでに立ちあがっており、猛っていた。ジャック・タールがそっちに与していないのが、ボビーはうれしかった。

チェーンがフンとばかりにブーメランをぶん投げると、それは藪を越え、驚くべき距離を飛んでいった。低く回転して、空で弧を描いて浮きあがる前に回って回って回って……

男たちは全員、それを眺めていた。そうせずにはいられなかった。チェーンさえも、スケリーとキラム氏さえも。それがぼやけてしまうぐらい速く回転して、空に溶けこんでしまいそうになって、空にある水たまりになったように見えているあいだ、彼らはただ立ち尽くして眺めていた。

ボビーとウラルとメナクは、お互いを見やった。彼らは、ジョーディ・チェーンは自分たちの味方で、メナクに敵対したりはしないと思っていた。じゃあジャック・タールは? 他の者たちがまだ戸惑って眺めているうちに、ボビーとウラルはメナクを——傷ついた犬は彼の腕のなかだった——メナクが野営している場所に連れ戻した。

ブーメランは、音をほとんどたてることなく落ちてきた。ユーカリにひっかかり、それをクッションにして、ゆっくりと地面に向かって枝から枝へとひっかかりながら落ちていった。男たちはお互いを見やり、あたりを見回した。で、何だったんだ? それから彼らは自分の荷物をまとめ始め、トランプをもう一勝負、チェーンのおごりでラムをもう一杯やり出した。チェーンは言った。朝になったらおれのところに来い。おれは優秀な働き手を他のところでも必要としているからな。

羊、砂糖、ナイフ

見ろ、入り江が膨れあがって溢れそうだ。川の流れはすでに速くなり、蛙たちが鳴いている……エミュー《ウェジ》は巣をつくって遠くには行きたがらない。カンガルー《ヨンガル》はご親切なことにこっちに背を向けて、こんな風が吹いているんだから誰も近づいてこないと思っている。鯨は来ないだろう。ヌンガルは浜辺を離れ、すでに捕鯨地には誰も残っていなかった。

ボビーは羊飼いたちをほぼ全員知っていたが、一番よく知っていたのはジャック・タールだった。彼は、ジャックが羊の群れを見渡せる日陰にいるのを見つけた。ボビーが風に乗るように現れて、のしかからんばかりになったので、ジャック・タールは読んでいた本から顔を上げた。うわ！　ボビーは彼の目にわずかに恐怖を、それから安堵を見て取った。ボビーはジャックの手から本を取りあげて、題名を読んだ。

最後の……　の……

モヒカン族、だよ。

ジャックは続けた。あのさ……　ちょっと前にチェーンが癇癪を起したろ……

でもボビーは、笑い飛ばした。メナクだって、いつもふんぞり返っているじゃない、自分の飼い犬といっしょでさ。ビニャンは？　羊たちといっしょにいるよ、と口にしながら、彼女の姿と羊の群れを視界におさめようとして、ジャックは少し先へと歩いた。おまえに会えて喜ぶと思うよ、と彼は振り返って若者に声をかけ、彼女の注意を惹こうと手を振った。でも、彼女から彼は見えなかったので、さらに少し歩いた。さらに歩き続け、もう少し歩き続け、それでもまだ彼女は見てくれなくて、あさっての方に進み続けていた。やっとこさ、彼女に追いついた。彼らは抱擁し、キスをした。そりゃあ、彼はもう若くないかもしれなかったが、それでもさ、お互いに会えれば二人は幸せだった。ジャックが休んでいた場所にようやく二人が戻った時には、開かれた本が伏せて置かれていたけれど、ボビーはそこにはいなかった。

ジャック・タールとビニャンはお互いがとっても大好きだったので、羊の数をまた確認しなくちゃ、と思うまでには少しばかり時が移ってしまっていた。調べてみると、十数頭ほどいなくなっていた。今まで一頭だっていなくなったりはしてないわ、とビニャンはジャックに請け合った。

それじゃ、どこにいった、何が起こった？

ビニャンは自分の周囲を見回して、地面を読み、羊が進んでいった方向を指さした。

ジャック・タールは、あわててその後を追った。彼だって、後を追うくらいには足跡を読めた。まだ遠くには行っていないはずだ。近隣には、小さな群れを持つ他の羊飼いたちもいた。

ジャッキー！　ビニャンの呼びかけに彼は振り向いたが、待ちはしなかった。

二十分もしないうちに、八人ほどのヌンガルが彼の羊を追い立てているのが見えた。ジャックは遠くから呼びかけた。その羊は置いていけ！　その男たちのなかに知っている者はいなかったが、走って追い続けた。一定の速度を保ち、長い距離を追っていった。川にたどりつくと、そこは浅くて、水が岩の上を流れて流れが速くなっていた。自分が罠にはめられたのだと気づいた。連中は振り向いて、今やとても近くにおり――彼は相手がつくる半円のなかに入りこんでしまっていた――槍を投げようと構えていた。彼は驚いて、立ち止まった。思ってもみなかった。川は彼の足首を、グイと引いていた。

カヤ、と彼は言った。ンガイジ・ウォルト・クルリン・イェイ。やあ、おれ離れて行くよ今。

ところが、もう一つの声が呼ばわった。反対側の土手の上にウィリアム・スケリーがいて、ライフルを構えていた。どこから出てきたんだ？

もしそいつに槍を投げやがったら、喜んでぶっ放すぞ。

スケリーの声は、とてもか細く聞こえた。鳥が一羽、鼻で笑うような鳴き声をあげた。一瞬が長く感じられた。一発撃ってから次の弾をこめるまでに、スケリーは槍でハリネズミみたいにされてしまうだろう。それでも少し時間をおいて、ヌンガルの男たちは一人ひとり、槍を槍投げ器からはずして両方とも片手で持ち、もう片方の手を腰の高さにあげて、自分の前で手のひらを下にしてみせた。落ち着けという仕草だった。

ジャック・タールは自分の名前が呼ばれるのを聞いた。誰かと目が合った。小さな笑い声が聞こえた。長い槍が向きを変え、ヌンガルの男たちは背を向けて歩み去った。

ジャック・タールと近隣の二人の羊飼いたちは、自分たちの羊をいっしょに囲いに入れ、代わる代わる見張りをし続けた。ジャックはビニャンを自分のそばに置いておいた。

朝になると、群れの半分がいなくなっていた。

他の二人の羊飼いたちがいなくなった羊を探しにいっているあいだ、ジャック・タールとビニャンは群れといっしょにいた。予備の回転式連発銃もいっしょに。ジャックは不安で、警戒を解けなかった。背後のどこかでボビーの声がするや、彼はくるりと振り返った。

うんこちびったみたいな顔してるよ、ジャック・タール。

ジャックは盗まれた羊と彼に向かって構えられた槍について話した。ボビーはびっくりしたようだったが、ビニャンが割って入った。あいつら、遠くの男たち。ボビーはここ数年ほど、遠く東から多数の人々が来訪しているのをジャックに思い起こさせた。あのたくさんいた鯨のせいだよ。わかるでしょ。

ボビーは一、二時間そこにいて、ヌンガルの言葉で話した。ジャックがわかりやすいようにゆっくりと、時折繰り返しながら。でももちろん、ジャックは苦労した。特に、ボビーがたまにヌンガルたちがするように、唄を歌うようなやり方で話すとわかりづらかった。ビニャンは時折、笑いが止まらなくなってどうしようもなくなった。二人に会話を支配されて第三者的な立場にいたせいか、ジャックの観察眼はいつもよりよく冴えていたようだ。だから気づいたのだろう。鳥の呼び声だろうと思った音にボビーが反応し、顔をあげたことに。そしてその少し後に、ボビーはその場を離れていった。

他の羊飼いたちが戻ってきた。身体を震わせて、興奮していた。彼らは雨あられと降りそそぐ槍をしのぎはしたが、大量の小麦粉と砂糖が三袋収められていた小屋から追い立てられてきたのだった。彼らは、遠くに煙が何本か細く上がるのを見ていた。先住民のやつらがお互いに合図をしていやがるのか？

男たちはビニャンを見たが、彼女は肩をすくめた。またしっかり番をして、朝になったらチェーンと他の者たちに警告するために、農場に戻ろう。

ビニャンが自分とジャック・タールの低木の枝でできた小さな小屋に戻ると、新鮮なマトンでぱんぱんになった大きなポッサムの皮袋が置いてあった。

海の底

ペパーミントの木々の合間に、柔らかい砂と葉っぱに地面が覆われた平らな場所があり、そこでボビー・ワバランギンは、一人のブラザーと数人の友人たちと、ペーパーバークの樹皮からボラの料理を分け合っていた。同じ魚の尾びれが少し歩いたところにある浅瀬の水面を破り、からまり合って浮かんでいる海草をかき回した。とても静かだった。湾の外では何日も海が逆巻き、そのエネルギーのいくばくかは、花崗岩の海峡を通じて湾のなかにも伝わってきていた。青白い月が、青い空にかかっていた。過ぎ去った日々の名残とやって来る日々の気配。静かに凪いだ海に、泡立つ水と海草。足元の葉っぱからは、良い香りがした。葉っぱが落ちてくる。木々にぶらさがっている葉は、風が吹くのを待っている。ボビーは、風はすぐ吹くだろうと確信していた。細く古いあの月。ボビーは、自分がたくさんの異なったリズムの交点にいると感じていた。

湾の反対側で、煙が空に向かって立ち昇っていた。誰かが狩りをしているのかな？ カヤ、ウラル、と声が一つ、そうだと請け合った。その狩りの煙とボビーの仲間たちに挟まれて、帆を広げて停泊している二艘の船のマストが天を指していた。あのマストは、すごく剥き出しになっている感じだ。火が燃え盛った後の木々のようだ。巨大な槍のように、細くて真っすぐだ。

ボビーはみなから離れてゆき、一人になった。ワバランギンとはな、とメナクが最近彼に言った。わしらみんなでいっしょに遊ぶ、という意味じゃ。だが、おまえはよく一人で行ってしまう。わしらはいつもいっしょに遊べん。

ボビーは湾に背を向けた。そうしていると、水面を波立たせた風が、朝の太陽に向かって坂を登る彼の背をそれはやさしく押してくれた。風がよく読めるのでうれしかった。踏みしめる足の下にある砂はゆるかった。砂がゆるくなっている場所には、しばしば墓がある。けれどもここには、墓はこの墓一つしかない。彼は立ち止まった。この後の年月、ボビー・ワバランギンとこの物語において過ぎた時間よりずっと後の後まで、我々はここを大事な場所と呼ぶかもしれなかった。聖なる場所と。そこはまさに、若きボビーにとってそういう場所だった。そこに立ち、ウニャランとクロスを思った。

ドクター・クロスは友人の埋葬を仕切り、どのように墓を用意するのか、兵士たちに向かってメナクに指示をさせていた。ドクター・クロスは涙にくれ、何年も後に自らの死に際して、ウニャランといっしょに同じ墓に埋めてくれと頼んでいた。ボビー・ワバランギンが想像するに、砂のなかで肉が落ちるにつれ、彼らの身体は回りながらお互いに近づき合い、骨と骨は触れ合って、地中で魂は溶け合っていた。

ボビーは二人のことを心配していた。キング・ジョージ・タウンでは、建築やゴミ捨てのためにいたるところで穴が掘られていたからだ。ジョーディ・チェーンが撃った二人の少年たちのことも考えた。彼らの骸骨は、太陽が昇る方角のどこかに横たわっている。

でも、あの発砲についてはチェーンに忘れろと命じられていた。キング・ジョージ・タウンの人々に向かっては、口にするなと。

ウニャランとクロスの骨は、洪水が押し流してしまうだろう。この浜辺に沿って二人の骨は川の土手から引き抜かれ、いっしょになって海に転がりこんでゆくのだ。あの海にあるすべての骨のように。

ボビーは洪水があれば消えてしまうかもしれない流れを溯り、尾根に沿って、花崗岩の丘のてっぺんに向かって歩き続けた。農場《ザ・ファーム》を、そこにある建物と柵を見た。いやそれにしても、ボビーと総督が植えた、おとぎ話に出てくるみたいなあの木は大きく育ったものだ。この距離ではまだ小さく見えたが、農場《ザ・ファーム》の小屋の横で見れば、それはけっこうな高さだった。

古くからヤムイモが生える野原（柵がされている）のはしを横切り、大きな花崗岩の塊とごぼごぼと泡立っている泉のあいだを抜けて登っていった。小さな焚き火の横で、メナクが自分の槍にガラスの欠片を取り付けていた。老人はいつもと同じようにむっつりとして煙のなかに座っており、あぐらをかいた太股の片方の上で槍を転がし、ボビー・ワバランギンの存在にほとんど注意を向けようとしなかった。ボビーはさよならを言ったが、彼は顔をあげなかった。

ブダワン・ディナン。

農場《ザ・ファーム》に近づいてゆくと、煙のにおいがした。家の脇にある倉庫のそばで、消えかけの焚き火にマニトが並々ならぬ注意を払っているのが見えた。自分とメナクのために小麦か砂糖をもらおうとして、あそこで待っているに違いない。

彼はそちらへと移動していった。彼女はまだ遠かった。思いっきり声を出しても聞こえるかどうか。その時、総督の息子が家から飛び出してくるのが見えた。ヒューっていったっけ？　怒って叫んでいるように見える。なんでだ？　ヒューがマニトをひっぱたき、彼女は身を縮こまらせた。その時にはボビーは駆け出していた。ヒューは土を蹴り、火にかけていた。

マニトは火の周りには充分空間があるようにしていたが、周囲の草はとても乾燥していた。干し草でも運んでいたところだったに違いない、とボビーは推測した。というのは、干し草の細かい切れはしが地面に散らばっていたからだ。

火を消し切って満足し、ヒューはマニトに向き直った。老女を腕で抱えていたボビーは、ヒューの顔に驚きの表情が浮かぶのがわかった。ボビーが彼を一発、二発とひっぱたくと、さらに驚いたようだった。それは儀礼的な打擲《ちょうちゃく》で、本気で殴ったわけではなかった。だからヒューの顔は、ほとんど左右に動かなかった。それでも彼はショックを受けて、身をこわばらせた。ボビーは落ち着いた足取りで焚き火のところに行き、泥と灰のなかから火が残った長めの枝を取り、それがまた燃えあがるまで息を吹きかけた。彼は、ヒューと目を合わせた。ボビーは数歩ほど、火から引きさがった。ヒューの視線は、マニトがいる方に戻った。老女は焚き火の横に屈みこんで、頑固にもう一度火を甦らそうとしていた。

その場には三人しかおらず、気不味い三角形ができていた。一番遠い頂点にいるのがボビーだった。彼は火がついた木切れを下におろし、足元にある藁の切れはしに火をつけた。ヒューはそばにある牧草地とそこで育っている穀物を見やった。炎が薄く燃え広がってゆく。ヒューは振り返って家へと走った。

ボビーとマニトのあいだの土地に火がついて、太股あたりまで火が燃えあがったところで、家屋からヒューがもう一度現れた。今度はキラムと兵士二人といっしょだった。ライフルを持っているのはキラムだけだった。腕を怪我していなかったとしても、やっこさんは腕のいい射撃手ではなかったので、この距離だったらボビーは別に気にしなかった。男たちは納屋へと走ってゆき、また出てきた時にはシャベルと水を入れて運べる袋とバケツを携えていて、炎に水をかけて消し止める準備を整えていた。でも炎はすでに消えつつあり、ボビーとマニトにはそうなるだろうとわかっていた。風はおさまりつつあったし、作物はまだ若く緑であったからだ。

二人は少しばかり焦げた大地の向こうにいる、水を入れた袋や装備を携えた男たちを見渡した。総督の息子さんが兵隊さんたちをわざわざ連れてきたのは、いったい何のためだったんですかね？

＊

鯨はいなかった。

クロース＝バイ＝アイランド湾には。

キング・ジョージ・タウンには。

ボビーにはわかっていた。湾の浜辺から高い場所に向けて広がりつつあるキング・ジョージ・タウンは、村として成長し続けていた。そこの人たちの様子を見るに、もう鯨はいなくても大丈夫そうだった。ボビーは水夫の休息亭で立ち止まった。もう飲み屋はここだけではなかった。ワトルの枝に泥が塗りつけられた壁を持つ小屋に連なって、厩と水槽と石造りの建物が並んでいた。教会もできる、と教えられていた。丘をさらにもっと登れば、ウニャランとドクター・クロスの墓があった。黒い男と白い男のための一つの墓。皮膚の色の違いは、他にも無数にある事柄のうちのたった一つでしかないようだった――でもたぶん、結局は、それが一番重要だったのだろう。もう誰もヌンガルがどうだとかは言わなかった。万事が黒い連中と白い人たちの話になっていた。その墓場は、今はゴミを捨てるために掘られた穴に囲まれていた。男が一人、彼らがともに葬られた墓場をシャベルでつついていた。

胎児が子宮にいるような体勢にちゃんとしてもらっていないウニャランの死体は、オークルと葉っぱと灰といっしょに土壌に溶けこみ出しているに違いなかった。クロスの棺桶の周囲で土を掘り返している墓掘り人夫の鋤は、ウニャランの骨を砕いてそのはじっこをこそげ取り、彼の骸骨を剥き出しにしてバラバラにした。それは、その場所の大地の中心にある骨を露わにするような突発的な洪水や、辛抱強く土を取り去ってゆく風とは違っていた。それはていねいに行われているのだけれども、同時に大して気を使わずに行われていた。

当然、とんでもなくひどい臭いがした。ボビーはその墓掘り人夫に止めてくれと言ったけれども、止めないのでそいつをひっぱたいた。男はすぐにいなくなった。ボビーは墓場の横に座り、天秤が錘《おもり》のバランスを量っているかのように前腕を持ちあげ、手のひらを掲げた。墓掘り人夫は当局の連中といっしょに戻ってきた。ボビーは片手の親指と人差し指のあいだで土くれを丸め、もう片方の手で墓場の横の土壌を動物の毛皮ででもあるかのように撫でた。ボビーのところに来た連中は怒っており、大声で怒鳴った。彼を無理やり立たせて、ドンとばかりに突き飛ばした。

ボビーは孤立無援で、どうしようもなかった。

棺桶に納められたクロスの腐りかけの死体が町の新しい墓地に埋葬し直されるに際して、ウニャランの身内で出席する者は誰もいなかった。そこはボビーがかつてスケリーを救った場所の近くで、花崗岩の大きな岩が並んでいる場所から遠くなかった。ドクター・クロスの棺桶が横たえられた一画の周りで頭を下げている者のなかに、スケリーの姿もあった。その場所には十字架だけでなく柵もつけられて、以下のように彫られた墓石が設置された。

ドクター・ジョセフ・クロス
一七八一―一八三三年
医師、開拓者、地主
一八二六―一八三三年
西オーストラリア、キング・ジョージ・タウン

ジョーディ・チェーンとスペンダー総督のあいだで、その時ばかりは以下のような合意が成されたようだった。キング・ジョージ・タウンの歴史においてクロスが果たした重要な役割を考えれば、こちらの方がより適切であろう、と。

まだ生々しい墓所だった場所は急いで埋め直された。町の野良犬は何かを咥えては持ち去った。背中を丸めて歯を剥き出した猫が一匹、そこから動こうとしなかった。小さな骨は、日光の下にほったらかされて灰色になるがままにされた。町が成長し、明るい月が満ち欠けを繰り返しているうちに、その骨は馬糞と小便とゲロのなかで踏みつけられた。

ボビーは湾の反対側の尾根をさまよった。そこでは砂っぽく薄い土壌を突き破って、石灰岩が無数の古い骸骨のように顔を出していた。足下の大地の洞や穴に向かって海が吠え、唾気を吐きかけていた。月は青い空の古い骨で、太陽が高く昇るにつれて溶解した。雲は南西の方角に集まって漂い、つるべ落としの太陽に

出会い、空の穹窿いっぱいに広がった。暗くなるまでには星も月も見えなくなって、小糠雨が穏やかに降るばかりになった。ミジャル。涙のような雨。

夜が更けるにつれ風の勢いが増し、雨が大地を太鼓のように叩いた。雨は降って降って降りまくった。ススキノキの生えている場所の真ん中に、フォークのような枝の股やお椀のような葉に、岩の割れ目やくぼみに、地面のへこみに、雨は集まった。降って、溢れて、流れ始めた。

ボビーは、火の明かりでチラチラしている雨風をしのげる岩場に入っていった。小さな犬が吠えながら跳びあがった。あんまり激しく吠えるので、破裂してしまいそうだった。メナクが唸るようにしかりつけると、犬は静かになった。ボビーが一人でやってきたので、メナクとマニトは始め、ボビーの連れがいないかとあたりを見回したが、やがて誰もいないと了解した。メナクの二人の若い妻と様々な年代の子どもたちは、もう一つ別の小さな焚き火のそばにいた。子どもたちは、大方眠っていた。

マニトはしばらく激怒した。あんたそれでも男か？　彼女はボビーに対して話していたが、メナクも当て擦っていた。ウィニャルン、ヌヌク・バアル・キジェル・ドン。おまえは臆病者で弱虫だ。あいつらを槍でやっつけろ！　けれどもしばらくすると、彼女の罵倒はゆっくりになって、おさまってきた。一つには、あの白人の銃がある。あの余所者たちみんなと、あいつらがあたしらに歯向かうだろう。他のヌンガルたちもいる。戦いはあたしらの助けにならない。あいつらみたいにこちらにも銃が必要だ。あいつらは、今ではあたしらよりたくさんいる。

ボビーは仲間の野営地に、黙りこくって物想いに沈みながら戻った。剥き出しの墓、ウニャランを抱いていた湿った土地のくぼみ、彼の骨。みなが、ボビーの心が沈んでいるのを感じた。彼は微笑むことができなかった。踊りもしないし、話もしなかった。

メナクはいずれにしろ、白人たちについては何も知りたがらなかった。忌々しいことに、ここからは彼らの火が見えた。静かな日には水を渡って、声が聞こえさえした。メナクは物想いに耽って、雨について歌った。この雨だとか、彼らの生活に起こっているあらゆること、それにまつわる恐ろしい変化についてメナクと話をしようとするより、いっしょに歌う方が容易かった。自分たちは螺旋を描くように衰退していっているのであり、木から落ちる葉っぱのようで、そうさ、すでに倒れてしまった、切り倒された木のようなのさ。

マニトが怒りのあまり火を打ったので、火花が舞いあがり、暗くなりかかっていた光の周りで炎の舌が貪欲に大きくなり、その本数を増やした。

メナクが歌った。マニトも。ボビーはほとんど唇を動かさず、横にある花崗岩の岩肌に沿って指を走らせ、メロディーと歌詞がたどる軌跡に関する何かを描いた。谷底の両側にある花崗岩の斜面を雨が駆けくだった。水はモクマモウで葺かれた屋根から土器のなかに流れ落ちて、その縁を越え、流れていった……

湾へと下ってゆく小道の片側にある、蓋がされていない側溝から水が溢れ、小道そのものが小川のようになっていった。たいへんな量の雨が降って大地を叩き、それから蘇ってたくさんの自分をかき集め、流れていった。クスクスと笑いながら泥と枝でできたちゃちな造りの家々やパブを過ぎ、建造が待たれている石造りの教会の基礎の周囲を渦を巻くように回り、坂の一番下にあるいつもは小さな流れに架けられた人道橋の下に流れこんだ。やがてそれは、小さな流れではなくなった。その人道橋は――もはや流れを渡れるようになってはおらず、真ん中は孤立していて――傾いで横向きにひっくり返り、流されてしまった。

小道だったところは、今では小枝、大枝、家から出たゴミを運んでゆく急流だった。その流れは建材から出たゴミやら石やら何やらを転がしながら、きれいに海へと押し流していった。もう骨が大海に取られていったって、気に病む必要はなかった。いつだってこんな具合だったのだ。川の土手から顔を出した骨は海へと洗い流され、仲間の心と舌だけがそれを見出すのだ。たぶんまた、命が吹きこまれる。いくらか別の形になってしまっているだろうけれども。

風が海面をこすって波頭を白く砕き、波は競って湾に押し寄せ、自分たちに向かって流れこんでくる急流にぶつかってやろうとその身を投げ出した。新鮮な塩水がぶつかり合って渦を巻き……

あの骨は全部海にたどりついて、海の底に沿ってできている鯨骨の道の一部となったのだろうか？　さもなければ何年も後に、町の庁舎とその時計の基礎の一部になったのだろうか？　時計のチクタクいう盤面は東西南北を向いていて、その庁舎の尖塔のてっぺんにはあの偉大なる重しが、国旗がぶら下がっている。

でも、どうでもいいや。そいつは、ボビーとかいう人と、彼の数人の友人たちの他愛のないお話のずっと後のことだもの。筋立てが一つしかなくて、出てきた登場人物はほんの少しのこの短い章を含むお話のさ。

こちらはたった

スペンダー総督は動揺していた。そしてその分たくさんしゃべった。動揺していて、とても心配していた。その老女とあの少年が関わった事件で息子のヒューが報告している敵対行動は、あなたが、ミスター・チェーン、元はと言えば惹起したものですぞ。我々はみな、自らの資産と自身が代表しているあらゆるものとともに、窮地に立たされているのかもしれん。

チェーンはその非難に、片手を上げて応えた。もう片方の手は、胸元のボタンとボタンのあいだに入れていた。私は彼に少しばかりの教育をほどこした。それだけだ。彼はまだ使えるだろうさ。

この会合の三人目の参加者であるヒューが、三百頭もの羊がチェーンの海岸沿いの地所から盗まれたではないか、と口を挟んだ。連れ去られて屠られたのだ。あれだけ貪ったということは、いったい何人の土着の黒人がいると思います？

三人の男たちは、じっと炎を見つめた。やがて顔をあげ、お互いに目を合わせた。

チェーンは言った。おれが最初にこの場所にやって来た時、おれたちは土着の連中と友好的な関係を築いた。連中はこちらの習慣を歯牙にもかけなかったし、おれたちの小屋に入ってくる権利を、こちらと同じように持っていると考えていた。それに、すごく数が多かった。こういうふうに考えると、あいつらに対して橋頭保を築いた最初の植民者はおれなんだよ。ドクター・クロスじゃない。

全員が、感慨ぶかげにうなずいた。リズミカルなヒューのうなずきには、年上の二人の男たちよりも熱がこもっていた。

我々が犯罪者に対して策を講じるのを自重するというのは、過去の話になったのかもしれませんな、と総督は言った。シグネット川植民地に提出されたドクター・クロスの報告書にはこう書かれていた。先住民たちは、二、三百の人間を招集することができる。それに対して、こちらの軍事訓練を受けた人員はたった九人にすぎない。今は、そういうわけではありませんからな。

あいつらの数は、そんなに多くはないよ、とチェーンは言った。

こちらには警察も、軍隊も、頑健な体を持つ男たちもいる。

みなが同時に言ったのかもしれないし、若いヒューが主導してチェーンと総督はそうだそうだと言っただけだったのかもしれない。いずれにせよ間違いないのは、こう口にされたのだ。策を講じなくては。

夕陽は一個の石

メエー、メエー、黒羊さん、あなたは毛糸をお持ちですか……　ボビーはいつものように、一人で歩いているところだった。歩いているのはケパラップの川に注ぎこむ小川《クリーク》沿いだった。水の流れはすでにゆっくりになっており、水位も下がっていた。わずかに水がたまった場所がいくつもできていたが、そうした水たまりに挟まれた、砂粒は粗いが軟らかい砂地に、たくさんの生き物の足跡が幾重にも重なって残されていた。ボビーはそれに沿って、素早く移動した。両側に並んだ木々のおかげで日の光に曝されも、風に吹きつけられもしなかった。水がたまった穴がいくつもある岩の斜面を降り、葦をいくばくか取り払い、鷲の巣から遠くない場所にカーペットのように葦の葉を敷き詰めた。年老いた鳥が、彼が一生懸命に作業するのを見ていた。

そこからさほど離れていない地点で、そのクリークは川と合流していた。ボビーはそこから川の土手沿いにある古い道をたどり続け、クリークの水源になっている、ゴボゴボと水を出している小さな泉に到着した。スケリーがつくった小さな石の壁があった。夏が来たら、チェーンの羊のためにそこを囲いこんでしまうのだ。土手の片側には、地面のあちらこちらに羊の足跡が残されていた。チェーンの馬たちもここで水を飲むのだろう。猟犬や、働き手たちも。じゃあ、ヌンガルの人々はどうなるんだ？

老木が何本か、川の土手に覆いかぶさるように立っていた。さらに上流では、鷲が枝にとまってこちらを見つめていた。川の対岸にクサムラツカツクリが一羽、ジャムの木が密生した森から姿を現した。出てきたところに引き返して生い茂る木々の合間に姿を消すまで、馬鹿にしているように思えるぐらい長い時間、ボビーをじっと見返していた。ボビーは踵を返して土手を上がったが、また歩みを止めたのは、エミューの親子にじっと見られていたからだった。そしてそれからその鳥たちは――少し怒っているように見えたが――大股に歩いて木々のあいだに姿を消した。なるほど、おれはまだここでは知られた存在なんだな。仲間たちがいつも歩いていたこの場所では。あのころは、こんなふうに一人じゃなかったな。

でもあっちの農場にいる人たちは、どうなんだろう？　生まれてこの方あの人たちのことはよく知っているけれど、まだこっちのことを知りたいと思っているんだろうか？

ほんの数歩のところに近づくまで、ウィリアム・スケリーからも、彼の助手の男からも、ボビーはその姿を見られなかった。彼らがつくっているのは、それは大きな建物だった。石の壁は、背が高い男の二倍かそれ以上の高さがあった。スケリーの相棒は彼の肩を素早く叩いて、指さした。

黒んぼだ、彼は言った。

スケリーの重たい身体が、ゆっくりと向きを変えた。その頭は、ボビーが覚えているよりずいぶん低い位置にあった。肩より下にあるくらいだ。そのせいで、目が合うとスケリーは猛った雄牛みたいに見えた。

スケリーさん、とボビーは言った。けれどもミスター・ウィリアム・スケリーは、握手しようと手を出さなかった。

ボビー、とスケリー氏は言った。第三の男は二人をじっと見つめていた。

チェーンさんの奥様とクリスティーンは家にいますか、スケリーさん？

おれは知らんよ、ボビー。だが坊主、そんなすっぽんぽんじゃ、会いたくねえと思うぞ。毛が生えたタマまで丸見えなんじゃよ。

スケリーはもう一人の男を家にやったが、男は肩越しに振り返り振り返りし、今にも走り出したそうな様子だった。

キング・ジョージ・タウンに行くつもりなんだよ、スケリー。

あそこでも服がいるぞ、ボビー。槍は持ってちゃだめだ。あそこの新しい規則なんだよ、わかるな。

ボビーは、そういうのは全部知っていた。スケリーはボビーの友だちだったので、ボビーに服を見つくろいに行ってくれた。

受けとったくしゃくしゃの襤褸《ぼろ》を、ボビーは振って広げた。ぼろぼろじゃないか。カビ臭いし。ボビーはチェーン一家やドクター・クロスと長いあいだいっしょに暮らしてきたので、こんなになった服はもう着ないのを知っていた。何かを磨くためか、継ぎを当てるのに使われていたんだろう。

そいつを着ていたら、町に入れてくれるよ、ボビー。

スケリーはずいぶんご満悦のようだった。彼の仲間が走って帰ってきた。その場を去る前よりはましだったが、表情を見るにまだ緊張していた。銃を持っていた。火薬を詰めて、弾を装填して。

奥様と娘さんは、気分がすぐれないそうです。

ボビーの仲間たちは、彼はチェーンの娘といっしょになるべきだと言っていた。だってチェーンはあんなにあいつのことを気に入っているじゃないか。ボビーだって、あの一家を助けてきたんだろう?　けれどもボビーは、年を重ねたボスのチェーンが自分なりのルールを持っているのを知っていた。チェーンとあの人たちは、世界を黒い人々と白い人々とに分けているようなのだ。いろいろ言ってはいるが、黒い人間は全員まとめて、自分たちで確実に管理し、ここにずって住んできたおれたちみんなの上に、自分たちの仲間を据えて働かせようとしている。ボビーが子どもだったころは、彼とクリストファーとクリスティーンは……みんないっしょだった、みんなで分け合っていた。でも今は違う。クリスティーンは、そばに来たかと思うと逃げていってしまう。おれたちが男と女としていっしょになれるようになってから、離れたり近づいたり。なんでだ？　おれが黒い人たちといっしょにいるからか？　おれの肌の色が黒いからか？　外にいるだけであいつらのダンスに加われないからか？　馬や馬車や大きな家を持っていないからか？

ボビーは、息子が死んだ後にママ・チェーンに起こった変化を思い出した。

それでクリスティーンは？　彼女も今、気分が悪いって？　彼は木登りをしている少女を、彼女の膝の裏側の力強い腱を、太股の長い筋肉を思い出した。鯨の喉から取ったヒゲでああいう脚から離れるように、それでいてまだ隠れているようにスカートを持ちあげているんだそうだ。

ボビーは服を取って、彼らがつくっている長方形の建物の敷地を斜めに横切って歩いてゆき、柵を飛び越えて（支柱のうちの一本のてっぺんに片足が触れた）、牧草地を横切るように歩き続けた。そこは赤ん坊のころ、ヤムイモ掘りに女たちといっしょに訪れた場所だった。そして川へと歩いてゆき、チェーンが「自然の堰《せき》」と呼んでいる場所の近くを渡った。川の両岸に、今でも小道があった。しかし向こう岸の道は、馬の蹄や鉄の車輪のせいで削れて掘り返されていた。ボビーは、シェルフィースト湾に向かって川をたどろうかと考えた。ボートがあれば、一日かそこら短縮できるだろう。でも一艘見つけたところで、一人で漕ぐには大きすぎる。帆がある舟を見つけるなんて、まず考えられない。いずれにせよ、帆を扱うのはそんなにうまくない。それに、盗むのは好きじゃない。

キャンキャン吠える犬が、メナクとマニトの野営地へのボビーの到着を告げた。ボビーが素早い動きをするたびにびくびくと身を引いて、その警戒ぶりはどうかすると、老夫婦の孤立具合を際立たせていた。

余所者が多すぎるんだよ、坊主。ワアム・ニジャク。いけすかない若造ども。白い男といっしょにいるお友だち。

食べ物は、芋が少しあるだけだった。ボビーはもっと実がある物を持ってきたいと思っていたが、一日中、肉もエミューもカンガルーも見当たらなかった。クアッカや小さめのワラビーを狙って罠をしかけてみたが、夜になっても獲物はかかっていなかった。

マニトは勤勉に二つの石のあいだで種を挽き、ダンパーを灰のなかで焼いていた。彼らは苦くてしょぼくれた食べ物を分け合い、そばの花崗岩の岩板にある、水がたまっている小さな穴から水を飲んだ。いつもそこに蓋をしていた平らな石を、誰かが壊してしまっていた。

翌日のキング・ジョージ・タウンへの歩みは、すごくゆっくりとしていた。というのも、老夫婦は今ではとても弱っていたからだ。ちょっと前までメナクから一発喰らうのは恐ろしかったが、今では危害を加えるような力はなかった。カンガルー猟師たちが、彼の昔の野営地を占拠してしまっていた。ヌンガルの少年が一人、数人の女、そしてもっと年上の白人たち。全員がライフルを持っていた。何人かは目に見えて申し訳なさそうにしてメナクの侮辱に耳を傾け、いっしょにどうかと彼を手招きしたが、誰もその選り抜かれた場所から動こうとはしなかった。メナクとマニトはその野営地の目印である、丸い大きな花崗岩の反対側に身を落ちつけた。明日には、総督閣下が農場《ザ・ファーム》を自分の家に定めてからどんなにあそこが成長したか、目にするだろう。ボビーは、昨晩食べた種でできたパンについて考え、キング・ジョージ・タウンはまだメナクをなだめるために小麦をくれるだろうか、と思った。

ボビーはヤムイモが生える野原の周囲にめぐらされた柵をよじ登った。兵隊が彼に、止まれ、と叫んだけれども、まだその兵士がいる家屋からはかなり遠く離れていた。ボビーはその男に会ったことがなかったので、友好的に手を振ってみたが、兵士は怒ったような身ぶりをして銃を肩のところで構えた。ボビーは屈みこんで、ヤムイモをいくつか掘りおこした。育ち具合を見てみたが、まだ食べられる状態ではなかった。彼は芋を地面に放り出して、来た道を引き返した。

少しすると、たくさんの馬と様々な種類の馬車が到着し始めた。満月の下、農場《ザ・ファーム》の建物は身を寄せ合い、綱につながれた動物たち、小さな馬車、大きな馬車、それに荷馬車によって取り囲まれた。敷地の境のあたりを兵士たちが動き回り、窓という窓は、小さな長方形の琥珀が光り輝いているようだった。家の横にある背の高いテントはランプのように輝き、そのなかで人影がチラチラしながら浮遊していた。ボビーは風に乗って届く音楽と笑いと、か細いけれども徐々に大きくなってゆく興奮した声を聞きながら眠りに落ちた。日が落ちたあたりでチェーン一家が到着した。見晴らしのよい場所からボビーは大きな灰色の花崗岩に頬っぺたを押しつけ、その岩が――ほんの少し力を入れて押したら――斜面を転げ落ちて、草木を抜けて道をつくり、あの家にぶつかるのではないかと想像した。そして、ぺしゃんこにしてしまうんだ。

曙光が射してくるころ、農場《ザ・ファーム》に滞在した者たちは叩き起こされ、建物から湾に続く道のそばの開けた場所へと飛び出した。建物の脇にある穀物畑が燃えており、その炎は早朝の光のなかで濃く色づき、明るくなりつつある空へ煙が回りながら昇っていた。総督と息子、兵士が何人かと他の男たちが、バケツの水を建物や周囲の地面にかけた。けれども、炎はボビーとマニトによってちょっと前に燃やされた場所までたどりつくと、急速におさまった。風も静まっていた。男たちは、昇る太陽の下で作物の根元だけが焼け残り刈り株が並んだように見える燃えた大地と煙を上げる灰を、見渡していた。

今じゃ監獄ダンス

クリスティーン・チェーンは髪の毛を梳かしていた。二十三、二十四…… ある日ヒューが、総督の息子が、こんなふうに彼女が床に入る準備をしているのを見つめるようになるのだろう。彼女は今では一人前の女性だったし、二人はお似合いだ。パパだってそう言っていた。ヒューのお父さんの高飛車な態度につきあっている暇はない（何回この話を聞いたかしら！）そうだけれど、もし心の底から彼のことを気に入っているのだったら、でも……

ヒューは彼女の恋人になり、常にいっしょにいる友だちになるのだろう。彼女には友だちがあまりいなかった。こんなに孤立した場所で育ってしまったのだから、仕方がないだろう。教育は女家庭教師《ガヴァナス》から受けるようになり、最後に数年いっしょに勉強したガヴァナスとはそんなに年が離れていなかったので、友だちではあった――だから彼女といっしょにいることだけのためにお金を支払っているような具合だったのはまあいいわ――でも今は、結婚してしまった。双子のクリストファーも友だちだった。また彼の死を思った。水の上に最後に見た顔を、つかんだ手が離れていって……

ボビー・ワバランギンは友だちだった。ヘンね、土着の人の子が一番の友だちだなんて！ こんな辺境で、なんと隔絶されていたことか。自分は子どもで、無垢だった。

その子どもの時代の友人は、今は監獄に入っている、とパパは言っていた。面会にも行ってやったそうだ。ボビーは水夫の休息亭で何らかの厄介事に巻きこまれたそうだったが、クリスティーンからすると驚きでもなんでもなかった。その酒場のそばを通り過ぎる時は、いつでも道の反対側を歩いた。なぜってすごく汚かったし、そこにたむろしている人たちもいやだった。酒に酔った人たちは不快だった。でも彼女を一番煩わせたのは、この地で代々暮らしてきた人間たちだった。男も女も襤褸《ぼろ》のようなものを着て、ほとんど衣類を身にまとっていない場合もあった。あの女たちは、すごく恥知らずだわ。

ありがたいことに、今では法が強制力を発揮していた。先住民たちは町に入るなら服を着用せねばならず、槍を持ってはいけなかった。行儀よくしてさえくれればいいのだ。もし私たちが彼らを文明化しなくてはならないなら、パパが言うのが唯一のやり方だ。服を着せるというのは、最初の大事なステップだ。

パパが確信を持って説明するには、ボビーが厄介事に巻きこまれたのは、警察官と彼の助手を務める先住民の巡査が、ボビーといっしょにいる老人が町に入るのを止めようとしたのがきっかけだった。その老人は、町に入るのは自分の権利だと主張した。なぜなら、ここはわしの町だからだ！　パパはこの話をしながら笑って、そして言った。ある意味、正しいんだがな。ボビーは主張したらしい。（彼女が聞いた話では、叫んで警官をひっぱたいたのだそうだ）以前ここを治めていた人たちから、この老人は小麦を給付されていたんだ。本当なんだぞ。政府の支出で服を着て、居住して、食事を与えられていたんだぞ、と。なぜかって？　それはこの人こそ、この土地の所有者だからだよ。

そりゃある意味、本当かもしれんが、でもな、これだけ短い期間に我々が成し遂げてしまったことに対して自分たちの所有権を訴えたところで、どうしようもなかろうが？　パパは時折、物事をとてもうまく説明してくれた。そうした方が都合のいい時があったのは確かさ。だがもはや、その必要はなくなったんだよ。

クリスティーンの髪の毛はランプの光のなかで輝き、鏡は彼女の深刻に考えこむような表情を映し出していた。微笑んでみたけれど、すぐにその笑みは消えてしまった。

ボビーともう一人の先住民が、その老人を逮捕しようとした先住民の巡査を攻撃したらしい。ボビーを逮捕するには、キラムさん（もちろんこの人がパブの主人で看守でもある）と客で来ていた何人かの商船の水夫たちの助けがなくてはならなかった。

監獄に入るや、ボビーは自分と父親のチェーンに会いたいというメッセージを出した。クリスティーンはすごく驚いて、心動かされ、慈悲の心から、できることがあるなら助けになりたい、慰めてやりたいと思ったけれども、パパは一人で行ってしまった。パパは自分の影響力をキラムとお巡りさんに行使して、老人は放免されるようにしてやった。実はな、と彼は笑って言った。お年寄りの奥方が牢屋の壁の外で野宿を始めてしまって、小さな焚き火やら何やらするものだからさ。キラムさんが、そんなことをしたら火事になりかねないじゃねえか、この婆あ、あの世に行く一歩手前までぶちのめしてやる、なんて脅しをかけたけど、言葉通りのことをしたら、また別の外交的な混乱が起こりかねなかったからね。チェーンは彼らを犬といっしょに町の建物から離れた先住民たちが野営している場所に送らせて、適当な衣服を贈ったのだそうだ。

パパは、ボビーは法を遵守するように教育されなければならない、と言った。あいつはいい少年だ。ちゃんと導きさえすれば、あの人々が文明化されうるのは疑いの余地がない。ボビーは間違いなくそうだ。さらにパパが言うところでは、ここから離れた牧場のいくつかで羊が盗まれたり、牛が槍で襲われたりしている。パパの牧場でもそうだった。火災もいくつか起こったし――たぶん、草原や山が燃えたりするブッシュ・ファイヤーね。でもパパは、それは偶然ではない、と言った。土着の連中が炎をどうやってコントロールするのか、見てきたからね。火が小屋や建物のすぐそばまでやってくるのさ。まるで警告するみたいに。今度の件やいろんなもめ事にボビーは関わっていなかったのかもしれんが、それでも状況を理解してもらうのは大事だよ。彼はかなり影響力を持った若者だからね。

ヒューも、先住民たちの問題について自分の父親と話している最中だと言っていた。少なくともその点では、二人の父親は団結していた。友だち（であり、間もなく婚約者）のヒュー・スペンダーと彼女自身が、あれだけ頻繁にいがみ合う二人の男の子どもであるというのは、なんとおかしなことか。あいつは馬鹿野郎だ、とパパはよく（もっとひどいことも）言った。だが、あの一族にはコネがある。特にここでは、良い結婚となるだろう。彼女は赤くなった。資本、血統、名前、そして婚姻関係、と父親は言った。パパは実際的すぎる。恋のロマンスについては、全然わかっていない。

ヒューと暮らすのはどうかって？　彼は礼儀正しいし、教養があるし、この土地に対する愛情も彼女と分かち合っている。いくらか時代から取り残されてはいるかもしれないけれど。ヒューと彼の父親は牧草地に適した地所を手に入れていたし、良い血統の家畜を輸入する手筈もすでに整えていた。パパは状況に応じて助言をして、すごく感じ入っていた。実際的だが、それでいて洗練された男性だ。音楽も、絵画も、最新の文学も知っている。嘆かわしいのは、そうした歓びを彼と分かち合える人が――私とママを除いては――ほとんどいないこと。それに、パパでさえその素敵な軍人としての立ち居振る舞いについて口にするぐらい、しっかりと自らを律していた。この環境にもかかわらず――ファッションに関して言えば、みんなが制約を受けていた――彼は申し分ない服装をしていた。いつだって男らしく、それでいてとても洒脱だった。彼女の想像はあらぬ方へと向かった。もしあの彼が、土着の人の衣装――ボビーはなんて言ったかな――コック＝ラグ《ふんどし》、なんかをつけたりしたらどんなかしら。

今ボビーは、本当はどんなふうなのだろう。彼は昔、彼女の髪の毛をバンクシアの球果のかさで梳いてくれた。とてもハンサムな男の子だった。頭が良くておもしろくて。たぶん、今もまだ。ボビーのあの姿は、機会さえ与えられればこの地に元々住む人たちが有能であることを証明している。捕鯨チームの有能なメンバーであると彼は自分で示したって、パパが言っていた。黒人たちと自分たちとのあいだに良い関係を維持してゆくために欠かせない存在だって。人気があるみたいだったもの。

クリスティーンは、鯨捕りのシーズンの終わりにボビーがプレゼントをばらまく光景を覚えていた。若い遊び人みたいに着飾って、白人黒人問わず、みんなのなかで輝いていた。機知とユーモアのセンスと全身から発散する歓びで。信じ難いが、ちょっと嫉妬を感じさえした。船上舞踏会の後で彼が浜辺に向かってみんなを舟を送ってくれた時は、魅力的に見えた。こんなふうに考えてしまうと、心穏やかではいられない。

＊

ウラルしか友だちがいない状態で、暗くて混み合った牢屋に閉じこめられて、ボビー・ワバランギンは敗北を感じていたのかもしれない。少なくともメナク爺さんは釈放された。あの人には慰めてくれるマニトがいる。でもどこで？　老人のホームだった場所には警官がいて、商人がいて、あらゆる種類の人たちが住んでいる。あいつらは追い払ってしまったんだ、自分たちの……　何て言葉だっけ？　地主さんを。

最近は、ジャック・タールにも背を向けられてしまった。

他のヌンガルには、警官と同じような連中もいる。メナクの土地にやって来て、彼に敬意を払わない。

チェーンの後ろに隠れやがる。あいつの銃の後ろに。チェーンと総督、キラムとスケリー…… キラムは、チェーンに言われたことは何でもやった。しんどかろうが、言われた通りに…… 彼は、今では力を持っている。銃と監獄の鍵だ。それでもまだ、酒場で働いてチェーンの覚えをめでたくしていた。そのうえ、人々を監獄に閉じこめた。そこまでして喜ばそうとしているのは…… 総督だろう、とボビーは推測した。働いているのはラムのため？ 銃を保持し続けるため？ 金のため？

キラムは重たい帳面にすべての名前を書き記し、自分自身と警官の名前も署名していた。先住民の巡査は――あの遠くから来たヌンガルの男だ――決してそこに名前は書いてもらえなかった。ボビーは、自分の名前の他にも、もっといろいろ書けた。ペンと紙、読み書きに関してはもっとうまくやれたかもしれなかったけれど、あんまり上手にはならなかった。それはともかく、あのヌンガルの巡査はここで何をしているのだろう？ 昔はメナクに対して丁重に穏やかに話していたけれども、今は違う。やろうと思えば旦那をどっかにやってしまって、女を奪うことだってできるんですぜ。どこにでも好きなところに行けるし、銃を持っていていいんだ。警官も横についていていてくれるし。銃だぜ、おい。

チェーンが撃ったあの少年たちみたいにか。もう何年も前だけれど。ジミーとジェフ。チェーンはあっさり彼らを撃ってしまった。あの人はこの牢屋に入れられるべきだ。もし総督が知ったなら……

キラムが食事を持って戻ってきた。牢屋の空気は悪かった。入っている人が多すぎるのと、みんなが隅にあるバケツに糞と小便をするせいだった。ここにいる他の者たちはみな、酒《グロッグ》で気分が悪くなった連中だったが、今では釈放して欲しがっていた。ボビーもだった。キラムは外側の扉を開錠して、食べ物のトレーを運んできた。腕が悪かったので、たいへんな作業だった。あの腕は総督の少年たちにやられたんだ。

チェーンが撃ったあいつら。キラムは食べ物のトレーをいくつか、小さなテーブルの上に置いた。一度に全部は運べなかったからだ。

手伝いましょうか、キラムさん？

あ？　いんや。そこにいろ。全員だ。壁まで下がれ。

狭い空間のなかで悪い腕でトレーと格闘し、彼はもたもたしていた。ボビーは誰かに押されたみたいに、前につんのめった。キラムは身を固くし、あやうく何もかも落っことしそうになった。ボビーは憮然として他の連中を、誰かを咎めるように振り返った。キラムが油断して居ずまいを正したのが感じられるや、身体を傾けてキラムのいい方の腕をひっつかんだ。ボウルが落ち食べ物が零れ、ボビーはキラムを壁に向かって押してゆき、その場のみなが彼を取り囲んだ。キラムは抵抗しなかった。

ボビーは牢屋にいた全員を区別無く解放し、みなが小躍りしながら外に出ていくとすべての扉を施錠した。キラムは何も音をたてなかった。ボビーは彼がどういう経験をしてきて、何を怖がっているかを知っていた。逃亡者たちはばらばらに逃げ去った。ボビーとウラルはお互いを見た。

メナク。

その時になって、ようやくキラムが助けを呼ぶ声が響き出した。

＊

羊が何頭かいない。スケリーはもう一度数えて、何頭いないかを確認した。同じことが、クロース＝バイ

＝アイランドでも起こっているのだろうか？　あそこからは何の報せもない。キング・ジョージ・タウンからもだ。もうどのくらいになるだろう？　数日か？　一週間か、もっとか？　チェーンがここに到着したら、ましな方向に進んでいる兆しを見たがるだろう。

スケリーは囲いの周囲をドスドスと歩き、穴が掘られたり、柴垣に破られたりした場所がないかと探した。けれども異常はなかった。昨晩だって数えたのに。

ボビーが犬を撫でていた。スケリーが間に合わせの鉄床と作業台をつくった小屋のところだ。番犬をさせるにゃ荷が重いな、とスケリーは思った。たぶん、クロスがメナクにくれてやったような犬を手に入れる必要があるんだろう。あのくらい何にでも吠えかかるような。

ボビーが顔をあげ、驚いた顔をし、ニッコリと笑った。

あんたの羊、食べてる連中見たよ、スケリーさん、と彼は言った。あんた手伝って、またとてもたくさんの友だちをつくりたいよ。

その黒人の少年の英語は、明らかに土着の人間がしゃべるにふわさしい形に戻ってしまっていた。あちらの仲間と過ごす時間が確実に、どんどん長くなっているからだろう。だがそうとも、もちろんスケリーは証拠を手に入れたかった。現場を押さえられるならなおいい。ライフルを持ってきて弾を込めるあいだ、彼はボビーを少し待たせておいた。

それじゃ、あいつら撃つつもり？

必要ならな。

でもたぶん一頭だけだよ。あんたらは、人が歩ける限りカンガルーぜんぶ殺したけど。

スケリーは答えなかった。

ボビーは彼に、柴垣の木がいったん剥がされてから、また戻された場所を示した。続いて足跡を。スケリーには何も見えなかったけれど。ボビーの見立てでは、これ遠いところから、この悪いやつらは、なのだそうだった。ふうむ、別に驚きじゃないな、とスケリーは思った。自分のファミリーやら友だちやらのせいじゃないって言いたいのか？

ボビーは地面にはほとんど目をやらずに、道を先導していった。

そいつらはまだそこにいるのか、ボビー？　本当に、羊といっしょにいるのを見たんだな？

ううん、灰と食べられた後の羊を見ただけ。

じゃあ、あんまり急ぐな。

スケリーは目を凝らした。自分がどこに導かれているのか心配だった。それは複雑な道行きで、チェーンの土地ではあったが彼が知らないエリアだった。

どこに向かっているのか、ちゃんとわかっているんだろうな、ボビー？

焚火が終わった後の灰は見つけたが、羊の痕跡はなかった。

じゃあ、そいつらは全部食っちまったってのか、骨も何もかも！

羊は今朝ここにいたんだよ、とボビーは言って、地面を指さした。誰かが何かを肩に載せて運んでいたんだ。

それで、どうするつもりだ？　一日中、ありもしないものを追っかけるつもりか？

オーケー。ブルダ。

あっという間にいなくなってしまった。畜生。

ボビー！

けれども返事はなかった。

チェーンの小屋と羊を囲っている場所に戻ってくるのに、スケリーはほぼ丸一日を費やした。チェーンが彼に売ってくれた土地のそばにある川までたどりついて、やっと帰り道がわかった。羊たちがまだ囲いのなかにいるのに驚いたが、彼は安堵して作業に戻った。おかげで夕刻になるまで、倉庫が押し入られているのに気づかなかった。誰かが入った痕跡はなかったが、小麦の袋と砂糖とナイフと斧が持ち去られていた。

ボビーめ。

＊

翌朝、日が昇るや、兵士キラムは自分の倉庫が押し入られて荒らされているのに気づいた。ラムは地面にぶちまけられ、空の樽は藪のなかに転がされていた。足跡を消さないように気を付けながら、新しく雇った黒人の追跡者《トラッカー》を連れてくるように警官に申し送った。個人的にはそいつは役立たずだとキラムは思っていたが、少なくとも別の土地の出の男ではあった。

警官は、ウィリアム・スケリーといっしょにやって来た。スケリーは、ケパラップでの盗みと騒動が理由で町に来ていた。チェーンは人員を分けずにいっしょに捜査したらどうか、と提案した。こいつはあきらかに戦略的で、前もって計画されている。我々は甘すぎましたな、とキラムは同意した。警官とトラッカーは町の周囲にいる先住民たち何人かに話しかけ、スケリーは前日につけられた足跡を彼に見せた。

間違いなく、ボビーはこんなんには関わっていませんよ。

あの子は、いい先住民の警官になれるかもしれないのに。

どちらの現場でも、トラッカーはウラルの足跡を特定した。けれども他の足跡は、誰のものかはっきりと指摘できなかった。こいつらは重い荷物を運んでいましたね。それはよくわかる、とキラムは言った。なんたって、米に砂糖にビスケット全部、ここ数年での鯨捕りをする連中との交易で味をしめた物を、一切合切持って行きやがったんだからな。だがもちろん、今年は鯨はほとんど来なかったがな。だから捕鯨船もほとんど見かけなかった。理由は誰にもわからん。確率としては高いかもな、鯨を捕り尽くしちまったというのは。さもなきゃ鯨捕りどもは、本国のもっとそばにいい漁場を見つけたんじゃないのかね？ 風がよくないんだろうか？ 今年のシーズンは天候がおかしかった。例えば今日は、雲が重く低く垂れこめていて強風だ。

追跡していた足跡に、別の足跡が一群、合流した。トラッカーが、これ以上はもういやだと言い出した。もう疲れたよ。

怖がっているって言う方がよさそうだぞ、とキラムは言った。

弾を込めた銃を、警官はトラッカーに指し示した。おれはこいつがぶっ放されるのはいやだな。たまたま、みたいに。

トラッカーは、男たちを一人ひとり見た。彼らはその視線をしっかりと受け止めて、跳ね返した。トラッカーは仕事に戻った。

しばらくして、焚き火と米が入った大きな壺に行き当たった。男たちは周囲を見回した。この焚き火が放棄されてから、あまり時間は経っていない。新しい足跡が続いている。

おれたちが来ているのが聞こえたに違いないよ。

男たちは、相手が近くにいるのはわかっていた。足跡を追っていると、冷たい突風が服をはためかせ、焚き火は炎が舌を出すように火勢を増した。盗人どもにはすぐに追いつくはずだ。けれども風は吹き荒れ、木々は突きをくれてよこし、雹《ひょう》が叩きつけ、彼らは攻撃に曝されているようだった。男たちは、雨風をしのげる場所へと慌てて退避した。嵐が過ぎ去ると、追っていた足跡は消えてなくなってしまっていた。

＊

数晩の後《のち》、あちらこちらでたくさんの火が焚かれ、様々な食べ物が焼かれるにおいがした。細い煙と棒で何かを叩く音、歌声、ペーパーバークの木々に囲まれた空き地で炎に照らされて踊る人々。彼らはジャケットを着てズボンを穿き、異なった組み合わせで羽をつけて自分の身体に白くペイントを施していた。チラチラとする光のなかで、人々と影と火に照らされた木々は、次から次に姿を変えていった。木、人、影、ペイントされた肌、房のついた樹皮、はためく衣服。

古い踊りが舞われた——狩り、先祖にあたる者たち、記憶、伝説。彼らは死びとの踊りをした。銃の形を正確に再現し、みんな今ではよくわかっているのだぞ、と激しく戦略的な意図をこめて。新しい踊りもあった——咳きこむ身体の集まり、口の周りから蝿の群れを追う手、咆哮をあげるライフルと倒れる身体と硬直した四肢。ボビーが中心におり、彼が死びとになって踊りながら蘇る時はいつものように、あわてて後ろにさがる。あらゆる異なった自己をかき集め、すごく印象的で、予測不能。彼は次に、何になる？

ボビーは海を踊った。身体の動きをほとんど抑制しないで飛び跳ねた。イルカか鯨が驚いて空中に飛び出し、深淵から突然ベラがその姿をはっきりと現し、波の表面で鮭が踊った。彼はみなに、驚きと突然の啓示を与えるのだ。

ボビーは、キング・ジョージ・タウンにいる人々の多くを踊りで表現した。まるで彼らがみんな、祝祭に参加するためにここに来たかのように。ほら、兵士キラムの速足だ、胴体をひねりながら、腕が片方悪い。不格好な囚人のスケリー、ドクター・クロス。（ああ、かわいそうな人。覚えているかい？）チェーンが爪先立ったり踵を下ろしたり、両腕で激しく命令を伝えようとしている。そーとくのスペンダーはつんと鼻を上げて、手を上に下に動かしながら、居並ぶ頭をポンポンと叩いて……

ボビーは、彼らその人のようだった。彼らの自己を、頭のなかを見せ、まさに彼らの音と声で歌う……知的好奇心……音楽に喜び……生活必需品の法外な値段……土着のやつら土着のやつら……フィドルを演奏する真似をそれはそれは上手にしたので、その場にいる全員にその音が聞こえた。それから歌い手たちが、まったく同じ音と調べを発した。ボビーは犬のように吠え、ジョックがそれに加わった。ボビーは何の目を通してでも、ものを見ることができた。おかげでみなは落ち着かなくなり、驚かされ、ちゃんと信じられるものがなくなった。でも、みんなが笑っていた。ボビーがうねる波の上の甲板で行われた舞踏会のダンスをしているぞ。ワン、トゥー、スリー、ワン、トゥー、スリー、ああ……

ジャック・タールは、自分の目と耳が信じられなかった。愛しのビニャンを思い悩んで、彼女を自分の小屋に連れ戻しに来ていたのだ。彼が炎の光が届くぎりぎりあたりでこそこそと歩いているのを、彼女は見た。彼を手招きするとひっつかんで、踊り手たちの真ん中に放りこんだ。ちょうどみんなの元気がなくなってきて、速度を落とし、お互いに抱き合って、自分たちのことを笑いだした頃合いだった。ジャックは密かに安堵した。ありがたや、ボビーの魔力の恐ろしい美はもうその力を失っていた。

先住民の一味について

スティーリング総督閣下殿

謹啓

残念ながらご報告しなければならない儀がございます。直近の一か月もしくは六週間ほどのあいだに、数人の先住民たちが複数回の略奪行為に及びました。首謀者として二名が特定されております。彼らを捕えようとする警官たちの試みは、全て先住民たちによって頓挫させられました。彼らを逮捕するには正当な理由があります。

こうした先住民たちを野放しにしておいては、他の先住民たちが盗賊化することを促し、無法な試みをさらに助長するだけであります。

我々が頼りにできる先住民の警官がいないことが、この地の白人警官が大きな困難を抱える理由となっております。

八月十八日、チェーン氏は羊を盗まれたうえ、倉庫に押し入られました。その間、先住民のボビーが、先住民たちが羊を食べている場所に案内するふりを装っておりました。倉庫は、土台の下を掘られて押し入られました。百ハンドレッドウェイト〔訳注：一ハンドレッドウェイトは約五〇・八キログラム〕の小麦がそこから盗まれました。砂糖二袋と多数のナイフと斧も奪い去られました。ウラルとメナク（この近辺出身のたいへんな年寄りです）の足跡が特定されております。

八月二十六日、キラム氏の倉庫が押し入られ、そこから米が一袋と砂糖二〇パウンドが略奪されました。ボビー、ウラル、メナクと他の者たちの足跡が発見され、その者たちを追跡した警官は盗んだ米の一部を炊いていた焚火にたどりつき、米袋の中身のほとんどを取り返しましたが、雹を伴った激しい嵐のために、それ以上の追跡はできませんでした。

九月四日、チェーン氏の倉庫が、それを保守するためのあらゆる手段が事前に講じられていたにもかかわらず、再び押し入られました。氏の敷地から奪われたのは、四ハンドレッドウェイトのビスケットであります。今回は、他の者たちの足跡に混ざってボビー、ウラル、メナクの足跡が特定され、警官は相当な距離まで追跡しましたが、帯同した先住民がそれ以上進むのを拒否したため、追いつけませんでした。

上記から、閣下におかれましては、この先住民たちの一味を解体せしめることがどれほど喫緊の課題かご理解いただけたかと存じます。とりわけ憂慮されますのは、彼らが我々の習慣を知悉しており、ヨーロッパ人たちと接する頻度が多かったがゆえに、より文明化している点であります。つきましては、さらなる警察の分遣隊と経験ある兵士をこの地に派遣いただくようご裁可していただきたく存じます。それが、先住民たちに対処するために最も適切な方策であると信ずるものであります。

謹白

E・スペンダー
現地総督
キング・ジョージ・タウン

友だちとはこういうふうに分かれ分かれになるのだ

チェーン一家が自宅から離れて内陸でキャンプをしている、という噂がボビーの耳に届いた。バンダラップ・プールズにいるんだそうだ。ケパラップからは遠くない。チェーンの旦那ご自身と奥様とクリスティーンとスケリーで。総督の息子のヒューもいっしょだったが、今はもういないそうだ。羊も牛も無しで、自分たちの馬だけで。

へんだな。それじゃ、探検ではないんだね。

彼らの道行きに出くわした連中が、戻ってきてはボビーにこうしたことを話してくれた。さらに伝えられるところでは、もう何日もキャンプしているらしい。何でだ？　おれを待っているのか？

固くなった河床の乾いた砂の上を、ボビーは裸足で歩いた。一年のこの時期になってもたまに残っている、水がたまっている場所の縁に沿うように歩いていった。両岸にある木々は傾いて、彼の日除けと風除けになってくれた。気持ちがいい。歩く速度をゆるめ、耳をすました。誰かが焚く火のにおいがする。次に水がたまった場所があったら、そのあたりでチェーンの家族がキャンプしているんじゃないかしら。

まるで建物のように密集した大きな岩と岩のあいだから、葉っぱのヴェールを通して、水が時折細く流れることもある花崗岩の斜面の向こうを見渡した。遠くの川の土手に、丸い岩が何かの模様を描くように並んでいるのに彼は気づいた。その岩石のあいだに引っかかっている薄い岩板が、蜥蜴を捕える罠のようになっている。水は一度たまってから段々になった斜面を流れ落ちており、水がたまっている場所同士をつないでいる流れは、震えているかのような黒い跡を残していた。

鷲は、巣にいなかった。

クリスティーンが自分のドレスのはじをクッションにして、暖かくなった花崗岩の上で日向ぼっこをしていた。周囲に緑の葦が密生して水がたまり、池になった場所の傍らだ。いつぞやの洪水で倒れ、白くなって、小さなくぼみができたとても滑らかな木が、彼女に向かって枝を伸ばしている。母親がそばにいて、本を読んでいた。小さな鳥が一羽、その水がたまった場所のはしっこで水浴びをし、尾羽を高く掲げて踊っていた。クリスティーンが頭をめぐらした。若木と葉っぱと蜘蛛の巣がまばらにつくる陰影のついた影を通して、彼女の視線がぼんやりとボビーの方に向けられた。それほど遠くない茂みの下で、サバクオオトカゲが四肢で自分の身体を眠たげにもたげていた。土のなかから出てきたばかりに違いない。もう一匹のオオトカゲは、枝の上で空を背景にして、黒い影になっていた。水が多い時期は河床になる岩盤の上をボビーは歩いていって、クリスティーンが岸に横たわっている小さなプールのような池の反対側に立った。

チェーン夫人が立ちあがり、娘の横に行って立ちはだかった。本は、きっちりと閉じられている。

あらボビー。驚いたわ。ずいぶん素敵な格好をしているじゃない。

ボビーは微笑んだ。煙のにおいを嗅いでから、すぐ服装には気を使い、いつもの格好にブーツとシャツを足していた。

チェーン夫人が振り返った。ジョーディ！

その時にはもう、ジョーディ・チェーンは大股で歩いてきているところだった。岩の上で、足音が響いた。

ボビー、マイ・ボーイ。両腕は歓迎するように突き出されていたけれども、握手をする手を出す前に、少し間があった。クリスティーンを立ちあがらせるためだ。ジョーディ・チェーンはボビーから目を離さず、歯を見せながら笑みを浮かべ続けた。テントに戻って歩いてゆくあいだ、彼はボビーの肩を抱いていた。

休日が必要だったのさ、ずっと働きづめだったから、ちょっと逃避したわけさ。わかるだろう、ブッシュに出ていって、気持ちよく歩き回るのさ。おまえはずっとおれの息子みたいだったよなあ、ボビー、そうだろう？ それでな、そうだ、鯨捕りのシーズンが終わった後だったよな、湾に入ってきたあの船を最初に目にした時のことを覚えているか？ おれたちは死にかけのくたびれた兵隊さんを引きずって、ずっと歩いていたよなあ。それに、おまえはみんなにドレスや食べ物や斧やナイフをくれてやるのが好きだったな。カンガルー狩りをしたりビャクダンの木を切り倒したり、警官の手伝いをしたってああいう椀飯振る舞いはできたろうに。まあ、また鯨捕りのシーズンが来るだろうさ、ブラザー・ジョナサンたちがいなくたって、おれたちには自前のリヴァイアサン号があらあな……

パパ、聖書を読んでいるみたいよ、とクリスティーンが言った。あたしたちが子どもで、クリストファーがまだ生きていたころみたいね。彼女はそこで話すのをやめてしまい、ボビーはなんと言ったらいいかわからなかった。

ラムを少しやるか、ボビー？ お茶に少しどうだ？

いらないよ。

クリスティーンと母親は、花を摘みに出ていった。

気がつくと、兵士キラムがボビーのすぐそばにいた。囚人のスケリーも。二人はボビーの腕をつかんだ。チェーン夫人のテントから見張っていたに違いない。

チェーンがぐっと顔を近づけ、二人の鼻は触れんばかりになった。

おれは本心を口にしているんだがな、ボビー、はっきりさせなくちゃならんことがあるんだよ。

彼のために馬が準備されていた。馬に乗るのはいいが手は縛られており、馬を引く警官の相棒は、ボビーの知人でも、彼が信頼できる男でもなかった。

＊

クリスティーン・チェーンは滑るように移動した。明るく光り輝く壁、高い天井、絵画、家具、カーテンが引かれた窓からは光が射し、キラキラと反射する海の青が零れてくる。まるで自分が浮いているかのように感じる。扉は開け放たれ、家を抜けてゆく明るい空気はすごくすがすがしかった。

かわいそうなボビーは刑務所にいる。たぶん悪事の首謀者だったのね……あらゆる事件に彼が深く関わっていたと聞いて、驚いた。パパもまた。息子だと思っていたんだよ。パパは言った。息子のようにあいつに接してきたのに。

あたしは女のきょうだいみたいだった……本当にそうだった？　クリストファーと自分とボビーがいて、でもボビーがいっしょに授業を受けていたころだって……ああ、それはもちろん、あたしたちは彼を家に迎え入れて、家族同然に扱った。今使っている先住民の少女たちだって、召使いとしてだけれどほとんど家族のようなものかもしれない。それでも――パパが言うように――こちらの意思を押しつけないと何もしてくれない。彼女らはずっと笑っていて、目的無く遊んで、万事ちゃんとするのはほぼ不可能だ。あの子たちに援助を与えて文明化するのは、無理。

つまらん盗みをして、こちらに敬意を払わない、とパパは言った。あの少年はすごくいろいろなことができた。ものすごい可能性を秘めていて、自分の仲間に驚くべき影響力を持っていた……あいつは倉庫と農場から食べ物を取って、友人や親族に分け与えた。今やあいつが周囲に及ぼす力はより大きくなっている。野放しにしていれば、何が起こるか見当もつかん。原因はクロスだ、と彼は言った。もっともクリスティーンのミスター・クロスについての記憶は、もう定かではなかった。あの人は、権利保有の考えまで教えこんでしまった、とパパは言った。こちらに敬意を払うのではなく、労働倫理でもなく、直接的で短期の利得を我慢する自己犠牲の精神を理解させるのに必要な規律ではなく……

パパはめったに、こんなに激高したりしなかった。かなり長いあいだその怒りは続き、それはさらにさらに……

家で使っている先住民の女の子の一人が入ってきたので、クリスティーンはびっくりした。（実際、少しホッとはした）彼女は、訪問者からのメッセージを携えていた。すぐに部屋に入ってくるらしい。しかるべき手順を考えたら、もちろんかなり失礼だ。クリスティーンはその男、ジャック・タールを知っていた。父親の働き手のうちの一人で、土着の女を連れている。二人のずうずうしさは筋金入りだ。クリスティーンは赤くなっていたかもしれない。あの女の人はここに、彼といっしょにいるべきじゃない。ジャック・タールは居心地悪そうにしているくらいにはたしなみがあったが、女の方は——手袋をして、この町では場違いなほど派手なドレスを着ている——おもしろがっているように見えた。ジャック・タールはパパに会いたがっていた。ボビーに関して厄介事が持ちあがったので、お伝えしなくてはならないと……パパの耳に入れる必要があるのだそうだ。

なんとかその人たちを応接間へと案内できたので、クリスティーンは安堵した。（召使いの助けはなかった……あの子たちの方がお客さんみたいだ）パパが戻ってくるのをそこで待ってもらえばよかった。あの人たちがそうさせろとしつこいから、そうさせてやるだけだ。ああよかった。これであの二人から離れられる。彼らは結婚している夫婦みたいだ。もし自分たちが仮に……もし自分が黒人の男といっしょになるとしたら？　彼女は舞踏会にいるボビーを思い描いた。ごくまれにしかない船上舞踏会で、甲板で彼女を腕に抱き、滑るように移動してゆく。

馬鹿馬鹿しい。

けれども彼女は、彼が踊っている姿を容易く想像することができた。その場にふさわしい衣装を着て。

ボビーは本当に、このところの押しこみや盗み、略奪行為に関わっていたのかしら？　彼は勇敢だと彼女は知っていた。少なくとも子どもとしては賢くて、悪い子じゃなかった。

そんなに大事だなんて、ジャック・タールはいったい、パパに何を言わなくてはならないというのかしら？

＊

ボビーが出廷するに際して、裁判所が準備するカンガルーの皮や襤褸《ぼろ》を着たりはして欲しくなかったので、ボビーが捕まったとビニャンに告げられるやいなや、ジャック・タールは服を一式持って刑務所に駆けつけた。そこではキラムが、重量感はあるが雑につくられた机のところで、警官が書類を作成するのを手伝っていた。警官はろくに字が書けなかった。扉に小さな開口部があり、ボビーの顔が見えた。木の格子を両手で握りしめ、二人の男を見つめている。ボビーの出廷がいつであれ、キラムにそのための包みを残してくるつもりだったが、ボビーから声をかけてきた。

ミスター・タール、ご苦労。

ジャック・タールは、ボビーがどんな具合にパフォーマンスを始めるか、どんなふうに朗誦を始めるかは知っていた。いろんな人たちの話し方のパターンを際立たせて、物真似をするのだ。そうわかってはいたのだが、気がつけば、つい自分がお辞儀をしてしまっているのをジャック・タールは感じていた。支配階級の声がしたので、反射的にお辞儀をしてしまったのだ。自分の反応に腹が立った。おれは、あんな声音に従うようにしつけられているのか？　自分自身に腹が立ち、ボビーにも怒りを感じた。それでもボビーは友だちだった。黒人から発せられるああいう声は、他の人々にはどのように働くのだろうか？

ボビーは両手で木の格子を固く握りしめ、顔を内側から格子に押しつけていた。

キラムさん、お巡りさん、その調書、ぼくが書いてあげようか？

二人の男は彼を無視し、服の包みを抱えたジャック・タールの方を向いた。

彼はいい証人になると思うよ、とジャックは言った。総督が取り仕切られるのかい？

ああ、スペンダー総督が裁判を主宰される。

男たちの口調は、ずいぶんとかしこまって聞こえた。ボビーの影響だな、たぶん。

陳述は一人ひとり行うようになっており、キラムと警官は証言がなるべく簡潔なものになるようにしていた。とうとうボビーの番になった。ジャック・タールは残っていた。キラムと警官は、彼を仲間だと思っているに違いなかった。ボビーは何が書かれているのか見ようとしたが、見えなかった。でもボビーはびくびくしておらず、悔いている様子は見せていなかった。

そうです。彼は言った。あなたが言っているどの日でもいいですけれど、チェーンさんの地所に押し入りました。それで、羊を盗みました。小麦と砂糖とナイフとぼくたちが要る物は全部盗みました。

はい。質問されてまた言った。そうですよ、米と砂糖をキラムさんの場所から取りました。彼は微笑んでいた。

はい。チェーンさんのところからたくさんのビスケットを取りました。全部じゃありません。多すぎるぐらいあったので。でもぼくはそれを、おなかが減っている人たちにあげたんです。

そして——最後のはい、の返事——牛を何頭か槍で屠って、羊を何頭か取りました。ええそうです。米と糖蜜も。ぼくたちはみんな、お腹いっぱいで眠りました。

警官と牢屋番にはったりをかけられていたかもしれないが、実はボビーは自覚していた。自分で装っているほど、字はよく読めない。それでも、ページの上でのたくっている長くてひねくれた文言のいくつかはわかった。略奪、押しこみと盗み、厚かましい先住民の一味……

そうです。彼は言った。ぼくはそれを全部しました。有罪です。はいはい、もう一つ言いましょうか。牢屋からも逃げました。怖かったからです。わかるでしょ。

なんで怖かったんだね、ボビー？

と口にして間髪おかず、キラムはその質問をしたのを後悔した。

怖かったですよ、ボビーは言った。だって何年も前にぼくは、チェーンさんがあの二人の少年を撃ち殺すのを見たんですもの。スペンダー総督のところから来た二人を。ぼくにだって、するかもしれなかったじゃないですか。

成り行きを見つめ、黙って聞いていたジャック・タールは、キラムの頭があがったのを見た。ペンが動きを止めていた。

今はもう、これでいい。

すぐにジャック・タールは立ちあがり、チェーンさんに会いに走った。おそらく本当のところはビニャンのために。彼はチェーン氏に、自分がヒーローだと考えてもらえると思っていたんだな。

チェーンさんは、ジャック・タールの言葉に耳を傾けた。

ミスター・タール、あの坊主を弁護したりすれば、自分の身を危険に曝すことになるんじゃないかな。君自身がここにいる資格が無い人間じゃないのかね？　船からの脱走者じゃないのか？

ジャック・タールは、チェーンの言葉にこめられた脅しを無視した。彼は総督に会いに行った。

チェーンと総督とジャック・タールは、監獄でボビーと会見した。キラムとスケリーはチェーン氏が適当と思うならば、容疑の告発は取りさげると同意した。ボビーにかけられた嫌疑は、ジャック・タールが彼から取った陳述書にボビーが署名すれば取り消されるだろう。

一八三六年、私はキング・ジョージ・タウンをチェーン氏とキラム氏とともにボートで出発しました。ジェフリーとジェイムズという二人の若者もいっしょでした。彼らはどこか他の土地の人間でしたが、ここには総督閣下といっしょにやって来ました。

船が難破した後、私たちは長い距離を歩いて戻らなければなりませんでした。私たちはそのカントリーを知らず、食べ物もたくさんはなく、ずっと歩いているうちに、ジェイムズとジェフリーは私にひんぱんに言いました。私たちはキング・ジョージ・タウンに戻れるわけがない、私たちはブッシュで死ぬのだから、チェーンさんは放っておいてぼくたちといっしょに来い、さっさときみのカントリーに行って、それからキング・ジョージ・タウンに行こう。

ある晩、ジェフリーとジェイムズと私は野営地で寝ていました。その時チェーンさんは、私たちが交代で見張っていた馬たちの様子を見に行って、離れたところにいました。私は眠っていましたが、大きな銃声で目が覚めました。私は怖くなって飛び起きて、チェーンさんのところに向かって走っていって、叫びました。「銃声が聞こえましたか?」でも、チェーンさんはもうみんなが眠っていた方へ走っているところでした。そして言いました。いったいどうしたんだ?

私たちがテントに行くと、キラムさんが息も絶え絶えで地面に横たわっていました。撃たれた弾丸で腕が砕けていました。私たちは、死ぬかもしれないと思いました。

ジェイムズとジェフリーは野営地から去っており、パンとお茶をいくらかと砂糖と水と二挺の銃と弾薬がいくらかとタバコにパイプも持ち去っていました。

私たちは何が起こったかわかると、すぐにキング・ジョージ・タウンに向けて出発しました。次の日、ジェイムズとジェフリーは私たちを追ってきました。ジェフリーは二連銃を持っていて、ジェイムズも一挺持っていました。

私は、彼らが私に向かってディンゴのように叫ぶのを聞きました。チェーンさんは彼らにいっしょに来るように頼みましたが、彼らは藪のなかに逃げました。それから私たちは彼らを二度と見ることなく、キング・ジョージ・タウンに向かって道をたどり続けました。何が起こったかについて、私が言ったかもしれない他のことは、全部真実ではありません。

ボビーはその書類を注意深く見て、要点がわかったふりをした。この段階でもまだはったりをかけられていたのは、まさしく彼がこういう語句を書く練習を積んできた経験の賜物だった。彼は慎重に自分の手で書いた。「これらがまさしく私自身の言葉であると約束するために、署名します」……でもそこで止めて、紙から羽ペンを離した。

ぼくがこれに署名するのは、と彼が言う様子といったら、いやいや、それは芝居がかった様子だった。署名を待っているみんなを見渡しながら、ぼくはこれに署名しますよ、もし……

ジャック・タールはいらいらしていた。わざわざくだらん危険を冒すんじゃねえよ。ただ、ボビーが出した条件はそれほど厄介には見えなかった。それに、何を言っても聞かないだろうし。

チェーンはそれをプライドと取った。ボビーはよくこうしたわがままなおふざけをした。調子を合わせてやるのが一番楽だ。チェーンはまだこの若者に、真の愛情を持ち続けていた。

ボビーはその人たちに、監獄に集まって欲しがった。他の囚人たちも観客になれるかもしれなかったからだ。でも代わりに、チェーンの家に連れていかれた。ボビーが妥協したのはその条件だけだ。もっとたくさんの聴衆がいたらよかったが、町の人たちのみんながみんな、チェーンさんに心酔していたわけではないのを彼は知っていたし、少なくともこのやり方なら、公正さが保たれるのに十分なだけの証人は確保できた。

チェーンの新しい家の一番大きな部屋で、扉と窓が開け放たれた。壁のところで光がちらつき、空気は大地そのものに触れているかのように新鮮だった。ボビーは周囲を見回した。隅にコート掛けがあったが、上着は一着もかかっていなかった。部屋には家具も敷物も無く、一度も使われたことはないようで、壁はヌンガルの白いオークルで塗り立てだった。ボビーは自分の聴衆に相対した。チェーン夫妻、クリスティーン、兵士キラム、四人のスケリー。チェーン家の女たちは二人で並んで座っており、チェーン氏は両手の親指をチョッキに差しこみ、上に下に、爪先立っては踵に体重を乗せる動作を繰り返していた。スケリーは暖炉のマントルピースの角にもたれかかり、自分の悪い方の脚をいたわっていた。キラム氏は落ち着かない様子であたりを見回し、何度もシャツの背のところをぎこちなく引っ張っていた。

そしてとうとう、ジャック・タールとビニャンが、総督とヒューといっしょに到着した。ジャックとビニャンはすぐに横によって、少し離れたところに移動したけれども。この聴衆ではうまくいくようには見えないかもしれない、とボビーにはわかっていた。でもここにいるのは、ほぼ全員が友だちでファミリーなんだ。

ボビーが自分の計画を話すと、メナクは話にならんとばかりに手を振り、マニトは罵り、嘲笑った。

ボビーは笑った。たった数語を紙に書くだけで、監獄から脱出してきたんだぜ？　子どもの遊びだよ。踊りや唄にかなうわけがない。あんたたちは、みんながどんなふうにぼくのやることに目を瞠って、ぼくの声に自分の声を合わせていくかを見てきたろ。

槍を避けるために踊るようなもんさ。ぼくたちにはかなわないんだ。

ボビー・ワバランギンは、自分がこの土地の精霊を歌って踊れるのを知っていた。どんな人たちの集団の精霊だって歌って踊って見せてきたし、この場で自分たちが集まっている真の有り様をあの人たちに示してきた。ぼくは踊り手であり、歌い手だろ。ドクター・クロスが呼んだところの「天賦の芸術家」だよ。踊りと唄で、それから自分の精霊を使って、みんながここでどうやっていっしょに生きていかねばならないかを、あの人たちに示すんだ。

その後で、あいつらの紙に署名をする。どうやってぼくたちが暮らしていくかについて、ぼくたちはあの人たちと紙に署名する。もう監獄は無しだよ。ぼくたちは、ぼくたちの才能と素晴らしい美徳を見せつけてやるんだ。ウラルと仲間たちはもう火や槍を使ったりしなくてもいいし、あいつらが持っている銃と争ったりはしなくてもいいんだ。

年寄りたちは肩をすくめた。やりたいようにさせておけ。

＊

湾の向こうに連なる丘に、今にも太陽がその姿を消そうとしていた。空がピンク色になり、柔らかな光が白く塗りあげられた部屋で震えているうちに、日没は昼間の青さを吸いあげてしまったようだった。その部屋にいる者たちには、お互いの息づかいが聞こえた。誠実であれ、ボビーは自分に言い聞かせた。槍のように、真っすぐに話せ。

彼は始めた。友よ、ここにいるみんなは、ぼくの友だちだ。黒いのだろうが、白いのだろうが。みんなが黒だ白だって言っているのを聞いているよ。でもぼくたちは、肌の色だけじゃない。彼の目は、ビニャンに注がれた。それからクリスティーンへ、それから……今から何年も経って、僕たちの孫の孫が年寄りになって、それでもまだぼくたちと同じ精霊がその子たちのなかにあって、でもたぶん、ぼくたちみたいには見えなくて、ぼくたちについては知らなくて……あなた方から食べ物を取ったは取ったけれど、あれは盗みじゃない。ぼくは何も悪いことはしていない。物を分け合って、ファミリーや友だち、ここに今日座っているあなた方にたくさんの世話をしているんだから、ごめんなさいなんてなるわけがない。ぼくの言葉では、プリーズとかサンキューとか言う必要はないんだ。ぼくの年寄りのアンクルは、ぼくが今しゃべっている言葉を知っている。でも自分の舌をそこから遠ざけていて、口に出す価値なんて無いって言っている。紙の上の言葉に宿る魂は、あの人にはわからないだろうね。わかるのは音のなかにある言葉だけだ。

ぼくたちは、赤ん坊のころはみんな違っていた。あなたもぼくも。ぼくは変わったけれど、自分の仲間たちや彼らのやり方を全部忘れたってわけじゃない。でもここにやって来てからは、自分の居場所から動いていないみたいに留まりたがっている人たちがいる。時にはぼくもあなたたちのように服を着る。でもここにいる人たちのなかで、ぼくの仲間たちみたいに裸になったのを、ぼくに見られた人はいるかな？

誰も笑わなかった。ビニャンが小さく笑顔をつくったけれど、すぐに消えた。

昔はクロスさんといっしょに食べ物も寝床も分かち合った。だって私はきみたちの客人なんだからって言っていた。でも、今は違う。だから自分たちでどうにかしなきゃならない。昔は、ぼくたちは分け合っていたんだ。カンガルー、ワラビー、タンマル・クオッカ・ヨンガル・ウェジ・ウオイリエ・ブディ・ウェジ・クルディン・カマク・カイプ……多すぎるくらいいたからね。でも今はそんなふうじゃない。羊さんと牛さんがいたるところにいて、余所者も多すぎるぐらいいて、自分たちのためだけに食べ物を取ろうとして何も残さない。鯨はみんないなくなったと言ってもいいくらいだ。鯨を殺す人たちも遠くに行っちゃった。寒くて雨が降る時期に、海から離れて川を歩いて遡ることだって今はできない。柵と銃を避けて歩かなくちゃならないからだ。それに、一等いい水を飲んでるのは羊さんに牛さんだ。あいつらは水場をぐちゃぐちゃにして、大地を分断してしまう。なんで、ぼくたちがあいつらを殺して食っちゃいけないの？　そして今、自分たちにとっての特別な場所で余所者扱いされているのは、ぼくたちの方だ。

ンガアラク・ワアム。ナアジル？　なんで？

部屋にあるすべての窓に人影が映っているのが、ボビーには見えた。こっちを見つめている。誰だかわかるかなと思ったけれども、どこか朧《おぼろ》げではっきりとはわからなかった。

この靴だけどね、彼は言って下に目をやり、両脚を動かさずに横に移動した。まるで、靴が彼を運んでいるように見えた。今にもバランスを崩しそうになったかのように、両腕を振り回す。その仕草に、さすがに見ている者たちの顔はほころんだ。ジェナ・ブウォック・ワルラ・ブジャ・ケニン。こんな靴を履いていたら、自分が踏みしめている土が感じられなくなっちゃうよ。

彼は軽やかに靴を脱ぎ捨て、部屋の隅にあるコート掛けの根元のところに靴の踵を引っかけ、爪先でバランスを取るようにしておいた。ブジャ・ジェナ・バランギン。代わりに、砂がぼくの足をつかんでくれるよ。ヌンヌク・カアタブォック・クルル・バランギン。この帽子を取っちゃおう…… 彼はお辞儀をし、頭から帽子が落ちるやそれをつかみ、背筋をシャンと伸ばして手首を一閃すると、帽子は部屋を飛んで横切り、コート掛けのまさしくてっぺん、帽子を掛けるところにやさしく着地した。どうだ！

帽子は高い位置にあり、靴は爪先でバランスを取っているけれど、あいだにあるはずの身体はない。ナアジル・カアトブォック。なんでこの帽子をかぶるの？ ンガイン・イイルラ・ヤク・クムバル・マアル＝アン・カアト・クンバル。山のてっぺんみたいに、ぼくの頭の周りには雲がある。ンガイジ・ノル＝オク・ダルルプ・クルル、ダバカン、ダバカン、ダト・ニン。日陰が欲しいのか？ だったら大きな木の下に滑りこめ、ゆっくりだぞ、そして止まれ。

彼はジャケットを脱ぎ、舞踏会でパートナーといっしょに踊っているかのように部屋を横切って帽子の下に掛け、ボタンを留めた。人の形ができ始めた。

ニジャク・ブォカ。ぼくのシャツ。

バレエでもしているかのように爪先を軸に回転しながら、ボビーはシャツを脱いだ。シャツを素早く振り回すと、コートの内に収まった。中にまだ身体があるかのようにボタンがされ、きちんと整えられた。いやいや、こいつは期待していたのより、うまい具合になりそうだ。

ブォカブト、ンガアンク・ンガイン・マアラク・ンガビン。シャツが無いってのは、風と太陽に、ずっと気持ちよく撫でてもらえるってことだよ。

ほんのわずかのあいだに、ボビーは、人の毛でできた細いベルトだけしか身にまとっていないも同然になってしまった。そのベルトには、金髪の房が編みこまれていた。怪しげで身なりのいい人形《ひとがた》は、部屋の隅で幽霊のように爪先立って浮かびあがっていた。言葉を発さない証人。吊るされた男。そういう存在のすべてに同時になっていた。

ボビーはそっと歌いだした。

おい、あのな、とチェーンが口を切ったが、黙ってしまった。ボビーが――どうやったのだか、全員の目を同時に覗きこみながら――腕を両側に突き出して、てかてか光る皮膚の下で筋肉を震わせ、飛び跳ねさせたからだ。

チェーンは今では立ちあがって、周囲に目を走らせていた。クリスティーンは顔をそむけてしまっていた。でも少しだけ。チェーン夫人の頬は真っ赤だった。

ボビーは空中に跳びあがり、片足で鮮やかに着地した。チェーンはまた腰を下ろした。

自分の観客たちが、動物の毛皮や羽が肌をかすめていったかのように感じているのが、ボビーにはわかっていた。それはそれはやさしく。たなびきながら横切ってゆくビャクダンの煙の香りを彼らが呼吸しているのが、彼にはわかっていた。

きれいで明るい色をした骨が、ボビーの鼻を貫いていた。明るい色の羽が、髪の毛のなかで揺れた。柔らかな毛皮が、肩から脛にかけて掛けられていた。

彼は観客たちを見た。微笑む。彼らを勝ち得たのだとわかった。

ウニャランとドクター・クロスが窓の一つにいた。うなずいて、誇りと喜びを笑顔で示していた。マニトとメナクも前に乗り出している。小さな犬がマニトの腕に抱かれている。犬の耳は警戒して向きを変え、前に傾いていた。ウラルは？

ブダワン、ニュンドカト・ニナン・ムルト・ムルトピニャン・ヨンガル、ウェジ、ウィロ……ニジャ・ブジャ・ナガラク・ブジャ・ヌンガ・ブジャル、クオップ・ニュンドク・ユワルル・クルル・イェイ、ヤン・ンガアラン……ここでちゃんと生きるには、音と音の精霊のなかに入らなきゃ。ぼくたちみたいにずっとここで暮らしてきた人がいないと、きみたちだけじゃそんなことはできないだろ？

ボビーは自分の前に広がる光景を、砂で覆われた平坦な大地のように見渡した。彼は見張っていた。銃に馬に小麦粉にボートに人間がチラチラ獣鳥虫魚、ぼくらの唄と踊りは、全部がいっしょになる。だってここ、この場所で、ぼくたちはファミリーのようなものなんだから。友だち、ファミリーになるんだ。ビニャンとジャック・タールはもうそうなっている。たぶんぼくとクリスティーンが次だ、年をとったチェーンがずっと気を揉んでいるけどね。

ここはぼくの土地だ。コンク・メナクがぼくにくれたんだ。ぼくらはそれをきみらと分け合うよ。だからきみたちも、きみたちが持ってきた物を分けてよ。

ブンジ・ブンジ・ブンジニン。甘いメロディーのリフレイン、キスをする恋歌の歌詞を彼は口にした。唇を突き出して、音と身振りが一体となった。

ボビーは知っていた。自分は物語の語り手で、踊り手で、歌い手で、槍を避けながら踊れるし、誰であろうと心を静めさせる唄をつくれる。そうさ、ボビー・ワバランギンは信じていた。自分の踊り、自分の弁舌、それにもちろんいつものパフォーマンスと衣装を使ったトリックで、みんなの心を勝ち取れると。彼は特に、赤い下着のパンツにご満悦だった。自分の観客たちの感性に譲歩して、彼はそいつを身に着けてきたのだ。

彼が突然に感じたのは、恐怖ではなく、ひどい不安だった。顔という顔が——ジャック・タールとビニャンを除いて——そっぽを向いてしまったのだ。ボビーは、まるで自分が何か別の世界の表面に浮かび出たかのように感じた。人々が身じろぎをし、咳払いをし、椅子が軋む音がした。チェーンに促され、みなが立ちあがった。ボビーの視野のはじっこにいた人影が消えていった。彼は銃声を聞いた。そして、小さな犬がキャンキャンと吠える声が聞こえた。

著者による注釈

この小説は、私の地元であるアルバニーで起こったアボリジニの——ヌンガルの——人々とヨーロッパの人々との邂逅の初期の歴史に触発されたものである。西オーストラリアのアルバニーにあるその場所は、「友好的なフロンティア」として一部の歴史家たちには知られている。

恩義を受けた歴史家たちとその他の情報源に対して感謝の意を示したい。ネヴィル・グリーンの『ヌンガル、その部族の人々——オーストラリア南西部におけるアボリジニの習俗〔*Nyungar—the People: Aboriginal customs in the southwest of Australia*〕』は、重要な植民地時代の日記執筆者のほぼすべてを扱ってくれている。そこには、高名なアレグザンダー・コリーも含まれている。そして、『司令官の孤独——コレット・バーカーの日誌一八二八—一八三一年〔*Commandant of solitude: the journals of Collet Baker 1828-1831*〕』を生み出したグリーンとポール・マルヴァニーとの共同作業で示された諸洞察は、他に類を見ないものである。ネヴィル・グリーンはまた、『アルバニー地域のアボリジニたち一八二一—一八九八年〔*Aborigines of the Albany Region 1821-1898*〕』でも大きな仕事をしており、その書籍は多くのヌンガル個々人の、言わば「スナップショット」を提供してくれている。たとえ植民者たちの歪んだレンズを通したものであったとしても、である。ティファニー・シェラムの『周縁での握手——キング・ジョージ湾《サウンド》におけるアボリジニ世界との交渉〔*Shaking Hands on the Fringe: Negotiating the Aboriginal World at King George Sound*〕』は、ずっと近年の著作である。ヌンガルの人々が植民者たちの船を「親族のネットワークを大いに拡張し、地理的な知識と土地に対する展望を高めてくれる乗り物」として見ていたという彼女の説得力ある議論に感謝をしたいと思う。同様に、マーティン・ギブズの『一八三六－一八七九年の西オーストラリアにおける浜辺を拠点とした捕鯨の歴史的考古学〔*The Historical Archaeology of Shore Based Whaling in WA 1836-1879*〕』は、十九世紀の浜辺を拠点とした捕鯨産業にどのぐらいヌンガルが関わっていたかを論証し、デイジー・ベイツ・コレクションの英語文献における実例と歴史的なヌンガルの世界観の内に含まれた植民地経験を私に示してくれた。刊行されたエドワード・エアによる報告書と日誌もまた、故ボブ・ハワードによる調査（www.kiangardarup.blogspot.com）とともに、小説の一部を成す情報を提供してくれた。詩人で研究者でもあるデニス・ハスケルの助言もまた、かけがえのない価値があるものだった。

最も大事なことだが、「ウィルロミン・ヌンガルの言語と物語の再生プロジェクト」に感謝をしたい。本当にとりわけ、エドワード・ブラウン、アイリス・ウッズ、エズザルド・フラワーズ、ロマ・ウィンマル、それにもちろん、才能あるメアリー・ギモンド、マルグ・ロビンソン、レフキ・カイリスに。

この小説は、歴史によって「霊感を受けた」のだと言わせてもらおう。というのは、歴史的な出来事を物語ったり、私が特に興味をそそられたヌンガルの個人を書くよりはむしろ、彼らの自信、外からの物事を受け入れる度量や遊びの感覚、利用できるようになるやいなや新しい文化的な諸形態――言語や唄、銃やボート――を自分たちのために使ってやろうとしていた心構えから、物語をつくりあげたかったのだ。彼らは、自分たち自身が征服するのが不可能な地霊の顕現であると信じたうえで、異文化交流における相互作用と微妙な差異が持つ価値を認めていたのである。植民地化の最も初期の数か月においてヌンガルの男のモカレは、伝えられるところでは、兵士たちとの会話をブラザーがやって来たので唄を歌って中断したという。それも何かの伝統的なヌンガルの唄ではなくて、「一日中どこに行っていたんだい、お稚児ちゃん《ビリー・ボーイ》」を歌ってである。これは私が知っている限り、最高にウィットに富んだ相互文化交流のパフォーマンスである。しかし、モカレは例外ではなかった。観察眼のある植民地時代の書き手によって残された日記によると、また別のヌンガルのガイド――マニャトという――の行っていた観光客への口頭による解説は、その時代に人気だった文学形態である「探検日誌」の構造的な特徴を活用していたという。マシュー・フリンダーズの海兵たちが浜辺で行っていた軍事訓練は、あるヌンガルのダンスに変貌した。そのヌンガルの振付師の孫であるネビニャン――十九世紀の西オーストラリアの南岸沿いで、浜辺を拠点とした捕鯨のための労働力の四〇パーセントを形成していたヌンガルの男たちの一人――は、鯨に向かってボートを漕ぎ、銛を打ち、「ナンタケットの橇《そり》滑り」で鯨に運び去られるという全く新しい文化的な体験を巡る一連の唄を作曲した。

この小説にまた重要であったのは、ベッシー・フラワーの活き活きとした十九世紀後半の手紙である。「キング・ジョージ・タウン」や「荒海の船長」といったフレーズは、彼女のヌンガル共同体の構成人員によって作曲された唄が持つ、ヌンガルの転がるような音のなかではどれほど奇妙で異質に響いていたことか。私にとっての他のヌンガルの英雄たちは、ナキナフ、ガルリペルト、ワイリー、そして「ボビー」という名前を与えられた多くの人々である。キャンディアップ・ボビー、ケイプ・リッチー・ボビー、ダウトフル・アイランド・ボビー、ゴードンのボビー……

もちろん、「友好的なフロンティア」には賞賛されるべき植民者たちもいた。アレグザンダー・コリーやコレット・バーカーはそこに含まれる。

登場人物たちの名前には、自分自身のヌンガルの祖先たちの名前を使った――ウニャラン、マニト、ビニャン。また、作品中の虚構の地理は、プリンセス・ロイヤル湾《ハーバー》、キング・ジョージ湾《サウンド》、トーンディラップ国立公園、リーシュ岬、カルガン川、トーンディラップ、マンデュバルナプ、バロンガップ、コカナラップ、パリナップ、バンダラップとこんにち呼ばれている場所、それに西オーストラリアの南岸沿いにある私の祖先たちのヌンガル・カントリーにあるいくつかの東方に面した岬、湾、小さな川の周囲に基づいている。

訳者あとがき

『ほら、死びとが、死びとが踊る』――この作品は楽しい。描かれる自然は雄大で、主人公ボビーの活躍は痛快で、アボリジニのヌンガルの伝承はぼくたちを鯨にしてくれる。けれども、ずっと幸福ではいられない。水平線の向こう側からやって来た白い人々とヌンガルが結局うまくやれなくなってしまうのは、歴史が証明していることだから。

一七七〇年にキャプテン・クックの船がオーストラリア東海岸にやって来て、その土地の英国による領有を宣言した。続いて一七八八年に最初の船団がシドニー・コーヴに到着して英国の居留地が開かれて以来、オーストラリアのアボリジニの歴史は、植民者の抑圧からの脱却を目指し続ける苦闘の歴史である。しかしながら、英国人の入植地がオーストラリア大陸の各地に広がりつつあった十九世紀前半、本作の舞台となったオーストラリア南西部には、一時的にではあるが、白人とアボリジニがうまく共生できた時代があったという。「友好的な《フレンドリー》フロンティア」と呼ばれ言い伝えられてきた、その土地に伝わる大事な記憶。それを文学作品とすることに、作者キム・スコットは少なからずプレッシャーを感じたという。彼がその重圧にかなうだけの作品を執筆できたかどうかは、コミカルでありながら詩情とペーソス溢れるこの作品が、マイルズ・

フランクリン文学賞を筆頭に、オーストラリアの優れた文学作品に与えられる賞をほぼ総なめにした結果が明らかにしている。

オーストラリアのアボリジニ文学は、政治性が強くなってしまう傾向があるという。先住民であるアボリジニが自らの声を書き言葉として表現するには、どうしても植民者の言葉である英語を使わなくてはならない（アボリジニの言葉を書き記すにしても、少なくてもアルファベットは使わなくてはならない。そもそも、言葉を文字に置き換えるという行為が、根っこをたどればアボリジニにとっては外来の文化である）。アニータ・ハイスとピーター・ミンターが編集した最初のオーストラリアのアボリジニ文学のアンソロジー（Anita Heiss and Peter Minter, eds, *Anthology of Australian Aboriginal Literature*, Montreal and Kingston: McGill-Queen's University Press, 2008）には、複数の政治的な文書が含まれ、特に序盤は、十九世紀に書かれたたどたどしい英語による嘆願書や投書、手紙ばかりが収録されている。オーストラリアは一九〇一年に連邦化され、英国の植民地から一国家へと発展するが、アボリジニの状況はあまり変わらなかった。一九二九年に、アボリジニのデイヴィッド・ユナイポンが『先住民の伝承（*Native Legends*）』と題した書物を出版し、アボリジニに伝わる物語が持つ豊饒な文学的可能性を示した。しかしながら本格的ないわゆる「文学」がアボリジニの作家によって出版されるのは、二〇世紀後半になってからである。一九六〇年代には、一九六七年にアボリジニをオーストラリアの国民から除外していた憲法の条項が国民投票で改められ、ほぼ百年におよぶアボリジニ児童の隔離政策——この時代に隔離されたアボリジニの子どもたちは「盗まれた世代」と呼ばれる——が終焉を迎える。しかしながら、六〇年代以降もアボリジニの人々は、権利回復・待遇改善のための運動を継続しなければならなかった。アボリジニに元々の土地の所有権を認めるマボ判決が出たのは、やっと一九九二年である。二〇世紀後半には、アボリジニの人々の大半が採集狩猟型の生活を捨てて都市部で生活するようになっていった。彼らは貧民街のゲットーのようなものはつくらず、白人や他の移民の間に個々で埋没した。出版されるや瞬く間にベストセラーとなった、サリー・モーガンの『マイ・プレイス（*My Place*）』（一九八七）では、五〇年代・六〇年代に親元から引き離されて成長したアボリジニの少女、すなわちモーガンが、自らがアボリジニであるという「隠されていた」ルーツを発見する。このように二〇世紀後半になっても、作者が自らのアボリジニ性を意識して執筆された文学は、いやおうなく一定の政治性を帯びることとなった。実際、ハイスとミンターのアンソロジーに収められたアボリジニ作家は、政治活動家でもある場合が多い。それだけに、六〇年代にアボリジニで最初の本格的作家として脚光を浴びたコリン・ジョンスン（後にマドルールーと筆名を変更）のアボリジニ性に九〇年代半ばに疑義が呈された際には、アボリジニ社会は大きな心的打撃を受けた。文学作品を一個の芸術と考えるならば、その価値・評価を作家の出自と切り離すという考え方もある。けれども、アボリジニ作家の手によるアボリジニ性を扱った文学作品は、現代でもオーストラリアの政治的な文脈から自由になることは困難なのだ。

一九五七年にオーストラリア西部の都市パースで、アボリジニの父親と白人の母親との間に生まれたキム・スコットは、いくつかの学校で教鞭をとってから、一九九三年にアボリジニの血をひく教員を主人公とした『トゥルー・カントリー（*True Country*）』でデビューし、以後、様々な手法を使って、アボリジニの過去の伝統を数々の文学作品として発表してきた。代表作は『ベナン（*Benang*）』（一九九九）と聞き書き共作の形をとった『カヤンと私（*Kayan and Me*）』（二〇〇五）である。彼の短編「捕獲」と「光の中へ（ハンス・ハイゼンの同題の絵画にちなんで）」は、『すばる』二〇〇六年六月号で、下楠の訳で読める。どちらもオーストラリアにおけるアボリジニのあり方を作品の中心テーマに据えつつ、幻想味溢れる短編となっている。そのうち「捕獲」は、ケイト・ダリアン＝スミス／有満保江編『ダイヤモンド・ドッグ――《多文化を映す》現代オーストラリア短編集』（現代企画室、二〇〇八）にも収録されている。作家として成功をおさめたスコットは現在カーティン大学教授であり、西オーストラリアで展開する「ウィルロミン・ヌンガルの言語と物語プロジェクト（Wirlomin Noongar Language and Stories Project）」の中心人物として、アボリジニ文化の保存と復興に尽力している。

本書『ほら、死びとが、死びとが踊る――ヌンガルの少年ボビーの物語』は、Kim Scott, *That Deadman Dance*, New York: Bloomsbury, 2010の全訳である。コミュニティの歴史的・集合的な記憶を扱い、ドリームタイムなどの呼称を使って表されるアボリジニの世界観をも反映した本作では、語りの時間軸が交錯し、地の文がいつの間にか作中の登場人物の心中独白と混交し、ヌンガルの言葉が英語の語りを侵食し、ヌンガルの物語がかたられれば、視点が鯨のものとなる場合さえある。例えば、思考している主体は明確なのでそれほど訳者泣かせではない部分ではあるが、作中の時間軸を飛び越えて、登場人物が自分の未来を幻視する以下のような場面がある。捕鯨によって破壊された鯨の亡骸が浜辺に打ちあげられ、船からの脱走者であるジャック・タールは、黄昏時に遠くからその鯨の死体の周囲に人々が集まっているのを眺めている。

……ぼんやり眺めているうちに、打ちあげられた鯨は溶解し始め、脂肪と肉が剥がれ落ちて、その大きく開いた口からヌンガルの人々が長い列になって現れているように見えてきた。いや、ヌンガルだけじゃない。ジャック・タールの家族もだ。……息子に、娘に、妻だと？　ジャック・タールにそんなものはいなかった。まだその時は。あの連中一人ひとりには、顔が無かった。けれども、彼は子どもたちと妻を感じた。愛を感じ、彼らが自分のものだと感じたのだ。

ジャック・タール自身も読者も、彼の生涯の伴侶に出会うのは物語のまだ先である。

遠くに見える人影に現在過去未来の実在の人物が重ね合わされるように、この作品の語りの主体や視点は、時に読者に断りなく変幻自在に移行する。訳者の元々の専門はアイルランドのモダニズム作家ジェイムズ・ジョイスであるが、その代表作である『ユリシーズ』（一九二二）をべた読みする京都での読書会にここ数年参加していた経験は、今回の翻訳をするにあたって役立った。自由間接話法を駆使して各種の文学実験を盛り込んだテクストを複数の読み手とともに頭をひねりながら吟味した経験が、時に気ままに語りの視点を跳躍させているかに見えるキム・スコットのテクストを解釈するにあたって大きな助けとなったからだ。いや、スコット自身がジョイスの文体を意識している部分もあるのではないか、と訳者は実は思っている。『ユリシーズ』で船乗りがほらを吹きまくる第十六挿話「エウマイオス」を読書会で読んでいた際、見開きで、左のページに“Deadman”という単語、右のページに“Jack Tar”というフレーズが目に入って来た時の興奮は、今でも忘れない。京都の『ユリシーズ』読書会のメンバーのみなさんに、この場を借りて御礼申し上げる。

本文中のヌンガルの言葉については、まずRose Whitehurst, comp., *Noongar Dictionary*, 2nd ed., East Perth: Noongar Language and Culture Centre, 1997で綴りと発音の基本的ルールを確認した後、ウィルロミン・ヌンガルの言語と物語プロジェクトの一環である絵本、*Mamang*, *Yira Booranak Nyininy*, *Dwoort Baal Kaat*の三冊を

購入（いずれもUWA Publishing 西オーストラリア大学出版局からの出版）して、文字通り子どものようにこの言葉を「勉強」した。この三冊の絵本におけるヌンガルの物語の語り直しには、キム・スコットも参加している。西オーストラリア大学出版局のウェブサイトにはこれらの絵本すべての音声がアップロードされており、それを頼りに、しばらくのあいだウェブ上の音声を聞いては呪文のようにその音声の真似をした。とはいえ、主人公の名前を筆頭に、いくつかの単語に関してはスコット自身の本作に関する講演で音声を確認できたのが幸いだった。そのスコットによるカーティン大学での二〇一二年のすばらしい講演は、ユーチューブにアップされている（The Miles Franklin Literary Award – Kim Scott at Curtin University）。ヌンガルの言葉の音をどれだけ日本語のカタカナ表記で表現できたのかははなはだ覚束ないところはあるが、訳者なりの努力は試みた。そもそも、作者スコットが一部配慮したところを除いては、原著の英語話者の読者でさえ、ヌンガルの言葉の音からは隔絶されている。Noongarを「ヌンガル」とするか「ヌンガー」とするかは最後まで迷ったが、英語的読みから遠い方を選んだ。この作品は、読者にヌンガルの言葉に触れることを強力に促してくる。同じく前述の講演でスコットは、アボリジニの言葉による物語は本の形にするよりも、その物語が元々語られていた風景のなかでその物語を守っているコミュニティの人々を相手に語られるべきだ、と述べている。この翻訳を読んで、ヌンガルの言葉と文化のあり方に理解をより深めようと考えてくれる読者が出てきてくれるならば、それは訳者として何事にも代え難い喜びである。絵本の朗読が聞けるウィルロミン・ヌンガルの言語と物語のためのプロジェクトのウェブサイトは、http://wirlomin.com.au/。ヌンガルの言葉や文化のためには他にも様々なグループが活動しているようで、アボリジニの女優であるカイリー・ファーマー、あるいはカアアルルジルバ・カアアルドン（Kylie Farmer or Kaarljilba Kaardn）によるパフォーマンスの動画なども多数ウェブ上に存在する。ここでヌンガルの言葉を一つみなさんにあらためて紹介しておこう。挨拶は、カヤ。

前述のスコットの講演を視聴していて、ショックだったことが一つある。オーストラリアの風景には英語にできないものがある、というのだ。講演の動画をウェブで見つけて視聴したころには、翻訳も半ばにさしかかっていた。つまり、作者が英語で表現できていないものを自分は外国語に置き換えているということか？　引き合いに出されていたのは J. M. Arthur, *The Default Country: A Lexical Cartography of Twentieth-century Australia*, Sydney: UNSW Press, 2003. 例えば、水不足が常態化しているオーストラリアでは、川の流れが水たまりの連なりに転じて、海にまでたどりつけない場合がある。そうした状態の水の流れは、英語の“river”の定義にはあてはまらない。もっとも、自分でもJ・M・アーサーの書物を紐解いてみて――表現不能の対象に言語を当てはめようとするエキサイティングな試みが収集されている書物だ――実はかえって安堵した。日本語の「川」と英語の“river”の定義は、もとより完全に合致するわけではなく、それは他の単語においても同じ話だ。幸い本作の舞台はスコットの故郷の原風景であると同時に想像上のものであり、そこに描かれる地形はオーストラリアの大自然を写し取りつつも色濃く象徴性を帯びているため、スコットの描く情景は、訳者には（錯覚でなければ）骨太でくっきりとした輪郭をとって見えるように読めた。ならば、その通りに日本語を置いてゆこう。そう心に決めて翻訳を続けた。ただし最終的に訳語を確定するには、複数のチェック者のお力添えを含め、長い道のりが必要だった。また、オーストラリアには複数回行ったことはあるものの、基本インドアである訳者は、近年のウェブ上に溢れる画像に様々な局面で助けられた。そのすべてを逐一挙げて謝辞を挙げることはできないが、ここに感謝の意を表したい。また、相原正明ほか『オーストラリアの花１００』（阪急コミュニケーションズ、二〇〇五）は、オーストラリアの植物だけでなく風景についても豊かなイメージを与えてくれた。

情景描写もさることながら、この作品の登場人物たちも、一人ひとり個性豊かにキャラクターを際立たせながら植民初期のオーストラリアにいたであろう人々を寓意的に表現している。囚人、兵士、居留地のリーダー、総督、異国にたどり着いた妻……。アボリジニの親族集団の構成メンバーも同様だ。若い旦那を持つ年増の女、年をとってから複数の若い妻を持つ男、部族を束ねる長老たち……。採集狩猟民族であったころのアボリジニ社会の様子については、青山晴美『アボリジニで読むオーストラリア――もうひとつの歴史と文化』（明石書店、二〇〇八）に目を通してから翻訳がはかどった。アボリジニと白人をつなぐ存在であり、最も多くの人物描写がなされる主人公のボビーも、特異な一人ではなく、多くの人の代表だ。物語の後にある「著者による注釈」には、「ボビーという名が与えられた多くの個人」に向けての謝辞がある。オーストラリア現代文学傑作選第四巻であるケイト・グレンヴィル『闇の河』（一谷智子訳、二〇一五）を手に取った読者は、開拓村で酔っぱらっては踊り出し、開拓者たちに面白がられている先住民の姿をご記憶の方もいるだろう。その先住民の名はビル。ビルとはイギリス人によくある名前のウィリアムという名の愛称であり、ボビーという名前もまたロバートというよくある名前の一変形だ。『闇の河』のビルもまた、ボビーという名が与えられた個人と同種の人間なのだ。

翻訳にあたっては、アボリジニ関連だけでなく、十九世紀のアメリカの船乗りたちの言葉も難物だった。Project Gutenbergで電子化されたGeorge H. Coomer, "Our Nine-Pounder," *Harper's Young People: An Illustrated Weekly* vol. II, No. 66, Feb. 1, 1881: 215に、探索していた単語の定義が説明されているを発見した時の喜びは、筆舌に尽くしがたい。ここに記して、学恩に報いる。

今回の翻訳に関しては、何をさておいても、小生にお声かけをいただき、最終チェックの労を取っていただいた現オーストラリア・ニュージーランド文学会会長、有満保江先生に感謝を申しあげなくてはならない。本当にありがとうございました。湊圭史同志社女子大学准教授には詳細なチェックをしていただき、数々の至らぬ点をご指摘いただいた。あまりにお世話になったので、適切な感謝の言葉が見当たらない。佐藤渉立命館大学教授にも、草稿の一部を見ていただいた。現代企画室の小倉裕介さんは、長い目で小生の名前をお心に留め置いたうえ、行き届いた編集の労を取ってくださった。私は翻訳者としてはまだまだの人間だが、ここまでキャリアを積んでくるうえでは、他にも多くの人々にお世話になっている。一人ひとりお名前を挙げるべきであるが、個々人のご都合や紙幅の問題もあるため、感謝の気持ちをここに記すことでみなさまのご海容をいただきたい。妻と娘二人にも、感謝を捧げねばならない。聞きなれない言語をネットからの音声とともにブツブツと私がつぶやく様は、彼女たちを少し心配させたかもしれない。

一昨年の夏、下の娘がオーストラリアに研修旅行に行った。こちらから焚きつけたわけではなく、自分から行きたいというので行ってこいと背中を押した。二〇一五年四月からの同僚のオーストラリア人のルークとは、先だって所属の大学のラグビー部の試合をいっしょに見に行った。南半球のあの国と、私はきっとまだ縁があるのだろう。

二〇一七年春　　ワイキキにて

下楠昌哉

【著者紹介】

キム・スコット（Kim Scott）

1957年、パースに生まれる。オーストラリア南西の海岸部がルーツのアボリジニ、ヌンガルの人びとを祖先にもつ。これまでに3作の長編小説 *True Country* (1993), *Benang: From the Heart* (1999), *That Deadman Dance* (2010)（本書）を発表し、*Benang* と本書でマイルズ・フランクリン賞と西オーストラリア州文学賞をそれぞれ2回受賞した。マイルズ・フランクリン賞を受賞した最初のアボリジニにルーツをもつ作家である。伯母にあたるヘイゼル・ブラウンとの共著でヌンガルのある一族の歴史を綴った *Kayang and Me* (2005) などの著作があるほか、これまでに多数の短編や詩、共同プロジェクトでヌンガル語の絵本などを発表している。2011年より、カーティン大学（パース）メディア・文化・創造芸術学部の教授を務める。

【訳者紹介】

下楠昌哉（しもくす・まさや）

1968年、東京に生まれる。同志社大学文学部教授、博士（文学）。著作に『妖精のアイルランド――「取り替え子」の文学史』（平凡社新書）、『イギリス文化入門』（責任編集、三修社）、『幻想と怪奇の英文学』『幻想と怪奇の英文学Ⅱ――増殖進化編』（共同責任編集、春風社）、訳書にイアン・マクドナルド『旋舞の千年都市』（東京創元社）、『クリス・ボルディック選　ゴシック短編小説集』（共訳、春風社）などがある。

That Deadman Dance by Kim Scott
Masterpieces of Contemporary Australian Literature, vol. 5

ほら、死びとが、死びとが踊る

発　行　2017年5月25日初版第1刷
定　価　2500円＋税
著　者　キム・スコット
訳　者　下楠昌哉
装　丁　塩澤文男　久保頼三郎（cutcloud）
写　真　塩澤文男
発行者　北川フラム
発行所　現代企画室
東京都渋谷区桜丘町15-8-204
Tel. 03-3461-5082　Fax 03-3461-5083
e-mail: gendai@jca.apc.org
http://www.jca.apc.org/gendai/
印刷所　中央精版印刷株式会社

ISBN978-4-7738-1711-9 C0097 Y2500E

オーストラリア現代文学傑作選

「単一民族・単一文化」の白豪主義から、多文化・多民族の現実に目を向け、「差異」のアイデンティティへの転換をはかるオーストラリア。先住民や世界各地からの移民と共存する社会を目指す動きは、多様な背景に彩られた、豊饒な文学的成果にいま結実しつつあります。「オーストラリア現代文学傑作選」は、オーストラリアに出自をもつ、あるいは同国で活動する同時代の作家の文学作品を、十年をかけて一年一作のペースで紹介していくシリーズです。

①異境

デイヴィッド・マルーフ＝著／武舎るみ＝訳

ときは十九世紀なかば、クイーンズランド開拓の最前線の辺鄙な村に、アボリジニに育てられた白人の男、ジェミーが現れた。彼の存在は、平穏だった村にやがて大きな亀裂を生みだしていく――異質なふたつの世界の接触と変容を描く、オーストラリア文学を代表する傑作。

二四〇〇円

②ブレス

ティム・ウィントン＝著／佐和田敬司＝訳

初めて広い世界に出会ったころの、傷だらけだけど宝物のような記憶が甦る。オーストラリアで最も愛されている作家が自らの体験に重ねあわせて綴った、サーフィンを通じて自然と他者、自らの限界にぶつかっていく少年たちの息づまる青春の物語。

二四〇〇円

③スラップ

クリストス・チョルカス＝著／湊圭史＝訳

メルボルン郊外のとある昼下がりに、子どもの頬をはたく平手打ちの音が突如なり響く。一見して平和な都市郊外の生活に潜む屈折した人間関係、現代人の心に巣くう闇や不安を赤裸々に描き出し、賛否両論の渦を巻きおこしたオーストラリア随一の人気作家の問題作。

二五〇〇円

④ **闇の河**

ケイト・グレンヴィル＝著／一谷智子＝訳

新たな生を希求して「未開」の入植地に移り住んだ一家と、その地で永く生を営んできた先住民との邂逅。異文化との出会いと衝突、そして和解に至る過程で「記憶」はいかに語られるのか。多文化に開かれたアイデンティティを模索するオーストラリア社会に深い衝撃をもたらした現代の古典。

二五〇〇円

⑤ **ほら、死びとが、死びとが踊る**　ヌンガルの少年ボビーの物語

キム・スコット＝著／下楠昌哉＝訳

十九世紀前半の植民初期、「友好的なフロンティア」と呼ばれたオーストラリア西南部の海辺で、先住民と入植者の間に生まれた友情と対立の物語。生と死、人と鯨、文明と土着のあわいで紡がれた言葉、唄、踊り。アボリジニにルーツを持つ作家が、オーストラリア現代文学の新たな地平を切り拓く。

二五〇〇円

［オーストラリア現代文学関連書］

ダイヤモンド・ドッグ　《多文化を映す》現代オーストラリア短編小説集

ケイト・ダリアン＝スミス、有満保江＝編

世界に先がけて「多文化」を選んだオーストラリア社会は、どこへ向かっているのか。さまざまなルーツが織りかさなり多彩な表情を見せるオーストラリアの現在を読みとく、ニコラス・ジョーズ、エヴァ・サリス、デイヴィッド・マルーフ、ティム・ウィントン、サリー・モーガン、キム・スコットら、新世代を代表する作家十六人による短編小説集。

二四〇〇円

＊価格はすべて税抜表示です。